英雄走国记

民国武侠小说典藏文库·赵焕亭卷

赵焕亭◎著

（第二部）

中国文史出版社

目　录

三　　集

1

四　集

三　集

第一回

合媚药刘静取水獭
泅灵湫跃鲤遇神鼋

且说那胖妇精光着追出小童，忽见跃鲤冲门而出，方在一怔之下回身便跑，却闻小童在门外大笑道："某大婶呀，你那肥臕头儿晾一霎儿不打紧的，俺用完这裤，便与你送来。"

不提那肥妇听了，暗道晦气，且说跃鲤和小童趄过数步，忍不住笑问道："你家主人真也古怪，既叫你借人纸花，又借妇人裤子却不知做甚用？"

小童笑道："不要管她！反正你老人家跟着我瞧个光屁股不写意吗？你老若没瞧够，咱再串一家儿。"跃鲤听了不由大笑。

说话间趄至半途，恰值腾蛟由岔道上徜徉而来。问知所以，也不禁鼓掌大笑，于是三人一同趄转。

方一脚踏进草堂，只见刘静正在那里翻阅方书，旁置瓶酒，一见小童头戴许多纸花儿，手持裤儿，倒也好笑，便向跃鲤等道："如今俺欲制媚药蛊惑凶王，必须那灵湫的水獭。水獭之为物其性最黠，非投其所好，不易捉得。它喜见花彩，并喜听歌唱之声，尤喜闻的是妇女气味。所以山行妇女都相诫不近湫潭。因为它闻得气味，往往从水中跃出，便黏抱入骨，啮人至毙。其性淫毒无比，取其肾以合媚药，力殊伟大。便是寻常水獭，曝干其肾，若置诸便桶之底，使妇人坐向桶上，不及一盏茶时，妇人的阴气下通，那肾具便能一跃而上。如今那灵湫的水獭更不同寻常。所以俺置备诸物，也都是投其所好。届时鱼兄入水，便穿这妇人之裤，它一闻气味，自然集身。不然鱼兄虽精通水性也不易捉它的。"跃鲤等听了，这才恍然。

腾蛟笑道："可见天下极凶淫的物儿，只要识其性好，便能制它。将来先生去料理凶王，亦犹此獭了。"大家听了，都各欢笑。

跃鲤道："事不宜迟，如今一切都备，咱们也就去吧。"刘静道："慢着！那灵湫寒冽异常，鱼兄入水必须食饱，多饮火酒，以壮其气。然后穿着皮衣裤，方能敌此寒威。俺已命人向村中渔家去借皮衣裤，少时俟随行的壮汉齐集，大家饭罢再去未迟。"

正说着，去借皮衣裤的人趔转。跃鲤一瞧那皮衣裤十分厚韧，便是渔人冬月摸鱼用的。于是刘静命小童备饭，与腾蛟、跃鲤匆匆用罢。恰好众庄汉各捎柴担也都到来，都望着刘静笑嘻嘻的，要瞧他怎样做作。

有的知得跃鲤要入灵湫，便骇然道："那湫里可不是玩的，人立在岸上便觉寒气侵骨。人家都说那下面便是海眼龙宫，无论何时，总听得水内似有呼呼的风声。偶值月明风静之夜，还似有隐隐丝竹之声，大概便是龙王爷老公母俩，率领了龙儿龙女、鱼兵虾将，饮酒作乐哩。"有的便笑道："你别胡诌八扯咧！那灵湫地面倒是有些灵异，不过是清晨时光，或值半阴的天气，那湫上往往现出作怪的云气，楼台殿阁，山城人物，便如活的一般，缥缥缈缈，顷刻间变态百出。人家都说是蜃气作怪，便如海市一般。由此看来，那水内成精的戴缨帽、拿小锤的老大哥（俗谓王八也）总是有的。少时咱到那里，你只提防着老大哥冷不防地咬你一口就是了。"众庄汉听了，都各大笑。

正乱着，只见刘静拽杖，跃鲤、腾蛟短衣伶俐，各佩刀剑，三个人一齐趔出。后跟小童拿着满把纸花，背着一个大药笼。众庄汉置下柴担，上前厮见。

刘静便笑道："有劳众位，少时回头再谢。但是众位都会唱吗？少时咱到那里还须唱歌跳舞，引那水獭哩。"

众庄汉笑道："若说是唱，现成得很。"因指着一个黑而且麻、攒腮短胡的庄汉道："便是俺这位胡大哥，就是一管箫似的小嫩嗓儿，并且唱起来扭扭捏捏，便是十七八的大姑娘也不过如此。《十八摸》《摘黄瓜》，许多浪荡调儿，您是想用什么调儿吧？"

胡大听了，忙一扭头并一丢眼儿道："刘先生，你快别听他胡诌八扯，俺不过好玩好笑，会唱个土秧歌痒痒腔儿，谁会什么曲儿、调儿呀！"

刘静欣然道："这就很好。少时到那里，你一人发唱，大家帮腔，便再好没有。"说着，从小童手中取过纸花，每人分给一枝，插在头上。

众庄汉相顾嬉笑之下，这里刘静和跃鲤等业已拔步便走，于是大家纷纷然掮起柴担，花枝招展，即便后随。这一来招得街坊上妇孺踪观无不诧笑，其中就有好事者直跟去瞧热闹。

须臾，出得香藤峪，便奔百草峡。不多时飞瀑在望，远望去绝似一挂水帘，从石崖之腹倒泻而下。那灵湫便在石崖之右，形似方塘，大可数亩，周围是老树丛薄，十分荫翳。有数道穿草的瀑水，淙淙然都作细流，蜿蜒入湫。

这时，大家都不暇细瞧风景，当由刘静相度一回，引大家都向南面。众庄汉放下柴担，随刘静等到湫边，向下一望，不由都咯噔的一个寒噤，赶忙退后两步。一个个向跃鲤乱噪道："你这位爷，真有本事敢下去吗？依我们说，性命交关，可不必逞这份强哩。"

腾蛟听了，向下仔细一瞧，只见一泓静水黑沉沉、绿莹莹的，煞是怖人，寒气上冲，直袭肌骨。不消说是其深无底，虽没得波浪，那靠北岸一片却时有旋涡，有时更似乱泉上涌，水泡起灭。饶是腾蛟如此壮实，也颇觉冷侵毛发、飕飕起栗。不由悄向跃鲤道："鱼兄，这所在真不老好的。若是下得水去，一把捉住那水獭还罢了。若时光一久，怕不冻坏了吗？"

跃鲤笑道："不打紧的，咱且瞧先生安置吧！"

正说着，只见刘静业已命众庄汉卸下柴担，就南岸上一列儿堆作数堆，中间留一片广场。须臾安置都毕，却向跃鲤笑道："鱼兄也就结束，准备着饮酒入水吧。"于是小童趋进，先由药笼内取出那胖妇之裤，不但肥大足为套裤，并且是大红颜色，滚花的裤脚边，很透着鲜鲜亮亮，只就是裆中一块皱巴巴的，业已褪颜落色并晕起些云头花样。偏那小童淘气，忽然翻转那裤向着跃鲤一抖，便有一股子微妙奇馨直冲过来。

跃鲤乖觉，赶忙屏气向旁一闪。那腾蛟不知就里，瞧那裤红鲜鲜怪好看的，却嘻着大嘴直赶过来。这一来，一股香风儿直入喉咙，闹得腾蛟登时大呕。

那小童却一面笑，一面置裤于地。又从药笼内取出皮衣裤、酒瓶，一股脑儿置在跃鲤跟前。

跃鲤沉吟一回，只得先穿好皮衣裤，然后取那女裤套穿停当，站起来临水一照，简直是不男不女。

5

腾蛟趋向身旁，正在鼓掌大笑，便见众庄汉七手八脚，一阵价烧起柴堆。顷刻间火焰腾空，光照水面，大家相与拍手欢呼，齐集广场。

这时那善讴的胡大从腰中解下一条大粗抹汗的蓝布，权当作汗巾儿。你看他腰儿一扭，头儿一晃，并起两只横宽的大脚，前走后退，仿佛袅娜得了不得的样儿，一甩那蓝布，突地卖个姿势，即便顿开喉咙，哑着嗓儿唱道：

大麦青青小麦黄，姐携阿郎去插秧。
双双跳下清波里，好似戏水浴鸳鸯。

胡大一面唱，一面撒开舞式，于是众庄汉拍手和腔，一阵价随他乱舞，各人头上纸花招摇，竟闹得有声有色。

正这当儿，便见靠岸边水晕荡起。刘静望得分明，便手招跃鲤等循岸向北。哪知才趄得数步，人影倒涵入水，便见那水晕处泼刺作声，似乎是鱼沉水底。于是刘静和跃鲤等都闪入岸边树后。刘静笑道："此物灵警不过，鱼兄不如在此潜伺，等它闻歌神痴时，再悄悄入水取它，定然得手。"

说话间，靠南岸上众庄汉歌酣舞畅，四围是火势熊熊，光照水面。便见靠南岸边水晕又起，却只管游走不定，水晕增多，或起或灭，似乎有三四只水獭在湫内驰逐往来。少时，便见有两处稍大水晕凝然不动，只汩汩然相续价泛起水泡，圆纹四散，大若井口。

跃鲤正在凝望，思量入水去捉，便闻嗤然有声，一阵水沫细若飞散直喷起尺把来高。便有个黄褐色獭头上露水面。这里刘静方目视跃鲤示意，不想腾蛟却张得有些不耐烦咧，暗想道：此物既露头儿，一镖镖煞它，岂不省事，何必入水去捉呢？想罢，回手掏镖，嗖的一下，哪知自己镖快，那獭头下缩更快，但闻唰的声镖沉水底，水晕都无。

跃鲤顿足笑道："都是余兄这一镖，反倒叫它跑掉咧。"刘静道："此物机警异常，岸上镖取它是不成功的。鱼兄还是入水潜伺，待它闻得女裤气味，它自然来附集，便可趁势刺捉了。"说着，引跃鲤等又趄过数十步，就靠东岸上坐下来稍为歇息，一面遥望众庄汉，就一片火光中，歌舞得越发起劲。

须臾，靠南岸水晕又起。这时腾蛟不敢伸手动脚，只好眙着眼呆望。

便见跃鲤先取过酒瓶，嘴对嘴吸了一气，然后紧紧腰身，站起来，向自己道："余兄仔细着，那物儿若被俺追逐上岸时，千万要捉住它呀！"说着，一个扎猛扎入水去，连点儿声息也没得。但见水面上微荡起一道长长的波纹，须臾便静。

腾蛟至此不由暗叹跃鲤水性之妙，便和刘静循岸徘徊，一壁价凝神湫内，只觉阴森森，寒气侵骨，幸有那柴火的暖气尚可支持。因向刘静笑道："先生，你看这等积寒之地，偏生那兴阳热性之物，真是天地生物不测咧。"

刘静道："纯阴之内，伏有积阳。纯阳之内，藏有积阴。此是循环不息之定理。所以南有火鼠，北有冰蚕，也就是这个道理了。"说话间望向湫内，一无动静，连先时浮起的水晕都没得咧。又待了一霎儿，微风起处，只有那水纹粼粼，跃鲤的声影都无，便似泥牛入海。

这时众庄汉歌舞已毕，便各持柴燎，都集拢在刘静左右，一面用火光向水内乱照，一面噪道："这湫水，本来也过于寒冽，倘或鱼爷一口气撑不住，一时间迷了性儿，沉入湫底，却不妙哩。"

腾蛟听了，正替跃鲤捏把汗，忽闻靠北岸边轰隆隆一声响亮，登时岸陷一角，湫内的水势奔注，声如雷鸣。

这一来不但众人大骇，闹得刘静也自惊惶失色，不由自语道："这事有些蹊跷，若是水獭作闹，如何有这等力量？莫非湫中还有他物不成？"一言未尽，只见满湫中水波大作，顷刻间排浪如山。须臾，湫水如沸，加以狂风震撼，水花高溅，波及湫外丈把来远。百忙中又由湫之北岸忽现一个斗大的怪物脑袋，黑魆魆的粗脖儿，绿莹莹的小眼儿，嘴儿一张，却是绝好的一口糯米细牙儿。但是它摇着脑袋，十分倔强，喷起一股水势，粗如激筒，顷刻摇动满湫，猛地向下一沉，那北岸边又是轰隆一声，又自陷下一块。

腾蛟望得虽是骇然，却只顾了惦念跃鲤。

正这当儿，忽见跃鲤猛可地从北岸边冒上半身，满头脸上苔藻罩满，方要用一个金蟾蹬水式跃向北岸。说时迟，那时快，便见那怪物脑袋由跃鲤身后又是一冒，一股水势喷将去，登时便将跃鲤打沉。只一转眼之间，四爪上浮，全身出现，却是一只车轮大小铁壳的癞头老鼋。你看它逞起威风，趁着水势，昂头舞爪，竟自向东岸边直奔过来。

众庄汉见了，一齐大叫，有的便将柴燎向水中乱丢。这一来，腾蛟大怒，回手掏镖，方要向鼋头打去，只见岸下跃鲤猛地一冒，啪嗒一声抛上两只水獭，顺势立浮数步，却大叫道："先生，你们且站远些，且瞧俺剑斩此物。"说着踏波如飞，一径地跃上鼋背，白亮亮剑光一闪，方要飞向老鼋的脖儿，只见老鼋四爪一垂，脖儿一缩，咕嘟嘟水泡一冒，竟自连跃鲤汩然而下。

大家见状，不由大惊。正是：

本拟湫中捉水獭，翻从窟底得神鼋。

欲知后事如何，且听下回分解。

第二回

餍老饕佟散鼋肉
歌得宝剖划珠衣

且说大家见水势寒冽，跃鲤入水时光好久，今又被老鼋牵连而下，都恐他气撑不住，或有危险。唯有腾蛟更加着急，两目注水，只将刀锋驻岸，却就是有气力没处去用。

正这当儿，满湫中水都壁立，便如翻江搅海一般，大家见状越发吃惊。刘静却怡然道："大家不必惊惶，俺料鱼爷必能料理此物。只就是寒气特甚，少时他上岸，须借火气助气，咱且多烧柴燎，准备一切吧。"众庄汉听了，连忙奔走添取柴燎之间，便见湫心间水作旋涡，呼的一声响，一股喷水直冒起两丈多高，接着便红流四晕，大可亩余。

这里大家正在吃惊，便闻岸下汩然一声，四外价水波一拥，早将个没脑袋的死老鼋推拥到岸沿之下。恰好那岸沿边短树丛生，一下子竟将它四爪钩络在枝柯之上，便似半个铁釜一般合在那里。

众壮汉见了，正在大呼小叫，只见跃鲤仗剑猛然一冒，随即又落下去，似乎气力疲极的光景。这一来，便是刘静也自骇然，于是急命众庄汉多点儿柴燎，以助暖气。

那腾蛟百忙中竟自踅下岸沿，就短树连根上踏稳脚步，左手揽树，来了个夜叉探海的式子。偏巧这当儿吹起一阵野风，短树摇摇，连人乱晃。

大家望着腾蛟，正都替他惴惴屏息，只见跃鲤大呼，猛可地恰从那短树之下踏波而起。上面腾蛟赶忙伸右手，一探身儿向下一抓，两下里手儿一搭，略一借力，跃鲤这才奋迅上岸，一径地掷剑于地，蹲下身却只管寒战作一堆。

于是大家都围拢来，知他是力疲之下寒气攻心，正在乱噪着快用火烤，刘静忙道："使不得！那么一来，将寒气逼入肺腑，不登时交待了吗？你们且远远地扬火助暖，俺自有道理。"说着蹲向跃鲤身旁，按着穴道骨节儿，按摩良久。又命腾蛟取到瓶中余酒，自己由衣袋中取出一粒安神丸药，命跃鲤和酒服下。

待了一霎儿，跃鲤这才寒战止住，连忙脱去浸透的衣装，换上携来的衣装。大家相与坐地少息，便听跃鲤一述入水后的情形，无不且诧且笑。

原来跃鲤入水之后，便见三四只小水獭，猛见人来，登时骇散。只有靠南岸两只大獭正在那里闻歌神痴，便如灵狐戏丹一般，仰起脖儿，只管上吹水泡。跃鲤悄悄趁去，距那獭还有数十步。那獭果然闻得女裤气味，登时如磁石引针一般，一径地奔附了来。

跃鲤甚觉诧异，便故意价只管后退，看它怎的。堪堪将到北岸边，那两獭竟自一跃集身，跃鲤刺杀一獭，另一獭大惊，登时脱下身，窜向身后。跃鲤急回身，却见北岸下有个很深大的窟穴。那獭被逐性急，一低脑袋，向内便钻。跃鲤赶去，一剑刺毙，提起两獭，向穴口略为逡巡，暗想此穴定是水獭的窟宅。

正怙悷设法儿再捉两只的当儿，忽见由穴内伸出个斗大的鼋头，长脖一伸，向跃鲤足趾便是一口。跃鲤猛惊，忙顺剑锋，刺中鼋首。

这一来老鼋痛极，只四足一摆，早已摆塌穴岸，便昂起脖子，只管向跃鲤追将来。跃鲤连砍几剑，无奈它壳坚似铁，又因一手提着两獭，不便厮斗，所以跃鲤只得奔避其势，一时间闹得满湫如沸。

及至趁势抛上双獭，然后才运开剑势，与老鼋来了个旗鼓相当。后来一剑砍掉鼋头，那死鼋痛极之下，又被湫水一拥，所以竟窜向岸沿之下，恰好被丛树挂住。

当时跃鲤述罢，刘静笑道："咱因捉獭，却无端灾及老鼋。此鼋久扰灵湫，取精用宏，它身上怕不出许多药材？便是合制媚药，亦正可与水獭相济为用。"说着，与大家先瞧过两只水獭，只见毛光如漆、雄壮异常，端的是灵湫所产，不同他处，便命小童置向药笼中。大家赶向岸沿，一瞧那老鼋，却没作理会处。

一庄汉便噪道："咱只须脱下柴担上的绳缰，下去缚牢它，大家拖它上来就是。"众庄汉都道："有理，有理。"于是七手八脚，一阵价绞好绳缰。大家临岸沿一望，又都喊起不成功来。原来那丛树上离岸沿还有三丈余，并且倒挂在根络上，也着不得许多人。

刘静向下一望，也是踌躇。腾蛟却笑道："不打紧的，只须俺下去，请它上来便了。"说罢，紧紧腰身，跳落树根之上。上面众庄汉抛下绳缰，腾蛟踏稳脚步，将那绳缰由老鼋后足绕紧到前足，用力一提，已到丛柯之上，接着便引定绳缰，一跃上岸。

这时跃鲤业已寒气尽退，精神陡健，便走去帮着腾蛟挽定绳儿。两人喝一声，一齐着力，便如海客钓鳌一般，那老鼋早应声而上。

众庄汉挤拢来，仔细一瞧，不由都吓得吐舌不迭，道："这家伙苍老如此，在水中怕不是力大无穷，若非是鱼爷，真还许制不得它哩。"

刘静踅去，用杖一叩那壳儿，铿然作金石之声，便欣然道："此物不但足资药物，并且蕴有宝珠，鱼兄今天竟可以歌得宝了。"众壮汉笑道："宝不宝的且搁在一旁。俺们只图饱吃鼋肉，抹抹馋嘴就是咧。"刘静听了不由大笑。

正这当儿，众庄汉七手八脚将那鼋拽就平地，就想去解绳缰。跃鲤道："慢着！咱不如就此穿上扁担，你大家轮替着抬它转去，岂不省事？"

众庄汉笑道："便是如此。咱索性叫老鼋死后风光一回，闹个八人抬儿如何？"于是取过四根扁担，纵横价穿上绳缰，八个人喝声号，一齐上肩。果然是人多事办，轻轻地抬起老鼋，拔步便走。

可巧剩下个胡大，因那会子歌舞乱跳出了一身臭汗，便解下腰间一条大白巾，抹汗已罢，尚在未干，他便挑在扁担头儿上，飘飘摇摇，便如打起个白幡儿一般，恰好走在八人前面。其中有促狭的便笑道："喂，胡老哥，你装打幡的孝子，也该好歹地哭两声儿才像回事呀！"

胡大一听，赶忙揪下白巾，却顿足道："哈哈，你这东西，真骂人不浅，你这不是暗含着骂俺是王八蛋吗？"于是大家喧笑，径奔归路。不多时转入村坊。

村众们见刘静带着两个雄赳赳的大汉，又见众庄汉抬定老鼋，登时便奔走随观，互相哄传。其中有好把戏的，竟直追至刘静门首，方才慢慢散掉。一路价还纷纷议论道："刘先生真有些道理，他怎便知那灵湫中伏有老鼋，便邀请得两个壮士来捉取呢？"有的便道："刘先生向来古怪，他的事不易捉摸哩。"

不提村众等胡乱揣测，且说刘静等踅入草堂，业已傍晚时分，便一面

11

命小童置下药笼，安置众庄汉。一面央那胡大由左近屠坊中借来数把屠刀，大家动手，即时将那老鼋开剥起来。

小童伶俐，先割取腴肉肥裙，自就灶下烹调起来，以备夜膳。众庄汉就院中掌起灯烛，嘻嘻哈哈，你砍两段，我割一块。不消顷刻工夫，业已将老鼋支解停当，一时堆在院中，真个是有肉如阜，又将鼋壳刮磨干净。那壳厚裹下就有寸余，其色铁绿，甚是坚韧。

胡大便笑道："这个盖儿若给我倒有用处。夏月里，垫起四只砖脚子，倒是个好体面的凉床儿。"一人便笑道："你睡在这里面，不怕脊梁上长盖儿吗？"又有一人道："他本来就有盖儿，还怕长什么呢！"众人听了，都各大笑。于是刘静含笑致谢过，便命众人尽力量提取鼋肉。

这一声不打紧，大家应一声，摩拳擦掌，一阵价纷纷乱抢。也有两手提满的，也有捎起一块的。唯有胡大身长力大，背起锅盖似的一片肉，以外又搭上两只鼋爪儿，便搭扯在肩胛之间，压得他伸长脖儿，撅起屁股，蹒蹒跚跚，走起来很不雅相。大家道声多谢，各挟了扁担，便这等喧笑而去。

刘静送客回头，业已二鼓时分，这时月明如昼，光照草堂。刘静与跃鲤等重新煮茗，歇息一回。

小童来报晚膳已备，刘静便命就草堂内调开桌椅，大家入座。先摆上家常菜蔬，饮过两杯，不多时鼋炙、鼋羹次第都上。大家举箸一尝，果然是鲜腴异味，其美无伦。

刘静因感异味，便叹道："凡人一有专嗜，便能为人所制，昔日吴王僚专嗜鱼炙。那刺客专诸至入太湖习作炙，以投其好。今咱们捉取水獭，制媚药以图凶王，也就是专诸之意了。"

腾蛟听了，不由慷慨叹息，因趁势道："今先生诸事都毕，料再没甚耽搁，过一两日，也好随俺们同赴太湖，大家计议一切。须知俺家六公子等一班人，都望眼欲穿哩。"跃鲤道："正是，便是邓先生也专待您去，计划一切哩。"

刘静听了，哈哈一笑，便引饮满一杯，慨然道："如今那凶王已在吾掌握之中，俺亦不必随君等前赴太湖。稍迟数日，待俺炮制所得的灵药毕，再制就獭肾媚药。俺便从此直赴南京，到那里俺自有道理。俟俺布置都毕，然后再请祁六公子等大家举事，方为妥当。须知凶王羽翼已成，在势非先剪其羽翼不可哩。"因顾跃鲤道："好在鱼兄时时来往南京，俺只和太湖时通消息，便不误事。"

腾蛟一听，又是个老大的闷葫芦儿，怙悢之下，不由进叩刘静到南京后怎的布置。刘静只笑而不语。

这时，月华如水，光照满院，于是宾主饮酒甚乐。刘静因顾跃鲤道："今天鱼兄获这老鼋，当得稀世宝珠。此珠佩之，能祓除不祥，远瘴疠，避邪魔。如今夜深人静，咱便割取此珠，一开眼界如何？"跃鲤道："老鼋生珠，容或有之。只恐也是寻常珠玑罢了。"

刘静道："不然，此鼋生于太阴灵湫，得纯阴之精，故孕宝珠，少时取出便见分晓。"说着命小童秉烛，大家离座趋就鼋壳。

腾蛟不管好歹，取剑便划。不想噌的一声，那如铁之壳上，只现条微微白迹。刘静笑道："割取此壳，不须刀剑。"就命小童向药橱内取到一瓶白色药末。刘静就那壳脊正中端相一番，便取药末，敷抹了半尺来长，二指来宽。说也奇怪，那药末敷抹上去，便闻得沙沙有声。又待了一盏茶时，那敷药之处，竟自微微爆裂。刘静用指甲慢慢剔剥，碎如腐粉。

须臾，由里面取出数十颗细珠，虽是圆洁光彩，却也不见什么奇处。腾蛟笑道："难道这就是先生说的什么宝珠吗？"刘静不语，只管引手向内探去。须臾，手儿一起，招得那小童扑哧一笑，道："人家王八生蛋都在肚儿内。这个老王八却生在脊壳上哩。"跃鲤等一望，不由也哈哈大笑。

原来刘静手内托定一物，有龙眼大小，外面是很松皱的白韧皮儿，呆滞滞的通没光彩，便如个软蛋一般，又似个小皮囊儿，内装圆物。当时刘静很郑重地擎在掌内，却笑道："你们真正是有眼不识宝物，这便是无价之宝珠，你们如何说是鼋蛋呢？"

正说着，忽起乌云，遮满天空，一时间月华尽没，满院漆黑。于是大家踅转草堂。刘静将那软蛋似的物儿置在案上。腾蛟、跃鲤争相把玩，只顾了嘻嘻而笑，哪里肯信是什么宝珠。

刘静正色道："凡宝珠经过数百岁，必生珠衣，如小儿胞衣一般，为的是笼护宝光，不使常常发越。如老蚌老鼋、大蛇巨蟒，皆往往生此宝珠。若没得珠衣遮掩宝光，人就能望气而识，戕害其体，这也是天地生物不测，葆其精英之意。什么是珠衣？便是这层白韧皮儿了，诸位不信，且待俺当面剖来。"说着，由旁边抽屉内取出一柄锋快的小刀，又取出一个金漆的药盘，一并置在案上。

这时腾蛟擎珠在手，不管三七二十一，取过小刀，按向那白韧皮儿，方要一刀划下，只见刘静大呼，忙隔案伸过一手，架住他的胳膊。正是：

稀世之珍，势难终闷。骈然奏刀，遂现光气。

欲知后事如何，且听下回分解。

第三回

香藤峪一客望星文
杏花春群侠开夜宴

且说腾蛟一手擎珠，一手持刀，正要划下，却被刘静伸手架住，忙嚷道："使不得，剖取此珠，还须我来。你不晓得，这珠衣便是天然的珠囊，胡乱割碎，岂不可惜！"说着接过刀。

这时跃鲤仔细望去，但见刘静奏刀轻妙，只从那珠衣上端皱皮纠结处，轻轻嵌入刀锋，信手一转，那皱皮已自如囊口之张，突地有一线白光直射出来。于是刘静以珠就盘，只轻轻一掣珠衣，便见白花花一团异彩飞滚而出。顷刻间笼罩满堂，亮光四射，余光所被，直及院中，比先时月明光气更自不同。只惊得庭树栖禽一阵飞噪，那邻舍家的夜庞儿也便乱吠起来。

跃鲤等忙向盘中仔细一瞧，只见那颗珠大如指顶，圆莹异常，光气腾踔，简直照眼生花，自在盘中只管滚走不定。

正这当儿，刘静取盘趋向堂隅。这一来，闹得腾蛟等不由失声道怪。原来腾蛟等望向堂隅，只见一团宝光，条条四射，更不见刘静的身形儿。

腾蛟等正在相顾错愕，便闻隔壁有妇人乱噪道："可了不得咧！孩子他爹，你还不快起来瞧瞧？你瞧刘先生家那么老亮，不是他烧丹炼药的，闹得走了水了吗？"即闻有男子马马虎虎地喝道："你这老婆，半夜三更的噪什么呀！今天刘先生捉得一只老鼋来，怕不是夜里开剥，烧火煮肉，所以满院中亮堂堂的。你只夹了屁睡大觉，明天等着吃鼋肉就是咧。"刘静听了，忙将宝珠入衣，顷刻间，光华尽敛。

大家就案坐定，再瞧那数十颗细珠时，便觉得黯然无色。刘静便道："此珠虽细，但是用在药饼中，亦是上品，俺只好叨惠留用。"说着，由旁案抽屉内，取一小小的空药盒儿，将宝珠装在里面，递与跃鲤道："此珠名为'霄光神珠'，堪称稀世之宝。俺留此却无用处，便请鱼兄珍重收藏吧。"跃鲤推辞不得，只得接过，藏于身畔。

这时乌云都散，仍是一天皓月。须臾酒罢，由小童敛具而出。大家起步院中，仰视明月，只觉风露清虚。跃鲤便笑道："太湖三万六千顷，那里赏月，最是天下奇景，先生何不随俺等同赴太湖，玩此奇景，并一认识祁六公子等人呢？"

刘静笑道："六公子人中鸾凤，终究要识得的，何必忙得！若说赏月奇景，俺这露台上也就很有趣儿。"说罢，引跃鲤等便登露台。大家凭栏远眺，果然高旷异常。跃鲤等正在心旷神怡，忽见刘静北望凝眸，只管沉吟不语。这时众星厉厉，灿然可数。忽有一团光气，葱葱茏茏，非云非雾，围绕一个很灿烂的明星。那明星扬辉吐彩，趁着那团光气，大有与月争明之势。

跃鲤等正在瞧得有趣，那刘静却愀然叹道："天命已定，非人力所能挽回。咱大家这片报国的苦心，也不过尽其人事罢了。如今北虏其运正盛，奈何，奈何！"说罢，指着那大星道："你瞧那便是紫薇星垣。那团光气所谓王气的便是。天象如此，恐怕咱们南京之行，也未易得手哩。"

腾蛟正色道："先生不可如此说法，信运数，不如信道理，咱大家只行其心之所安，为天地存气脉，为人心存正气，便是绝脰断胫，一瞑不视，亦足下报吾君于地下。何况咱等群策群力谋一凶王，安知他不登时授首呢？"说着，北望慷慨，不住地握拳扼腕。跃鲤亦愤然道："正是，正是。凭咱们这忠诚之气，总夺得凶王之魄，好歹叫他晓得咱江南未尝无人。至于事之成败，竟可在不论之列，难道咱们便被他什么鸟王气吓住不成？"刘静听了虽是好笑，然却也十分赞叹。少时，下得露台，各自安歇。

次日刘静谆谆地嘱咐跃鲤一番，即命他们回报伯通。

不提跃鲤等匆匆别过转去，并刘静这里赶制媚药，准备着潜赴南京。且说太湖中祁六公子等自送得跃鲤等下书去后，每人心坎上坐牢了一个异人。别人犹可，唯有曼华和魏耕，简直心头憋了个老大疙瘩。

魏耕不便琐屑伯通，便暗中撺掇曼华，每日总要请问伯通两次。老头儿更会凑趣，偏不肯说那异人究竟是张王李赵，什么角色。曼华没奈何，只好眨眨眼儿，噘着小嘴走掉。从此除与六公子讲论剑术，或手弹一局外，便是邀同魏耕遨游庄外，彼此价跑回驴子，以兹消遣。久而久之，那驴子日与曼华驯习，竟能任曼华指挥如意。曼华有时跨在驴背，跳丸掷剑，放出诸般解数，便如跑马戏一般，倒也十分有趣。及至屈指跃鲤等的行期约莫将归，两人越发急得如热锅上蚂蚁一般，每日必要到庄外水次张望一番。

一日，两人又复临水徘徊，曼华笑道："光阴真快，咱那日在此送鱼、余两人赴青螺山，转眼已是好些日咧！好奇怪，怎的他们还没将那个静道人掇了来？难道那里山深林密，不易寻访，或是静道人又移居别处呢？"

魏耕道："你虑得不对！他既有住址，怎会寻访不到？俺想这静道人既有异人之目，一定是有些道理。他只管迟迟不到，一定是举事的计划还未想妥。俺想不久的他也该到咧。好笑这两日，只管思得俺胡梦颠倒，一合眼睛，便似乎见鱼、余两个领着个仙风道骨的人飘然而来哩。"

曼华大笑道："魏先生，你倒会瞎三话四。你焉知静道人不是个庄稼老头样儿，或是长得魁梧奇伟、傻大黑粗？难道就该像戏场上的诸葛亮、徐茂功一般吗？"魏耕听了，合着眼睛，晃着头儿道："俺总觉他应该是仙风道骨的样儿才对。不然怎么配称异人呢？"

正说着，那头驴子在身旁树上系着，忽然脱缰，见魏耕前仰后合，摇摆得起劲，它也将那毛茸茸的容长脸儿三不知凑向魏耕嘴边，只管咈咈地乱闻。

魏耕睁眼一瞧，登时跳起来，大笑道："好了，好了，今天静道人定要到的。俺这老伙计专以能报喜信。"说着，一把抓去。那驴猛地一摆头，跑出数步，倒将魏耕闪跌一跤。招得曼华正咯咯地笑，忽见伯通家一个庄客寻将来，一见曼华等，便笑道："原来姑娘和魏先生都在这里哩，倒累人寻得好苦。如今鱼爷等都转来，正在邓爷大厅上讲话哩。"

曼华一听，更顾不得细问，一扭纤腰，回身便跑。这里魏耕也便啊呀一声，从地上爬起来，老远地便来了个张飞骗马的式子，满想一下子跨上驴背。哪知劲头儿使得过猛，扑嗒一屁股，正跨在驴脖子上。那驴猛惊，一低头儿甩下魏耕，沿湖岸开腿便跑。

不提魏耕手舞足蹈，一面价骂骂咧咧，大叉步且赶那驴子。且说曼华抛掉那庄客，纤趾如飞，一气儿跑回邓宅。刚一步跨入庭院，已闻得跃鲤、腾蛟等在大厅内咭咭而谈。但闻伯通笑道："怪不得你两人此去耽搁这些时，原来静道人采取灵药并水獭，有这许多的啰唆。如今异人未到，宝物却来，咱且开开眼界如何？"

曼华听了，正在摸头不着，便闻伯通鼓掌大笑，六公子亦连连称奇。接着便有一片异样光气，真赛如霞光万道、瑞气千条，由厅内直射到院中。

这一来曼华大诧，赶忙抢步进厅，早见跃鲤、腾蛟、六公子、陆香儿一班人，都围拢着伯通，在案前瞧一颗龙眼大小的明珠。那珠儿腾辉吐彩，照得诸人的面目都越发精神。

这时曼华俊眼一转，却不见什么生客，料是静道人没同来。正要动问，伯通却笑道："曼姑来得正好，你且瞧这颗霄光神珠，真可谓稀世之宝！"

曼华听了，方才含笑趋进，只听院中驴声大作，接着便奔腾磕撞，又夹着许多庄客喧呼追逐之声。大家向外望去，早见魏耕秃着头儿，光着一只脚，正猴在驴背上吆吆喝喝，并骂道："你这东西，怎不早不晚，单等俺魏先生今天要会高人贵客，你却逞起疯性来？"说着一勒缰绳。

哪知那驴子一耸长耳，通不理会，一面价大蹶大跳，并且望着厅上摇头摆尾，竟似疯牛惊马一般，只管驮着魏耕就院中横蹿竖蹦。亏得两个庄客一前一后赶将去，抓住缰绳，扶下魏耕。那魏耕不暇喘息，抢向厅中，虽见那珠光华灿烂，他却并不理会，眼张失落地望望众人便噪道："如今静道人在哪里？"一言未尽，只闻那驴子又复大蹶大跳。曼华乖觉，便引手将珠入衣。顷刻间光华尽敛。说也奇怪，那驴子登时止住踢蹶。于是大家顿悟那驴子是被珠光所惊，便将魏耕拖坐一旁。当由跃鲤细述访见静道人的一番情形，并一述静道人嘱咐之语。

当时伯通是连连点头，六公子主仆是沉吟不语。唯有曼华、魏耕一个是俊眼乱转，一个是直摸肚皮。少时，两人眼光一碰，不由不约而同地噫了一声。

魏耕跳起来道："了不得，这静道人在俺肚内已经憋了个老大疙瘩，如今虽晓得他的来历，他又弄这个闷葫芦掼将来，不越发将人闷坏吗？杀一个狗也似的凶王，你到这里会会大家伙儿，好歹地出个馊主意，不结了吗？他又偏这么做作。老实说，休要惹俺性起，俺魏先生一个人儿闯入南京，难道便割不掉凶王脑袋不成？"说着，狠狠地一摸肚皮，向后一仰。

不想曼华见静道人没来，失望之下，尽力一跺小脚，趁势向魏耕椅腿上一蹬。这一来，魏耕叫声"不好"，连椅便倒。慌得腾蛟急忙搀扶之间，那曼华却向跃鲤吵道："鱼兄莫怪我说，你们两个人真也遇事没抽展，就这等来回一般远，白去白来咧。那静道人就是金刚似的大汉子，凭你两个稍长大汉，怎么也掇将他来咧。俺们盼星星、盼月亮似的，盼你们掇得他来。如今却好，却是个空！难道那静道人是十七八的大闺女，或是缺唇瞎眼、短胳膊少腿儿见不得人吗？俺天天到湖边上傻雁似的望你们，便是鞋子都跑烂两双。"说着，一皱眉儿，扑嗒声坐在案旁椅儿上，不容分说，脱下小鞋儿，却由里面拈出两枚米粒大的硬土块，便唾道："今天越发晦气。那会子俺只当是静道人跟你们来咧，慌得俺一阵乱跑。你们瞧，这不是把人的脚都被硬土块垫坏咧。"说着，翘起白尖尖一捻香钩，一面咕嘟着嘴儿只管把握，一面随手将那小鞋儿向案上一抛。

说也凑巧，恰值祁六公子和伯通老头儿两人正凑拼着低了头儿细玩那珠衣，彼此价啧啧。只听啪嗒一声，那鞋儿正落在两人面颊之间。伯通白胡儿猛沾那鞋儿锦提，赶忙一仰头。这一来，长胡一擞，却将那鞋儿实胚胚地合在六公子鼻尖上。闹得公子愣怔怔，一时间对了那只小鞋儿，通没作理会处。

这一来，招得大家哄然一笑的当儿，只见魏耕扶起歪椅，重新坐稳，却一抬光脚道："啊呀！俺的鞋子跑脱，倒劳你送来。俺今学个圯桥纳履的故事，就烦你与俺穿在脚上吧。"说着一伸大脚，倒和曼华来了个遥遥相对。大家向厅门外瞅去，却见个小厮提着魏耕的一只鞋子。因见曼华光着一只罗袜，所以他在那里且前且却。

那曼华正没好气，便向那小厮唾道："你蝎蜇的是什么，谁家不生两只脚呢？"说着，没事人似的从六公子面前拿起鞋儿胡乱穿好，跳起来道："如今俺白盼一场，静道人也没来，俺可要歇歇腿儿去咧。"

这时跃鲤待她发落已毕，然后笑道："阿妹，你忙的是什么？将来咱们都到南京时，还见不着静道人不成？"伯通笑道："正是，正是。如今异人虽没来，却得异宝。方才跃鲤持赠与我，我得此珠无用处，曼姑便收去，留着赏玩吧。"说着，褪去那珠衣，大家又玩弄一会儿，然后交给曼华。

从此六公子等只好耐着性儿，静待静道人的布置消息。跃鲤是隔十余日，即赴南京一次，往返传递消息。大家每闻消息，都诧叹静道人布置神妙。

话休烦絮，便是如此光景，转眼间已是两三月。大家知得布置将毕，举事期近，一个个摩拳擦掌，高兴异常。唯有魏耕躁急得什么似的，总要跟跃鲤先到南京，瞧瞧光景。

一日，跃鲤又将赴南京。这时静道人一切计划都已就绪，只待机会就要定期举事。大家高兴，于傍晚时分便乘了一只小船儿，直赴那杏花春酒店。恰值跃鲤正在水次徘徊，魏耕望见，便唤道："喂，鱼兄，俺们大家特来啃嚼你。没别的，今晚是尽醉方休。无论你怎样说，你这次赴南京图谋大事，总须带俺去玩玩。机会一顺适，俺瞅个冷子跳进凶王府中，咔嚓一刀。"慌得跃鲤张皇四顾，连连握手道："魏先生，这是何等的机密大事，你如何乱叫起来！倘被人听得，可是要处？"

一言未尽，只听背后树影中有人喝道："你们这班人做的好事！"跃鲤猛闻，不由大惊。正是：

剑气冲霄，酒怀若渴。险语破胆，恶剧斯作。

欲知后事如何，且听下回分解。

第四回

清夜游群贤言志
霄光舞侠女弄珠

　　且说跃鲤大惊之下急忙回望，只见那人已由树影中拽杖而来。大家定睛一瞧，却是伯通。原来伯通那会子寻六公子等不见，料是他们来寻跃鲤，因恐魏耕厮缠跃鲤同赴南京，所以随后也赶将来。

　　当时六公子等船已拢岸，便跳上岸，大家厮见。跃鲤先笑向伯通："你老人家这一喝不打紧，几乎没吓破俺的胆子！"

　　魏耕却噪道："你也过于的小心咧。俺要和你赴南京瞧瞧，你总怕俺露什么马脚。如今连句响亮话都不许人说。难道这一洼子水地内，还有意外的耳目不成？你瞧着，将来咱到南京，杀他个尸山血海。便是北京的大头子也叫他猛地一惊。如今俺说句快意话打甚鸟紧？"说着，手舞足蹈还想乱吵。哪知曼华在一旁瞧得好笑，便从后伸手，将魏耕脖儿一捎，又向六公子一挤眼儿。两人不管好歹，前挽后拥，撮了魏耕便走。魏耕却吵道："慢着，慢着，俺魏先生吃不得这般急酒。"大家一笑之下，相与趱进酒厅。

　　这当儿时近黄昏，酒客都散，由跃鲤指挥酒保，就临窗酒座，收拾停当，大家不拘礼法，连陆香儿、腾蛟都依次坐下来。先由酒保献上一道香茗。魏耕掇起杯，吸了一口，大漱了一阵，噗唧声喷在地下，便噪道："酒来来来！鱼兄你这次荣行，俺们这场酒应当白衣冠，与你祖饯才是。因为你这次去，是和静道人规定举事之期，怕不将凶王之魄先摄了来吗？"

　　跃鲤大唾道："你快别说丧话，俺活跳跳地跑去，还活跳跳地转来，你如何盼着俺一去不复还呢？你这张嘴若只管这样没遮拦，却没得酒与你吃。你若三杯入肚，更要胡言乱语，倘若泄露机关还了得吗？没别的，咱今晚这一会，只好清茶恭候了。"

大家见他两人顶嘴正在好笑，只见魏耕跳起来，向跃鲤便是一个大揖，道："好人，不要作难。今晚若没得酒吃，咕咕地灌一肚皮苦茶，岂不扫兴到十二分！便是你这酒店也透着不利市。如今俺只闭了嘴饮酒就是。"

跃鲤听了还不肯依，当不得魏耕左一个揖、右一个揖地只管涎皮赖脸，招得曼华一面凭窗眺望暮景，一面咯咯地笑。便见跃鲤笑道："你一定要吃酒，须要依我三件。"魏耕攒眉道："你瞧瞧，吃杯酒真不容易。你就快说吧。"

大家听了，都含笑望着跃鲤。跃鲤便道："第一件不许提南京之事。"魏耕欣然道："可以，可以，俺就憋一霎儿也不打紧。第二件呢？"跃鲤道："今晚上你不许吵着跟我上南京。"魏耕沉吟道："也可以的，反正咱先吃酒要紧。那么第三件呢？"

伯通听了，正瞧着他们捻须而笑，只见沿着水边柔橹欸乃，撑过一只连舱的客船儿。那艄公撑到酒店前，略为停橹，便问店前的酒保道："喂，借问大哥一声，你这所在哪里有避风泊船之处呀？因船客带有女眷，那女眷偶感风寒，须寻安静之处哩。"

酒保听了，向偏东一指，道："离此不远，再过个小小水村儿，便是黄芦港。那所在避风儿就再好没有。"那艄公谢了一声，即便刺船而去。

大家见了也没在意，便见跃鲤笑道："这第三件，越发好办。少时，饮酒谈笑，只许你胡扯八拉，越没要紧越好，如谈正事便须罚酒。"魏耕道："俺也依你，但是大家驴，大家骑。哪个要谈正事，都须罚酒。"跃鲤道："那是自然！"

正说着，只见曼华用纤手向东一指，道："你瞧那月儿，业已欢喜喜地来照临咱这酒场，你两个却只管老驴喀槽。依我说都须罚酒。"

大家随她手儿望去，果见一轮皓月飞上东溟，照得满湖中空明朗彻，水云晃漾，好不有趣。

那六公子见此光景，不由悠然顿起遐思，便和陆香儿、腾蛟蹑离座次，同曼华一同望月徘徊。

这时跃鲤已命酒保等摆上整齐肴酒。跃鲤唤得六公子等一声，即便先与伯通、魏耕斟满。伯通举杯一饮而尽，不由笑道："光阴真快，便是你说的那洞霄观，俺已有十来年的光景不踏那里了。"跃鲤听了，忙笑着一使眼色。

这里魏耕尽力子哼了一声之间，却见六公子望望腾蛟，喟然叹道："真是光阴迅速，俺记得你拜别夫人，一径地来此太湖时，也正是月圆之夜。如今蟾圆屡易，今晚咱又在此赏月，不知夫人在家，对此月色如何感想哩。"说着，连连叹息。

那陆香儿一听此话，也愀然道："便是陆香儿离得寒山坞也好多日月了。想这时月照柴门，俺老母定也思念俺哩。"一言方尽，只听魏耕哈哈一笑。大家也没人理他。

曼华见六公子忆母有感，恐他悲伤，便咯咯地笑道："可了不得，可见你们都有个知痛着热的妈，便都掮出来卖弄。可怜我自小儿就没妈，倒省得对月伤感。俺今对此月色，倒想起大战嘉定城时，也像今夜的月色一般，被俺一柄剑杀得月晕无光，委实痛快得紧。"跃鲤听至此，依次与六公子等斟满酒，不由拍案道："壮哉！公子等且入座吃酒吧。"

大家相与落座之间，那魏公子却鼓着腮帮子一语不发。及至大家饮毕，他却哈哈大笑道："你们都犯了正事的约法。来来来，快些罚酒！"说着，给六公子主仆并曼华依次酌上。大家都诧异笑道："俺们偶触情怀，说几句没要紧，如何是谈正事呢？"

魏耕正色道："你们说孝的说孝，谈忠的谈忠，世上的事，还有比忠孝还正经的吗？"大家听了，一时倒没得话讲，只得含笑饮过罚杯。

跃鲤瞧着正在好笑，只见魏耕更不客气，哗哗哗倒满罚杯，竟向自己送过来。跃鲤笑道："怪了，俺不曾说什么，如何也饮罚杯？"魏耕道："话不在多，你只赞了一声'壮哉'，就是和他们谈正事呢。"跃鲤听了，只好干笑。

饮过罚酒，这时伯通正在整襟危坐，没事人一般。只见魏耕一气儿倒满两杯罚酒，恭敬敬送到面前道："你老人家，居然提起南京之事，犯了第一件禁令，所以须罚这双杯。"伯通听了，方忆自己曾说出"洞霄观"三字，于是大笑道："若是这般苛罚起来，咱们只好都装哑子。再不然，便谈些猫上房、狗打架的事体。"

魏耕道："正是哩。便是街坊上谁家死掉人，谁家养孩子，都可以谈。人家说得明白，是越没要紧越好。"说着，望望跃鲤，正在得意，哪知跃鲤也斟满罚杯，直送过来。魏耕夷然道："你这是无理取闹，这杯罚酒怎的说法呢？"跃鲤道："你说谁家死掉人，谁家养孩子，这生死大事，如何不算说正经事呢？"大家听了，都各拍掌称是。

魏耕攒着眉饮过酒，便笑道："老实说，这第三条禁约须要去掉。不然大家都做哑巴，不是吃酒，倒是在此受罪了。"大家听了都各点头，于是杯来盏去，随意笑语，或谈山水，或论剑术，以至谈玄说鬼，无所不至。

须臾，大家酒至半酣，逸兴遄飞。那曼华便以莲钩点地，曼声歌起《风云会》一阕，清音澈越，声可遏云。须臾，转作变徵之声，大家不由相视慷慨。唯有魏耕猬须屡张，意思是想说什么，却又睼睼跃鲤，哞的一声，即便连连进酒。跃鲤、伯通相视会意，不由都心下暗笑。

这时那一轮皓月已到中天，湖波如镜，远近间隐现的峰头，便如青螺点点。正这当儿，左近间山寺里撞起几杵疏钟，余音摇曳，使人尘心都尽。

六公子目注那滔滔湖水，不由慨然道："俺祁某将来报国事毕，侍老母以终天年，所不托迹空门者，有如此水！"

伯通听了正在擎杯含笑，只见魏耕攘臂大叫道："公子，你这句话说到俺心眼儿里去咧。这等的腥膻世界、奴鬼乾坤，咱既义不帝秦，又没田横之岛，也只好逃之方外了。你若去当和尚，俺便陪你去做道士。老实说，连咱们卓锡筑庵之所，俺早已打算好了，便是那雪宝窦中，就再好没有。"说着，举杯向公子道："俺有个老友傅青主，他曾梦见天帝赐以黄冠。俺已约下他将来共隐雪窦，若得公子同隐，越发不患寂寞了。"

曼华听了，正在一撇嘴儿哧地一笑。不想陆香儿、腾蛟也各自触动情怀。陆香儿便道："小人今无别志，但愿将来服侍公子毕，得归寒山坞，养老母以乐天年，余愿便足。"

腾蛟叹道："叶落归根，人生终当寻个归宿处。俺腾蛟追随公子，报国事毕，便当筑室于余母祠旁，做个火居道人，倒也不错。"六公子听了，不由和魏耕相视黯然，愀然而叹。一时间停杯静默。

正这当儿，忽闻钏声铿然，接着便叫道："颓气，颓气。"大家望去，早见曼华眉飞色舞地站起，一面揎起藕也似的半段玉臂，一面用纤指抹腮，笑嘻嘻向公子道："公子不差！俺再没想到，像公子这样人，也会说出这样的颓气话来。古人有一成一旅而能中兴者，咱大家须卧薪尝胆，置生死于度外，尽全力以赴之才是！如今你也吵报国事毕，我也吵报国事毕。来不来的又和尚、道士地闹了一大堆。请问这报国如何是事毕？非驱尽胡虏，还我河山，哪里配称报国事毕。今报国方始，诸位却先说这片颓气话，兀的不令人索然气尽。俺谢曼华虽一弱女子，终当与国仇周旋到底。你们瞧着，俺总要搅他个泰山不下土。只要俺一息尚存，他休想高枕而卧哩。"

六公子等听了，正在惶然起谢，便见伯通拍掌道："曼姑快论，亦是正论。今当报国起手，却不宜先作退步之想。今且痛饮数杯，以作壮气如何？"于是老头儿先与曼华斟满一杯，然后与诸人依次斟满，大家举酒，同喝一个"干"字。这才慢慢地传杯弄盏，欢笑起来。又谈论一回刻下闽浙建国，并清兵分路进击等事。

六公子忽道："近闻闽中郑氏成功召集遗老，大修武备，其人似颇有非常意志，也可谓海上人豪了。"

伯通笑道："也未见得，那郑成功当少年时节还曾受业于钱牧斋之门，不断地往来秣陵、金阊之间。其人裘马轻狂，略晓兵法。读书击剑也略来得。但是究竟是个窥势慕利、善趋功名的角色。他今纵横海上，乘势自雄，怕不自有一番志意？若说他纯乎是心存故国，却未免太高视其人。"六公子听了，不由恍然若失。

这当儿，皓月当空，清光直泻，满湖中水月相涵，恍似琉璃世界。偏搭着云影风丝，一些也没得。于是魏耕逸兴顿起，便叫道："如此月色，咱们只顾缩在这里吃酒，不透着有些煞风景吗！咱有现成的船儿在那里，何不乘船玩回月，回头再吃酒呢？"

众人听了，都各称善。伯通虽神思微倦，然因大家高兴，也便附和道妙。于是大家出得店门，即便登舟。当由跃鲤点篙，放乎中流，击空明兮溯流光，果然是空虚旷朗，又是一番风景。喜得个魏耕手舞足蹈，又一面价哑着喉咙，呜呜而歌。

须臾，一叶容与，直向偏东。过得一个小小水村儿，便是黄芦港地面。跃鲤道："这所在地既旷朗，又避风儿。此间赏月便再好没有。"说着，就岸边一株老枫树上系好船儿。却见数十步外一处弯环短港边泊着只连舱的客船儿。大家知是那会子问路的客船儿，也没在意，于是便随意价都坐船头。只见一轮月色扬辉吐彩。

曼华兴起，便由身边取出一支紫竹短箫，呜呜咽咽吹将起来。悠扬婉转，如怨如慕，听得六公子正在形神俱寂，却遥见那客船上人影一晃。

陆香儿便道："小人自服侍公子以来，久不歌唱，不知这哑钝喉咙还中用不哩。"说着，便顿开珠喉，拍手唱起大苏学士《水调歌头》一阕，道：

> 明月几时有，把酒问青天。
> 不知天上宫阙，今夕是何年？
> 我欲乘风归去，又恐琼楼玉宇，高处不胜寒。
> 起舞弄清影，何似在人间。
>
> 转朱阁，低绮户，照无眠。
> 不应有恨，何事偏向别时圆。
> 人有悲欢离合，月有阴晴圆缺，此事古难全。
> 但愿人长久，千里共婵娟。

一时间歌声遒亮，和以箫声婉转，大家细味词义，当此妙景，不觉飘飘然有凌云之意。

这一来，早招得魏耕大叫道："既有清歌，还须有妙舞才是。当此良宵大月，胜境嘉会。曼姑，你那云容妙舞，如何还不施展出来呢？"

跃鲤笑道："依我说，乐不可极。如今业已有三更时分，咱不如转去，吃罢那半截酒，大家也该散场咧。须知俺明天还有正事哩。"魏耕噪道："你如何专会拦人高兴？曼姑不要理他，快快舞将来。你若需人助舞，俺与你捧个场儿何如？"曼华忙笑道："不劳吧，你若一上场，不成了舞鲍老吗？"

大家听了，不由一笑。就这笑声里，曼华已置下短箫，翩然站起，大家都退向舱门，就船头上放出一片场儿。只见曼华略为结束，低鬟弹袖，徐移纤趾，方要撒开舞式，忽笑道："不成功，如今没得舞衣，哪里有翩跹飞扬之致，岂不有辱'云容'二字吗？"

魏耕忙道："不打紧的，虽没舞衣，姿态自在。如今俺再给你出个主意。你那颗霄光宝珠想必带在身边，对此月色，弄此宝珠，当必有一番奇景。咱就名为《霄光舞》如何？"

几句话招得曼华十分高兴，当即由贴身衣袋内取出宝珠。只珠衣一褪之间，早有一片光华腾踔而出，照得满湖中岛屿历历可数。大家相看，俨入广寒清虚之府。再抬头瞧那月色，竟自有些黯黯不明起来。

正这当儿，便闻靠岸高树边有人磔磔大笑。正是：

绝妙《霄光舞》，群贤逸兴多。冤家偏路窄，暗地隐风波。

欲知后事如何，且听下回分解。

第五回

鱼壮士再入南京
魏山人夜遭巡卒

　　且说大家循着笑声望去，便见黑影一翻，悠然而逝，原来是头老鸦被珠光所惊。当时曼华系珠于胸，翩翩舞起。这一来，奇光四射，真个是霞光万道，瑞气千条。那曼华姿容被珠光笼罩，格外精神。大家但见一团奇彩腾踔中，仪态万方，便如天女散花一般。于是魏耕大悦，直乐得山嚷怪叫。他本靠近船舷，一个飞脚打将去，不想用力过猛，噌的声脚下一滑，一条腿子业已叉下船舷。亏得跃鲤手快，一把将他提牢。

　　这一来大家惊呼之间，便见那连舱客船上隐隐地逗出灯光，似乎船上客人被大家惊醒一般。这时曼华舞式已停，依然是光华灿烂，正趋视魏耕，觉得郎当可笑。却闻得远近间栖禽乱噪，加以各村中狗吠如潮。少时，远近狗吠越来越凶，直然地浑成一片。于是伯通大笑道："曼姑快些装起宝珠，咱也该转去咧。若如此喧扰夜游，不叫人家疑惑着是群水寇吗？"

　　大家听了都为失笑。说也奇怪，那曼华才装起宝珠，顷刻间狗吠立止，禽噪亦静。于是大家依然歇坐船头，便寻旧路。只见魏耕忽正色道："如今咱游兴酒怀都已痛快，咱也该谈件正事咧。没别的，鱼兄，今晚俺须打扰你一宵，明天咱同赴南京。左右没多日，咱大家都赴南京的。俺先走上一趟，熟熟道径，有何不可呢？"

　　跃鲤听了，方在微笑不语，六公子等不由一齐相拦道："魏兄绝不可先去。虽说是静道人布置将毕，究竟还没定举事之期。魏兄状貌异于常人，倘万一露些马脚，岂是耍处？"魏耕怫然道："奇哩，俺一般一个脑袋一张嘴，有何状貌奇异处，何至于便露马脚？你大家既如此说，俺更是非去不可，难道俺魏耕便这等没用不成？"

大家听了，正在面面相觑，伯通却笑道："魏兄你这手儿俺早料着，所以你们今晚寻跃鲤吃酒，俺也特地赶来。今老夫不揣冒昧，竟要拦魏兄的高兴。南京之行，魏兄终宜待定期举事之后，大家同去，方为妥当。魏兄不必多讲，且依老夫此语何如？"魏耕听了，登时噘了大嘴，望望伯通，却又不便再说什么。

大家正在相视而笑的当儿，那船儿已抵酒肆岸前。跃鲤便笑道："魏爷莫着恼，实实的南京之行，您不必先去。今闲话休提，咱且来找补这半截酒吧。"魏耕哼了一声，道："哪个只管要吃酒，依我说，咱就此散掉是正经。"伯通道："此话有理。如今夜深，大家也该歇息咧。"跃鲤听了，便将篙递与腾蛟，自行上岸。

不提腾蛟运篙如飞，一行人自回邓宅。且说跃鲤次日结束停当，直奔南京。傍晚时分，进得城去，一径地便奔那常住的客店。刚一脚跨入去，劈头遇着店主人，便笑道："鱼爷这次来得正好，过个六七日，便有个天大的热闹儿瞧哩。"跃鲤笑道："什么热闹便这么大？"

店主道："吓！这热闹儿大得多哩。昨天豫王爷发下手谕，命洞霄观老道申天鉴，准备大醮一日夜，求祈仙露。并因是仙缘喜事，大醮前后三日中特弛门禁，准许军民白日纵观，并不禁百戏，以见军民同乐之意。至于大醮之夜，豫王爷还亲去拈香，通诚祈福。申天鉴接到此谕，真是忙了个不可开交，连日价搭盖彩棚，演习法器。如今那洞霄观左右业已行贩云集。并江湖诸般鬻艺人等，不断地源源而来，十分热闹。你说不是个天大的热闹吗？"

跃鲤听了，情知是静道人布置将毕，不由心头暗喜，便欣然道："既如此，俺正好瞧热闹儿哩。"说话间趱入客室，安置一切。

一宿晚景已过，次日便赴那豫王府左近静道人的寓所。恰值静道人又被豫王召入府中弈棋去了，跃鲤只和静道人的小童匆匆数语，即便趱出。顺步儿到洞霄观外张望一回，果见观外商贩如云，十分热闹。并道众们出出入入，忙碌异常。那豫王建醮祈露的手谕，业已高贴在观门之外。

跃鲤就左近茶肆歇坐了一会子，望望日色已将平西，正要会罢茶钱去寻刘静，只见茶伙一路喊座。忽然从肆外趱进两人，头一个是个大胖子，生得肿眉塌眼，露着一嘴黄板牙，俗气可掬。后跟一人却是细高条子，青尪面皮，细眉长眼，顾盼间很透着精神伶俐。两人一路张望觅座，恰好就跃鲤座右随意坐下。那茶伙泡过茶，自去张罗别座。

这里大胖子一气儿吃过两杯茶，一瞧他同伴只管低头沉吟，若有所思，便笑道："郎兄，你只管发怔怎的？凭你这营干才能，既到南京，怕不就有很好的事体。难道你忘不下你那松江府吗？再者，你自抓了桦江府的印把子，虽说是为日无多，那腰包儿总也是满满的。如今把出来营干营干，欲语云：火到猪头烂，钱到公事办。怕不就有很好的机会，你还发愣怎的？"

那姓郎的叹道："别提咧！俺虽做了几日松江府，空当了回过路财神。钱虽没少落，都花在逢迎馈送打点要津上咧，饶是如此，如今还被人挤掉位子。偏偏贱内在路上又啾唧闹病。所以俺这些时只管没高兴。"

胖子笑道："一时蹭蹬，不算什么。你这次来钻门路，不消说是寻申老道了。"那姓郎的微笑道："也还未定，这只好看事做事，哪里有什么准门路呢！"于是两人随意用茶，又闲谈数语。

跃鲤方要起身会钞，却又见那大胖子笑道："再过几天，洞霄观建醮祈露，就要大热闹咧。届时咱也玩玩去吧。"

那姓郎的哼了一声道："依我看，这段事豫王爷真是没主张，胡闹得很！如今江南虽定，奸人未静，便如先时节祁六、魏耕一班人，偷头戕杀官军。"

跃鲤猛闻，大吃一惊，不由偷觑那姓郎的，心下怙悘道："莫非此人就是六公子所说的坏蛋郎湛吗？他如今也撞到南京，倒要小心一二。"

正这当儿，便见那姓郎的接说道："他们闹了个乌烟瘴气，官中通示缉捕，他们却自有逍遥所在。"跃鲤听了不由越发吃惊，便听姓郎的道："今江南如地面，总算是伏莽未靖。豫王爷无端地轻举妄动，只顾热闹，你说不是胡闹吗？"

胖子笑道："祁六等一班人，早已被拿得鸡飞狗跳，难道他还敢趁热闹混入南京，闯什么乱子不成？咱别管人的闲账，只准备着瞧热闹就是。"那姓郎的听了，又哼了一声。

这时大胖子捅起两只膀子，大说大笑，无非饮博冶游等事。跃鲤听得不耐烦，便会罢茶钱，巡逡踅出。及至踅到刘静寓所，业已傍晚时分。两人晤面，密谈良久。

刘静道："事不宜迟，如今七日之后，便是凶王亲临洞霄观夜祈仙露之期。你明天速速转去，知会六公子等，不得有误。"跃鲤唯唯。

两人又谈话半晌，业已二更敲过，于是跃鲤别过刘静，出得寓所，刚趱经豫王府墙边，只见提灯一闪，有四五个长大巡卒拥定一人喧嚷而来。一卒便道："这厮诡模怪样，只管在这里探头探脑，大概不是好人。咱只捉他到巡局中，拷他屁股便了。"

那人便噪道："哈哈，你们真不说理，动不动就想拷人屁股。俺王大和伙伴在酒肆中吃了几杯酒，趱到这里。方才被街众一拥，冲散俺的伙伴，俺在这里张望寻他，你怎说是探头探脑呢？俺们乡下人没见过世面，乍到南京，自然透着愣愣怔怔。没别的，你们自回什么巡局，俺却不奉陪咧。"说着两膊一分，向前一闯，几乎被他跑脱。但是转眼之间，早被众巡卒捉牢，一路跌撞，直近跃鲤身旁。

跃鲤初闻那人语音，已然吃惊不小。这时提灯晃曜，望得分明，不由吓得冷汗直淋，暗道：我的妈，这个家伙，他居然撞到这里来咧。大惊之下，顿生急智，便向那人招手唤道："王大哥，你好生胡闹。这等所在，也是你一个人儿乱撞的吗？俺寻你这半晌，出了一身大汗，哪里晓得你却在这里惊动起官人来咧。如今待俺把话说明，咱快些回店去吧。"说着一步抢上，刚要向众巡卒赔笑说话。那王大一瞧是跃鲤，便登时张牙舞爪地道："怎么样，你瞧俺伙伴也寻俺来咧。难言俺是说谎不成！"跃鲤听了，忙狠狠地瞪了他一眼。

这时众巡卒一瞧是跃鲤，不由哄然大笑道："鱼爷，你怎么弄来这样个漂亮伙伴呢？简直的是个四不像儿。"

跃鲤趁势道："他是俺个老乡亲。庄户人们自然是怯头怯脑。方才俺们被街众挤散，不想却惊动众位，便请众位高抬贵手则个。"

众巡卒道："好说，好说！既是鱼爷伙伴儿，谅非歹人，你二位便请着吧。"说着，放掉王大，一笑而去。原来跃鲤时常价出入刘静寓所，巡卒们都认得的。

当时跃鲤抹抹额汗，拖住王大，一气儿奔回自己寓所，掩了房门，这才将那王大仔细一瞧。只见他穿一身蓝布短衣，便帽草鞋，活脱是个乡下村厮。新剃的胡子，颏颊间青郁郁的，赛如靛抹。不由失笑道："啊呀，我的魏爷！你这等玩法，可是要处？你既随后跟俺来，也该来先寻俺才

31

是，怎的冒失鬼似的，竟向豫王府墙边胡撞呢？"

魏耕顿足道："别提咧，方才或不是那班巡卒横来胡搅，俺这会子割得凶王首级来都未可知哩。"于是匆匆一述所以。

原来魏耕自那夜吵赴南京，被大家拦了高兴，他不由越想越气。次日闻跃鲤走后，他也便匆匆乔扮，随后赶来。又恐人识破形状，特地将一嘴虬髯剃个净尽。既入南京，索性不去寻跃鲤，便就豫王府左近小店中住将下来。白日里就府墙边探望了道径，待至夜间二鼓以后，他竟想跳入府墙刺取豫王。哪里晓得，方在府墙外窥伺之间，恰好撞着下夜的巡卒。

当时魏耕说罢，吓得跃鲤吐舌道："好险，好险！你幸亏撞着巡卒，又遇着俺。不然，你真个跳入府墙还了得吗？你想那豫王府内千门万户，警卫重重。俺上次乔扮入去捉取白鸽，在高处张望好久，兀自瞧不下什么要领。你一个无头蟓似的，愣想跳进去做活儿，这真个是岂有此理了！你若进去，不必说撞着警卫，便是那群灵狗子，也就将你一顿啃烂了。因为豫王府势不可入，所以静道人才想起那洞霄观一番布置。如今布置都妥，七日之后便是举事之期，我的老佛爷，你老人家却三不知地来了这么一手儿。方才若是被巡卒捉去，或有人再认识你是魏耕先生，你想这事该糟到什么分儿！真是棋错一步，满盘俱空了。如今闲话少说，等明天俺领你去见静道人，请他想个法儿安置你吧。我可是缠你不清的。"

魏耕听了，唯唯之下，倒也没什么话讲。因问知静道人近来的布置一切，不由欣然道："左右是七天光景，俺来得到算恰好。俺就在所住的小店中藏上几天，只待届时行事便了。"

跃鲤笑道："你却说得好风凉话儿，俺却一百个不放心哩！还是请静道人安置你吧。"魏耕道："便是如此，别的不说，俺先见见这静道人，解解心头这闷疙瘩倒是真的。"

跃鲤望着他虬髯都净，颇觉少相三分，正在暗笑，只见他忽地站起道："俺那小店中还有个小小包裹，待俺且去取来。"跃鲤忙道："如今夜深时分，你别去胡闯咧，待明天咱顺路取来就是。"说着，略一沉吟道："莫非你那包裹中还有兵器吗？"

魏耕听了，哈哈一笑，却从腿裹中抽出一柄短剑道："俺既谋刺凶王，如何不将兵器带在身边？方才那班混账行子若再拖拽得紧，俺这家伙便要大开利市咧。"跃鲤听了，不由又是一阵后怕，便命魏耕藏好短剑，一宿无话。

　　次日绝早起来，先同魏耕到小店取了行李，然后奔赴刘静寓所。当由跃鲤与他两人彼此一为指引。魏耕一见静道人矫若松鹤的态度，不知不觉顿将狂态收起，他却直言不讳地将自己先来南京之意娓娓述出，说到撞着巡卒一节，言下尚有恨恨之意。

　　刘静惊道："这真是会有天幸，巧逢跃鲤，不致坏了大事。魏兄你想这事，若一人入府行刺即能成功，俺又何必多费时日，费许多布置？此事魏兄未免太为躁气了。"

　　魏耕听了，一眙白眼，正要发话，跃鲤忙向静道人道："如今俺就要去报信。这魏爷只好你老人家安置他咧。"

　　静道人听了，细一端相魏耕的小模样儿，不由略为沉吟。正是：

　　　　狂士入座，山人把臂。嘉晤虽快，绝难处置。

　　欲知后事如何，且听下回分解。

第六回

充皂隶王孙落魄
扮卜者高士行藏

　　且说静道人略一端相魏耕，便笑道："魏兄既扮作庄农人，俺却有个处置。但是魏兄既入此重地，端须仔细万分。不怕你见怪的话，这七八日内，你须装作哑子，方为妥当。"

　　跃鲤不由扑哧一笑。魏耕暗道：这倒不错，俺紧赶慢赶，却赶来做黑旋风的哑道童咧。于是攒眉道："先生既如此说，定有妙用，俺便做哑子也罢。莫非叫俺做您的哑道童吗？"

　　静道人笑道："此间靠近王府，耳目众多，魏兄在这里如何使得！如今恰好洞霄观内正在招雇数名扫夫，直至醮事毕方才散掉。少时俺命小童送你入去，一来可以先为熟习道路。二来那最后的藏经阁上最好伏人。魏兄先入去，便可以寻空儿将那阁上的坚牢隔扇撬开两扇，虚掩在那里，也省得大家入去时临时费手。俺所沉吟的，就是魏兄性躁气粗，倘一个言语有失，那还了得！所以俺竟屈你做几日哑子哩。"

　　魏耕欣然道："便是如此，俺只闭几天鸟嘴打甚紧！等临时刺取凶王时，俺响亮亮地喊上几声，也就痛快咧。"一句话招得连小童都笑。

　　不提魏耕置下小包裹，只藏了那柄短剑，居然是哑子王大，跟了小童竟赴那洞霄观中，先闹了个番犬伏窝。且说跃鲤又听了静道人一番嘱咐，飞也似奔回太湖。

　　大家厮见了，忙问知静道人近来的一切布置并举事之期，都各大悦。又忙问知魏耕踪迹，大家这才放下心来。曼华大笑道："俺料老魏准是赶赴南京闹玄虚去咧。不然，他岂肯连他那驴子老哥都丢掉呢？"

　　六公子便道："如今事都体集，鱼兄既有专保静道人临时出城之责，明日似宜急速赶回。俺们随后随意乔扮，也就混入去咧。"大家听了都各称善。

正在欢笑之间，跃鲤忽想起在茶肆觇见那郎湛的一段事，便一述所闻之语并其形貌。六公子、陆香儿一听，不由都愕然道："此人正是郎湛。这厮在南京，却有许多不便。"曼华怔怔地听了半晌，不由愤然道："这厮狗也似的东西，咱怕他怎的！偌大南京，咱几人混入去，只如太仓一粟，哪里便巧遇着他了。"大家听了，也便心下释然，于是又纷纷地谈回乔扮等事。

这时伯通却拈须笑道："诸位忠诚毅气，此去定然夺凶王之魄。但恨老夫不能随行，只好预治喜筵，专贺诸位成功吧。"大家听了，越发欢喜，匆匆价一宿已过。

次日跃鲤果然先回南京，六公子等也便随后起行。

眼睁睁群侠聚会，就要大闹南京。这段热闹节日，阅者诸公一定是忙着要瞧。但是行文须有次序，即如静道人怎的便为豫王的上客，怎的布置一节，这其间许多节目先须转笔述来。诸公勿躁，且瞧作者欲落又扬的笔势如何？

且说那南京城内有个落魄王孙，此人姓徐名青君，便是中山王（徐达）的后裔。那青君自呱呱一声，直至三十余岁，真是吃尽穿绝，生活于粉黛丛中、绮罗香里，保养得白白胖胖，真不愧翩翩佳公子之目。单是他大功坊前那片府第，潭潭翼翼，画栋雕梁，内中是奇花异草，锦屏绣幕，青君一年价所入租税，几敌一县之赋。

他过着这般快活日月，真也算得个陆地神仙。哪知人事无常，忽然国变事作，自清师一到南京，徐青君只逃出一条穷命，房产一切一概籍没。

青君逃难时，也自带出些金珠重物，偏偏又被歹人看在眼里，趁乱中一抢精光。这一来，青君只剩了赤条条一身。初时求亲靠友，胡乱混两顿饭吃，后来人家当大乱之后，有的迁徙，有的自顾不暇，也便没人来理会他了。加以他肩不能挑担，手不能提篮，便是想卖些苦力也不成功。这时青君才感到一无所能之苦。没奈何只得出没街坊，求乞度日。久而久之，闹得衣衫褴褛、形容憔悴，昔日的王孙态度一些也没得咧。

一日残秋时分，下了一阵细雨，凉风起处，好不萧飒。那青君穿了一身破单衣，冻得秋鸡子一般。一路求乞，信步趔至秦淮板桥地面，只见颓垣断壁，满目荒凉，旧的楚馆秦楼都做了满人牧马之场。只有些贫妪儿童就四外荒圃废园中掘取菜根，并收捡马粪之类。

青君见此光景，想到板桥妓薮旧日的繁华，不由顿触起自己身世之感。正在徘徊四顾、潸然泪下之间，只听背后驴声嘚嘚，回头一望，却是个骑驴的小媳妇子，衣衫黯淡，梳掠净齐却像门户中人模样，望见自己，忽地秋波只管萦注。

须臾到得面前，忽嫣然一笑，跳下驴来道："你老不是徐公子吗，怎的便落到这般光景？妾若非仔细端相必乎不认得您咧。"青君听了，将那媳妇仔细一瞧，原来是萃芳楼中有名的妓女王翠翠。当日自己全盛之时，这翠翠时常向府中承应宴会的。

当时青君猛见翠翠，未免又悲又惭，只叫一声翠姐，早已珠泪双抛，便哽咽着略述自己的光景。翠翠也洒泪道："不想公子困顿以至于此。此间非叙话之所，妾家距此不远，且到舍下细谈吧。"青君听了，欣然之下又是一阵伤感。因为自己自落魄以来，久已没得故人来见温煦了。

当时青君感念之下，跟了王翠翠逶巡趄去。不多时到得一处门首，翠翠叩门，便有一老妇应声而出，望望青君，便接过那头驴子。这里翠翠和青君厮趁入去，翠翠便吩咐那老妇道："今天有客，你先去赊一斤肉来，回头便整治中饭吧。"青君听了，忙道："不消，你这光景也非宽裕，又无端破费怎的！"一言未尽，恰好肚儿内一阵雷鸣。这一来招得老妇只管抿着嘴儿笑，便匆匆地端上茶水，自去炊饭。

这时青君和翠翠在室内相与落座。青君举目细瞧，只见室内铺设敝陋，诸物凌杂，似乎是个穷家模样。再瞧那翠翠的姿容儿，也比当日苍老许多。于是两人谈叙之下，由翠翠一述自己的近况。

原来也是因大乱之后，所有的资装积蓄尽被掠夺，门户生意又不能做，只好到乡下混过些时。近来因南京略定，却又趄回来重营旧业。只是丧乱之余，哪里有什么生意？因此之故，甚是困乏。近来亏得有个许皂隶常来走动，便如包家儿一般，所以还能勉为支持。今天是骑着驴子去瞧望一个姐妹，不想却遇着青君。

当时翠翠唏嘘谈话之下，又一细问青君的近状，不由叹道："公子只这样街头流落，也非常法，好歹还是寻个栖身之处才是。公子如不嫌屈尊，如今许皂隶正想寻个伙计帮帮忙儿。您到那里先耐上个一两月，等着与你补了正名儿，好歹地每月里总有个数十两银的捞摸，不就有了安身之处了吗？"

青君听了好不伤感，但是瞧瞧自己一身褴褛，又不觉欣然色喜，道："翠姐，你此意甚好。俺到此地步，哪里还讲屈尊？不想翠姐你倒是个热心人。可叹俺徐青君自落魄下来，哪里有人来温煦个一言半语呢！"说罢又流下泪来。

翠翠笑道："公子不必伤感，人是苦尽甜来。说不定一朝运转，还能恢复旧业呢！"青君强笑道："但愿如此。俺果应了你的话，先盖座金屋，把你贮藏起来。"翠翠听了也为一笑。两人又各叙回遭乱情形，彼此又感慨一番。

正这当儿，那老妇端进饮膳，蔬肉都备，十分丰腴。青君不由致谢道："俺倒好生受你了。"翠翠忙道："公子快别如此说。妾当日逢时遇节，受您赏惠，便是打我这么大个银人儿都打出来了。俺这点儿意算什么呢？公子也不必客气，你就在此住上两天。等那许皂隶来时就同他去，岂不方便？"公子听了，连忙唯唯。于是两人相对坐了，即便用膳。可叹徐青君数月以来，今日方又识肉味。当时一饱，自不消说。

话休烦絮，青君在翠翠家住得三日，翠翠又给他换了衣服，将个青君感激得什么似的。这日许皂隶趱来，由翠翠指引彼此厮见过，并一述自己之意。

许皂隶笑道："只要公子不嫌屈尊，俺皂班里哪里着不下个人呢？只是公子大名人都晓得。今且从权，更名徐青如何？"于是将青君带入皂班中，见了皂头儿一说原委，从此青君居然当了一名伙计，冻馁虽免，无奈一无所能。你想青君是何等出身，他哪里会这连吓带诈、贼诡溜滑坏的伎俩？皂头儿检些事体，差他两次下乡，都被他弄了个稀糟。皂头儿一瞧青君不是这里面的虫儿，便想当时开除他。亏得许皂隶从中善言，这才好歹地将他留下。青君不会做事，只好吃碗瞪眼闲饭。久而久之，仍是混得衣敝履穿，堪堪地支持不得。

这时江宁县内，专有一班替人挨屁股板子的苦哈哈，因杖之多寡计得钱之代价。譬如有人到堂，自料应当被杖，便买通了公人们去雇这班穷朋友。一日，许皂隶见青君穷困不堪，便将替人受杖之事一说，并道："公子你若能做这桩事体，俺便托付各班中朋友，逢你替人受杖时便轻轻地打。虽是卑辱些儿，到底能稍得钱钞，不强如你挨穷受苦吗?"

青君听了，真个是心如刀绞，无奈穷的滋味也是万分难过，当时长叹一声，即便应允下来。从此这落魄王孙，居然匍匐公堂，替人受杖。也是青君时运稍转，一日又当受杖，恰值那掌刑皂隶方在家中吃得半醉，又和老婆因事口角，憋了一肚子鸟气。及到堂上，不管三七二十一，抄起杖来恶狠狠便是数下。这一来打得青君疼不可当，不由大叫道:"唔呀，吾是徐青君哪! 这次买卖，俺委实不愿做咧。"

一句话不打紧，惊得县官儿直立起来。原来青君之名人人都知，再没想到他竟替人受杖。当时那官儿叫上青君，问知他是因穷困替人受杖以及落魄情形，不由十分慨叹，便道:"你与其替人受杖，何如在公门中混碗饭吃? 本县这里正要换一名壮班头总，今便派你充此役如何?"青君听了，马马虎虎谢了下来。

那许皂隶闻知此事忙来称贺，还指示他怎的办公，又笑道:"凡事没有三天的利巴（即不谙习之意）。你若有不懂公事，只管去问我，只要混过数月，便没有不会办的事了。"

从此青君依了许皂隶的话，谨慎从公。过了些时，居然甚好。及至豫王因刘三秀之语物色刘静，下了那搜求山林隐逸的示谕，行知各县。那江宁县官儿本是个俗吏，见示谕中有搜求字样，他便登时执了绿头签，标了朱圈票，便派青君前去搜拿。这一来闹得青君糊里糊涂，又不敢问这山林隐逸毕竟是何等角色。

正在为难，恰好许头儿趸来，问知所以，便笑道:"这山林隐逸，俺倒听人家讲论过。大概就是国变以后，不肯出世做官的一班先生们。其人都是满肚皮的文章学问，或混迹渔樵，或托踪医卜，埋名隐姓，出没于山林江湖之中，避的是当道物色，总言之，是高人隐士之流。你去搜求这等人，却着急不得，慢慢留意就许遇着。"青君听了这才恍然。因是本官特派的差，哪敢怠慢，从此便徜徉于水村山郭，以至幽僻寺观，无不踏遍。

过得些时，踪影毫无。青君有时访问于人，人家都笑道:"如今年光，哪里有真正隐逸。如真有隐逸，他入山唯恐不深，入林唯恐不密，岂肯叫人搜求着呢?"青君听了，不由嗒然兴尽，以为本官派自己这差，也不过是奉行公事，又何必汲汲呢。于是从此便延宕下来。

哪知过了几天，县官儿催问青君，知得没搜求到，登时大怒。恕过他这次失责，仍命他赶紧去搜求。青君着急之下，暗想道：高人隐逸未必全在山林，或者也有托迹市廛的，俺且就城关左近踏踏再说。主意既定，便时时踏访于南京市上。

有一日，二鼓时分，青君踅至一片菜圃左右，人家三五，十分幽静。其中有一家儿，从短篱内射出灯光。驻足听了听，里面纺车轧轧和以吟诗之声。仔细一听，却是吟的《千家诗》里的"偶来松树下，高枕石头眠。山中无历日，寒尽不知年"。青君为人虽未尝学问，但是这《千家诗》，他当初上学时也自念过的。

当时青君暗喜道：有些意思，这家儿夜深纺织，又高吟诗篇，便透着不俗。不要鲁莽，且待俺再细细听。想罢，属耳于篱。便听得有老妇语音道："你偌大年纪，还只管抱着破老本子哼唧，我劝你早些睡吧。"便闻有老翁道："你晓得什么！人家都讲究三余读书。左右俺睡下也困不着，正宜吟诗消遣哩。"

青君听了越发大悦，略一徘徊的当儿，便闻老翁高吟顿停，接着便小声儿哼哼唧唧，似乎觅句一般。须臾便道："你瞧这一首。"青君听了，正在暗惊他诗才敏捷，接着便闻他越发哼哼得起劲，须臾又道："你再瞧这一首。"老妇道："算了吧，如今俺忙忙地织些布，明天还等着换钱下锅。谁有空儿瞧你一首一首的呀！"老翁大笑道："哈哈，俺闹了这两首，肚儿内才痛快咧。"

青君听至此，暗想道：这个老翁，不为穷困，又有这敏捷诗才，一定是高人无疑。真是踏破铁鞋无觅处，得来全不费功夫。想至此一推篱门，恰好是虚掩的，便悄悄踅进。先就窗缝一张，只见室内一个老妇正在织布。临窗案边坐着个清瘦瘦的老头儿，布袍便帽，意态翛然，真挂些高人风度。翻弄着一本旧书，在那里摇头晃脑。于是青君掣签在手，大呼而入，道："你这位山林隐逸，累俺寻得好苦。如今本县奉请，便请同行吧。"说着啪的一声，将那煌煌的绿头拘签置在案上。

当时那老翁、老妇都吓了一跳。老翁一瞧青君是官中人，便道："头翁且坐，方才你吵什么山林隐逸，俺是一概不懂。老汉只闭门家里坐，一不欠官租，二不应官役，官儿无端传我做甚？"青君笑道："你老先生别装憨咧。你明明是高人隐士，如何赖得？你自去见官分说，不干我事。咱这就去吧。"老翁听了，越发糊涂，没奈何跟了青君便走。

须臾到得县衙，恰值夜堂未散，青君便兴冲冲带老翁直上公堂，缴签回话道："小人现搜求到山林隐逸一名。"说着，便回明所见所闻。官儿听了，欣然顾老翁道："先生既是高人隐士，且自站起讲话。"于是一说豫王渴求贤才之意。

老翁听了这才恍然，便向前回话道："小人虽说是稍识几个字，因家贫只在一个屠坊中与人写账，胡乱度日。哪里是什么山林隐逸？"官儿听了，略为沉吟。青君忙道："老爷别听他的话，他若非饱学高才，如何会接二连三的便是两首诗呢？"老翁笑道："你是误会咧。俺因那时正在泻了两次肚，老年手颤，马马虎虎地闹了两手屎，你当是作了两首诗吗？"

一句话不打紧，招得满堂人役都背面匿笑。于是官儿笑且怒道："徐青，你这不是戏弄本县吗？"说着，喝责三十板，又喝道："徐青，今本县限你两月，务必寻到山林隐逸。如再延宕，本县还要重责于你。"说着连老翁一齐叱出。

不提这事传出大家都引为笑谈，且说青君垂头丧气地退下堂来，只得每日里重新踏访。光阴迅速，堪堪地已将两月。这日过午时分，青君闷闷的，经过清凉山下一片茶肆跟前，只听肆内有人唤道："徐头翁，哪里去？且吃杯茶歇歇吧。"说着，笑吟吟趱出一人。青君一瞧，却是住在壮班左近的街坊吴老者。原来这吴老者好说好笑，闲暇时常和青君谈天儿。

当时青君正觉有些口燥，因笑道："吴老丈暇逸呀，咱这些时倒没空谈谈咧。"于是两人厮趁而入，相与坐下来。

吃过两杯茶，吴老者便笑道："徐头翁近来公事想是忙碌，俺几次价寻你谈天儿，都没见着。"青君攒着眉道："别提呢，俺就因近来有点儿公差，鞋都跑烂了两双，这差使总办不到。如今堪堪差限期满，只好准备屁股受苦，这才是晦气哩。"因将搜求山林隐逸之事一说。

吴老者听了，沉吟半晌，却笑道："这山林隐逸本是一桩冷货，一时间真不易找到。但是俺冷眼儿却见过一位先生，那长相儿真是不俗。他常向街头卖卜，只要得个数百文钱，够他一日用度，他登时便收拾卜摊，沽酒荷杖，行歌而去。有时还携个小童，抱琴相随。此人大约住在玄武湖左近一带，因为每当日斜风定的时光，常有人见他或自棹小舟，中流浩歌，或同着渔人野老徜徉于湖滨古庙间。他卜卦既是灵应非常，又能以望人气色，知人祸福。

"有一日，他刚在某处摆好卜摊，忽然有个同业卜者来争地场，并且出口不逊，十分蛮横。他抬头一望那卜老的面孔，倒叹了一口气，一言不发，赶忙将地场儿让过，自就别处摆下摊来。街众们不服，就要替他相争。他赶忙拦住，悄悄地道：'此人死气满面，命尽午时，何必与他相争呢?'大家听了，都不甚信。哪知那卜者摆下了摊子，通没生意。直至将午时分，却有个浑身短衣、敞披大衫的壮汉，大踏步趑来。命卜者占过一卦，便问休咎。那卜者细审卦辞，便搔首道：'你这卜象其凶无比，你简直地不必问咧。俺情愿不要卦金，你快去吧。'

　　"那壮汉听了，业已长气，便喝道：'君子问祸不问福。你这人说话怎的这样吞吞吐吐? 快些讲来!'卜者道：'你一定要问，却莫怪俺嘴冷语直。你这卦凶兆万分，主你目下就有牢狱之灾，不久还有身首异处。'壮汉一听，气得两眼都瞪，又忍气问道：'烦你先生再细断断，卦象中还要点儿解求没有?'那卜者冷笑道：'你这横祸就要临头，便是佛出来，也解救不得。'壮汉大怒，猛地一拳，向卜者当胸掏去，一下子正中要害，那卜者登时倒地死掉。街众们一见此事，都惊得舌挢不下。你瞧此人望气又这么灵应，加以他行踪潇洒，这大概就许是个山林隐逸哩。"

　　青君听了，不由大悦而起。正是：

　　　　落落行踪，飘飘风度。此中有人，呼呼欲出。

　　欲知后事如何，且听下回分解。

第七回

玄武湖一客听琴
豫王府山人混迹

　　且说青君欣然站起道："据老丈所说，此人真有些不俗。如今此人现住哪里？俺何妨就去寻访呢？"吴老者道："慢着，此人住处谁也不晓得在哪里。你若寻访此人，只好破些工夫。每日下半晌，在玄武湖一带去踏踏，或能遇着也未可知。"因将他面貌仔细一说。

　　青君记牢，更不怠慢，便别过吴老者，一径地跑向玄武湖。只见蒲柳萧疏，湖波如镜，夕阳如画，水禽乱噪。断桥芦港之间，时有游船渔艇出没。青君逐处留神，又就靠岸各庙宇间巡行一周，业已天色将晚，只得纳头趱回。

　　话休烦叙，便是如此光景，青君一连跑了三四日，却不见那先生的影儿。屈指限期堪堪将到，青君好不焦躁。

　　这日，恰值月望，青君发狠道："左右今晚月色早上，俺破着半夜不归，再寻寻他。"想罢，于日西时分依然趱向湖边。直着脚子各处踏了半晌，依然是形沉影寂。闹得青君垂头耷脑，一步一懒，信步儿趱至一所丛祠跟前，抬头一望，却是方公（孝孺）祠，门外边一片广场，十分清洁。还有三两株古松偃蹇于白石软草之间，望之如画。青君也没心赏玩，便逶巡进得祠内，就大殿的门槛上，靠着隔扇歇坐下来。

　　这时已是黄昏，青君心下烦闷，又搭着奔驰疲倦，一个呵欠竟自盹睡将去。须臾醒来，业已月光大上，亮如白昼。青君揉揉睡眼，站起来方要趱出，忽闻祠外隐隐地有人笑语。少时一人道："李老哥，你也陪刘先生一盅儿。若不是人家与你卜卦，说你今天利于东南，你怎会在紫樱洲网得那么大鱼呢？"

便闻一人哈哈一笑，接着便捯战两声。青君一听"卜卦"两字，不由心中一动，便悄步趄出祠，就一株古松后隐住身体，仔细一觇。只见广场软草地上有三人席地饮酒，面前摆着杯盘之类。那对厮面坐的两人，一个是渔人模样。一个是短衣小贩的打扮。面南坐定一人，长被博带，却像是个厮文人，恰好正背着自己，望不清面目。

便见那渔人道："赵老弟，你也别说，刘先生的神卦真也没有的。就像你丢了鸡子，先生说须向百步之外有烟没火的所在去寻，你果然从巷口上邻家王四妈那里一个废灶洞中寻出。那一天，你和王四妈吵了个反覆盈天，真也有趣。"

小贩笑道："哈哈，那只母老虎真凶哪！末后来竟光着脊梁，露着两只大妈妈（乳也），跳得山摇地动。错非是俺有些牙爪，真叫她属猪八戒的倒打一耙咧。"渔人听了，哈哈大笑，便与面南那人斟上一杯道："刘先生，像你这等才学，虽说是改朝易代，若再高兴出来应应考试，那举人进士还不是手心里攥着吗？"

那人听了，正在扑哧一笑，小贩便道："李老哥，你晓得什么呀！刘先生的意思俺却猜个不差什么。俗语云：伴君如伴虎，有道是无官一身轻。像先生这逍遥散淡，多么自在。闷来时浊酒三杯，兴来时高歌一曲。天不拘，地不管，人生一世也就罢了。为甚的应考做官，去寻苦恼呢？"

青君听了，正在暗暗点头，便见南面那人微微一笑道："你瞧良宵皓月，正宜赏心乐事。咱且莫谈俗话，且听俺琴歌一曲吧。"说罢，从身旁白石上取过一面瑶琴，褪去锦囊，横置膝上。略一整襟静气，即便泠泠鼓动。疏弦一振，真个是万籁俱静，但闻松涛微响，和着清韵泠然。这时一片月华直泻如水。

青君急欲瞧那人面目，无奈正是背坐。正这当儿，那琴声由清扬转入萧穆。少时愈弹愈妙，流韵满空。那青君虽非知音之客，这时立在树后，竟闹得形神俱寂。说也奇怪，只见那渔人、小贩也听得如木人一般。

正这当儿，便闻"噌如"一声，那人便随韵高歌道：

> 北山北，青山青，下有流水渊以淳。
> 千年树，生茯苓，日月白兮鸿冥冥，鼓琴披发聊从容。
> 凤凰不来兮梧桐不生，美人迢递兮之子远行。

43

挑间阖兮虎豹狰狞，帝子不见兮浮云南征。

吁嗟呼，忧从中来不可绝，素心何如天上月。

那人歌到这里，衬着琴韵幽咽，早惊得栖禽远避。只余音摇曳之间，忽地戛然一声，君弦中断。这里青君方在一愕，便见那人辍琴而起，向渔人小贩微笑道："咱们快些去吧，此间当有俗人窃听，殊觉败人兴致。"说罢转身向松树间略为一望。

这时青君望得分明，只喜得心头怪痒，便登时由树后跳出来，大叫道："诸位慢走！原来你们都是山林隐逸，却累俺寻得好苦！如今闲话少说，便请随俺见官去吧。"说着从腰间取出绿头签，向那人面前一晃，更张两臂，作个拦势，仿佛怕三人跑掉一般。

那人见了正在微笑，那渔人、小贩，一见青君是持捉签的公人，不由乱吵道："头翁，你说的什么是山林隐逸呀？且请你说个明白，俺们便随你见官，也省得糊里糊涂。"于是青君一说豫王下谕求贤之意。

那渔人先大笑道："这真是一场笑话。俺叫李大，只晓得打鱼换钱，养活着老婆孩子。"因一指小贩道："他叫赵四，也和我一般，做小贩营生度日。俺两个大字都不认得，有这等的山林隐逸吗？便是俺这位刘先生，虽说是识文断字，但是不是山林隐逸，俺们也不晓得。如今闲话少说，俺们还要别过咧。"说着，和赵四取了杯盘，竟自扬长而去。

这里青君眼望着他两人跑掉，便向那先生道："原来先生贵姓是刘，先生隐迹高踪，俺久已探访明白。且喜今朝巧遇，便请不必推诿，就随俺见官去吧。"那先生笑道："头翁且慢，如今业已夜深，不便到官。敝舍距此不远，便请头翁屈宿一宵。明天俺随你见官就是。"说罢，取琴囊好，引青君向祠西迤逦行去。一路价踏着大月，穿过一带竹林，须臾，抵一小小草舍。由刘先生轻轻叩门，便有一小童应声拨关而出，先去接过瑶琴，即便转身前导。

青君一路留神，只见小小院落，花木蔚然。坐南是三间正室，纸窗芦帘，十分朴素。及至室内，里面是草榻木几，书籍罗列，一灯荧然，颇颇幽静。于是刘先生逊客落座，那小童挂琴于壁，自去烹茶。

刘先生笑道："俺寄迹此间，一般地以卜为业，逐逐市廛。不想惊动头翁，以俺为山林隐逸。但是头翁是奉的上命差遣，明天俺和你到官就是。"青君道："如此甚好。但是先生尊姓是刘，便请见示大名，以便俺见官回禀如何？"刘先生微笑道："明日自知，不必忙得。"青君听了不敢深问。

须臾小童端上茶来，刘先生殷殷让客，又闲谈数语，即便命小童引青君到客室中，各自安歇。

好笑青君因踏访得意，心下一喜，竟自一时间睡不去。辗转良久，只闻得小童室内鼻息如雷。倾耳正室内却静悄悄的。青君逡巡之间，不由暗自怙惙道：这刘先生言语之间却是个老世故。他倘若稳住俺在这里，冷不防地闹个金蝉脱壳，这便怎处？想到这里连忙悄悄爬起，放轻脚步，踅至正室窗下，就窗隙向内一张，只见刘先生趺坐于榻，便如道人打坐一般，呼吸深长，十分匀停，并且额上似有光华隐隐。

青君见了，这才放下心来，便蹑足踅回，依然就榻。一面怙惙刘先生端的奇异，一面蒙眬二目，斯须之间也便睡去。

正在沉酣之间，却闻耳边小童笑唤道："头翁快些醒来，如今俺先生出门访友，不定几天才回。便请你先转去吧。"青君猛闻，愕怔怔爬将起来，道："真的吗？如此说，你须还我个先生来。"

小童扑哧一笑道："你这人好不禁玩笑。如今俺先生正等你一同用过早饭，即便到官。你瞧这不已是巳分时候了吗？"青君一瞧天色，果然不早，便忙碌碌净面已毕，结束停当，跟小童踅向正室。只见刘先生业已衣冠整洁，外间内早饭已备。

当时两人厮见过，用饭已毕。刘先生吩咐小童数语，便从怀内掏出一纸名刺，递与青君道："头翁且用此名刺禀官何如？"

青君接过，一瞧刺上写着"刘静"两字，便欣然揣起，引刘静一同举步。

不提这里小童送出门来，望得两人去远，忽地自语道："怪不得先生说一到南京，必有机会，果然就有人引了去哵！"如今且说那江宁县官儿，这日将午时分，正在署内花厅内会见几位绅士。大家方在高谈阔论，只见一仆人手持名刺，进来回话道："如今壮役徐青君由玄武湖边寻访到一名山林隐逸，现在署外，静候发落。这便是那隐逸的名刺。"说罢呈上，向下一站。

那官儿接刺一瞧，方沉吟道："刘静这人仿佛耳朵内甚是厮热哇。"一言未尽，早有个绅士跳起来道："唔呀，了不得！老父母竟有本事，寻访得这位大名士来。真是官运亨通，升擢之喜，可为预贺。"说着，猫腰便是一个大揖。

官儿愕然站起，还礼不迭，道："莫非你老哥识得此人吗？他怎便是个大名士呢？"那绅士笑道："老父母真是贵人多忘事，这刘静，曾经被豫王分派多人，多方物色，只是一总儿寻不到。这人被豫王赏识，俺听人传说，就是福晋刘三秀枕边的荐举，因为这人便是福晋之兄刘伟的契友。如今老父母竟寻访到这人，这点儿功劳可在小处哩？只消豫王和福晋心中一喜，您的升擢不就在指顾间吗？"众绅士哗然道："正是，正是！今贤士到门，老父母该特加敬礼才是。俺们都随您出迎，以壮观瞻如何？"

一句话提醒官儿，只乐得手舞足蹈，登时命左右大开中门，便和众绅一同迎出。那仆人如飞前驱，一路传呼，闹得阖署皆惊之间，那官儿率众绅已到仪门之外，早望见一位先生风姿矫矫，拱手而立。

这时青君忙趋上道："此人便是刘静先生，下役方才带到。"官儿喝道："俺命你特请刘先生，你如何擅称带到？还不退下！"那青君一怔之间，官儿已拱手向刘静道："啊呀！先生芝宇清标，俺心仪日久。且喜惠然肯来，真是三生有幸，且请到敝衙叙话吧。"刘静逊道："部民本一草野鄙夫，今蒙见召，目为隐逸，端的可愧。"

众绅哄然道："先生大名闻于南国。如今幡然出应豫王之征，将来造福江南，殊未可量。且容弟辈一接清谈如何？"说着侧身让步，便和官儿肃客而入。

须臾到得花厅，大家长揖为礼，宾主落座，早有仆人献上茶来。众绅士将刘静仔细一瞧，不由都肃然起敬。彼此客气数语过，众绅即便词锋大纵。原来这几位绅士都是南京饱学知名之士，今见刘静，未免想折服于他。哪知刘静今天是有意卖弄才学，于是随问随答，不但如洪钟有叩斯应，并且辩才无碍，每析一义，必要精湛异常，都为众绅所不及知，大家听了无不倾倒。那官儿异常高兴自不必说，便一面价盛款刘静，一面价飞报豫王。

豫王得报大悦，便立遣护卫四人，奉了安车礼币，特迎刘静入府，以仿古人蒲轮征贤之意。此事一时间轰动南京。

刘静既入府中，见豫王于秘阁之中，抵掌而谈，口若悬河，日未移暑，早将豫王乐得手舞足蹈，便道："先生果然名下无虚，真是相见恨晚。俺是个鲁莽汉子，只晓得马上营生。今到江南业已多日，但是伏莽未静，反侧尚多，俺欲大示威戮，以靖嚣动之气如何？"

刘静道："为治之道，在乎以德服人，不在以威示武。王爷诚能抚照为怀，民气自靖。若但以武为治，窃恐民怨日积，乱势滋甚。今王爷拥貔貅之众，已大定江南之土。此时王爷但宜宽闲暇豫，徐待民心之归附，更以暇时，颐养自娱，以乐天和。如是，则养尊处优，声色人事之乐不废，而政治亦举。昔日汉文帝承高帝武功之后，专尚黄老，与民休息，也就是这番意思了。"

豫王听了，真是闻所未闻，并且听了颐养自娱、人事之乐不废等语，正中下怀，不由欣然道："先生高论，真是通达治体，俺便当谨依先生之语。但是俺闻先生多才多艺，星相医卜、风禽壬遁及望气养生等术，都各超妙入神。不知能示诸论吗？"

刘静道："草野之夫，日月宽闲，不觉便多习鄙事。今承清问，殊为惶悚。"于是略将诸术梗概一说。豫王听了，虽不大懂得，但是见刘静说得原原本本、语无滞机，不由大悦道："先生真是旷代异才，俺朝夕得承明教，好生有幸。"说着略一回顾侍者，侍者即便趋出。须臾，捧进一个朱漆匣儿置在案上。

豫王便笑道："先生占验如神，咱今且做个游戏，先生试占这匣内所贮何物，为数几何？"刘静听了，微微一笑，袖占一课罢，略一沉吟，便笑道："野人术疏，虽略得梗概，却不知对也不对。"因念道："黑白分明，零星残局。战士无多，其数二七。"刘静语罢，便连侍者都相顾愕眙。那豫王早鼓掌道："先生妙术，一至于此。真不愧古之郭璞管辂了！"说罢，命侍者打开漆匣一瞧，果然是十四个围棋子儿。于是宾主欢笑，十分款洽。

豫王便道："今先生不弃俺一介武夫，便请屈居敝邸，以便朝夕承教。俺遇机会，还当专折上闻，请授官爵。今且屈居参军之职如何？"刘静正色道："野人鹿豕之性，实实地不耐官职。今蒙王爷刮目，但以白衣侍樽俎，即便甚好。至于滥居府中，亦属不便。好在俺玄武湖边，原有旧寓，便仍居那里，听候王爷呼唤就是。"

豫王沉吟道："先生如此高致，俺亦不便相强。但是俺自有道理。"于是宾主又款谈良久，刘静方从容辞出。

隔了两天，豫王特为刘静在王府左近准备了宽大寓所，其中一切铺设整齐异常，又选健仆伺候一切。刘静一概辞掉，托言野居素惯，不耐繁华，只自己就王府左近觅了一处小寓庐，携了小童搬入。豫王知他不耐拘束，也只得由他。那赏馈优叠，自不必说。从此刘静出入王府便如一个山人清客一般，玄论清谈，间以诙笑，只数日光景，业已闹得豫王倾倒异常，便不拘常礼，引刘静遍游府中。

有一日，恰游至后园，内有一片射圃，为豫王事暇习射之所。其中有一株极高老柏，上有一绝大鸟巢，形如旗纛。刘静一眼望去，不由失声道："此巢高临某宫，其属不妙，在法主府中贵人小口不安。"一言未尽，只惊得豫王舌挢不下。原来豫王世子方三四岁，这当儿正在闹病哩。

当时豫王骇然道："先生此话不错，果然小儿正在闹病。"因命左右取过弓箭，嗖一声向巢射去。啪嗒一声，正在鸟飞巢落之间，只见一个伺候三秀的小鬟，慌慌张张一径地奔到豫王跟前，喘息良久，然向豫王低低数语。

那豫王啊呀一声，手儿一颤，登时便弓箭堕地。正是：

觇形既超妙，医术又通神。机会由来巧，名王起信心。

欲知后事如何，且听下回分解。

第八回

进媚药俨然狎客
预曲宴如此先生

　　且说豫王一闻小丫鬟之语，登时形神悚动，至于弓箭落地。原来三秀自早晨便嚷腹胀且痛，这当儿竟自大吐紫黑血数口，一时间晕倒在榻，所以小丫鬟赶来飞报。

　　当时刘静见豫王如此光景，问知缘故，便笑道："王爷莫慌，福晋病象显系经逆上冲，所以始而腹胀且痛，继而口吐淤血，此只须用通经解郁之剂，一服便止。刘静不才，便当斟酌一方何如？"说着笑道："但是此疾，当由房事不慎而起，不知王爷还自觉得吗？"

　　豫王惊且笑道："不料先生医术又复神妙如此。方才所示一些不差，俺如今悟得内人是当时事后受了风寒。快请先生一诊脉象，即便赐方就是。"刘静道："此无须诊脉，倒是药剂要紧。"于是豫王邀刘静踅回秘阁，当由刘静书方毕，左右持去。

　　这里豫王和刘静闲谈移晷，便见左右来禀道："福晋服药，业已所患若失，安然卧息咧。"豫王听了，只乐得向刘静一竖大指，哈哈大笑，于是命左右传唤筵席，小宴刘静于秘阁之中。

　　酒至半酣，豫王忽顾左右道："可将俺常用之酒取一瓶来。"不多时，左右取到，却是个小小的玻璃瓶儿，酒色外映，好似琥珀。豫王亲手接来，斟满一杯，递与刘静道："此名松苓酒，大是滋补之品，先生且尝酒味如何？"

　　刘静接来饮了，倒也清醇可口，因笑道："像王爷体气如此壮盛，何必还用滋补？"豫王听了，忽地屏退左右，却笑道："先生你不晓得，俺现处如此地位，声色之奉，自所难免。但凭真实精神，哪里来得及。所以有许多人来献滋补之品，除此酒外，还有数种，就是可恨没甚效力。极好了不过能御三四女人罢了。"

刘静笑道："王爷若服滋补之品，端须仔细。此等兴奋之剂，若不顾本源，便逞一时之快，为害甚大。滋补圣品切忌亢燥伤元，其用以温润肾元为功。药剂得法，不但恣情衽席，无损精气，久而久之，且有返老还童之效。像王爷这等气体，如得滋补圣品之药，怕不寿比乔松吗？"

豫王听了，不由欣然道："先生医道入神，今如此说，想是有什么圣品之药，便请见惠如何？"刘静忙道："当得，当得。今刘静随身药箧中，现有一种丸剂，名为獭仙丸，即当进呈就是。"豫王听了，甚是欢喜，索性便纵谈房中之术。刘静只好随口唯唯。

这时宾主忘形，饮酒甚乐。豫王忽地叹道："先生你看俺富贵爵位，哪样不足？人生如此，也算无憾！只就是百年之后，终难免一'死'字。所以俺近来颇颇地敬信仙佛。前些日俺府中所以有修筑吕仙阁之事。但是神仙之事，有许多人都说是渺茫无凭，并言秦皇汉武蓄意求不死之药，归根儿徒做后人的笑柄。不知这神仙之事究竟有无？先生硕学，可能见示梗概吗？"

刘静听了，暗暗心喜，忙正色道："神仙本出于道家，岂可谓无？凡言神仙渺茫者，都是一孔之士，目不睹列仙之传，手不披老庄之书。无论广成安期，载在古籍。即如近人所共知的吕纯阳，自唐以来，所留仙迹不胜枚举。至今祠宇且遍天下，几于妇孺都起信心，难道都是渺茫不成？不过求仙之道，须先断绝世缘，清心寡欲，此系岩穴枯槁之士所为，像王爷却非所宜。再者王爷根基甚厚，命禄天赐，亦不必效枯槁之士所为，但宜讲求服食药物，自能收延龄之效。再能多行善事，以邀天眷，安知不遇仙缘呢？古来因服食，白日飞升者甚多。如汉之淮南王，因服膺仙道，便致八公来迎。还不是个榜样吗？"

一席话，说得豫王手舞足蹈，登时自觉飘飘然有凌云之意，便举杯哈哈大笑道："先生明论，真令人顿开茅塞。便望先生先以獭仙丸见赐，然后再徐赐服食之方如何？"

刘静听了，暗笑得什么似的，但是口中却唯唯不迭。于是宾主酬酢乐甚，直到天色傍晚，刘静方兴辞而出，当晚便拣出那所制的獭仙丸送入府中。这且慢表。

且说次日傍晚时光，刘静正在寓内深思自己计划颇颇顺手，忽见王府仆人匆匆来召，并且笑嘻嘻督促就去。于是刘静略整衣冠，一径跟那仆人趱入府中。刚一脚踏到前院秘阁边，早有两个婉娈美童含笑而待，一见刘静便道："如今王爷现在内院相候，便请移步吧。"

　　刘静听了，略一沉吟之间，那两童已转身前导，曲曲折折，又经过一重院落。须臾来至一处。只见琐窗绮户，窈窕幽曲，其中花木罗列，间以回廊细槛。又转过一猩红屏风，却得一船式的精致秘室。

　　这当儿暮色才起，室内华灯已上，秀帘微动，早有一阵奇香扑鼻冲来，也不辨是水沉百合，但觉香气中人，融酥欲醉。进里，刘静方心下怙惙道：俺入府虽久，却不曾到过内院。今天凶王如此相待，俺倒要留心一二。怙惙间，两童揭起秀帘，刘静进内一瞧，又是一番光景。但见壁衣地毯，灿烂辉煌，锦帐象床，铺陈富丽，屏开翡翠，上画折枝之花。篆袅金猊，徐作春云之吐。多宝橱玲珑古雅，书画壁映衬生辉，真个是华丽雅洁，两擅其胜。

　　刘静见此光景，料是豫王的燕息秘室。正在徘徊之间，那两童请刘静就后窗几边随意落座。一童进茗，一童便笑道："且请先生少待，王爷少时便到。"说罢退出。

　　这里刘静独坐片刻，站起来向后窗外一望，只见文石砌路，丛花偏东一个角门，那边似乎别有院落。向偏西望望，但见花木深蔚，细细沙径，也不知通向哪里。

　　这当儿暮色虽深，还略可辨。正在觇望之间，忽闻角门边金铃响动，便有个绝俊的小哈巴狗跳将出来，即闻角门内有人娇喝道："你这东西，只会逗头上脸！人家脚步还没动，它倒跑到人家头里。你若绊我一跤时再说！"

　　声尽处一阵嬉笑，双双地趱出两个府婢。前一个长身婀娜，后一个娇小身材，遥望去仿佛艳艳，手中各捧着个钿匣儿，后一个紧走两步，向前一个似乎要说话。不想一下子踏了狗爪子，闪得身儿一晃。前一个便笑道："该该，天报咧。谁叫你那会子使促狭，俺方走到萃芳阁前，你却从后面冷不防地推人一下子，趁得俺脚尖子如今还痛酥酥的哩。"后一个笑道："谁叫你缠得两只脚，一拧拧似的，不禁磕碰。你瞧俺这只鸭鸭儿就不在乎。"

刘静望去，果见她长裙之下，莲船摇摇，原来是个大脚丫头。正在暗笑，她两个已一路顽皮，趱进窗下丛花跟前。后一个便笑道："阿姐慢走，俺从早憋了一泡溺，只是没空撒。且待俺出脱出脱再说。"说着，将手中钿匣儿置在丛花傍长石磴上，忙忙地回手解带。

　　前一个便笑道："你真是懒驴子上磨屎溺多。啊呀！跑了这半晌，累得人腿儿酸酸的，俺也就势歇歇腿儿。"说着便向石磴上坐将下来，忽地低唤道："阿妹快避避，你瞧那边不似乎是个人吗？"这时后一个方褪裤蹲身，渐渐了两声，吓得赶忙提裤站起，道："人在哪里？"前一个见状，不由扑哧一笑。后一个便唾道："恨煞人的，俺觉着就是你使促狭。你真是一报还一报，不吃亏的。"于是忙忙地仍复蹲身，这一次却潺湲有声，大畅春流。

　　须臾溺毕，结束好凑向石磴，一屁股坐下，便笑道："真个的，我来问你。怎的咱福晋有什么花儿朵儿、新鲜针黹，单赏给毓春院侧福晋呢？你瞧这会子还巴巴地叫咱给送去。直耽搁到这时光，咱们才转来。俺听伺候她的阿姐说，咱到院中的时光，侧福晋还光溜溜地在被窝里睡大觉哩。直待她醒来，方瞧过咱的送物，发下赏来，所以耽搁了好一会子。你瞧她真也娇懒得过分，难道她夜里不睡觉吗？"

　　前一个笑道："傻丫头，你晓得什么！昨儿晚上，不是王爷宿在毓春院吗？不但侧福晋终夜伺候，没合合眼儿，便是各院中八九个姨姨们都被王爷唤去伺候。说起来也是怪事，昨晚上王爷也不知吃了什么浪药，忽然发疯似的起邪劲儿，由二鼓上床，直到五鼓。侧福晋当了头阵，八九个姨奶奶依次上床，一个个都闹得哼哼唧唧，软作一堆。哪知王爷还不尽兴，末后连伺候侧福晋的两个大阿姐（俗谓婢也），都被王爷唤上床去，方才将就罢手。这话俺就是听一个大阿姐说的。"

　　后一个笑道："哟！你说这话，俺才想起来咧。怪不得俺见那大阿姐，黄黄的眼圈儿，说话有气没力的，只管嚷两腿似灌了醋一般哩！你瞧王爷，真也没正经，如何连咱大姐们都胡拉起来。我说阿姐呀，你长了那么好的小模样儿，从此老实的小心点儿是正经哩。"前一个笑唾道："浪蹄子，别嚼蛆咧。趁着亮儿咱快去吧。"说着两人站起。拿了钿匣儿，一路磕牙，竟向偏西。

　　这里刘静听了，方暗诧药力之奇，只见帘儿一荡，一童趑出，又换过一道茶，却笑道："如今王爷正和木将军在前厅议事。俺听得王爷厉声急气，那木将军也嚷成一片。两人正说得起劲，看光景还须待一霎儿才能来哩。先生且便坐，从容吃茶吧。"

刘静听了，心中一动，方要趁势问其所以，那小童已自趑出。于是刘静徘徊室内，瞧了回壁上书画，又静坐良久。倾耳府柝已交二记。

正在怙惚之间，只见美童飞步入报道："王爷驾到！"刘静忙趋至阶下，早望见纱灯对对，两列价八个美人，各执巾盂琴筝，簇拥了豫王款步而来。一见刘静在阶下鹄立而俟，便大笑道："俺无端被木尔喀那莽夫缠了半晌，倒劳先生久待了。"说着上前厮见，彼此拱拱手儿，即便肃客入室。后面八个美人花枝招展，鱼贯价入来，即便肉屏风似的列侍在豫王座后。

这时刘静坐向前窗案前，红烛光中暗觇豫王，还面带悻悻之色，情知是和木尔喀争论方罢之故，因趁势道："王爷政务繁多，真是精神四照。不知猥蒙见召，有何见谕？"这时豫王坐在榻上，斜倚隐囊，啪的声一拍大腿，作恨声道："哪里有什么大事！便是木尔喀那莽夫，因俺新派了右翼佐领塔威布去剿办那盘踞宁波地面的大盗王国宝。他无端地来自告奋勇，想替塔威布去办这事。你想俺命令既下，如何改得？可笑木尔喀不知事体，他还和我争竞了几句才去。"

刘静听了，又趁势道："俺闻那王国宝甚是了得，业已跳梁日久，屡败官军，也须神勇如木将军者去料理他。只是王爷分派已定，不能儿戏擅改罢了。"豫王听了，又狠狠地一拍大腿道："那莽夫就是因自恃勇力，每每在我面前无状，也就可恶得紧哩。"说着忽笑道："咱且别谈没要紧，俺今晚特设曲宴敬谢先生。先生所进妙药，真个是再好没有咧。"说罢哈哈大笑，因又顾抱琴筝的两美人道："你瞧你们就似木人儿一般，还不快请先生向榻上来坐！"因向刘静道："先生不必拘拘的，咱们是脱略一切才好。"

这里刘静正在暗笑这条蘖龙业已入锁的当儿，那两个美人业已就旁几上置下琴筝，笑吟吟地趑将来，不容分说，拥了自己竟就豫王榻几对面坐将下来。一时间促膝谈笑，好不有趣。

刘静但闻一阵阵衣香发气，馨兰馥郁，正在暗笑这正是自己生平未经之境，那豫王忽笑道："俺闻先生相术，亦自不凡。俟稍暇时，俺当大会诸将，烦先生一相其福泽如何？古人选将用人，往往取其福相，想此中必有道理。"刘静趁势道："正是，正是。王爷手下诸将，自然都是干城之选。那福泽自不必说，何须相得。"

豫王道："不然，如这木尔喀，瞧他飞扬浮躁，总不像载福之器。"说话间换过两道香茗，便见一美童入报道："筵席已备。"于是豫王含笑站起，竟携了刘静之手道："今晚曲宴，不可拘礼，便请先生随意小酌吧。"

这时八个美人都含笑前后簇拥，一径地趔向靠西壁一架镜屏跟前。一美人向前，随手儿一按屏框。只见那镜霍地双分，却现出一个门户。刘静见状，恍然知是豫王宴乐的密室。

逡巡之间，大家步入，里面陈设又是一番风光。但见锦天秀地，令人目迷五色。并且画梁高栋，宽阔异常。四壁上都嵌大镜，大概是仿古人镜殿之意，不消说是裸逐秘戏之所。室正中小宴已备，华灯璀璨，更趁着蜜醴兰馐，端的是整洁异常。于是豫王肃客入座，诸美人传膳递酒。一时间红飞绿舞，燕姹鸾娇，好不有趣。

须臾，酒至数巡，豫王又命抱琴筝的两美人对弹一曲，清音发越，亦颇靡靡可听。刘静便起谢道："刘静本一山野鄙夫，今王爷脱略仪节，赐以曲宴，可谓异数。但是古人有言：乐不可极。今赐酒已多，静请异日再侍清宴何如？"一言未尽，只见豫王跳起来哈哈大笑！正是：

曲宴清樽，美人侍座。若论行迹，何殊狎客！

欲知后事如何，且听下回分解。

第九回

隆庆舞名王示威武
群英会刘静策离间

且说豫王忽见刘静起辞，不由跳起来大笑道："你们汉人们就是这点子不好，总是文绉绉的，客气不过，通没个爽快气儿。如今咱饮酒正乐，如何要去呢？"说着亲把刘静之臂，促坐下来，并顾诸美道："你等快些劝酒，怎的能叫刘先生多吃一杯，俺才欢喜哩。"

刘静听了，忙道"不消"之间，诸美人业已一拥而上，拨开数条玉臂，早将案上的副盅儿斟满四五盅，你争我夺地一齐送将来。一时间环佩叮咚，云鬟簇簇，登时将刘静围了个风雨不透。豫王见了不由鼓掌大笑。

哪知刘静是因忽预曲宴，未免心下怙惙，故作客气恭谨之状，以探豫王之意。今见豫王狂态都露，料没什么意外之虑，于是故意价跟跄立起，便笑道："今王爷即赐俺酒，俺便当舍命相陪。"说着依次举杯，一气儿吃将下去，并将杯底向豫王一照。只向后歪斜着一坐之间，恰好有个美人凑近身旁，意思是还去斟酒。刚笑嘻嘻头儿一低，恰值刘静头儿一仰，嘣一声碰个正着。

这一来，那美人正皱着眉儿，咬着牙儿，又要笑又不敢笑。不想刘静居然拉住她的手儿，一面连连道歉，一面价举起那只手，竟就她头额抚摩起来。闹得那美人躲闪不迭，正在红晕粉颊，只听豫王干脆脆一声喝彩道："着，着！我说先生，拿你这等聪明人，岂有不解洒落之理？咱们吃酒，便是这样吃法方妙。"

正说着，一美人传进一盘烧烤大肉。浑然一块，上插着两柄亮晶晶的戒手小刀儿。豫王欣然道："先生且尝此味，这却是我们满州风味。"说着取刀窝割，先送与刘静一块，然后据案大嚼，真有飞而食肉之状。

55

刘静故作不谙食法，歪着脑袋咬定那块大肉，闹了半晌，只嚼掉一条焦皮儿。这一来又招得豫王哈哈大笑。刘静便道："此肉虽佳，就是略为生劲些。若照俺汉人的东坡肉做法，岂不越发的香烂可口？"

豫王笑道："先生此话，却不知俺满人不废此味之意。你想俺们满人在关外都是部落，逐水草，习射猎。得兽之后，便烧烤个半生不熟，刀割大嚼，所以俺满人气体精壮，以武立国。只就这一食品之微，便可见祖宗披荆斩棘，当年勇武之风。所以入关之后依然重视此味。"

刘静赞道："真是天启圣人，必有发祥之地。俺闻满洲土厚泉甘，山川雄丽。故老曾言，明天启年间，有人曾游历辽沈一带，只见街坊上的儿童走卒都有王侯将相的骨格。他回来私对人言，不久中国必当多事，满洲地面必有兴王崛起。由此看来，今上御宇，正有天命，便是王爷翊赞大运，又岂同偶然呢？惜俺刘静，南土下士，没到过满洲地面，不得恭览其山川风土之胜，也算是生平恨事了。"

一席话将个豫王恭维得心头怪痒，因笑道："先生欲游满洲，容易得很。俟俺将来回得北京时，俺陪先生亲去一游何如？但是此刻因先生一番话，倒令人神驰于黄榆白草之间。咱且瞧回满洲舞法，倒也有趣。"说罢向一满装美人说了几句满洲话，那美人应声而出。

须臾，院中忽地铙吹大作，其声雄厉洞心，即有四美人一色的雄冠金甲，剑佩陆离，由门外跳舞而入，便就筵前撒开舞式。或双双交舞，或四人穿插，变出许多的五花八阵。那姿态于发扬踏厉之中，另有一番袅娜翩跹之致，更衬着铙吹节奏，真有壮士慷慨赴敌之意。更奇的是四美人步履矫捷，望而知为曾习武功。须臾，铙吹音节一变，四美人更拔剑而舞。

这一来筵前登时簇起四条电光，更翻作一团瑞雪。瞧得刘静正在暗暗称奇，忽闻铙吹声止，四美人一矫身段，齐齐地停舞匣剑，一字儿摆立筵前，即便向豫王暴雷也似一声娇喏，然后依次退出。

于是豫王大笑道："先生瞧此舞如何？此舞名为《隆庆舞》，便是今上入关之后，垂念本朝以马上得国，故创为此舞，以昭神武功烈之意。内庭演习都是选八旗勋贵子弟。今俺以美人演此，倒也别有风致。"

刘静赞道："今见此舞，恍见本朝之神功圣德，足与古之《兰陵破阵舞》比美了。但是俺见这四美人步履稳健矫捷，莫非曾习武功吗？"豫王道："先生眼力端的不差。俺左右美人并侍童等，择其精壮者，都命她稍

56

习手搏摔跤之术。便如这四美人，只怕十来个壮汉，等闲还到不得她跟前哩。"说罢连连举杯，十分得意。

刘静听了，一面称赞，一面暗自沉吟道：凶王左右武备如此，端的可畏。若想于府中取事，实属不易。这只好先剪其羽翼，调开他的心腹，再作道理。沉思之间，不由略为停杯瞑目。豫王便笑道："先生疲倦了。"因顾左右道："此刻敢有三鼓时分吗？"一美人笑回道："如今已四鼓敲过。"豫王笑道："原来已这般时分。"因向刘静道："先生此后，总须脱略一切。俺政务繁多，耳目难周，更望先生相助为理。"刘静听了，连忙逊谢。说话间各自进膳，即便罢席，仍由镜屏门转入前室院中，两美童业已提灯伺候。

刘静正要起辞，豫王忽顾诸美人，笑向刘静道："先生客馆寂寞，俺倒替你难过得很。你瞧这几个蠢妮子还算不错。先生便择取两人，以消寂寞如何？"诸美人一听，水灵灵许多眼光，登时都注向刘静。刘静忙道："俺山野之性，寂寞已惯。这节儿实不敢拜王爷之赐。"豫王听了哈哈大笑。

就这声里，刘静忙与辞而出，仍由美童前导踅去，但是曲曲折折，却非来路。须臾至一便门跟前，又有仆人提灯伺候，替了美童。逡巡间已出府第。刘静一问那仆人是何所在，却是府后院的便门儿。

不提刘静一径回寓，暗喜豫王见信，后此可以放手布置。且说豫王自得了獭仙丸，连日价恣情纵欲，甚是有兴。过了数日，果然于府中置酒高会，大筵诸将，来个群英大会，并召得刘静来暗相诸将。

一时间广厅之上冠缨如云，济济跄跄，好不热闹。唯有那木尔喀日将过午还不见到。豫王不由怫然道："木尔喀偃蹇之性，总是如此。今大家都到，只管等他，可是道理？"说着喝命左右就要排筵之间，只听院中一阵靴声橐橐，接着便有人大笑道："俺一步来迟，倒劳大家久候。"豫王听了正在眉头一皱，左右早飞奔入报道："木尔喀将军到来。"

这一声不打紧，只见诸将呼啦一声，争先站起。刘静偷眼瞧去，唯有札达罕端坐如故。

这里豫王哼了一声，那木尔喀业已大踏步昂然而入，向豫王如仪参谒过，只向札达罕略一颔首，即便趋就旁坐。闪得诸将光着眼乱望一回，这才依次价重新坐。

这时满厅中，唯闻木尔喀大说大笑，那札达罕却沉默端凝，甚有仪表。札、木两人，刘静本都见过，这时未免又端相一番，随便又瞧瞧诸将。

正这当儿，由左右摆好筵席。正面一席，左右两列价各列四席，燕翅排开。正席上是豫王亲陪刘静，左列首席之上座是札达罕。右列首席之上座是木尔喀，余者诸将依次列坐。不多时酒炙纷纶，次第毕上。

饮过数巡，诸将因豫王在座，都各恭敬默饮。唯有木尔喀扬眉瞟目，一面价酒到杯干，一面价仍是大说大笑。这时刘静再瞧那札达罕时，仍是端然挺坐，不失其度。正在暗忖此人可谓劲敌的当儿，忽闻叱咤之声发于右列席上。急忙望去，只见木尔喀握拳瞋目，也不知为何事体，正向接席座上的一将厉声争论。亏得列席诸将连忙相劝开。那一将因豫王在座，业已吓得形如木鸡。木尔喀余怒未已，还叱喝两句方罢。于是豫王略瞟刘静，微微一笑。

不多时，诸将罢酒，起谢各退。豫王却单留刘静到小阁，相与茗谈，因屏退左右，一问诸将福相如何。刘静道："诸将福相都是好的。但是凝厚任重，还属札将军达罕。"豫王忙道："木尔喀怎样呢？这两个人都是俺心腹勇士。"

刘静沉吟半晌，然后道："木将军气概亦佳，但是英悍有余，似乎其性好动，至于凝重之度，却不及札将军。"

豫王惊道："先生相法端的不差。这木尔喀性如烈火，有时性起，简直不受约束。自随俺入关以来，建功固多，作孽亦不少。别的不必讲，他竟公然索取过俺的爱姬、名马。种种所为非法之事，不一而足。俺就因爱其勇力，一切包涵。好在俺看他还是个粗鲁汉子，不至胸有城府。不然，这等桀骜性儿也颇可虑哩。"

刘静听了，心中一动，即欲进言，然又恐事机未到，反为不妙，于是唯唯之下，随口道："木、札两将军，都以勇闻当世，真是一时两杰。但不知他两人毕竟孰胜呢？"

豫王道："这个他两人却不曾较量过。但是他两人随俺入关，木尔喀曾以百骑夜袭敌人数千之众，斩敌数百级，竟趁势攻克蓟州。札达罕领一军曾攻取某城，那敌人用诈降之计，伏兵城中。及至我军入未及半，敌人忽一声呐喊，震天价一声响亮，竟由城上放下千斤闸来。当时札达罕恰好督着中队，忙飞身下马，单手去托定那闸。我军一拥而入，登时反败为胜。由此看来，似乎是刹悍跳荡，木尔喀稍胜些儿。至天生神力，还是札达罕可首屈一指哩。"

刘静听了，一面唯唯，一面心下沉吟，忽然心有所触，便笑道："王爷得此二士，却非异常。但是那会子俺见左列第三席上有一位长躯伟膊的将军，右列第二席上，有一位黑黔黔面目、浓髯绕颊的将军。他两人顾盼之间，精神四射，那是何人呢？"

豫王笑道："他两个都是俺近来才选取的近身侍卫，在左列的名叫奎明。在右列的名叫乌林舒。这两人不过略有膂力，稍习手搏并剑术之技术，若比起木、札两人来就差得远了。"

说话间，恰好仆人来禀事。于是刘静趁势辞出，回到寓所，思量回除掉木尔喀并调开札达罕之计，并命鱼跃鲤先转太湖，回报一次。原来这时跃鲤已不断地潜自往来，只声言是刘静的乡客，倒也没人理会。

从此刘静时预豫王的曲宴，府中人都呼刘先生而不名。你想刘静既被豫王敬礼如此，南京那班官场中附炎趋势之辈，不消说是钻头觅缝地都想交接刘静，走这步终南捷径。刘静是一概谢绝，只和那洞霄观老道申天鉴棋酒过从，颇颇款洽。有时流连观中，竟日方去。大家见刘静只寻方外之士，越发以为清高绝俗。

不想豫王府中有一个狡黠幕客，他独冷眼儿瞧着刘静，总似乎胸怀叵测。原来此人姓张名怀，为人机警，好谈策略。却就是好酒及色，漫无行止。他少年时曾去偷摸人家的娘儿们，被人打伤一腿，因此大家都呼他为"跛张"。

他自入豫王幕府，越发地好为大言，没事时便落落拓拓，招摇于金陵市上。酒肆娼楼是不消说，更叫人瞧不起的是滥交一切，借势倒财，以为挥霍之用。好歹他是王府幕客，也自有一班没行止热衷之辈前去趋承他。但是豫王听得了，殊为不悦。

好笑跛张不瞧风色，一日他竟向豫王去说刘静不可深信。恰值豫王正不高兴，当时竟被豫王叱将出来，笑得府中人嘴都要歪。那跛张却笑骂道："你们晓得什么！你瞧刘静，举止深沉，行步低头，说话间往往目动，将来他怕不会闯个大乱子哩。"大家听了，也没人去理会他。但是刘静闻得了，每入府中越发地加以仔细。

转眼间过得月余,却闻得那右翼佐领塔威布,竟被王国宝杀得大败而回。国宝趁势又啸聚了别股悍匪,众至三四万人,与其妻赛观音分领了,大有窥犯别郡之势。

这日刘静因豫王又索取獭仙丸,便诈言须现配制,正在寓中深思布置之策,只见王府中一个仆人匆匆踅入,道:"如今王爷现在小阁中立候先生,便请急速去吧。"

刘静听了不由一怔。正是:

离其腹心,剪其羽翼。时哉时哉,稍纵即逝!

欲知后事如何,且听下回分解。

第十回

静道人乘间施密计
木将军举鼎逞强梁

  且说刘静见那仆人督促之状，以为豫王是急待媚药，当时一笑之下即便起行。刚一脚踏到府门，抬头一望，不由大骇。只见府门外护卫如林，一个个严装佩刀，肃然而立。更有许多的王府亲军官长等出出入入，面孔上都现出严厉之气，便如有什么大事一般。

  刘静一见，不由心下怙惙，暗想道：这光景有些蹊跷，莫非跋张那厮竟已探知俺的秘密吗？少时应对之间，倒要仔细一二。想罢，依然地一步三摇，从容而入。

  刚趱近小阁跟前，便见阁外侍童惊惊惶惶地相与耳语，又闻得豫王在内拍案大叱道："原来这厮竟是这么个样子！好哇，他竟敢如此，俺今天是非料理他不可。"

  一句话不打紧，吓得刘静心头乱跳，赶忙慑神定气之间，那仆人业已屏息入报。但闻豫王忽笑道："快请，快请！"说着竟随仆人亲自迎出。

  刘静一望豫王颜色，方才心头一块石落地。只见豫王科头便服，甚是从容，只是眉棱间稍现怒色，一见刘静便欣然道："俺今天因些小事，倒督促先生了。咱且进内细谈吧。"说着，一面携了刘静的手，一面斥退左右，转身入内，径就阁内的复室，相与落座。

  宾主略为寒暄，豫王忽愤然道："先生你瞧，竟有这等事体！便是那木尔喀因塔威布去剿王国宝反倒败回，他竟来讥诮于俺。不但讥诮，他悻悻之下还定要俺派他前去。这件事俺因属意于札达罕，当时便谕知他。哪知他听了大发咆哮，不但说俺用人昏愦，并声言如果派札达罕去，他定然率其所部和札达罕火杂杂地一场厮拼。"

说着，由旁几上取过一顶稍沾尘土的官帽，一个红顶儿也歪在一边，便道："先生你瞧木尔喀藐视于俺，无礼之状竟至于此。当时他对了俺大叫大跳，一下子投帽于地，竟自愤然而去。先生你瞧俺手下人竟致如此，这不成了反叛了吗？所以俺今天准备军卫，意欲拿办那厮。但是俺又有所踌躇，却因那厮勇力绝人，他倘若率其部下抗起命来，也是可虑。但是这厮跋扈已极，势非除掉不可。俺因此事甚是不得主意，所以请先生来密议一番，怎的能不致动众，不露痕迹，便除掉那厮方妙。"

刘静听了，窃喜机会凑巧，略一沉吟，早已计上心来，又窥知豫王除掉木尔喀之意业已坚决，因正色道："今蒙王爷谕示及此，实是国家之庆。俺自那日暗相木尔喀之后，即为王爷私怀隐忧。但此事关重大，俺又未便以疏间亲，所以因循未敢启闻。那木尔喀跋扈之状，王爷自然晓得。但是王爷所不及知的，便是此人生有反相。王爷但瞧他那额角森耸，双眼剽锐，白多黑少，说话是豺声而嘶。这正是古之南宫长万一流人。此等桀骜难驯之辈，王爷视为心腹，使掌兵权，真是危险万分哩。"

豫王骇然道："原来木尔喀竟生有反相，怪道他如此跋扈。既是如此，越发一刻也留不得啊。请问先生计将安出呢？"刘静沉吟道："王爷不必着急，办理此事，但当如王爷所谕不露痕迹方妙。俺看木尔喀之为人负气好胜，愤怒之下，一切不顾。今当略施小计，使其陷于罪名，然后遣力士去收系之。彼既恃勇好胜，定无反抗之理。如此只数力士之劳，便事体已集。不强如此时动众，反显得王爷御下寡恩吗？"说罢站起，附着豫王耳朵，如此这般低低数语。豫王大悦道："便是如此，先生妙计真个赛如良平了。"

不提刘静因事关机密，不敢耽搁，又闲谈数语即便与辞而出。且说豫王暗含着上了刘静的大当，更不犹疑，登时亲写手谕，传示木、札两人。谕中大意，便是因大盗王国宝日益披猖，将遣大将前去征剿。特命木、札两人举鼎角力，以定大将之选。

这道手谕一下，不提众将都暗笑豫王懦弱，不敢治木尔喀强索差使之罪，倒会弄把戏，做个和事佬儿。如今且说那木尔喀自和豫王强索差委，一径地愤愤回府。须臾气头儿一平，倒也有些自悔鲁莽。自家独坐一回，十分烦闷。

正这当儿，却有个该晦气的仆人跑来报道："启禀老爷，便是方才老爷那匹骏马，名叫穿云电的，忽然哀嘶数声，滚尘死掉。如今小人等捆起马夫，现在马厩，便请老爷验看发……”一个“落”字没说完，木尔喀大喝一声，霍地跳起，略起一足，那仆人业已仰跌于厅外数丈之外。

木尔喀也不管他死活，一阵风似跑向马厩。不看时万事全休，只一看登时气冲两胁，只见那穿云电果然死掉，该管的马夫直撅撅似跪在厩旁，且有四五个仆人，逼定鬼似的站在一旁，一见木尔喀都吓得面无人色。

当时木尔喀怒极反笑，便从容趄近马夫，道：“你不必害怕，死掉一匹马，难道俺还叫你偿命不成？你就将死状说来就是。”马夫抖着道：“小人方才好好喂马，那马忽地似什么附体一般，踢蹶一阵，叫了两声，就此倒地死掉。”

木尔喀听了，双眉一竖，又笑道：“如此说此马该死，与你无干。俺且与你解去缚捆吧。”说着近前，喝一声，抓住马夫脑袋，随便价向后一拧。但听喊嚓一声，那马夫登时项折头歪，尸身栽倒。

这里众仆正在仓皇失措的当儿，木尔喀长笑一声，突地转来，双臂一挥。众仆人跌跌撞撞，正在地下乱滚屎蛋，便见木尔喀趋就死马，哇的声放声大哭，且一面跌跌乱跳。亏得他府中幕友们闻闹赶来，这才好歹将他劝住。

那木尔喀还顿足洒泪道：“你们不晓得，此马随俺上阵多年，所向无阻。人马精神业已合一。如今马忽死掉，想是俺的精神也有限了。”说罢又复洒泪一回，便吩咐仆人特备一副大棺椁，将那马舁去厚葬。

不提众幕友纷纷劝慰一回，即便散掉。且说木尔喀垂头丧气，回到内院，闷坐良久，不断地悲吟叱咤。无聊之极，自家又拔剑起舞一回。这一来，吓得那各房众姬妾连个大气儿都不敢出。

原来木尔喀凶暴异常，杀人如戏。哪怕他最爱的姬妾，他一时不高兴，瞧着不顺眼，不管哪里，随手儿便戳一刀。

当时木尔喀好容易挨至天晚，这才怒气都息，只好暂置烦闷，且寻快乐。便就内室中大排酒筵，命众姬妾围坐侍酒，竟自浅斟低唱起来。

要说古来那个饮羊羔美酒、玩女人的党太尉，若比起木尔喀来，还算是雅俊人物。原来木尔喀每当酒后，便逞淫无度，想出种种媒戏之法，以纵其欲，内室中自动椅、眠云床许多淫器，无所不备。那媒戏之法，有仙人捡豆，便是撒豆于地，命众姬妾裸体去拾。得豆多的便得优赏。一时间众姬妾光溜溜地追逐倾跌，做出许多姿态，不消说是玉臂酥胸、粉臀雪股，便是那最妙之处，因俯仰弯腰，也都轩豁呈露。又有肉秋千之戏并走马看花之戏，越发狎亵不堪。

那秋千之戏，便是室内设有矮矮的秋千一架，一般地画板绒绳。木尔喀挺耸着那话儿，仰坐于距秋千丈余之外。这里一姜赤体登架，挽定绳儿，身儿向后略仰，玉股双分，只用臀尖略沾画板，便嗖的声悠荡过去。那里木尔喀挺然一迎，业已英雄入彀。

至于那走马看花之戏，便是室内两榻对设，中间相距数十步。榻上之姜便就榻沿上，遥遥相对地赤体仰卧，玉股高翘。木尔喀盘旋来往其间，出此入彼。单玩这份逍遥纵逸花样儿，还有其余种种把戏，阅者诸公虽不厌其详，但是作者却不暇多述了。

当时木尔喀饮酒至半酣，淫兴大作，便一面价命诸姜收拾眠云床，准备着通宵裸逐，一面抱定一姜同杯而饮。

正在肉麻之间，忽见外厢仆妇传进一纸谕帖。木尔喀接来一看，不由一天烦闷登时云消雾散，哈哈大笑道：“俺料那老头儿也只好如此下台。若说角力，难道俺还输与札某不成？”于是高兴之下大逞淫乐。

不提众姬妾花悴柳困，支持半夜，方将个虎也似的木尔喀服侍得帖然安眠。且说那豫王府旁叫军场执事人员自昨夜奉到豫王谕帖，便连夜准备一切。及至天明，早已秩然就绪，是正厅上设了公案并豫王的座位，左右厢里是诸将换班坐落之所。厅外是肃场旗牌，分列左右。校场正中设置了角力的铁鼎，鼎足上都紧系彩绸，粗估去便有千数百斤。更有得胜鼓设在场左，专有鼓吏喝报得胜。

当时日色才上，那站班的诸将并校场中执事人员陆续都到。不多时，札达罕全身劲装，外罩箭袖长袍，腰束扣带，足下是官快式的薄底靴儿，由场外从容踅到。

诸将一见，正在呼一声围将上去，大家厮见之间，只听场外泼剌剌马蹄响动。须臾，便闻有人大笑道：“怎么老头儿还没到吗？俺早知如此，为什么不多困一觉呢？”

大家赶忙望去，早见木尔喀一般地全身结束，由场外掉臂而来。望见札达罕便喊道：“喂！札老哥早到了吗？你瞧咱们老爷子多么别扭！剿几个毛贼子，不拘派你我谁去不结了吗？却偏要叫咱们唱出《取帅印》玩玩。没别的，今天您总要让兄弟一下子。您那吃奶的老气力，可不要使将出来，不然俺是连咱们老嫂子都不依定咧。"一路胡噪早到面前。

札达罕含笑厮见，谦逊数语。这里诸将笑吟吟趋近木尔喀方要周旋，哪知木尔喀脸子一腆，一径地趋就左厢。这里札达罕又和诸将周旋数语，也便一同步入右厢。

大家随便落座，闲谈数语，便闻场吏传呼："王爷驾到！"这一声不打紧，左右两厢中跄跄济济，鱼贯价依次而出。左列领班是木尔喀，右列领班是札达罕，由厅前月台直到场头，飘缨如云，好不整齐严肃，这时场门外吹手楼上鼓乐大作。又吹过一通静场画角，大家早望见豫王近身的侍卫奎明、乌林舒由场外并驱而来。奎明是手执一面小红旗，乌林舒是手抱一只绿漆盘龙的大令箭。

大家一见大令，登时都屏息鹄立，唯有木尔喀光着眼望了会子，百忙中却掏出鼻烟壶儿，瞅个冷子抹了一下子。

正这当儿，奎、乌两人所领的带刀侍卫业已过尽，随后便是豫王龙行虎步地踅将进来。目光到处，左右班众一齐低首之间，这里豫王业已大步进厅，一径登座。带刀侍卫分立左右。奎明、乌林舒却雄赳赳地分执旗箭，列立于月台之上。于是左右班首，木、札两人趋进厅参谒如仪，即便退出。奎明黄旗一举，便有司场吏高喝道："札达罕进场。"

这一声不打紧，躁得个木尔喀眼中冒火的当儿，那札达罕一声高应，向厅上又一躬身，即便趋赴试场。

这当儿不但木尔喀伸项延望，如长脖老等（俗谓信天乌也）一般，便连诸将也都一个个眼光齐注。便见札达罕从容到场，先脱下长袍，交付值场小吏，略紧腰身，到得那铁鼎跟前，端相一回，一面价凝神息气，一面骑马式，虎躯一矬，用两手抄定两只鼎足，哈的一声，身儿略长，那铁鼎已起过胸口。

望得大家正在屏息喘喘，便见他奋起神威，只用右手抓牢一足。喝声起，铁臂单撑，那铁鼎早已高举过顶。望得豫王一径步出厅来，正在欣然色喜，便见札达罕撒开步法，从容价绕场三周，置鼎原处，面不改色。正在趋值场吏穿好长袍踅回班次的当儿，那场左边的得胜鼓早已播过三通。气得个木尔喀横眉瞋目，若不是豫王在场，早已哇呀呀怪叫起来。

正这当儿，奎明的黄旗又举，刚喝得"木尔喀"三字，那木尔喀也无暇答应，便就班中一连两个箭步，业已跳向当场，解脱长衫，嗖一声抛与值场小吏。你看他一扭头儿，便是个"鹞子翻身"，折到鼎前，啪的声一踏步法，那两只靴底儿早已陷地二寸，望得大家方又神摇目眩。

便见他抓起铁鼎，略如札达罕之法，只是单臂高举过顶之后，大家一望，不由大惊。正是：

功力悉敌，胜败难料。其机如此，只争静躁。

欲知后事如何，且听下回分解。

第十一回

逞莽性当场折令箭
示神勇奋足挂石坊

且说在场诸将见木尔喀身手矫捷，将那鼎高举过顶，迈开步法，即便飞走如风。那一股勇壮之气，却与札达罕大不相同，望得大家神摇目眩，正在暗叹木尔喀端的是名不虚传，这番角力他定然得胜无疑。但是转眼之间，忽见他绕场两周有半，忽地足下略慢，又勉强撑了两步，接着便臂势一挫，那铁鼎便直压下来，这里诸将大惊。

说时迟，那时快，便见木尔喀怪叫一声，竭力地忙踏住脚式，轰然一声，竟自抛鼎于地。这里豫王哈哈大笑之间，那乌林舒早高举令箭，大喝道："王爷有令，木尔喀场败速退。"

阅者诸公，你瞧木尔喀与札达罕勇力齐名，即便是稍逊札达罕，何至于竟不终场？小说家有句老话，是无巧不成书。原来木尔喀昨夜纵欲无度，群雌粥粥，直胡闹到五更时分。木尔喀一身精力被人吸尽，方才胡乱地打了盹儿，次日绝早即便到场。你想木尔喀便是铁铸的汉子，未免也要疲软三分。又搭着只逞愤气，不知静能制胜之理，举起鼎便飞也似的跑将起来。古语说得好：其进锐者其退速。所以一下子闹了个中道而蹶哩。

当时木尔喀见自己输却，那股愤气简直目眦都裂。及见乌林舒举令喝退，他盛怒之下，哪里还顾什么法度！于是猛一转身，飞奔到月台之下，突地一跳丈把高，大叫道："启禀王爷，末将方才足下偶蹶，以致鼎落。还请再试，俺于心方服。不然，俺便碎首阶下，也不能遵命退场哩。"

豫王听了，正在尖厉厉一阵冷笑。乌林舒大骇，忙挺身举令，又大喝道："木尔喀速退，不得无礼。难道你不晓得违令者斩吗？"

一句话不打紧，早激起木尔喀在关外的莽牛生性，便喊一声跳上月台，不容分说，奔近乌林舒，一把夺过那盘龙令箭，双手一折，咔吧声分为两段，顺手儿扔到豫王跟前，大叫道："什么令箭？这漆杆子将奈我何？"

原来那满洲诸将没入关时，每当大帅召集议事时，大家便翻穿着羊皮袍，带着小刀子，一窝蜂似哄到帐房，箕踞蹲坐，各随其便。一语不合，是妈拉巴子奉敬。再语不合，是各攮拳头。三语不合，您瞧吧，是彼此大喝一声，饿虎扑食，抢上前去，登时便打个山摇地动。再高兴时，便各掏小刀，乱戳一阵，彼此价七穿八洞，长血直流，都是常事，并不晓得什么是军令法度。不过入关之后，经范文程、洪承畴诸人规定了一切的礼节法度。那拔剑砍斫之风方因之去掉。但是木尔喀性如烈火，野性仍存。这时他暴怒之下，所以竟自发作起来，果然不出刘静圈套，一下子身陷法网。你想违令便当斩首，折了大令这罪名还用提吗？

当时诸将并满场人众见木尔喀这么一来，都吓得黄了脸儿，便见豫王怒喝左右侍卫道："你等还不与我拿下！"

众侍卫没奈何，硬着头皮抢上四五个人。木尔喀双臂一挥，众侍卫纷纷倒地之间，木尔喀冷笑一声，跳下月台，竟大叉步出场而去，闹得诸将失措张皇，半晌方定。偷瞅豫王时，从容进厅，倒也没甚怒容。

不提豫王这里唤进札达罕，面谕他去剿王国宝，克日兴兵。回到府中，又面谕奎、乌两人，火速去拿办木尔喀。且说奎、乌两人奉了这件棘手的差使，一面心下打鼓，一面回到自己值房。那奎明是个浑噩性儿，便吆吆喝喝，寻脖索，掖腿抉（短刀也），摩拳擦掌，闹了个乌烟瘴气。

乌林舒便笑道："奎老哥，你且别乱，咱们虽是奉了王爷命令，你瞧这码事，咱见木尔喀该怎么办呢？"奎明道："这话奇咧！咱奉命拿人，见了老木，脖索儿给他一套，牵了便走，不结了吗？"

乌林舒吐舌道："你倒说得好轻松话。如你之话，这事非闹僵了不可。你想老木的牛性上来，连王爷的大令都折掉，你凭什么本事便牵他就走？巧咧他给你一顿拳头，不是白挨了，事情还闹僵吗！"

奎明愕然道："那么依你怎样呢？"乌林舒笑道："依着我咱们是这么办。你我两人是一硬一软，俟你们闹翻了，我便去圆场儿。不是我说大话，只消我三言两语，那生牛似的老木，他就得服帖帖地跟着咱走。"奎明道："话虽如此说，你可拿得准哪。不然俺俩闹翻，你的话若赶不上劲

68

头儿，可就苦了我这个硬的咧。没别的，俺虽惹不起老木，俺是要找你这软的搞一下子哩。"

不提两人诙谐之下计议停当，如今且说那木尔喀气愤愤回到府第，一路叱咤，坐向前厅。回想自己盖世英名，一旦输与人手，不由得越想越气，昂昂然坐在那里，便像一尊瘟神爷一般。

正这当儿，只见一仆人战兢兢地进来回话，道："今有王府中幕客张怀，口称有要事，特来求……"一个"见"字未出口，木尔喀霍地跳起，大喝道："瞎眼的奴才，他有什么要事前来见我？还不与我叉将出去！"说着唰地一掌，那仆人半个脸上业已红如灌血，连忙唯唯退出。一路上哪里有好气，一见跋张，便顿足道："这是哪里说起！张先生，你这不是特来消遣我吗？"于是一说主人之状，一摔袖子，径自踅去。

这里跋张呆望府门，不由长叹道："可惜，可惜，这只好说是命该如此了！"说罢拂袖而去。这且慢表。

且说木尔喀斥退仆人，好容易静坐了一霎儿，怒气渐息，忽想起折掉令箭之事，未免心下着慌。但是他自恃功高，又想起从前曾索过豫王的爱姬、名马，豫王都不曾见罪，难道这番便有何不测不成？顶不好了不过唤进府去申饬一顿罢了。

想到这里心下稍宽，正要唤左右置酒，以解闷怀，只听院中一阵步履响动，便有仆人就院中高报道："今有王府中侍卫奎老爷和乌老爷前来奉候主人。"

厅内木尔喀听了，以为果不出自家所料，奎、乌两人之来，一定是唤自己入府申饬。正要起迎之间，只见奎、乌两人业已双双踅入。奎明在前，是横眉怒目。乌林舒在后，是满面春风。

这一来两人喜怒各别，倒将木尔喀闹得略怔，便忙忙迎上，贸然道："你二位来意俺已大概猜着，莫非是王爷唤俺面加申饬吗？"乌林舒听了，正在笑吟吟，哈腰拱手，那奎明已大喝道："木尔喀你休推睡里梦里，你自家犯了死罪难道便不晓得？俺今奉王爷之命，特来拿你。"说着一个箭步，闯上去伸手便抓。

木尔喀大怒，只略举右手，带住了奎明手腕向怀内一拉，趁势一个顺水推舟式，又向外一搡，那奎明身不由己，登时闹了个大面朝天。可笑愣人说话真是有趣，当时他翻身坐起，向乌林舒乱吵道："上哪，上哪！软

69

的，软的。"

木尔喀也不晓得他吵的是什么，便大喝道："你是什么东西，竟敢向俺来动手脚！"说着举足刚要踢去，早被乌林舒一把拉住，便回身拖起奎明道："我说奎兄，你是怎么咧！你真是个老毛包，办事不睁眼睛。王爷虽命咱来拿木将军，左不过是挡挡大家的眼睛，以伸法度的意思。木将军到那里，被申饬个三言两语，大不了的是械系两天，这段事便算完毕。难为你竟瞧不透王爷这点儿意思。况且木将军是何等的好汉子，岂有闻命畏避之理？咱只需把话说明，去不去尽在将军。这么好办的事，叫你哇呀呀一家伙，闹了个龇牙咧嘴。但是大人不见小人过，咱闲话少说，且传王爷的命令吧。"

说着，笑吟吟向木尔喀连连揖谢，又嘴内吸溜了半晌，方才哈着腰，吞吞吐吐地将自己的来意述出，并拱手道："此事请将军自家斟酌，赏一句话，俺们哥儿俩便回去复命就是。"说着，又笑顾奎明道："凭你这两手狗儿刨，竟向将军递爪儿。真是大蚂蚱想蹬倒泰山了！"

一席话八面圆到，却暗含着抛过一条软索，竟将个生龙活虎似的木尔喀拴得结结实实。于是木尔喀哈哈大笑道："你等不必如此蝎蝎螫螫。俺木某一人做事一人当，便是粉身碎骨，又算什么！"因向乌林舒道："既是王爷有命，俺这就去。便请二位赏给刑具如何？"

奎明听了，心中暗喜，不由暗想道：哈哈，这老乌真有个鬼八卦呀。

正这当儿，便见乌林舒笑道："刑具虽带来，但是将军还用……"木尔喀慨然道："岂有此理！朝廷法度，如何不用？"

乌林舒吸溜着嘴儿，因向奎明道："将军既如此说，你便将刑具呈上吧。俺没说吗，将军是何等样人，还用你那会子气急败坏吗？"说着，趁着木尔喀偶一转身的当儿，向奎明一挤眼儿，奎明忙取出腰间绳索。

不提这里木尔喀帖然就缚，到得豫王府中，且就监押。且说那南京诸将并王府幕僚等闻知木尔喀被逮，不日出斩之讯，都各吃惊。便大家约会齐了，商议保留之策。有的便道："木、札两将军，都是王爷心腹爱将。此事若由札将军领头保留，定能邀准。可惜札将军又已刻不停留地领兵出发。"有的唏嘘道："王爷因一怒遽斩大将，殊非佳兆。如今王爷最敬重的便是刘静先生。再不然，咱们求他去与木将军转个圜儿如何？"

一言未尽，只见座中有人哈哈大笑道："你们这群浑鬼真也罢了！你们自想想，木、札两个，一个忽然得罪，一个忽然出征，这是怎么档子事呀？好嘛，你还想去求刘静，真浑得令人长气。木尔喀自由他死就是咧！"说着，竟自拂袖而出。

大家一瞧却是跋张，不知从哪里又喝得红扑扑的脸儿。大家正在纷纷议事，也没人理会他。须臾议定，还是由大家公禀保留，请豫王免木尔喀的死罪。岂知公禀一上，只邀得"不准"两字。大家见了，情知无可挽回，只得叹息各散。

转眼间过得三四日，已是木尔喀就刑之期。这件事早已轰动南京，更有许多受木尔喀祸害的人家，一闻此信无不拍手称快，便成群结伙，老早都到刑场之外，单等木尔喀骨碌碌脑袋落地，大家喊个好儿。更有那瞧热闹的人接踵而至。未及巳时，刑场外业已万头攒动。这且慢表。

如今且说木尔喀这日正在监所，被械而坐，只见乌林舒手捧杯盘，后跟健役数名，手提着极粗的生丝绳儿，笑吟吟含笑踅入。一见自己便单屈一膝，奉上杯盘道："将军恭喜，王爷有令，便请将军即刻升天。且痛饮几杯，以免痛苦吧。"

木尔喀微笑道："乌老哥，你这话就该罚你！俺们满洲汉子是不晓得什么叫痛苦的，倒是吃两杯解解口淡还使得。"说着，从容容饮过三杯，便笑道："咱就去吧，莫误了你销差复命。"于是昂然站起，只两手略为一震，啪的声手械落地。

这里乌林舒猛吃一惊，向健役急使眼色之间，只见他弯下身去，向脚械上只用拳头一磕，便一脚踢开脚械，大笑道："乌老哥，你这又不对咧。你来缚木尔喀，用这绵条似的绳儿却不成功。"说罢，向健役手内抢过那生丝粗绳，折为四股，猛可地双手一顿，纷纷断绳堆了一地。

于是乌林舒大惊，不由得额汗直下，便趁势又屈一膝道："将军神勇，真非凡人。那么咱就显显皇家法度，令他们万人瞻仰吧！"说着，命一健役取过寻常绳儿。木尔喀一面慨然反背双手，一面大笑道："乌老哥，这不结了嘛！"正说着，后面健役业已缚手停当。于是木尔喀昂然大步便出监所。

刚出得王府便门，早见众观者已围得风雨不透。一辆四套的大骡敞车，并值刑刽子手人等，都已伺候停当。于是木尔喀仰天一笑，回顾乌林舒道："乌老哥，咱就去吧。但是俺有一句话，却烦你寄语王爷。当年王爷在关外大战杏山，被明兵数万围困了两昼夜之久，左右健卒矢尽刀折。那当儿有一马前小卒，身负王爷，闯出重围，身中七创，浑身浴血。一气儿跑出四十里，方保得王爷性命。"说着，忽地泫然泣下道："乌老哥，你只问王爷，当时那马前小卒是哪个？俺就死而无怨了！"说罢两目爆火，哈哈哈一阵大笑。

大家目睹他那慷慨悲愤之状，正在相顾动色，只见木尔喀一跃上车，只扬扬然斜跨在车辕上，便喝御者叱驶之时，于是众观者震天价一声喝彩，便随了乌林舒的马足，一拥而去。偏搭着王府这条街都是满兵营坊，木尔喀望着认识的满人，即便点点头儿。

这一来闹得众满人触目生悲，物伤其类，登时间议论纷纷，叹息不已。其中少年满兵竟有掉臂大言的，道："像木尔喀如此功劳，还有这般下场，咱们只索不干了！"乌林舒大骇，诚恐闹出事体，赶忙催促一行人如飞前进。

不多时，行近一座高大石坊。木尔喀在车上，四下一望，忽地大诧道："过得此坊，不就都是他们蛮子所居吗？"因顾御者道："快快驻车，俺有话讲。"

那御者扬鞭正急，一时间收拢不住，嗖的一声，帮套两骡儿早擦着石坊柱儿过去。木尔喀大怒，将身儿向后一仰，一伸腿儿。

众人一瞧，不由大惊。正是：

> 有士如此，偏中敌计。嗟哉豫王，自剪羽翼！

欲知后事如何，且听下回分解。

第十二回

见厉祟豫王感疾
谈仙道刘静设谋

　　且说众人忽见木尔喀大怒之下，一伸腿儿登时将石坊之柱一脚钩牢，只顿得那四匹健骡齐齐向后一退，再想迈步，哪里动得分毫！众人见状，正在惊得乱跑乱嗓，乌林舒忙下马跑来，向木尔喀足恭道："此间距刑场还有里余。今将军如此，有何话讲呢？"

　　木尔喀笑道："乌老哥，你好糊涂！咱满洲汉子如何叫汉人见掉脑袋呢？这所在就很好，咱那件事便办着吧。"说着跳下车，跌坐于地，向那刽子手一伸脖儿道："来吧，你那刀磨快了没有？你若用钝刀子锯拉我，我是要骂你的！"

　　大家听了，竟招得扑哧笑。说时迟，那时快，便见刽子手雄赳赳掣刀在手，向木尔喀略屈一膝道："既是将军有命，小人便服侍您升天。"说罢站起来，手起刀落。但听铿然一声，如中铁石，木尔喀脖儿上只斫了一条白迹。

　　原来木尔喀生有异相，骈胁毛腿，力敌狮象，走及奔马。并且自项及胸，有一片逆鳞，坚似金石，刀斧不入，真算得满洲奇士哩！当时刽子手着忙之下，尽气力连斫数刀，叮叮当当，便如打铁一般。

　　只见木尔喀望望日影，长叹一声，便喝道："你这厮却怎的没气力！"因一仰脖儿，露出咽喉，却有拳大的一块没鳞白肉皮儿。刽子手会意，挺刀尖倏地刺入，登时血溅满地。

　　这里木尔喀尸身刚倒的当儿，只见一人白衣白冠，手持楮酒，满脸上痛惜之色，大叉步直入刑场，一径奔向木尔喀尸身，化楮奠酒，踊跃大哭。须臾哭毕，竟自狂笑而去。大家惊望去，却是跋张。

不提乌林舒诧异之下，亲瞧着刽子手割下木尔喀的首级，即便匆匆回马，回复豫王。且说刘静用一小小计策，伤离了豫王两条健膊，正在欣喜之下，沉思那再进一步的计划。哪知天凑人缘，又得一绝妙的机会。

原来豫王那日怒斩木尔喀，独坐前厅，静待回报。但是想起木尔喀的勇武勋劳，未免又心痛异常。正在厅内徘徊大踱之间，忽见乌林舒手提着木尔喀血淋淋的首级前来复命，并请号令。

豫王猛然一惊，又瞧那首级碧血模糊，还似乎瞑目而视一般，不由得挥泪道："这厮罪由自取，殊为可惜！但是他毕竟是随俺多年，立过功劳。今便免去他首级号令，着其家属领取完尸。俺这里赐他葬银三千两，从厚殓葬就是。"

乌林舒连忙唯唯，提了首级业已转身出厅，豫王忽站起唤道："转来，转来！木尔喀临命可曾有什么言语不曾？"于是，乌林舒趁势一述木尔喀的临刑寄语。豫王一听，猛地似焦雷轰顶，心坎上怦地一跳，如中铁杵一般。

正这当儿，倏地庭前卷起一阵冷风，吹得尘埃簌簌。豫王恍惚之中，竟仿佛见木尔喀甲胄按剑，瞑目而入。于是豫王大叫一声，向后一仰，登时惊倒在座。当时左右一阵大乱，连忙将豫王扶入内室。

当夜晚间，但闻豫王在室内拔剑叱咤，终夜不绝。慌得福晋刘三秀率领了一班姬妾，一面价胡乱焚香祈祷，一面价在外厢彻夜伺候。及至次日，到豫王榻前问安已毕。询知昨夜情形，不由都一个个愁眉泪眼，大惊小怪起来。

原来豫王昨夜里只觉前后左右有个木尔喀的影儿，及至拔剑斫去，却又什么也没得。末后，竟至瞑目亦见，又仿佛见木尔喀踊跃大叫："还我头来！"因此扰扰终夜，不得安眠哩。

哈哈哈，说到这里，阅者诸公未免暗笑作者才尽，要用那说鬼弄神的小说老套儿来搪塞一段。不知这其间却有个很微妙的道理。你道豫王是真个见鬼吗？皆因他猛闻那木尔喀的临刑寄语，一时间神明内疚，精神错乱，以至有此现象。说个俗话儿，便是疑心生暗鬼，并不是木尔喀像那郑伯有似的真会作怪。诸公不信，但看那杀人的凶犯，被捕之后往往自述冤魂缠身，以至不能得脱的许多奇异光景。其实便是心理的作用。因他亏心行凶之后，心里便生牢了个冤魂影子。这疑心从神明中生出，无可解释，和豫王忽见木尔喀都是一个道理的。

当时刘三秀惊诧之下，不欲张扬此事，便传下话去，说是豫王忽感小疾，须静养数日，又一面在府中循满洲跳神之俗，一连价闹了两夜。

原来这满洲跳神之术甚是诡异。其法于静室中，高供一位不知名的狰狞神道，香烛祭品，甚是丰盛。与其事者都是妇女，入夜之后，都盛装将事，或吹哨子，或击腰鼓，其声尖厉砑訇，十分难听。但是所有妇人都须披头散发，悄悄地坐向室之四隅。神案前氍毹铺地，便是跳神的场儿。选用女巫，或四人，或六人，或至八人，一色的彩衣翻翻，装束奇诡，或扮作天仙魔女的样儿，鼓哨一响，即便跳舞登场。并且口中喃喃有声，似祝似歌。这当儿鼓哨大作，趁着诸巫旋舞如风，灵风飒然，飘拂满室，真似有什么神道降临一般。

须臾跳酣，鼓哨也越发紧急，忽地一巫蹶然倒地，转眼间一跳丈八高，卓立当场，自称是神道降临，大叉步直登神座，抓起案上所预备的茶米，抛向场中。于是主妇忙叩首谢神，然后再拾取茶米。据说这茶米便是神药，专以能祛邪除治百病。这虽是满洲陋俗，然而满人却信服异常，此等把戏常用之于宫闱之中，甚是重视哩。

当时三秀闹过两夜，再瞧豫王还是精神颠倒，或醒或睡，颇失常度。你想那府中诸姬妾并仆妇丫头等人，一个女人家有什么知识，于是大家自惊自怪，添枝加叶，登时闹了个马仰人翻。有的说望见个黑衣人，见人就追。有的说听得屋脊殿角上有声甚厉，又似闻隐隐鬼嗥。更离奇的，有个黑胖仆妇，竟自言昨夜方脱光睡下，分明有只黑绒绒大手一径地伸入被窝，就她屁股上摸摸索索，末了还用手指戳了她不便之处才去。

这一来，吓得大家灯光才上便不敢向外走动，甚至于挤在一炕，争着撅屁股向里偎，唯恐那大手冷不防地来戳一下子。便是这般光景，不断地报向三秀。亏得三秀还能镇静，便一面吆喝众妇人不得胡说八道，一面亲到吕仙阁，虔诚祷告。

乱过一番，再瞧那豫王时，居然稍为清爽。但就是时发寒热，似乎又受感冒一般，于是急召刘静入府侍疾。你想豫王见祟一件事，虽说是三秀不准张扬，但是王府中人多口杂，便是当日早已传遍南京，刘静有什么不晓得的呢？当时闻召，暗喜机会，便打算好一番言辞，随使人匆匆入府，直到内宫。只见豫王精神委顿，目发直光，正在内室负手闲蹀。一见刘静忽吓得猛一哆嗦，连连倒退。及至审清面目，方含笑趋进，握手道："先生，你瞧咱们数日未见，俺竟病得这个样儿。"刘静听了，忙安慰他数语，即便就座诊脉。

那豫王坐在那里，还不时地左右乱瞧。但是刘静诊他六脉和平，并无疾病，情知他是心悸神虚之故，因故意地瞑目半晌，口内唏嘘两声，然后张目诧异道："王爷这脉象却是蹊跷，依刘静看来，并非寻常感冒之疾，竟似乎冲撞着邪厉一般。以王爷威德，又如此的阳刚正气，什么邪厉敢到身旁？这也就可怪极咧。"

豫王怫然道："如何先生也这般说？有许多人说俺撞着邪厉，但是俺总有不信这些荒唐之事。"刘静听了正在微笑，只见复室门儿一启，香风飘处，婷婷然转出一位丽人，向豫王道："王爷病至如此光景，何必讳疾？况且刘先生多明道理，他或有法儿为王爷驱邪逐厉哩。"刘静望去，却是福晋三秀。

原来刘静自入王府见过三秀一次，这方是第二次哩。

当时刘静赶忙站起，起居过三秀，然后落座。那三秀便坐于豫王榻前，滔滔泪泪，一述豫王忽见木尔喀之事。豫王摇首道："荒唐，荒唐！木尔喀罪由自取，如何敢来作祟呢？"

刘静正色道："王爷也别这般说，鬼神之道，其理难测。如齐侯见豕、晋侯梦厉等事，载在史册，岂能尽诬？况且木尔喀秉气强悍，取精用宏，其人魂魄既刚毅，故其为鬼亦雄。再搭着王爷那时猛问他临刑寄语，念其救护之功，未免中心歉然，心气一虚萎，厉气因而乘之。今观王爷气色，为阴气缠扰，甚是不妙，须急图消厉才是。"

一席话不打紧，早吓得三秀珠泪纷纷，便哽咽道："先生瞧这场冤孽怎的消释呢？"刘静道："这只好仿古人妥其魂魄之法，因为魂有所归，那愤厉之气自消。依俺愚见，急速录用其后人，并延请高僧超度，仗佛法以消厉气才是"。

豫王听了尚未答语，三秀忙合掌道："阿弥陀佛，人不信仙佛，却是糊涂。便是昨天俺在吕仙阁与王爷祷告一番，今天王爷就清爽许多。先生之话甚是有理，咱就依先生的话，急速去办吧。"说着，便命左右传豫王之谕，一面录用木尔喀之子如其父的原职，一面在清凉山某寺里延请僧众，讽经超度。

不提刘静当时辞出，待机会再为进言。且说豫王病势自经超度木尔喀之后，不多几日，竟自霍然。你道是什么缘故？原来三秀连日价伺候豫王之下，屡以仙佛当信之语开导豫王，并历举古来的仙踪佛迹以为征信。

豫王本是武人，今见艳妻说得有根有据，便不觉深信起来。既信佛法可以忏悔一切，解释冤孽，不由得疑心自消。疑心既消，哪里还有木尔喀的影儿可见呢？

当时三秀见豫王病势痊愈，欢喜之下，感佩刘静自不消说。豫王以为佛法有验，也很想和刘静谈论一回，这日便在内院密室中摆设曲宴，福晋三秀索性亦在座中。召得刘静来，一来是敬谢先生，二来是为豫王起疾。

大家厮见过，即便入座小酌。一时间兰馐迭上，桂醑频斟，好不风光旖旎。三杯过后，福晋三秀自行辞归后室。

这里筵上，又酒过两巡，豫王不由停杯笑道："俺是个粗鲁汉子，当年在关外时，只晓得驰逐射猎，领兵攻掠。若说俺杀的人数并禽兽生命，也不知有多少了。亏得俺那时不晓佛法，若知佛法如此灵感，俺哪里能一日安帖呢？今幸亏先生指教，用佛法以消祟戾。看起这佛法仙道是很有道理的了。但不知这佛法详细究竟是怎生，先生可能略示梗概吗？"

刘静听了，便援据内典，征引法苑，说出许多释家的灵异故事，一时间灿花舌动，口似悬河。不但听得豫王恭然前席，心领神会，便连一班侍宴的群雌也都听得眉欢眼笑，许多的俊眼儿都注定刘静一张寡嘴。

豫王大悦道："原来佛法如此奥妙！佛法既可信如此，至于仙道，一定也非渺茫的了。"刘静道："那何须说得！且不必远征古来的仙迹，便是那近接耳目的洞霄观，其中那仙女承露的贻迹，还不是的确仙踪吗？"

豫王欣然道："先生之话不差，那承露仙踪果然奇异。便是那申老道亦曾向俺屡言其异。但是可惜咱们没得仙缘，就不得一杯仙露尝尝。倘然果得仙露，咱虽不敢望白日飞升，只要多活个百儿八十岁的，一生无疾，也就再好没有了。"说罢哈哈大笑，便向刘静飞过一觥道："如今咱莫馋仙露，且吃凡酒吧。"

刘静听了，暗喜机会已至，便正色道："王爷也不可太自菲薄，人只要命有仙缘，更不分时代先后。今王爷坐镇江南，德洋恩溥，几乎如万家生佛一般。仙家最讲功行，以助道力。就王爷广积阴德一节说，便有得遇仙缘之理。再加以诚心感格，焉知就没仙缘呢？如今那仙女灵像炳存，露盘俨在，王爷如能发大诚心，亲到观中，设醮祈露，依俺看来，那仙露再降，或竟有十分可望都未可知。既是仙踪，便未可以常理揣测。请不要太自菲薄才是。"说罢，又征引了许多得遇仙缘的故事。

一席话不打紧，只乐得豫王恍似身在云端，摸着大肚皮，便如弥勒佛一般，张着大嘴憨笑道："真个的吗？听先生说得真有道理。既如此，咱何妨试祈仙露呢？俟明日俺谕知申天鉴，即便准备设醮如何？"

刘静听了，不由略为沉吟，少时忙笑道："王爷且慢。举行此事，不可草草。一来王爷须祭戒数日，以虔诚迎迓仙缘。二来俺当为王爷择选个良辰吉日。更有要紧的，便是王爷亲临祈祷之时，必须用十全吉时，方为妥善。不然，或遇冲犯，仙缘立破，岂不可惜呢！"

哈哈！阅者诸公，您瞧这段事真透着有些别扭。在刘静这番话原为的是迟延设醮之日，以便得暇好命跃鲤去通知太湖诸侠，得以准备一切。哪知就因这数日迟延，那豫王的救星得以恰巧赶到。由此看来，天下事真是变化无常。任你神机妙算，布下了天罗地网，说不定就有你意料之外的事来，与你闹个功败垂成哩。你说静道人该多么别扭哇！一言未尽，便有阅者笑道："作者先生，那静道人虽是别扭，你老先生却痛快咧！假使静道人一举成功，你还有书可作吗？就因静道人这一别扭，你才开出了下文的许多奇文哩。"作者听了只好干笑而已。闲言少叙，咱还是卖什么吆喝什么吧。

当时豫王听了，越发欢喜，便道："既如此，便烦先生与俺选择吉日。"刘静暗喜之下，连忙唯唯，又讲今比古地谈了一回郭汾阳夜遇织女的故事，以坚豫王之信心。然后谢酒退出，便连夜价命鱼跃鲤回转太湖，先报一回布置的大概。及至跃鲤回头，三不知的魏耕也撞了来。这时刘静业已择定了设醮的日期，并豫王驾临祈露之时，所以急遣跃鲤去再报诸侠。以上所述，便是静道人混入南京的一切机会、一切布置。交代既明，作者又要掉转笔来，且叙那狂士魏耕咧。

且说魏耕自那日扮作哑子王大，跟了刘静的小童匆匆地直赴洞霄观。刚转道两条街坊，趄至一处牌坊跟前，行人热闹，正在拥挤。恰好有个乡下人捎着一挑长扁担，从对面撞来，两下行走慌速，摩肩而过。

魏耕急觉帽儿掀落，急忙四望。只见那乡下人扁担上挑着自己的帽子，竟自大步小步地低头趄去。

魏耕大怒，莽熊似拔脚便赶，只听啊哟一声，接着便扑哧咕叽一阵响亮，便有一人跳起来，将魏耕一把揪牢。正是：

　　　　心忙似箭，两脚如飞。一场打落，没是没非。

　　欲知后事如何，且听下回分解。

第十三回

闹街坊巧遇徐工头
扮哑巴伏探洞霄观

且说魏耕猛见那乡人挑着自己的帽儿竟自趱去，大怒之下，拔脚便赶。恰好有个黑肥婆娘穿着簇新的布衫儿，手内提着一只荆篮儿，内贮鸡蛋糖饼，上面还插朵红绒花儿，迈开了鲇鱼似的大脚，满脸是笑，急匆匆从对面撞来。两下里躲闪不迭，嘣的声撞个满怀。

那婆娘哟了一声，一个趔趄，向后一跌，篮丢身歪。那鸡蛋糖饼碎的碎，破的破，满地都是之间，那婆娘业已一堵墙似的登时闹了个仰八叉。恰好那屁股正砸在鸡蛋堆中，咕叽一声，蛋黄四溅。

这里魏耕却不管她，方要冷不防仍向前赶。只见那婆娘大脚一蹬，一个鲤鱼打挺式跳起来，揪住自己，便骂道："你这挨千刀的村驴屌，敢是奔你娘的热丧，又瞎就成咧！亏得老娘身个儿不累赘，不然还被你一下子弄瘫了哩。"说着向坊众们道："你瞧这不是嘛，皆因俺闺女新添了一个外甥子，俺偷空摸空去给她送粥米，如今却被这村厮弄得一塌糊涂。你看俺可饶他哩！"说着，一腆大肚皮，那只手只顾向魏耕扇将来。

这里坊众连忙笑劝，只见魏耕哇哇了两声，忽地一挺身儿道："□，□！"这一声不打紧，只见那婆娘大噪道："哈哈，你这村厮还敢向老娘来要轻薄！你打听打听老娘是哪个。老娘今天若不治得你顺屁股流蛋黄儿，就不算数儿。"

一言方尽，招得坊众们哈哈大笑道："某大嫂哇，你们□也罢，流也罢。如今你自己屁股后头弄得沫沫渍渍，淌黄流白，什么样儿呢？"那婆娘呀了一声，回过一手，拉过后衣襟一瞧，赶忙用手一勒，向地下一摔，但听嗒的一声，满地都是鸡蛋清黄儿。正在抓挠魏耕越发怒噪之间，亏得小童一步挤入。

那婆娘只认小童和魏耕是爷儿俩个，便噪道："你瞧你这愣爹多么可恨，你爷儿两个就赔俺物件是正经。"小童顿足道："你别胡吵，他是哑子王大。偶然和俺同行，俺几时又钻出个愣爹来咧？如今俺赔你物件就是。"说着从怀中掏出数钱碎银，抛给婆娘便走。

那婆娘放掉魏耕，还待争多论少，小童拖了魏耕业已踅出老远。那婆娘一瞧那银，比所毁物事贵许多，不由得笑逐颜开，便一面收拾破蛋碎饼把入篮中，一面自语道："活该今天俺这屁股该发利市。早晨没起时，被那天杀的湿漉漉热乎乎那了一下子。如今黄澄澄白腻腻，又这么了一下子。真是破碎是顺适，俺回去趁着利市好运气，说不定也养个大小子哩。"

不提坊众听了偷笑各散，且说小童拖了魏耕踅就僻处，方笑道："我说魏爷你是怎么咧？你撞了人家，不说是向人家赔礼赔话，如何还向人家乱闹？"魏耕哼的声长出一口气道："可憋煞我咧！谁向她乱闹？皆因俺想说岂有此理，一个'岂'字没说清，俺忽想起是哑子来，将那'岂'字急忙吞咽，所以转成了'口'字声音哩。"

小童听了不由大笑，便道："少时您到观中可要仔细些，那申老道狗日的翻眼撩睛，好不歹斗哩。便是有人骂你，你也只好干听着。"魏耕皱眉道："就是吧。谁叫俺当哑子，方才被那婆娘业已照顾了去咧。"

小童一笑，刚要拔步，只见一个人领了两个短衣乡下人，各捎着一捆新竹帚，从岔道上匆匆而来，一见自己便笑道："兄弟哪里去？这些时你怎没到观中玩耍去呢？"说着笑吟吟踅到身旁。小童一瞧，却是洞霄观内的雇工头儿徐四。

原来小童常跟刘静去到观中，所以彼此甚是熟识。当时小童忙笑道："徐四哥来得恰好，俺家主人命俺荐予你一名扫夫。您瞧瞧身个儿、身相儿，准不含糊。"说着引魏耕上前厮见。徐四又道："你这位伙计贵姓哪？"魏耕听了，恶狠狠大眼一瞪。徐四又道："你是本地乡下人吗？"魏耕这次更来得干脆，简直大嘴一张，通没下文。

徐四诧异着问小童道："兄弟，你领的这伙计虽不错，难道他是个哑巴吗？"小童拍手道："着，着！您猜得不错。他叫哑子王大，是俺乡亲。因在家中穷得没落子，被老婆一顿窝心脚，踢到南京来，所以要寻个工作混混。他哑虽哑，就是有把子好气力，馋懒溜滑坏一概不会。你试试他的便晓得咧。"

徐四笑道："得咧，咱哥儿们还开玩笑吗。既是你主人荐来，不会错的。那么老弟请省趟腿儿，俺就领王大哥去吧。"

小童听了，向魏耕略使眼色，便笑道："如此更好。这个哑巴哥笨头笨脚，乍到观中，若有同伴欺负他，您可要照顾点儿呀！"徐四笑道："无须嘱咐，一切都有我哩。"说着便命两个乡人将两捆大竹帚都掮在魏耕肩上，一瞧魏耕通不理会，因赞道："王大哥气力，果然不错。"

正说着，小童踅向魏耕跟前，忍笑道："如今你有了着落，俺也要转去咧。却有一件，你到观中好好工作，把你没出息的毛病都须镯免起来，别咬牙放屁吧嗒嘴的，讨人家厌烦。叫你吃就吃，叫你睡就睡，别犯你那半吊子劣蹶性儿。你若不听俺的话，和人打架吵嘴的，被人家开除出来，那只好回家去撅着屁股，净等老婆子拿大脚踹吧！"

一言未尽，招得徐四哈哈地笑道："兄弟别麻烦咧，哑巴会和人吵嘴，这不是野岔儿吗！"小童大笑道："你哪里晓得，秃子愣怔瞎子狠，哑巴打架下嘴晴哩。徐四哥，多麻烦你，咱改日见吧。"说罢笑着踅去。魏耕瞪着眼睛，正在暗骂小童真坏，便见徐四笑道："王大哥，且随我来。"

不提两乡人乐得的半途卸载，欣然踅去。且说魏耕掮了小山似的两捆大竹帚，跟了徐四一路飞跑，招得街上人都笑道："这汉子真有傻气力，可惜是个哑巴。"

须臾行抵观门前，恰好有几个扫夫正在那里工作，一见魏耕，便笑向徐四道："这位伙计是您雇来的吗？"

徐四含笑点头之间，那魏耕不容分说，横着膊子往里便闯。但闻唰啦一声，两个大竹帚正横塞住观门。于是众扫夫互挤眼儿，哈哈一笑。徐四顿足道："你们别这么办呀，人家是新来的人，摸不着门，你们老伙计怎么瞧人的哈哈笑呢！"众扫夫听了这才跑去。大家卸下一捆竹帚，又叫魏耕顺过身子，后面徐四赶来，一阵价顺掠竹帚上的长枝儿，即便匆匆而入。

这时魏耕一面价逐处留神，一面打就装憨的主意，一路上东瞧西望，摇得一颗头便如拨浪鼓一般，又不断地回头，嘀嘀两声，招得观众们都笑向徐四道："亏你真能瞎抓，怎三不知地又抓到这只呆鸟。你瞧他闷闷浑浑，会做活儿吗？"

徐四一笑，也不理他们，便引了魏耕直到后院藏经阁下。只见正有四五扫夫，一壁价磕牙斗嘴，一壁价慢慢扫地，一帚下去，仿佛都有一定的分寸。有的便如王婆子画眉，东涂西抹。一见魏耕嗬嗬之状，知是个哑巴，不由互相挤眼，含笑相望。

于是徐四命魏耕放下新帚，和大家厮见过，便笑道："王伙计，如今你便在此试工吧。少时午饭，你不要眼生客气。"因顾众扫夫道："你们这班玻璃球、老油子，俺是知道的。你们若瞧他是哑巴，掏亏给他吃，俺是不依的。"

众人笑道："你老放心吧，人家缺了一张嘴，俺们若叫哑子说出话来，可还是个人哩。"不提徐四一笑匆匆趱去，且说魏耕既到藏经阁下，不由越发留神，便一面拣取了一柄很粗大的竹帚，一面抬头，细望阁势。

只见那阁十分高大，户牖坚牢，上面积尘多厚，蛛网纵横，果然是久无人登的样儿。南、东、西三面窗牖外面，还有铜丝罩儿，虽稍有残坏，还坚固异常。面南的阁门上着径尺的铁锁，只有北面却瞧不着。但遥见后墙外，蒋山山色近在咫尺，崔巍杰阁，辉映在山色之中，倒也十分壮丽。

魏耕正在一面张望，一面思忖阁北面的形势，恰好有群花鹁鸽呼噜噜地飞向阁脊。魏耕正在龇牙一笑，只听背后众扫夫脚步杂沓，便有一人道："喂！王大哥，别只管瞧雀儿咧，如今咱们该扫阁后面咧。阁后面荒草多深，惯有长虫咬人腿脚，你可要小心点儿呀。"

一路胡噪，大家拥了魏耕便奔阁后。只见一片场儿十分宽阔，除了靠后墙一带，草树蒙密，便是积尘沙砾。这时魏耕不便细瞧阁势，只得随了大家分段扫地。你看他两膀一晃，帚下如风，唰唰唰，不消几下，早扫出一片大场儿。闹得大家一面错愕相顾，又是发笑。一面价连颠带撞，也只得忙忙扫去。不多时，都闹得大汗满头。便有一人尽力一丢竹帚，忙唤道："喂，王老哥，你且住手！你这般玩法却不成功。这不是和俺们过不去吗？"

魏耕听了方在一愣，恰好有短工拎了热腾腾歇工茶来，于是大家倚靠后墙一块平坦之地，纷纷地坐下来，一面吃茶，一面向魏耕道："傻老哥，你这活计不是这么做法呀。俗语说得好：官家活，慢慢磨。左右咱是有一天得一天工钱。这所在好吃好喝，工钱又大，咱为何不多磨他娘的几天呢？你便是一帚扫光，难道人家还给你双份工钱不成？况且你豁出吃奶的力气，比得俺们不都成了大饭桶了吗？谁又能穿你这份小鞋儿呢？倘大家一齐心大愤，捶你个王八蛋样儿，你老哥不是有冤没处诉吗？如今咱这么办，你只照俺们样儿做活，安稳稳一天三顿饱，拿份工钱，哪些不好？余下工夫来还可以歇歇逛逛。你若是一定劲头儿憋着，不舒服，替俺们做点儿。咱至不济还拉份交情，不强如你傻卖力气，没人另酬劳还伤众吗！"

魏耕听了，一面纵目阁上，一面连连点头，又咧着大嘴哇哇两声。大家欣然道："你瞧咱这傻大哥，口里虽不说，心里有数，真是一点就透。得啦！这才是咱的好伙计哩。"于是大家动手，斟茶乱饮。魏耕却趁这当儿细瞧阁北面一带窗牖，虽一般地有铜丝网儿，其间靠西面，却有一窗不但丝网残坏，并且牖枢都似乎离了槽儿。

正在心下怙惙怎的入阁内瞧瞧方好，只见一扫夫道："喂，老二呀！你听说不曾呢？昨天咱头子话，想叫咱们向阁内打扫，怕的是王爷府内或有人来登阁游玩。若果然叫咱们上阁，俺可不去。一来俺有个脓包毛病，只要登高儿，立时就转他娘的腿肚子。二来俺胆子小，怕冲撞了大仙爷，给个过儿可了不得。你想那阁子永远不开，上面什么没有呀！"

一人笑道："你别胡说八道咧，俺就不信这些玄虚事。"又有一人正色道："老黑呀！你也别不信。你没听人说嘛，今年夏月里，观中两个小道士约会了在阁后纳凉儿，在竹榻上又办了一回没要紧的事。两个闹乏了，趁势酣然一觉。你说呀，真是怪事，及至两人醒来，只觉竹榻起落摇晃，便似浪里的小船儿一般。赶忙仔细一瞧，可都叫了妈咧。原来那竹榻竟横搁在两株大树的交枝儿上。那树交枝距地足有数丈来高，并且塌腹悬空，少一转侧，就要跌作肉饼。于是两人杀猪也似一阵大叫，这才唤得人来，费了许多的手脚，才将两人弄将下来。

"又有一回，便是咱伙伴压油墩纪老八，那小子傻大黑粗，光是大腿就有俺这腰粗，长得够多么浑实（俗谓壮也），也是夏夜里，在阁后不断地去歇凉睡觉。过了几天，大家见他肥膘头儿只管掉，并且面目焦黄，没精打采。大家问其所以，起先他还不肯说。后来吃大家连吓带诈，他方说出缘故。

"原来他初向阁后睡觉，一合眼便觉有光溜溜的肉皮儿挨近身来，渐渐地压上身，并觉有脂粉香气。纪老八以为是餍狐子之类，也没在意。哪知次夜里，便觉有只嫩尖尖手儿，只管给他摆弄那话儿。纪老八这一舒适，越发要看她怎的。当时只觉身不能动，眼开不得，还没有什么异样。哪知次夜，纪老八却暗含着得了甜头儿咧。因为摆弄他那话儿的又非昨夜光景，简直地说，就是女人家的那个物件，并且吸锁吞吐，妙不可言。这一来纪老八大得其乐，却是转动不得，及至天明起身，便似抽了筋似的惫懒。便是如此光景，一连几夜，所以虎也似的汉子竟闹得郎郎当当哩。当时大家料是狐魔作怪，赶忙将纪老八送回家去，用药调理方才复元。我说黑老哥，你怎说没玄虚事呢？"

大家听了，哄然笑道："若真有这么快活的事，咱们也向阁后睡一觉吧。"一阵胡噪之下，魏耕已将阁后形势瞧得了然。

须臾上工梆响，大家群起工作，魏耕果然随众扫去。大家欣然道："着哇，这才得窍哩！"

这时魏耕从容得暇，又眺望一回蒋山上树木茂盛，窄径交错，暗想道：这片山势，逼近观后，倒于出入上甚是方便。等着消停了，俺倒要踏看一番。

正在怙惚，忽闻前面小跨院内饭梆响动，大家便道："王老哥，咱们走哇，如今吃饭，咱可要破出点儿力气来咧。"于是相与置帚，嘻嘻哈哈趄向前面跨院。只见大碗的饭、大盘的肉业已摆列停当，原来今天正是吃犒劳的日子。这时众扫夫不顾胡吵，便一个个睁起大眼，揎臂勒袖，各抄家伙，但听碗盘一片山响，并各嘴内呜呜之声。还没转眼，各盘中只剩汁骨，但是各人饭碗上却都大肉堆满。

魏耕被人挤向案角，百忙中刚端过一碗饭，只听隔案座儿上有人骂道："□娘的，你这小子想肉吃没够，不会弯转屄子□屁股吗，却从人筷子下夺食。"接着哗啦一声，碗碎凳倒，便有两人莽熊似的登时打作一处。

大家忙瞧他两人，一个是横眉怒目，恨不得一口吞了敌人。一个是满脸肉汁，夹着饭粒，一面揪扭，一面大跳大叫地道："大家的肉，大家吃，难道是你婆子的那两片嫩肉儿，不许人动不成？"

85

大家听了正在哄然一笑，只见一人匆匆踅入。正是：

酒肉争端，细人情状。中有大侠，葫芦依样。

欲知后事如何，且听下回分解。

第十四回

扫经阁兼窥秘室
探山洞逢得奇途

且说大家正瞧那两个扫夫争肉厮打。只见徐头儿匆匆趑入，先喝住两人动手，然后骂道："你们这群没脸的大爹，真算罢了。俺一步没到你们就闹笑话。难道多吃块肉便一辈子不饿吗？可显得今天吃犒劳，脸上都挂晃子咧！"

说着，望见魏耕只是白饭，又瞧瞧众人碗上，便登时一瞪眼睛道："你们真这么办，真是王胖子跳井，有点儿下不去咧！俺早就说，你们别欺人家是新来生虎儿。今天吃犒劳，倒叫人家咽白饭，可有这个道理！"说着，赌气子坐向一旁，唤伺候饭的伙计端到一大盘鲜亮亮、热腾腾、香喷喷、夹精带肥的黄焖烂肉，单给魏耕。魏耕更不客气，这一阵狼吞虎咽，瞧得众扫夫只好干瞪大眼。

须臾饭罢，徐四站起来，吩咐一回工作等事，又道："你们如今吃饱喝足，少时歇一霎儿，必须拿出力气来做活咧。"

不提徐四一路唠叨，自行趑去。且说魏耕随大家出得饭房，就院中随意歇息。有的从屁股后头摘下旱烟袋，吸着闲谈。有的攒三聚五，就石阶上趺博玩钱。有的伸腰拉胯，歪倒身即便盹睡。又有嬉皮笑脸，一面张家姨、李家嫂地顺嘴胡数，一面厮逗取笑的。少时，一人拉着长声道："方才咱头子说少时打扫后殿，务必格外干净。咱须想着各带土箕呀！"

便有一人道："后殿前格外干净，想是因有醮台的缘故。你瞧申老道这两天好不臭美，恨不得将醮台收拾得仙居一般，好叫王爷欢喜一下子。你瞧他里里外外这一铺张，少说着也得上万的银两，真是官家的钱好赚。那牛鼻子损死了，也须赚一半儿。像咱们苦哈哈撅着屁股干一天，能落几文钱呢?"

一人道:"咳!俗话说:费力不赚钱,赚钱不费力!这醮台虽然整齐,俺听说申老道给王爷准备的坐落秘室,那里面简直地像天宫一般。可惜咱们没眼福儿,就不许进去瞧瞧?"又有一人道:"你可是矮子攒树,想攀高枝哩。那秘室院内的工作是咱头子的。就凭你这块料要进去瞧瞧,不怕折寿煞吗?"

众人听了都笑之间,这里魏耕却心中一动,只作去解小手儿,一径出得跨院,趱向后殿前。只见那座醮台起脊攒花,高耸异常。上面的隔扇窗户都是精刻玲珑、金碧辉煌,此时是规模粗具。还有许多凤屏龙柱,细密工儿尚未扎就。醮台两旁接连着法器楼儿,长檐翼翼,一片彩席直搭到后殿檐上。

醮台前面数十步远近,便是那仙女的石像。魏耕觑望一回,又瞧瞧那丹灶遗迹,一面怙惙着众人所说的密室不知是在哪里,一面信步儿趱向后殿。刚要登阶之间,只见一个大土箕由后面飞到身旁,接着便有人唤道:"王大哥,快些上工吧,那殿里悬神吊鬼,什么瞧头哇!"

魏耕回望去,却是众扫夫各拎箕帚业已趱到。于是大家即便动手工作,扫的扫,除的除,顷刻之间便是十来土箕。大家都瞧魏耕又呆又有气力,于是争叫道:"王大哥,你替俺携这箕去,今天晚上咱们是烧刀子管够,羊肉下杂面的请儿,你道好吗?"

魏耕这里接过一个又是一个,闹得手忙脚乱。招得众人正在挤眼乱笑,只见他抄起院中所置的一条长杠,将十来个土箕由两头穿好,挑起来大步便走。

众人正在拍掌彩喝,不想徐四一步趱到,便瞪起眼睛,向一个麻面扫夫喝道:"这不消说,准是你这麻厮使的促狭。等晚上算工钱,我是要折扣你的。"因向魏耕道:"王伙计,拿了你的箕帚,且随我来"。

不提这里众扫夫各拾土箕,且自工作。且说魏耕跟了徐四,转向后院,从丛花中曲折行去。须臾,见一所很严密的小跨院儿,亚字围墙,漆扉掩映,遥望里面,十分深邃。

两人刚要入去,恰好有两个小道士各持抹布、掸子,并水盆之类,从里面趱出,一见徐四,便笑道:"俺两个收拾完屋内,便该你收拾院中咧。"忽一眼望见魏耕,不由愕然道:"徐头儿,你好大胆,这院内,你如何带替工进去呢？倘被我师父知道了，还了得吗？"

徐四笑道："你不晓得，他是个这样人，谁道还怕他出去传说不成？"说着，以手就口，打了两个哇哇。一小道便笑道："你真会量才酌用！既如此，却不妨事。"说完与那一小道匆匆趱去。

原来这密室是申天鉴素常淫乐之所。这当儿便另行铺设，以为豫王坐落之处。为慎重起见，专命徐头儿打扫院内，不许闲杂人进内窥视。徐头儿因魏耕是哑子，所以才带他进来。

且说魏耕跟了徐四进得院门，只见里面花木翳如，轩廊映带，靠北面是五间精巧的厅房，琐窗绮户，好不华美幽邃。虽是跨院，倒也甚是宽广。徐四抄起自己的竹帚，便道："王老哥，你扫那厅廊上面并厅后，俺扫这院中吧。"魏耕听了，正中下怀，于是两人分头工作。

魏耕一面扫廊上，一面由玻璃窗内偷瞧厅内，只见里面铺设得锦天绣地、五光十色，除了有两处异样的复室门儿，也没别有奇处。原来那复室内便是申天鉴纵淫的所在，这时却将机关上牢，以防豫王来时万一张见。

当时魏耕扫毕，由厅旁夹道转入厅后，举头四望，不由暗喜。只见距后围墙不远，便是藏经阁的西面，由那里跳入后围墙，甚是捷便，于是又仔细观望一番。须臾扫完趱回来，恰值徐四没在院中，只有箕帚抛在那里。魏耕暗喜道：合该俺进厅去瞧个仔细。

逡巡间方要登阶，只听背后一阵价脚步响动，便有人大喝道："什么人，竟敢擅入这里？还不与我抓下。"魏耕回头一望，却是个白胡子老道士，领着个仆人业已趱到身旁。魏耕料是申天鉴，慌忙中只好哇哇两声。

申老道大怒，命仆人一记耳光扇将去。这时魏耕一手提帚，一手提箕，抵御不得，啪的声业已着中。那仆人狗仗人势，趁势进步，啪的声又是一脚。

这一下踢得魏耕心头火起，登时浓眉一挑，怪眼圆睁，抛下帚箕，正要去抓那仆人。只见徐四由门外飞奔而入，一面大叫道："王伙计，快别动手！"说着，向申老道垂手一站道："此人是个哑子扫夫，小人因他天然口严，所以带他来做点儿活儿，却不道又惊动观主。"申老道笑道："这就是咧！既是哑子，却不要难为于他。"说着和那仆人匆匆入厅。

这里魏耕还在气愤愤地发怔，那徐四拾起箕帚，又命魏耕也拾起来。

两人趑至院门外，徐四方吐舌道："我的愣大爷，俺方才到院外去方便，你就几乎闯出祸来！这申老道好不厉害，你在他跟前倔头倔脑还了得吗！"魏耕听了，一面点头，一面却记明了赴秘室院的路径。当日工毕，一宿无话。

次日，魏耕方醒来，却听得众扫夫吵道："今天哪个有胆量，真是好会场。方才咱头子发下话来咧，是谁有能为，上藏经阁打扫里外，不但发双份工钱，并且有酒肉单犒。"便有一人道："真个的吗？若如此，须要大家提提气，大大胆儿，巴结一下子哩。"

魏耕听了，暗喜又是机会，连忙起来，和大家一同吃早饭。刚放下早饭碗，徐四业已趑来，吩咐工作，果然如众人所语。于是大家兴冲冲各提应用之物，趑至藏经阁下。只见上面很高的梯子，都已竖置停当，大家瞧那巍巍之势，一个个吐舌不迭。

正这当儿，魏耕拉了徐四一把，又向阁上面指手画脚，呵呵地龇牙一笑。徐四欣然道："莫非你敢上去吗？"魏耕一点头儿。徐四大悦，便取出开锁的钥匙交予他。这里众人都惊之间，只见魏耕趋就长梯，先用一根扁担，两头上系牢箕帚，便如踏绳技的趁竿儿一般，一径飞身登梯，如鸟张翼，又如蜻蜓点水。还没转眼之间，业已一扭身，踏上阁的平檐，望得大家都骇然道："瞧他不出，倒有这样的伶俐身手！"说话间，便见魏耕解下箕帚，将扁担安放停当，一径趑向阁门，启锁竟入。

不提这里徐头儿吩咐众人各去工作，且说魏耕趑入门中，只见里面道书充牣，凝尘积满。魏耕更不管它，先就窗眼中，张望一回观中全势，只见那醮台一片席彩，直接悬神殿檐，略一沉吟，不由心下暗喜，便逡巡转入北面，径奔靠西那窗儿，用物一撼窗槅，果然槽儿移动。魏耕大悦，当即轻启窗槅，掏出腿里内所藏的短剑，将窗外的缺坏铜丝罩儿削挑停当，然后将那窗槅虚掩在那里，这才好歹略扫阁中积尘，用箕提出，仍如前法，平掮了扁担，缘梯而下。

喜得徐头儿跑去接过钥匙道："王伙计，瞧你不出，竟有这手巧妙活儿。以后你不必跟大家做工，只听俺吩咐吧。"于是引魏耕到自己的工头院中，命魏耕自在厢房中歇宿。少时，又笑道："王老弟是个哑巴，又是刘先生荐来的人。不瞒你说，俺待人颇有分寸，你此后只要不误工作，俺也不约束你，随便出入。"魏耕听了，连忙唯唯，好不暗喜机会凑巧。从此魏耕工罢，便任意价出入观中，游观各处。不消两日，早已全局在胸。

这日恰值歇工，众扫夫没得事干，无非是吃酒玩钱。唯有魏耕自赴蒋山，一面游眺，一面踏踏由此入观的道径。只见山路逶迤，直接观后，草木森翳，尽可隐身。于是信步行去，直至山巅。原这蒋山虽不高大，却幽秀得势，山形盘透，直出西北城角，那一带的城垣便建筑在山上，随山势与之高低，老远地望去，便如长蛇起伏。

当时魏耕卓立山顶，纵目四瞩，城内是烟火万家，城外是风帆隐隐。远闻江波汹涌，恍如剑鼓之声，不由一阵感慨猛上心头，暗想道：如此江山，一旦竟与异族所据，真显得国内无人。忽又想到举事在即，倘邀天之相助，得以成功，足以夺异族之气。那时节风声所树，中原豪杰安知没有闻风响应的呢？一旦义旗竞举，扫荡胡尘，大好河山，仍归汉土，好不快活得紧！想到这里，不由哈哈大笑。刚喝得一声"好哇"，忽听树林内，有人喝道："你这东西，装聋作哑，溜溜瞅瞅，闪在这里，俺就饶过你不成？着家伙吧。"

魏耕大骇，赶忙一捻拳头之间，便闻树林内唰啦啦鞭声响动，有两只老羚羊奔窜而出，后面跟着执鞭牧人，一径地赶羊趱过。于是魏耕放下心来，倒觉好笑，便从容趑入蒋侯祠内，略为游览，即循着靠西一条山径慢步而下。

一路上碎石粗莽，榛莽交错，似乎是久无人迹的光景。刚行近山路一块大石跟前，魏耕一脚踏入深草，却惊一只白兔，嗖的一声，跑出两丈来远，大耳一扳，一径地钻入靠土崖一堆丛草中。

魏耕乘机赶去，披草寻觅，却不见兔的影儿，那很高峻的土崖跟前，又无多草树可以藏伏。魏耕一面纳罕，一面披草，趑近土崖，仔细一瞧那土崖上，却有一条又宽又长的嵯岈裂缝，上面是藤葛蒙蔽，便如个天然洞口一般。魏耕料那兔一定是窜入洞中，便乘兴略拨藤葛，一低头儿矮身入洞。

初入时，里面阴暗非常，略行进步，魏耕又合目存神一霎儿，再睁眼来，也便能辨认一切。只见里面隆然高邃，那道径蜿蜿蜒蜒，也不知通向哪里。虽是土洞，两壁间并顶上一般地怪石森罗，钟乳纷垂，奇形诡状，甚是有趣。

魏耕恍悟那土崖紧连山脉，这还是个山洞儿。怙惚之下，不由暗笑道：俺自奔走国事以来，久已不复寄情山水。且趁此须臾之暇，探奇选胜，倒也罢了。于是一径地曲折行去，其中极低处，还可以伛偻而过。约莫趄过四五里的光景，那道径却渐行渐低，但是还能蹲身趄过。

须臾忽见前面隐隐发亮，一条条光影自上而下，那道径也越走越觉高，并隐隐听得波涛之声。魏耕且行且想道："这洞儿好生奇怪，莫非前面还有泉水伏流不成？"思忖间又趄过数十步，忽地眼前一亮，就见对面石壁上许多漏隙，那亮光便从漏隙射入。

魏耕奔去仔细一瞧，原来又是个洞口儿，洞外藤葛纠缠，与那入来洞口不差什么。于是匆匆地从里面分拨藤葛，方一跃出得洞口，倏地豁然开朗，并闻得松涛谡谡，俨如波翻浪卷。

这时魏耕乍到光亮之处，反觉得眼缬生花。稍与合目，再睁开来，仔细一瞧，略一沉吟，不由喜得只管打跌，暗想道：怎的这么巧，这条绝好的出城之路，却叫俺无意寻得咧。

原来这洞口已在城西北角之外，地名万松岗，便是城内蒋山伸出来的一披山脚，并且僻静异常。除满山脚松栝参天、荒草匝地之外，四围价还有许多的乱坟野冢。

当时魏耕徘徊良久，记明洞口并那片地势，一瞧日色业已西斜，便欣然进城。匆匆趄转，刚一脚踏近观门，劈头里一个扫夫从内出来，一见魏耕便唤道："王大哥来了吗？方才你有个乡亲来寻你，如今还在茶肆中候着你哩。"说着，向观旁一个茶肆中一指。

魏耕料是跃鲤转来，便忙忙趄向茶肆，向内一瞅，果是跃鲤，便彼此使眼色。

须臾跃鲤趄出，与魏耕走到僻静之处。那跃鲤还未及开言，忽见魏耕手舞足蹈，一阵价大笑大跳。少时竟一声狂喊，俨似舌尖上起个霹雳，大叫道："哈哈，咱的人还没都来吗？这几天真憋煞俺咧。"

跃鲤听了，不由吓得面目更色，不容分说，拖了魏耕拔脚便跑。正是：

　　　　吞炭为哑，漆身为厉。烈士心情，古今如一。

　　欲知后事如何，且听下回分解。

第十五回

建醮场游人闹香会
走道观侠士觅同人

且说跃鲤拖动魏耕直至无人之处，方释手道："我的魏爷，你怎么咧？这是何等事体，你就在街坊上山嚷怪叫？"魏耕笑道："你还说哩！都是你作成我，硬叫静道人派我当哑巴，这几日吃人打骂都须白挨。如今俺亮亮嗓儿打甚鸟紧？"

跃鲤笑道："咱闲话少说，如今醮事期近，祁六公子等也便随后就到。魏爷这几日在观中，看得情形如何呢？"魏耕笑道："不瞒你说，俺现已观得全局在胸。不但入观藏身，以至行事时乱人耳目的计划，并凶王坐落之所俺都已探明，筹算停当。便咱们事后出城的道路，都已有在那里了。鱼兄见了六公子等，便可转告一切吧。"于是将自己探得一切情形娓娓述出，并嘱行事时如此如此。

跃鲤听了，十分欢喜，便将六公子等乔装大概一说，彼此不敢久谈，即便匆匆分手。

那跃鲤趑回刘静寓所，密谈一回，自在水西门准备了一只小船儿，专等保护刘静出险。原来这时刘静因一切布置都已停当，业已连日称病，没入王府。

哪知这三四日中豫王却连得札达罕的捷报，言王国宝贼众溃散，国宝夫妇仅以身免。豫王大悦自不消说，但是刘静因称病不出，这个捷报消息竟不闻得，这也不在话下。

如今且说洞霄观建醮这日，真个是人山人海，热闹异常。因头一两日，各处的商贾小贩并江湖百戏艺人之流早已就那观前左右各占地势，各支棚场，老远地望去，端的是棚幕云连，市声阗咽，便如赶朝会的一般。

因为豫王有示不禁游人，而且大家哄传刘静有异数，能知这天真仙下降，仙女与豫王有缘，因为豫王与那仙女本是同班仙真。有一天，两人在瑶池旁芝圃中芟除仙草。豫王偶趁那仙女蹲在玉尘沟中去解小手的当儿，私披紫云，下窥五洲世界，不觉心慕中国繁华，所以一个筋斗跌将下来，竟自投胎认母，转生为豫王。因此之故，那仙女还要度化豫王再归仙籍。

那仙女端的怎生模样？简直就如戏场中的何仙姑一般。这一来，赐予豫王仙露，一定是乘鸾驾鹤，清风祥云，凡人们能够望她一眼，老远地沾些仙气，怕不添些寿算、百病消除吗？这等的齐东野语哄传开来，直然地轰动南京，都痴心价要瞧瞧这仙女是何模样。万一时气旺了来，沾些仙气，哪些不好？所以各处游人不期而集。

其中尤以妇女深信这片无稽之谈，都先期约定了张家嫂、李家姨，结伴同游，又以瞻仰仙真须要清洁，这一夜中都将汉子撵出去，连觉都不曾好生睡，晓色甫分，便爬起来梳洗扎括。那些会出风头的妇女，便梳起迎仙之髻，穿起凌云之履，披一身云罗雾縠，熏上些百合麝兰，一个个亭亭玉立，手执高香，自觉飘飘然有凌云之气。便这等嘻嘻哈哈，从红尘四沛之中，都向洞霄观雅步而来。

方及巳分时，那观前早已磬声四彻、万头攒动。正中山门，已有该管的城防兵丁把守，游人出入都从左右山门，简直挨肩搭背。

须臾，数骑马如飞跑来，前后马上是王府护卫，居中一人浑身吉服，顶冠束带，手捧藏香，却是豫王遣来上头香的官员。于是观中法器大作，一派仙音缥缈。申天鉴领了道众十二恭迎出来，一色的星冠羽衣，玉尘鹤氅，望得许多游人正在乱拥乱挤，只听远远地海螺声动，一片戈戟晃曜并马蹄蹴踏之声，一径就观四围扎住队伍，却是豫王的亲军奉命来弹压一切。于是商贩并游人等越发高兴，东一攒、西一簇，纷纷扬扬，又夹着江湖百戏，锣鼓喧天，直闹得锅滚豆烂。

那弹压地场的亲军们，本奉了盘查眼生人的命令，无奈这当儿万众如潮，早照得他眼花。况且又有些花鹢鸽似的妇女们，穿红挂绿，扭扭捏捏，只管在各处俏摆春风。那老成点的兵士们还可以耐着性，不离泛地。那少年的，一俟下班之后，一溜烟似挨入人丛，尾缀着瞧媳妇儿去咧，哪里还顾得盘查什么！更有借巡视观内为名，十五成队，捧了大令，单向观内前后殿去瞧烧香的妇女。

就这许多的热闹风光中，却有一人愣头愣脑地蹍进蹍出，如开了锁的猢狲一般，便是魏耕。原来建醮这日众扫夫都已散班回家，徐头儿见魏耕工作得力，又因他是异乡人，所以留他在观。

清晨时，徐头儿料理一回，便吩咐魏耕道："王老哥，反正今天是散工的日子，你且趁势快乐快乐眼睛吧。但是你可别掐头蠓似的胡撞，若冲撞了王爷的护卫亲兵们，可不是玩的。到夜间你就给他个吃饱了困大党，比什么都强。因为豫王爷夜间亲来降香，休说是观里观外警备森严，便是城内外也都彻夜价巡逻防守，以备不虞哩。"徐头儿唠叨一番，自行蹍去。

魏耕见徐头儿去后，便趁观中人众热闹之际，又到藏经阁等处观望一番，然后就观中处处留神，搜寻六公子等人。直至将交巳分时，醮台上业已上过头香，那前殿后殿并仙女像前，焚香顶礼的男男女女都已挤满，却不见六公子等的影儿。

魏耕直着脚子乱望一回，刚要到观外去寻，恰好一群妇女慌花似的从对面撞来。当头一个胖婆娘，一面迈开鲇鱼大脚嗖嗖地走，一面回头向一个媳妇子道："某大嫂哇，俺听人家说，谁要摸摸仙女的脚指头，便能有喜。你和他大哥成亲三四年咧，瞧你小两口儿，谁见谁都眼欢似的，也不像不那么着的，但是总没得喜信儿。少时，你烧罢香摸它一家伙，管保明年这当儿，就养个白胖大小子哩。"

那媳妇脸一红道："你这张破扑叉嘴，当着许多人，胡噪的是什么！摸了仙女脚指头就有喜咧？人家是摸了文昌爷铜骡儿的那个，才有……"未尽一言，不提防有个油滑少年从胖妇身旁蹍过，登时弹了个响榧子，放出奇怪的嗓音道："喜呀，哪个？"

这一来胖妇大怒，伸手揪去，不想那少年嗖一声闪开来，恰好魏耕一步赶到，两下里急难回避。偏那胖妇又是因来瞧热闹，特穿了一双高底鞋子，只脚下一蹶，又搭着扑空之势，噗的一声，撞个正着。那魏耕是往后便倒，赶忙地腰儿一耸，想要跳起。说时迟，那时快，那胖妇一个啊呀没出口，早已两腿一叉，实胚胚地向魏耕腰股之间，蹲坐下来，登时闹了个倒浇蜡的式子。

这一来招得众游人哈哈大笑，后面那媳妇忙和女伴们抢上前，一阵价架起那胖妇，便笑道："你这是怎么咧？亏得人家这位爷性儿好，不好骂人，不然，还不把你卷（俗谓骂）翻了白吗？"

胖妇噪道："哪儿呀！都是那有娘养没爷教训的小蛋蛋子闯的祸。俺只顾去抓他，不想却撞了人家。还亏俺挺得住腰板儿，又得开腿架儿，提得住气息儿，勒得住猛劲儿。若像你们年轻人儿，不拿筋节，不知轻重，死巴巴一屁股蹾下去……"说着，一瞟魏耕胯下道："你瞧那是什么所在，可吃得住一蹾吗？不是俺夸嘴的话，俺若是没得平常的经验，这一屁股，就许闹出人命哩！"众媳妇都红了脸，乱笑道："你别逗人来疯，越发地撒村胡数咧。快给人家这位爷道个恼儿吧。"

　　这时魏耕已自龇牙咧嘴地站将起来，慌得那媳妇子忙向前万福道："你这位爷，没碰坏哪里？这是怎么说呢！俺这个胖大嫂，就是风娘娘似的，等我给你掸掸土吧！"说罢，同摆花袖儿，方笑嘻嘻地趱近。

　　哪知魏耕两手掩裆，龇牙一笑，又复蹲将下去，睁起大眼睛，只管注定那媳妇的小脚儿。大家见了不由略怔，只见那胖妇大笑道："是了，是了，真个的，这是怎么说呢！你这位爷真好性儿，挨了俺这么一家伙，也不说不道，就像个哑巴。等我搀起你，你快向背人所在自家去瞧瞧吧。若垫坏了前边，还不打紧，若垫坏了后边那一嘟噜，可不是玩的！这观西边哈家卖得好膏药，你快去闹一点儿吧。停会子受了风，怕不转成大气……"一个"卵"字没出口，不提防魏耕苦脸子一扬，嘀嘀两声，招得众妇女都笑道："原来这人真是个哑巴，怪不得他不会骂人哩！"

　　正说着，游人一拥，这里魏耕站起暗道晦气之间，众妇女已嘻嘻哈哈趱出数步，还听得那胖妇笑道："这哑巴，稍长大汉的，倒恁的娇嫩！俺小肚下腰兜中装了几把钥匙。方才那一垫，俺还不觉怎的，他倒架不了咧。"那媳妇却低笑道："你倒会说！你那里平塌塌、软松松，就和人家鼓挣挣的所在一样比吗？"

　　这里魏耕听了，又气又笑，正要趱向观外，只见一人如飞跑来，一把拖住自己，乱央道："好王大哥，你无论怎的且去替俺一霎儿。俺从早晨到这当儿，忙得连饭都没有吃。再撑一霎儿，肚皮就要塌空咧。"说着，扔下一把竹帚，回头便跑。

　　魏耕一瞧，却是管打扫女厕的小道士。原来观众们因醮场上游人热闹，特在观后院西北角上用席片搭起一所女厕，并派这小道士随时扫除，一面价监视男子们不得入去。当时魏耕欲待不去，又恐停会子吃他埋怨。逡巡之间，只得拾起竹帚，趱向女厕。本想一霎儿小道士就来，自家进厕去打扫一遍也就完咧。哪知小道士良久不来，那出入厕中的妇女们却十分热闹，有的口卸汗巾，两手提裤，从内趸出。有的慌慌张张，手插襟底，大步抢入，但听得东嗍一声，西噗一记，并夹着嘶嘶哗哗之声，那一股木樨香气，掺和臊烘烘、热腥腥的一片奇香，也便扑鼻冲来。闹得魏耕呆立在厕旁，进退不得，只好光着眼瞧她们出出入入，蛆虫似的乱搅。一霎儿的当儿便过了许多的老少村俏。

魏耕不由暗想道：好没来由，俺有天大的事在身，却无端站在这里。正在瞭望小道士之间，只见一个老太婆一面束裤从内趸出，一面嘟念道："真是人老了没有用，便是撒泡溺，都挤不上摊儿。总须这些大奶奶们豪着屁股挤扯完了，才轮到我哩。"魏耕听了，以为厕内定然没得人咧，便思量好歹地打扫一遍，溜之大吉。哪知刚一脚踏进去，早吓缩了出来，原来里面还有方才所过的那胖妇和那媳妇子。

这一耽延不打紧，魏耕一瞧，日色业已晌午大歪。遥闻醮台上法器如雷，都已上过二遍香咧。急得魏耕用力子一抛那帚，匆匆价方要拔步出观，只听厕后有人哈哈一笑，猛地抢将来，拦腰便抱。正是：

青萍豪气，木樨香透。逸致闲情，一时辐辏。

欲知后事如何，且听下回分解。

第十六回

余腾蛟抓街暗透信
六公子卖字写春词

且说魏耕定睛一瞧来人，却是那小道士忽从厕后跑出，不由面现诧异之色。小道士觉得，便笑道："王大哥，你晓得俺是早来咧，却趁空儿从厕席缝内瞧了许多的写意物件。哈哈，如今里面只剩了个大胖子。王大哥，你等闲没开过这个眼睛，且随我张一下去吧。"

魏耕听了，这才恍然，小道士人小诡大，竟骗了自己，却三不知地去使促狭，于是哼了一声，回头便走。

这当儿观内游人早已潮水似的乱推乱拥，魏耕挤至醮台前，却正值申天鉴披挂了全副法衣，在上面焚黄通诚。左右价两个俏俊道童，一捧宝剑，一捧象简，满台上香烟缭绕，趁着坛帐上所画的云鹤飞扬，真似有些仙气。这时两旁法器楼上，奏起了笙箫细乐，一派仙音法曲，嘹亮飘空，招得男女游人越发拥挤不堪。

正这当儿，忽见众游人跌跌撞撞，便如波分浪裂，由一条人巷中早蹿进十余个带刀的卫士，随后两人是一色的蓝顶官帽，缺襟长袍，足蹬快靴，胁佩短剑，端的是威风凛凛。前面一人生得疏耸身材，淡黄面皮，绕口短髯，趁着剑眉星目，顾盼之间，委实有些精神。后面一人是雄躯广膊，紫黑面皮，两道疙瘩眉，一双叠暴眼，精神饱满，正在壮年。

两人一路价高视阔步，就醮台下略为觇望，即行领众人由悬神殿蹿入后院，于是众游人轰的一声随后便跟去许多。其中便有发议论的道："你瞧咱南京人，惯有这等高兴，瞧热闹也还罢了，何必乱蛆似的挤人家官长们！方才这二位，前面走的叫乌林舒，后面走的叫奎明，都是豫王跟前得力的侍卫。人家这是奉王爷之命，来弹压会场，他们便跟着起哄，这是有损无益的。"又有人道:"你先生这话不错,方才观外东头,便有两个愣鸟,被城防兵捉将去咧。总言之,热闹场所,便是是非之地,是不可胡跑乱撞。"

魏耕见了乌林舒等倒不在意,一听有人被捉,未免心下怵惕,匆忙之下,便从人丛中一晃膊子,一径趱离醮台。方一脚奔到观门,只见众游人忽地横贯着,潮水似的一涌,便有大呼道:"捉、捉、捉!"即有四五城防兵丁提着皮鞭,拿着绳锁,随后一人,还拉着一匹驴儿,一径由东而西乱噪道:"这黑厮,早就在这一带,鬼鬼祟祟地探头探脑,俺瞧他便形迹可疑。更奇怪的,他就有那么大的水牛气力,三四个人还捉他不住。如今咱快赶上他,非捉他盘问来历不可!"

魏耕一听,不由心头乱跳,百忙中见那驴儿一瞥而过,竟似乎自己的那驴儿一般。这一来心下越疑,暗忖那黑厮说不定便是腾蛟,不知怎的骑了自己驴儿混将来咧。

正在着急之间,偏偏呼一声趱来一队妇女,登时将庙门堵严,一阵价你碰了我的花儿、我踏了你的鞋子地乱噪,挤得魏耕只得闪向一旁。这当儿,大呼"捉、捉"之声越发凶实。

偏偏事有凑巧,又有一个卖纸花儿的俏皮小伙,举着个插花的苇架子,一路喊着"好俊样花儿",从观内趱出,望见众妇女便嘻着嘴,高举两膊,道:"太太姑娘、大姐奶奶们,不弄朵花儿吗?俺这花儿是真正北京扎妆,地道正货,好得紧哩。不怕潮晒,永不褪色。您试一下子便知得咧。这是新从北京花儿市发下来的京货哩。"说着,向一个高身量的妇人跟前一举花架,众妇人也便一拥齐上,一面乱指乱噪道:"好俊样花儿,你瞧那只绒花儿麒麟送子,不就像活的吗?"

于是大家一阵叽喳讲价儿,你要这朵,我要那朵,忙得那卖花的接应不暇,登时将内外游人隔断得蜂屯蚁聚。其中便有人喊道:"喂!老太太们且闪闪,这须不是自家坑头儿上,由性儿铺排。"

正这当儿,偏又有个矮身量的妇女支着脚儿,一手攀住花架儿,只管叽喳不清。急得魏耕正在暴跳,想闯出去觑觑那被追的黑厮。便见观门前又是一阵大乱,接着便闻游人相语:"这只愣鸟,真个劲实,追的兵丁险些儿都被他打翻。若不是东边巡场的兵丁帮着截捉,真还被他跑掉咧。但是这一捉到官中,可苦了小子咧。"又有人道:"这黑厮胆子也真大,这是什么所在，他竟想干这个，想是还有接手同党哩！"

魏耕听了，更耐不得，便不管三七二十一，猛地一低脑袋，竟从那卖花的胳肢窝下直冲而出。恰好那矮身妇人跷起脚子，正在拣花。这一来，正撞着要紧所在，啊呀一声，往后便倒。那观前人众一阵大乱。魏耕都不管她，紧行几步，方要向西觇去，只听背后有妇人放出破锣般的声音，骂道："你这挨千刀的慢走，撞骗俺就想跑掉，可是没有王法咧！老娘今天就和你拼了吧！"

魏耕一听，只认是那被撞的妇人来赶自己，正慌得没作理会处，便闻背后扑通一声，忙回头一望，却不相干。原来是个五十多岁的乡下老太婆，业已仰八叉摔倒在地，身边还站着个七八岁的孩子，只管急得怪哭。众游人忙扶起老太婆，方要问其所以，便见方才赶过去的四五兵丁，兴冲冲地拉了那匹驴儿转来，道："你这老妇人不要闹咧，那黑厮已经捉入官中，且与你这驴儿吧。"魏耕定睛一瞧那驴儿，方暗道一声惭愧，便见兵丁们交代了驴儿，自行趱去。

这里众人又向老太婆问其缘故，老太婆拍掌道："别提咧！真的热闹场中什么刁钻坏种都有。"因指着那孩子道："都是这孽障，只管吵着来瞧热闹，才着了这场是非。俺那会子骑着驴儿，孩子赶着脚，方走到观东边一片人稀的所在，偏偏俺那同伴阮大嫂内急起来。俺只得下了驴，坐在一块石头上歇息等她。孩子呢，也向一旁玩去咧。正这当儿，那黑厮却从老远向着俺跑来，并笑嘻嘻地道：'好巧，好巧，原来干妈也来瞧热闹来咧。怪道从远远的俺瞧着，就像你老人家哩。你老好哇？家里孩子们都扎实呀？你老真是越老越发福，就这等满面红光的。'说着跑到俺跟前，不容分说，便是一个大揖，随即拉住俺的驴子道：'咱娘儿俩多年没见面咧，等我替你拉着驴子，咱细谈谈吧。'这一来闹了俺个张愣巴（错愕之意）。那黑厮便笑道：'你老真是贵人多忘事，俺是你街坊家小五子，难道您就不认得了？'俺听了略一打沉儿，你们众位说呀，真是贼生飞智。当时那黑厮拉定驴儿，忽然向俺背后使劲子喊道：'可了不得咧，那不是俺大兄弟嘛，怎的一下子跌昏了呢？'吓得俺回头怔望之间，那黑厮跨上驴儿，如飞便跑。若不是俺喊得凶，总爷们追得紧，这驴儿一定被他抢得去咧。"

众人听了一笑散掉之间，这里魏耕也便暗笑不已，便顺步先向庙西逐处留神。只见一处处锣鼓镗镗，十分热闹。也有唱独班戏的，也有耍西湖景的，也有吱吱啦啦的傀儡台，也有扭扭捏捏的地场戏。卖药的摇铃晃招，卖艺的踢天跳地，还有许多的相声棚儿、说书场儿，每一场所，都拥挤了若干男女。还有那各种小贩，吆喝起九腔十八调，只管就人从中穿梭般来往，望得魏耕一颗头如拨浪鼓一般，却就是不见六公子等人。

正待回步去觇观东，只见许多游人忽地向前一拥，一个个鼓掌大笑，并有喝彩的道："朋友，再来一个，算我的！"便闻有人娇滴滴地道："嗌！奴家这里有礼了，可怜奴家鞋弓袜小，抛头露面，原为讨要几文钱，去养活俺的老娘，单说是我的天哪！"说到这里，众游人越发笑噪，便闻又有人发急道："朋友，你这玩法也不对呀。俺大小也是个买卖，你只管如此闹法，却不成功。"

魏耕顺步挤进一张，不由也扑哧一笑。原来一处煎饼摊儿前，站定个威实实的汉子。那汉子头挽一个卧龙舟式的髻子，上面是纸花招展，身穿一件大镶大滚的花边儿破女袄，下边是洒花短裤，却露着一段黑黪黪的腿胫。脚下踹两只尺许长的大红女鞋，正背着脸儿，向那发急的摊主深深万福。原来这个营生都是脸憨皮厚的乞丐，诨名儿就叫"抓街"的。

当时魏耕正在好笑，忽见大汉一转脸儿，喜得魏耕几乎失声叫出。大汉望见魏耕，忙扭扭地趱来，道："你这位大爷，赏俺几个钱吧。"魏耕会意，尽力子唾了一口，回头便跑，招得众游人哄然一笑之间，那大汉早已流星赶月似的追将下去。

须臾，两人来至观门偏东，恰值乌林舒、奎明领了护卫从观内趱出，两人趁闹忙中，来至僻静所在，彼此价扑哧一笑。魏耕道："余兄，真有你的呀！如今六公子等都到了吗？"腾蛟一面点头，一面四下望去，然后道："俺等从早晨业已混将进来，已在水西门小船上会见跃鲤，均悉魏爷的一切计划。如今六公子等现在观东偏后一带，乔扮的是如此如此。少时您望见了，不必答话，免得招人耳目。但是跃鲤曾说，那豫王的侍卫乌林舒、奎明两人，也自本领了得。咱若遇着那厮们，须要小心在意哩。"

魏耕点头道："就是吧。左右札达罕、木尔喀两人一死一去，其余有本领的，咱也怕不着他。夜间行事时，但见俺举火为号，即便一齐动手就是。"正说着，恰值行人趱过。腾蛟依然装腔作势，一面价各处兜搭，一面留神巡防的兵丁。

魏耕依着腾蛟所语，先奔向观东一株大树下一瞧。只见那露天场儿外围了许多人，并有两三个拱肩缩背秀才模样的人，一面向外乱挤，一面道："可惜这少年有聪明不务正道，却混这碗江湖饭吃，倒湮没了好一笔字儿。"一人便道："你别说，他这字体真另有个派头儿，虽然生硬奇崛，却不落丝毫俗气。"

又一人道："俺瞧他究竟是江湖一派，你看他写来写去，总是文信国的《正气歌》，并陆剑南的那首《七绝诗》。什么'死去元知万事空，但悲不见九州同。王师北定中原日，家祭无忘告乃翁'。可见他是只记了两首诗，便把来混饭吃。"

先语的那人道："你这话也不尽然，书家写字，都好拣自家所喜的文字落起笔来，方显得字越发精神。这少年只写那两首诗，往浅处说，是性之所好。若往深处说，如今国变未久，读书人很有些牢骚感慨的。焉知他不是借古人名篇，以寓铜驼荆棘之感呢？若再往深处说，安知他没有精卫填海、鲁阳挥戈的心志呢？"

魏耕听了正在吃惊，只见那两人一缩脖儿道："某社兄，这里离巡逻人们近近的，你快别胡说惹是非咧！如今祁六一班人尚在通缉未获，你淡着两片子嘴，还不如向顾大娘酒肆内，吃肉包，就大蒜，到底也杀杀你那淡嘴呀！"说着，一路拖拽，嬉笑而去。

这里魏耕神定，方要挤入张望，只听里面有妇人吵道："先生，俺这炕条（炕条者，春联之类，岁时令节，写吉祥词语，贴之炕头，此俗北方犹有之）词儿是花了十二文老钱，求俺街坊家一位老先生编的，怎的会词儿不雅呢？你卖的是字，只管写就是了。"便闻六公子笑道："真个好如此写吗？若有人笑话，你却莫怪我。"

妇人道："你快写吧。若写得黑黑的，管保还有生意哩。"即闻伸纸振笔之声。于是魏耕逡巡挤入，就人背后一站，一眼先望见地场儿上摆着四个斗大的幌子字儿，写的是"龙虎风云"，端的骨格端严，十分遒劲。

那六公子戴一顶开花破帽，踏一双打板鞋子，身穿一件补绽长袍，腰系一条麻绳细带，更妙在臀胯之间还悠悠荡荡地挂着一卷烂书。乍望去，不像《状元谱》里的陈大官，也似《红鸾禧》里的莫秀才，正在那里微俯身儿，手握大笔。

他对面站定一个妖娆妇人，给他拉着一纸长红笺，左右又有两个好事者，目不转睛地瞧六公子用笔起落之势。一面啧啧称赞道："好劲头儿！

不用说别的，只这悬肘挥洒，就须有个十年八年的工夫!"那妇人一面拉定纸，喜眉笑眼，一面道："什么劲头不劲头的，俺就知又黑又亮才好哩。"

纷纭之间，六公子笔势展开，唰唰唰疾如风雨，一气挥洒完毕，却是四句韵语道："一入新年事事粗，打了圈子就下猪。一入新春事事松，炕上大嫂哼哼哼。"魏耕见了，赶忙忍笑掩口，便见那两个好事者忍不住扑哧一笑。

那妇人便笑道："怎么样？这定是写得好，词儿作得更好，连你二位也瞧乐咧。可惜俺不认字，不懂讲儿。"说着，举向六公子道："你先生且与我念念讲讲，俺多给你润笔钱，你道好吗?"六公子忙道："啊呀！这个俺可来不得，你且寻你街坊那位老先生去念讲吧。"

妇人听了，正没作理会处，忽一抬头，不由笑道："说着曹操，曹操便到，一客不烦二主，你老人家快来吧。"于是一伸手，揪住一人向内便拖。正是：

　　侠士挥毫，邻人逗趣。一样心情，两般滋味。

欲知后事如何，且听下回分解。

第十七回

宜春帖解释吉祥词
太平鼓谱出兴亡恨

　　且说那妇人拿着炕条儿，因不得人念讲，正没作理会处，忽一眼望见给自己撰词的那位老先生，正在人背后撅着胡儿瞧着自己笑嘻嘻的，于是一把拖入，便求念讲。慌得那老先生道："炕条儿，左不过是吉祥喜庆的话儿，还念讲什么？这会子忙碌碌的，俺要去咧。你等你丈夫来家，两口儿夜晚安歇下，叫他细细地给你念讲吧，两口儿说话是没避讳的。"说着，冷不防就想跑掉，早被妇人一伸手揪住小辫儿。众人中有识词义的，又见那老先生窘迫之状，早招得笑不可抑。

　　这时魏耕和六公子业已互相望见，便趁忙乱之中，彼此一使眼色。

　　魏耕方要趑离这里，便见那先生嘻着嘴道："好，索既如此，俺与你念一遍，你听听合辙押韵也就是咧。"于是，眼望炕条儿念了一遍。众人听了越发哄笑。

　　妇人也一咧小嘴道："果然不错，顺口溜舌，怪好听的，比数来宝（数来宝，系一种乞丐，见景生情，随口成韵。操此技者，丐群众咸尊为"先生"云）还来得干脆。但是里面怎么还粗呀细的，松呀紧的，又挂着大嫂哼哼呢？怪不得人家这位写字先生说你的词儿不雅。你这老物儿，若成心打趣我须不成功。俺是胳膊上跑马，拳头上站人，扎一刀子冒紫血，咯吧吧的好朋友哩。"

　　老者忙道："你胡噪的是什么！俺那词儿中，有粗呀细的，松呀紧的，又挂着大嫂哼哼，自然有个解说。你想一入新年，谁不愿事事粗呢？粗就是兴旺膨胀的意思。譬如你家一大群肥猪胖了头，给你壮门面，该有多么气粗哇！至于打了圈子就下猪，你房后的猪窝不是新近又添了一窝小猪吗？那一人新春事事松，松者，松动之意。谁家过日子盼着越过越紧呢？这个'松'字，大嫂你可明白了？至于大嫂哼哼哼，这是你自家的勾当，须你自家五更头睡醒后，慢慢去体会。我老人家偌大年纪，就不便替你哼哼着讲说了。"说着，冷不防掣出小辫，回身便跑。

不提这里众皆大笑，六公子依然装作挥毫。且说魏耕一径离了六公子，趄向后观的偏后，抬头一望，又是一番光景。只见山脚小径之间一簇簇、一丛丛，都是游人歇坐，那敞旷地面只有几处野茶馆儿，还有三五成群，携樽带榼，就山坡上长松高樾之间席地饮酒、赏玩山景的。但是山坡稍高的道径间，就有城防兵把守，怕有人窃探观内。因是稍僻之处，发在这里的兵丁无非是老弱之辈，不过应名儿，有人汛守罢了。

魏耕一面走一面张望，早闻得对面锣鼓声喧。须臾锣住，但闻渊渊然细腰花鼓之声，一阵价手法如雨，便如抛珠撒豆。正这当儿，便闻前面人丛中暴雷似一声喝彩，顷刻间停锣罢鼓，即有人拿出江湖口调说白开场道：

剑光如雪泼铜琶，并入渔阳鼓一挝。
炼石补天原有志，漫疑路柳与墙花。

开场道罢，众人又是一声喝彩。

魏耕听那开场语音，知是陆香儿，连忙赶行两步，挨入人丛。只见一片平沙场内，靠场后就地下，置着一担行李。靠行李斜着身儿坐定曼华，头绾一个软松松的抛家髻子，上罩青帕，帕尾绞作一个蝴蝶扣，高簇额上。鬓边斜插一枝粉淡淡的秋棠花，簪珥不施，趁着那天然素面，但是尘眉土黛，又挂些风尘乡野的光景。披一件洒花细布女敞衣，里面是青布短袄，装束伶俐。腰系青丝鸾带，跨一面回文"卍"字式，画皮描金的凤阳腰鼓，下着宽管洒脚裤，衬着尖生生软底青布凤头小鞋儿，一面价低垂粉项，微蹙眉头，若有所思，一面点动脚尖儿，樱唇开合，似是默忖歌唱。

魏耕见了，正在暗笑曼华这一乔扮活脱便似个凤阳花鼓婆儿。便见陆香儿绾起个朝天椎髻，余发覆额，几乎盖着眼皮，就嫩脸儿上抹了个三花脸儿，带一挂燕尾假髯，左手持着一副拍板，右手拿一柄打浑遮场的聚头扇儿，穿一身蓝布短衣，腰束板带，脚下是白袜青鞋，十分伶俐，正在那里一面阔步巡场，一面眼光四瞟。忽地笑吟吟一拉身段，当场立定，向众观者便是一个大揖道："没别的，今天俺两口儿路过这里，众位爷台须要捧个场儿。这南京是大邦之地，藏龙卧虎。众位爷台不消说，也都是闯山南，走海北，见过世面的人。像俺们这忔玩意儿，还能入得了贵目，瞒得过众位法眼吗？

"但是话虽如此说，众位便如吃惯了山珍海味，今天瞧瞧俺们这忔玩意儿，就似闹碗豆腐汤，吃盘苦菜芽，换一下子口胃，也倒有趣得紧。哈哈，众位便请上眼吧。会看玩意儿的看门道，不会看玩意儿的看热闹。哈哈一笑的勾当，不算什么！却有一件，俺须交代明白，众位捧场的，俺这里感谢不迭，但祝您寿活千春，公侯万代。不捧场的，请您就荣行大吉，一路福星。众位可千万不要早也不走，晚也不走，但等俺们卖了力气、停锣罢鼓的当儿，你老人家脚丫儿却痒痒咧。再不然，你老又想起家主婆还等着你去顶灯哩。你老真要这么办，拿筋节儿拆俺的台，俺们艺人先讲口净，口里虽不敢说什么，肚儿里，你老人家却是管不着咧！"

众人听了，哈哈一笑。陆香儿却趁势指着一个老头儿，道："你瞧那位老爷子，又说了话咧。敢说是这花鼓唱儿，无非是《李桂香打柴》《王定保借当》，再叫人起麻疙瘩的，还有《王二姐摔镜架》《小两口争灯》，许多的讨厌唱儿，咱大家拉着耳朵听这个，真有些不值。不知唱虽一种，却艺有千般。不是小子夸口的话，大概这花鼓唱的始末源流，众位还未必晓得哩！"说着一摆身式，砰啪扑哧，一个旋风脚，忽地呐喊道："杀杀杀！"

这一来不打紧，居然吓得魏耕猛一哆嗦。便见陆香儿眉梢眼角间，登时现出一派慷慨英毅之气，接着便提高嗓音道："当年咱太祖洪武爷由皇觉寺龙飞，只凭两个拳头、一条杆棒，打成了一统江山，杀得那腥膻异族望影而逃。但是太祖爷也是从刀头下挣出，马蹄间爬起。有一日，大战北汉王陈友谅，偶然失机，全军尽没。太祖业已丢盔卸甲，只好奋起神威，保定了马皇后，落荒而走。后面追兵是摇旗呐喊，堪堪至近，太祖慌忙中，抬头一看，却来至一片所在，左有高山，右有峻岭，只眼前一条小道，百余步外，却又白浪滔滔，有一道大河拦住去路。

"哈哈，众位且猜太祖爷这时是怎生光景？于是太祖一摆身势，却笑道：'圣天子百灵相助，大将军八面威风。'各位不必替古人担忧，咱太祖爷是真命天子，有开国旺运，是不打紧的。当时太祖爷回望追兵，大叫一声道：'天亡我也！'说罢，迈步撩衣，正要撞向石壁之间，只听咚咚咚、喤喤喤，锣鼓亮响。却由左边山坡小道上转出夫妇二人，一色的壮农打扮。男的提锣，背一只小小米袋。女的腰鼓，负一匹细机粗布，一面价口唱山歌，直向太祖跃舞而来。

"太祖和马皇后都从贫贱出身，久于田间，颇知民间风俗，便料得他夫妇定是山间居民，男耕女织，方想去趁墟贸易，那提锣腰鼓便是因山行恐吓虎狼之意。于是太祖上前，向他夫妇深深施礼，一说自己来历，并欲借用衣装，以脱危难之意。他夫妇一齐笑道：'将爷，你要用俺这锣鼓也使得，但是日后，你却不要忘掉了这副锣鼓。越是锣鼓打得欢，保你江山万万年。'太祖听了，正在不解，那妇人却一指太祖背后道：'将爷你瞧，兀的不是兵马来也。'只赚得太祖回头一望之间，飘飘然香风起处，再瞧那夫妇二人，业已影儿不见。于是，太祖知是神灵相助，便和马皇后扮作他夫妇模样，方才得脱大难。

"后来太祖登极，便命太常乐官仿照他夫妇所唱山歌的音节，创为新声，以颂神功圣武。更钦赐那锣鼓的名儿为'太平鼓''万年锣'，又在那凤阳地面给那神仙夫妇修起庙宇，春秋致祭，从此便流传出这花鼓唱儿。那凤阳花鼓独胜，也就是因此之故了。从此看来，这花鼓唱本是很体面的玩意儿，不过后来流传失真，单唱些俚词艳曲罢了。众位别瞧俺扮相不济，俺那伙计家主婆却有一肚皮正经词曲儿，的的确确，还是当年太常乐官所创作的大雅遗音。众位不要忙，您且平心静气，慢慢地听去，便恍如见咱太祖爷那番文德武功，统一天下、扫荡胡尘的气象了。如今闲话少说，咱就此开场吧。"说罢，四顾慨然，一声长叹。这一来，招得魏耕忘其所以，几乎失声相唤，掉臂闯入。

正这当儿，便见陆香儿一矫身段，使个旗鼓，兔起鹘落地打了一套拳脚，然后又开了个四门斗儿，忽地耸身竦步，便如戏场上小丑一般，托地一个筋斗跳转来，唰的一声，抖开扇儿，遥向曼华飘飘地作引蝶之势，一面笑向众观者道："诸位上眼哪，你瞧俺一扇儿，就将俺家主婆扇将来哩。"一言方尽，早见曼华嫣然一笑，亭亭站起，与陆香儿彼此颉颃，略拉个开场的身段，一面价软捶腰鼓，猛地用腕系的红巾，向陆香儿遥作招摇之势。

这里陆香儿也便扭头折项，鹤步鸟趋，鸾穿燕掠。或竖蜻蜓，或跨卧鱼，做出了诸般的细巧解数。须臾，两人携手，便如飘轮旋转。但闻陆香儿拍板一响，彼此价霍地分开，陆香儿是一个倒摔背，仰卧于地，高耸膝头。这里曼华，一扭纤腰，先做个迎风舞柳的式子，然后提起右脚，踏向陆香儿膝头。

大家见他两人这一番飘瞥流丽的光景，正在神凝目注，只见曼华敛眉扬袖，款吐娇音，即便唱道：

太平鼓，万年锣，
兴亡转眼如逝波，朱明御宇风雨和。
绝好神州干净土，天骄胡羯当奈何。
噫噫！
太平鼓，万年锣。

太平鼓，万年锣，
山河破碎奈若何，帝子魂归咽江波。
深山杜鹃啼复歇，中原士气何消磨。
噫噫！
太平鼓，万年锣。

太平鼓，万年锣，
吴箫燕筑情何多，烈士结客气不磨。
还我河山复汉土，快剑斫取生蛟鼍。
噫噫！
太平鼓，万年锣。

太平鼓，万年锣，
同仇敌忾情则那，横磨一剑风云多。
巾帼英雄今复有，会驱胡羯壮山河。
噫噫！
太平鼓，万年锣。

那曼华歌喉婉转，声情激越，一面唱，一面和陆香儿俯仰作态。少时蹙起陆香儿，两人又联臂踏歌了一回《渔家乐》的老调儿。曼华款步转场，雨点般点动腰鼓。陆香儿是前蹿后跳，一面拍板应节，一面引逗曼华做出许多涎脸神情儿。

这一来招得众观者喝彩如雷，抛钱似雨。那魏耕闪在人背后，正在暗赞曼华这几支词儿委实激昂慷慨，忽一眼望见一个酸子，拉着挺长的瘦脖子，瞪起两只近视眼，架着水墨大眼镜，灼灼眼光，一面跟着曼华流走，一面口涎拖下，便如木雕泥塑的一般，一任那游人乱挤，他哪里肯去理会！

正这当儿，又有个长袍短褂很斯文的人蹭将来，先向酸子腰间轻轻一捻，便向众人挤挤眼儿，低笑道："你瞧俺这位呆老哥，只顾了瞧女人，连什么都不顾了。等俺且……"说着，便探手入去。须臾，摸出钱袋荷包等件，竟自一笑遑去。

这里众人和魏耕望得分明，都以为他两人相识，故此作耍。正在哈哈一笑之间，忽见那酸子猛然觉得，啊呀一声，回身便抓。魏耕望见，连忙趋步迎上。正是：

　　锣鼓声高，风云气动。忍之须臾，剑花现涌。

欲知后事如何，且听下回分解。

第十八回

好事多磨忽觇恶客
深信有托夜伺凶王

　　且说魏耕见那酸子猛然觉得，回身便抓。恰好徐头儿愣怔怔地跑来，一下子被酸子抓个正着。徐头儿是气喘吁吁，摸头不着。那酸子是乱跳乱噪，百忙中说个不清。这一来，众人一拥之间，魏耕忽觉自己屁股上有人捻了一把，回头一望，却是陆香儿，于是彼此价一笑会意。

　　及至魏耕跑向徐头儿跟前，众游人已向那酸子将长袍的人摸去钱袋等物之事说明。不提那酸子连忙放手，直嚷晦气。且说徐头儿拖住魏耕，趱离场所道："你这人倒叫我寻得好苦。今天晚饭咱观中还有犒劳，怕你傻头傻脑地不晓得，所以特来寻你。今天申老道居然舍出酒肉来，也就是因夜间醮事，人多手杂，火儿烛儿的，叫咱们大家都着个眼儿的意思。他又因小道童们贪玩好睡，未免靠不住，所以将今夜镊蜡花的勾当派给你咧。"说着，瞧瞧日色，道："如今时光不早，咱也就回观吧。"

　　魏耕听了，不由暗喜。一路上留神六公子等，早已不见，料是就隐僻寓处，且自歇息。方一脚踏到观门，恰遇一人由观中低头慢步而出。那人形容憔悴，攒着眉头，罩一件缺襟马褂，穿一身箭袖长袍，脚端一双薄底官快靴，业已靴帮破绽。光着头儿，一条辫子夹着乱发，似乎是颓唐已极的神气。一面走，一面沉吟，不知怎的，竟顺脚撞向正中山门。

　　那守门的防兵便瞪起眼睛，晃动皮鞭大喝道："站住！你这厮难道没有眼睛，这是什么所在？便这等瞎撞。俺冷眼瞧你这四不像的样子儿，不农不商，非官非幕，只这一霎儿的工夫，你便这里打旋了两三趟咧。好便好，不好俺且拴起你来再说。"

　　那人听了，忙吓得悚然退步道："你们不要如此，俺前几月还是个现任官府，不过如今退职下来，流寓在此。谋事未逐，穷因不堪罢了。你们也特煞的眼皮子薄，会欺负穷爷咧。刻下豫王驾还没到，俺便误踏到此，难道还有什么大罪不成？"说着，硬挣挣一抬头儿，眼光四射，吓得魏耕急忙闪向人后，不由心下暗惊道：还好，他没张见我。原来郎湛这厮真个在南京哩。逡巡之间，但闻防兵又吆喝了两句。那郎湛叹口寨气，也便从左边山门匆匆趱去。

这里魏耕与徐头儿进得观中，只见男女游人业已散掉许多，因为一入夜间便须静场的缘故。这时醮台上道众们又打起一套《十番细乐》。须臾趱入跨院，果见晚饭已备，酒肉罗列，还有几个观中佣工都在那里闲坐说笑，一见徐头儿等都站起来，笑道："快来吃犒劳吧，俺们早已都齐，就等着你二位哩。方才观主说咧，只要夜间咱大家着眼勤慎，明天还有犒劳哩。"

徐头儿龇牙一笑，还未答语，其中却有个死眉瞪眼的佣工道："谁稀罕吃他这碗倒头饭呀，明天再说明天的。那老道今天大舍财犒劳咱们，怕不是人性反常，要死吗？"众人都唾道："好丧气，你这人属噘嘴骡子的，不值钱就在嘴上。"于是徐头儿笑道："既是明天还有犒劳，这顿却要少喝两盅，以便夜间精神些儿，不好吗？"那佣工又道："酒到手，饭到口，少喝两盅，哪个这么傻呀？今晚脱了鞋和袜，不知明天穿不穿。咱只给他个火烧眉毛，全顾眼下就是了。"众人听了不由都笑。

徐头儿一面含笑向外走，一面向众人道："俺这位王大哥愣头愣脑，你们都要照看点儿呀。今晚俺没事，就在家歇息了。"那佣工又噪道："徐老哥，你这一去，须记牢了观门儿。倘若今晚观中贼发火起，烧个一塌糊涂，你明天再来，就摸不着门儿咧。"

众人听了，越发都笑，便一拉那佣工道："怪不得你外号儿叫'丧棒神'，真是不说丧话不开口。倘若被观主听得，休说是给你犒劳吃，先赏你两个大嘴巴倒是真的。"于是大家一笑，相与用饭。

不提众佣工一霎时酒醉饭饱，各自散掉。且说魏耕出得跨院，先到观中执事处领了镊钩火剪，正值有许多人役也来领钩竿火叉之类。原来申天鉴因醮场热闹，也防备或有火警，在前后院墙角下，共设了十二具太平水缸，以及备有激筒水龙之类。

当时魏耕领到剪镊，瞧瞧日色方才平西，便趱回跨院歇息一回，一面思忖今晚举事之事。

这当儿微风徐起，吹得窗纸忒忒乱响。魏耕沉吟之间，不觉神思困倦，恍惚中一个呵欠，刚要歪倒身儿，忽闻耳畔呐喊连天，便如千军万马，蹍踏厮杀。魏耕大惊，托地跳将出去，抬头一看不好了，只见一片山环水隈之间，正有一彪军马困住了六公子等人大呼酣斗。那六公子等都已杀得披发跣足，四散奔走。

须臾之间，一片战场，人马亦杳。再看那所在，哪里是什么战场，但见峰峦苍翠，泉楼清幽，一处处花香鸟语，一带村落桑麻。说什么武陵辋川，风景妙绝。仔细一瞧，竟是自己当年所居的雪宝山的光景。觑得魏耕恍惚若梦，也便将方才所见一切忘掉，不由暗叹道："俺自奔走国事，久别此山，不知当日读书草庐依然无恙否？"

徘徊正要拔步寻觅旧居，只听耳边有人唤道："喂，起来！如今咱又要吃犒劳咧。观中业已上灯，你还睡得好自在觉哩！"

魏耕睁眼一瞧，却是一个观中佣工，笑吟吟地站在榻前。室中日光业已向暝，听听风声已然稍大。于是魏耕欠伸而起，便笑道："俺因吃饱食困，又因那会子静悄悄的，所以就盹睡着咧。"（按：此处应为作者笔误，魏耕此时仍扮王哑巴。）

佣工笑道："你真是人睡如小死。那会子观中厨房内几乎烧了窝，亏得人多手众，才救下那火。你还说静悄悄的哩。如今观中游人都净，各处里灯烛点得火龙一般，你还不上班去吗？"说罢匆匆趋去。

这里魏耕揉揉眼，略一定神，正在回忆梦境，没作理会处，只听窗外唰啦啦吹起一阵长风，便闻有两人在院外踢踏而过，一面相语道："今晚这风势，怕不多费好些蜡烛？那个哑巴也不知撞到哪里去咧。自点上灯，到这会子还没见他的影儿哩。"

魏耕听了，不敢怠慢，暝黑中摸起剪镊，到得院外一瞧，果然已处处灯火，亮如白昼，由观门直到后殿，都挂各起色的奇巧花灯，真似烛龙一般。那醮台左右是两列蠹灯，都是名工精制、绢地彩画的神仙故事。台上是宫灯、角灯，流辉吐焰间，以胳膊粗的雕龙桦烛焚得焰腾腾的异香馥郁。再望到仙女像旁，简直一片白花花异样灯彩，光冲霄汉。

原来那像旁分左右价设置两具两丈多高宝幡式的九莲花灯，镂金错彩，杂以珠琲。每一莲灯下璎珞下垂，饰以翠玉，微风拂处，刺刺有声。

只这两具莲灯,粗估去何止价逾十万。因为豫王福晋刘三秀发起信心,特召名工制此灯,以为豫王祈露仙缘之助。

当时魏耕踅过各处,一面工作,又由后殿踅入后院。且喜那藏经阁上依然是乌沉沉的,只阁下围墙上错落价有几个壁灯儿。再由阁西偏望向密室的院儿,不过略见灯光,上浮墙端而已。于是魏耕心下暗喜,又遥望那后墙外蒋山上的道径,但见从一片乌黑之中,略露三两星儿灯火,料是汛兵们庋的行幕。正这当儿,便闻醮台上法器大作。

魏耕赶去一望,却见醮台上有两个满装的妇人,正在那里焚香叩首。申天鉴一面焚黄,一面口内似乎念念有词,旁有十二道众各执法器。再瞧那仙女像前,又摆设了一桌奇品果供,像案上旃檀馥郁,那专司打磬的小道童业已端立在案。

魏耕正在怗愢,恰好从身边踅过个道童,便笑道:"你这哑子,在这里呆看什么?这是豫王福晋派来恭代上香的两个府中妈妈。不多会儿,豫王爷的大驾也就到咧。你还不快向观门前去镊烛花儿哩。"

魏耕听了方要拔步,只见申天鉴率领了十二首众,簇拥了那两个妇人,一派价仙乐叮咚,业已踅下醮台,一径哄向仙女像前。两妇人是顶礼祷告,天鉴是禹步作态,大概是代三秀祈福通诚之意。

魏耕瞧得不耐烦,一径踅向前院,早见众卫士夹道列立,由前殿直接观门,枪刀簇簇,果然似豫王大驾将到的模样。但是一个个却嬉皮笑脸,一面站班,一面闲谈。其中有个两撇鼠须的,便用刀柄一戳那个矮胖卫士,道:"喂,老穆哇!过会子下了班,咱是怎么想哪?昨天中正街新开了一爿北京作的羊肉馆儿,好体面的煲羊肉、麻酱烧饼,真还有个京味儿。咱到那里闹两壶,你道好吗?"

那矮胖卫士正掏出个鼻烟壶,抹了一鼻子,一面往内尽力子狠闻,一面呜噜了一句。那卫士便笑道:"得咧,你放心吧,这次是我的请儿。不能像上次似的,你破了钞,惹得俺老嫂不耐烦。"那矮胖卫士扑哧一笑,烟呛喉中,登时闹得阿嚏连连,便笑道:"你又来咧!咱哥们儿什么你请我请的,皆因今晚咱们有重要差使。若是趁空儿吃酒去,未免有些不像话吧。你瞧俺这腰刀,特为今晚上,都开了光(谓磨砺也)咧。"

那卫士便笑道:"你倒真有耐心烦儿。咱们这不过是站班摆样的差使,哪里用得着磨刀擦剑呢!少时王爷驾临,这等所在,若真用着刀儿剑儿,可是杀不尽的南蛮子要作反咧！你瞧老哥这把刀来得多么干脆。"说着，嗖一声，抽出腰刀，却是一柄半尺来长解手刀儿，招得矮胖卫士乱笑道："你这旱魃，真也没有的！咱们至不济也是王府卫士，你怎么连正经刀都不带呢？"

那卫士耸肩道："你不晓得，头两日俺关的饷银，到了手还没握热，已被你嫂子拿去还了肉账和梭儿湖（叶子戏也）账咧。我没得钱用，只好当了腰刀且换酒吃。所以，今天俺胡乱凑个局儿哩。"

魏耕听了，几乎失笑，暗想道：合该是凶王命尽，像这等卫士，便是千万之众，又济得甚事！自是俺不该冒昧，俺若逞逞性儿时，只在这里俟便狙击凶王，岂不省了大家许多手脚？

正这当儿，忽闻观外泼剌剌马蹄响动，接着便是游人喧闹，并有相与呼唤的道："走哇！快瞧热闹去，豫王爷驾都到咧。"魏耕听了，不由勇气奋发，便火杂杂抢出观外。正是：

绿章夜醮，白刃宵飞。时不可失，其机甚微。

欲知后事如何，且听下回分解。

第十九回

拜醮场豫王降香
说仙缘申道捣鬼

且说魏耕听得马蹄声动，只认是豫王驾到，忙抢出观外一觇，却不相干，原来是一队巡逻的城防兵士由观前徐驱而过。这时观外各棚幕上也都是悬灯错落，密如繁星，各巷口上都有防兵把守，虽间有游人，也便疏疏落落。

魏耕觇望一番，听听街柝已交两记，正要转向观后，去觇觇六公子等的动静，只听游人相语道："这次札将军去征缴王国宝，真叫响儿，敢怕不久的便回兵咧。"魏耕听了，也没在意。正要举步之间，只见迎观门大街上远远的两列火燎，便如两条火龙似的直飞将来。

须臾，一骑如飞到得观前，滚鞍下马，一面传呼王爷驾到，一面直入观门。便闻观内递接传呼，一时间法器大作，不多时，提灯对对，引了观主申天鉴肃然出迎。

正这当儿，豫王的前驱卫士早已到门，一色的短衣劲装，各佩长刀，都是长躯伟干，手搏中上选之士，雄赳赳地就观前列立方定，后面三骑业已徐驱而至。

魏耕这时全神凝住，便由人丛中一晃膊儿，急忙望去，只见那三骑，左是乌林舒，右是奎明，一色的全副劲装，威风凛凛。居中一骑上，正是那毡裘雄桀、威震华夏的豫王爷。戴一顶宝石顶的倭绒大帽，披一件天蓝缎暗纹滚龙的长袍，罩一袭天青贡缎素面马褂，腰佩白帨荷囊，并小刀儿、火镰、皮包之类，脚下是厚底宫靴。一面就马上飞扬顾盼，一面瞧着申天鉴，微作笑容。

说到这里，阅者诸公未免笑作者笔法杂乱，怎也学那《彭公案》《济公传》无聊之笔，单描写一个人的服饰面貌，就须闹一大篇子。并且细及豫王所佩的一大嘟噜，不是浪费笔墨吗？作者笑道：诸公见教虽是，但是只知其一，不知其二。你想豫王在这段节目中也是重要角色，如何不郑重描写？至于写及杂佩，这其中亦有缘故，待作者细细解说来，诸公便可略晓满洲的掌故习俗了。

原来那一嘟噜杂耍儿在汉人看来是不伦不类，哪知满洲人却以为是礼制所关，凡过大典，必要一股脑儿都施展出来。那白帨长可三尺，俗名为"忠孝带"，那混充董二叔的人，便说是准备上朝时，或逢君怒，若赐令自裁时，便取那帨自缢，以全忠孝。其实并不是那么档子事。因为满人极重骑射，那佩戴白帨，便是当年在关外时马上的遗制。为的是两军交绥，放马突阵，倘若疆辔或有断坏，便取那帨登时续就。

那荷包是做何用的呢？不知者以为是满人摆臭谱儿，无非为装些砂仁、豆蔻、梅苏丸之类。岂知当初满人在关外时，那荷包却不如此小巧，简直是个很粗的牛皮袋，内装干肉靶，为的是驰驱旷漠，随便价就着冷水便可当饭。

至于小刀、火镰，也都是行军出猎时的随身法宝，取出火来，割块牲口肉，燎得半生不熟的，到口便吞。总言之，那几件杂佩是当年他们以马上取天下最得力的东西，所以入关以后，便定为礼制的佩戴，用示勿忘尚武之风。今晚豫王诚心祈露，郑重将事，所以便都佩出来咧。闲话少说，书入正文。

且说魏耕猛见豫王那飞扬桀骜的神态，只气得一股愤气直攻脑门。正要再进一步觇个仔细，只见乌、奎两人先自滚鞍下马，乌林舒疾趋两步，先去带住豫王的马匹。这里申天鉴赶忙趋迎，打个稽首之间，豫王已略按奎明的肩膊儿，一跃下马，大笑道："老道长，咱许久不见，这几日内又大大地劳乏你了。不知今夜仙露几时得降？咱且进内拈过香，再为细谈吧。"申老道听了，躬身唯唯之间，乌、奎两人已夹侍了豫王，昂昂然直入观中。

这里魏耕急忙挤出人丛，想要跟入，当不得其余卫士和申老道所领的道众们向前一拥，早将观门堵严。

不提魏耕匆匆地转向左边山门，入内去觇望一切。如今且说六公子等于日落时分各自转回自己的隐僻寓处，匆匆饭罢，各换衣装，里面是扎缚

117

伶俐，暗藏利剑，佩了镖囊，外披长袍女袄，就如寻常人一般。待至一更将尽，大家取僻径直奔蒋山。不多时，六公子和腾蛟先到了那期会之所。

匆匆地数语方罢，便闻黑暗中有人笑道："公子和余爷早到了吗？这片山径若不是日间踏看明白，真还不受走哩！亏得俺穿得铁尖鞋儿来，本是准备踹瞎凶王的眼珠子，哪知跑山道儿倒得了力咧。"声尽处，转出曼华，一手扶着陆香儿的肩膊儿，却笑道："如今别忙，方才俺们在观前左右哨听一遭，都说是那凶王须三鼓前后方才到观。咱老早地伏在藏经阁内，却也闷人。"

六公子道："既如此，咱且稍为歇息。但凡百事体，定法不是法。魏先生以前的嘱咐，是命腾蛟、陆香儿截杀前后院的卫士，他自己举火之后，再为相机策应。俺和曼华姊寻趋秘室，料理凶王。得手之后，然后再一齐杀出，由那山洞秘道儿直奔城外。话虽如此说，但是事机之来，瞬息就变。咱还是不要只管耽搁，少息片时就入去。说不定魏先生还许寻咱们有话说哩。"

大家听了都各唯唯。唯有曼华却笑了笑，一扭身坐在地下，抱起一只脚儿道："这凶王已成瓮中之鳖，哪里还有什么变故？你们道我想杀他不心急吗？我更心头急得小手儿挠的一般。皆因俺行步慌忙，这只鞋子里钻进些硬沙粒咧。所以想稍为歇息，趁空儿收拾收拾哩。"说着，脱下鞋摸索着，就山坡上轻轻便叩。

招得六公子正在好笑，忽听曼华哟了一声，一伸手抓住公子，急促促地道："啊哟，这可怎么好哇！"公子吃惊道："阿姊怎的？"曼华急得不暇言语，只尽力子往下一拖公子的手儿。

这一来，公子心猛地一跳，便笑道："阿姊不要着急，你且安坐，待俺大家去寻吧。"原来公子手触处，入握如绵，竟是一钩罗袜，料是她手忙鞋落，或竟顺山坡儿溜将下去，在这夜色昏黑中，未免发起急来。

当时公子向大家一说缘故，登时就那片山坡下弯身摸寻。亏得那鞋尖因是铁制，略闪微光，却搁挂在一丛草棵间，当被公子拾起，递予曼华。

大家略为歇息，一面价遥望观中，灯火明亮，唯有那藏经阁的一片大黑影儿却遮断了望目。倾耳听去，那阁的院中也静悄悄的，但闻一片法器细乐之声，十分热闹。

不多时遥听街柝已交二记，忽闻那观前一片传呼王爷驾到，大家料是分际，便连忙取径，直奔山脚。

方趸至一处防兵行幕跟前，却闻里面有一兵丁道："哟，老三吗？你说是去屙泡屎，怎么这时才来呢？这不消说，你准是寻他们玩钱去咧。没别的，咱今晚的这消夜酒儿，须出在你身上哩。"

话声尽处，向外一露头，这里腾蛟剑起，那兵丁哟一声尸身栽倒之间，便闻岔道上有人笑道："王哥儿，你自己嚷什么呀！如今崔老八、李大胖都来咧。咱们四家儿弄个小晃糊（纸牌赌名），你道好吗？"说着履声杂踏，间以笑语，堪堪走近。这里六公子等赶忙分伏草际，腾蛟趁势，咔一脚踢入尸身，竟自隐身幕内。

须臾，三个防兵鱼贯价趸近。前一人却回身，悄向后面那两人道："王老大这两日抓赌讹钱，手头儿很肥实。今晚咱是这么办，咱三个抬大轿（赌局中串通取胜之名）抬这大傻瓜，你道好吗？"一言方尽，幕内腾蛟嗖地抢出，一只剑平削去，三个人的脑袋早已去了两个半。那一个只哼了一声，也便尸身仆地。

六公子等忙从草间跳起，会合腾蛟，方要拔步，忽闻观内一片传呼之声道："王爷亲自拈过头香，方和观主在静室少息，便请札将军到静室谒见吧。"即闻有人嗷应，并许多的脚步趋跄之声，似乎是由前院直奔这藏经阁的院儿。

大家听得"札将军"三字，不由愕然。六公子便道："此事蹊跷！那札达罕分明去征王国宝，尚在未回。这札将军又是哪个？倘若是那厮回头，少时动起手来，未免须费手脚咧！"腾蛟道："只恐未必吧！今天小人闻人传说，札达罕虽有战胜王国宝的消息，那剿逐余党还有许多事体，如何能突然便回呢？"

曼华道："正是，正是。便是他回头，咱也怕不着他。况且他们满人中，札也倭的姓儿是最多的，谁又知他是哪个札将军呢？"大家一路喧喊，一面价四外留神。

须臾，趸至观后墙一片短林之内，忽见那观墙头上黑影一闪，接着便翻将出来，行步之间，十分伶俐。这里腾蛟不管好歹，方要掏镖打去，亏得曼华眼明，忙止住腾蛟，轻轻地一拍掌，那黑影登时拍掌相应的当儿，这里六公子也便望清，一径跑过去，拖了那黑影，相与入林。

腾蛟等仔细一瞧，却是魏耕，料是有异，便大家围将上来。魏耕低语道："俺料得你们将到，故在此相候。如今事体稍变，少时咱动手之际，还须另作道理。万没想到札达罕那厮这会子会赶将来。俺方才窃听他的跟随讲说，他曾接到豫王府幕客跛张的一封秘信，信中大意便说：'木尔喀忽然被诛，今将军又复远征，王爷左右空虚，复听从刘静之语，举行这祈露夜醮。倘一旦有不测之变，却是非同小可。将军急宜将军事暂付部下，速回南京，左右王爷为是。'札达罕既接此信，又因所办军事业已将竣，所以竟星夜价先自趱回，一径入府谒见。恰值凶王已赴观中，所以赶到这里。"

大家听了正在沉吟，六公子却愤然道："咱大家不必怙慑，谅一个札达罕何足畏惧！少时咱只照原定计划行事就是。"

魏耕吟道："依我看来，咱照那原定计划须要略为出入，方才万无一失。如今札达罕一到观中，已与凶王寸步不离。咱想在密室中料理凶王的那一招儿，未免就稍显呆笨了。幸得俺暗暗留神，凡凶王就仙女像前上香祝祷时，便不许左右跟随。窥他之意，是恐怕凡人浊秽，冲犯仙缘。他既这样地妄冀仙缘，咱们便可趁这时光于中取事，并且索性两处放火，给他个前后夹攻。一来乱其耳目，二来分其人众之势。那时节事起仓促，还怕那凶王逃上天去不成？"于是如此这般，一说那临时变通的计划，曼华先低笑道："妙妙，俺正恨煞了凶王，等他磕下头去时，俺便给他一脚，先踢出他花红脑子才痛快哩。"

六公子沉吟道："魏兄此计倒也甚好。本来陆香儿能为有限，如今这一安置，倒比去截杀卫士安稳得多。俺想那些狗也似卫士，只腾蛟一人尽足料理。至于那札达罕、乌林舒、奎明三个稍为凶悍些的狗头，只凭俺一剑，也尽足料理得来哩。"

魏耕道："如此甚好。事不宜迟，俺便转去觇望一切。公子等也就随后进观吧。"说罢，从腰囊中取出火种交予陆香儿，并嘱咐道："那阁中堆垛的经卷，俺那会子已悄悄地抖乱许多。你只见醮场火起，即便举火相应便了。"

不提魏耕转步一翻身先跃入墙，随后六公子等也便趋就墙下，略听动静，即行次第跃入，伏身藏经阁内。且说豫王自入观之后，先就前院正殿上拈香行礼，然后转入后院。只见醮台辉煌，旃檀缭绕，映衬那尊仙女石像风鬟雾鬓、仙袂飘飘，便恍似凌云下降，朝着自己要打个稽首一般。豫王不由心下大悦，忙与申老道上得醮台，恭敬敬叩头通诚，拈过亲手的头香，一时间法器如雷，闹过一阵。

那申老道卖弄精神，又绕场亲唱了两首《步虚辞》，这才引豫王下台，直到那仙女像前如前地叩首通诚。拈香已毕，豫王站起身来仰望，那承露盘儿高可三丈余，不过似碟子大小，却有一根生丝绳儿，由盘底直通到地下一个白玉莲花式的大盘中，大盘上面又有玉盖儿，便如捧盒一般。豫王见了，不解其故。

申老道道："这祈露之举，本是创闻。小道自奉王爷之命后，左思右想，才想出这接取仙露之法。露是清虚之物，可以缘丝而下，所以用大大的玉盘承之。一来取其露降得越多越好，二来取验露的降否，也省得登梯爬高，亵渎了仙女之像。方才小道敬谨取验那盘中，居然有些潮润润的。少时夜一交午，正是夜静露下之时，再加以王爷亲自祈祷，怕不甘露满盘吗？依小道愚见，这交接神仙之事是越静越好。似不宜随从人众冲犯仙气哩。"

豫王听了连连点头，极赞申老道思想高超，便登时命乌、奎等人暂退，只和申老道在仙女像前徘徊一番，然后由申老道引入秘室，落座歇息。

那申老道极力款待恭维，自不消说，又亲烹一种云雾茶献将上来。豫王揭起瓯盖，便有一缕白瀙瀙的云气亭亭直上，到空中凝伫良久，方才渐灭。一尝那茶，端的是香洌冲淡，竟为豫王生平所未尝，不由大悦道："此茶端的名贵，看来吾师享用，真赛如神仙。想那天上的玉液琼浆也不过如此了。"

申老道趁势捣鬼道："小道哪里有这种神仙口福。说起这茶来，便是王爷合得露之征。此茶生在天目山中峰之上，有一块石田，大可亩余，便从石隙中生出茶树数株。那树干如铁树，无多枝柯。十二年一茁茶芽，绿如翠针，合数株之芽，不过收得一两余。每当芽发时，那所在便云气霏微，异鸟翔集。每当月明风静，往往闻有笙鹤之声，采茶者便以此为候。更须用重资，召募矫捷山民，梯山觅径，费许多手脚，方能采取此茶。是小道一个道友新近由天目山珍重寄来，适当王爷发心建醮祈露之时，岂非王爷合得仙露之征吗?"

　　一席话说得豫王心头奇痒,正在掀髯大笑之间,只见一人急匆匆掀帘而入。正是:

　　　名王求仙,羽流捣鬼。不有勇士,危乎其危!

　　欲知后事如何,且听下回分解。

第二十回

尝仙露一场笑话
烧道观群侠雄风

　　且说豫王被申老道一片鬼话恭维得正在飘飘欲仙，只见乌林舒趑进回话，说是札达罕新从军所回头，现在外面求见。

　　豫王听了，颇觉诧异，一面命札达罕进见，一面细品那茶，却向申老道笑道："吾师说俺合有仙缘，或者真有些儿都未可知。便是那刘静先生推算数理，也说俺今晚定遇仙缘。可惜他刻下方在病中，不然，和他到此，你二位左右着俺，少时求下仙露来，大家同尝仙味，岂不甚妙？"

　　申老道正色道："岂有此理！俺二人草芥下士，安有如此福分？王爷是福德兼备，生有仙骨，所以才得值仙缘。少时，只求王爷将吃剩的露渣儿、盘底儿赏小道舐舐。小道虽不能像王爷似的富贵缘尽后白日飞升，直朝玉帝，位列真人，但能保得这蒲柳之姿，再活上个七八十年，也就再好没有了。"说罢哈哈大笑，又亲自献上精巧面果炸食，都制成火枣交梨、盘桃玉李的形儿，豫王见了越发欢喜。

　　两人正在酬酢欢笑，那札达罕业已鞠躬进见，遍体行装，胁下佩刀，一脸风尘之色，是个初歇鞍马的光景。

　　豫王问过他匆匆赶回之意，便大笑道："你也忒煞仔细了。俺在此设醮祈露，哪个有天大胆子，便敢来擅生变故！那跛张是个醉汉似的人。他见俺亲敬刘静，总是鼻孔里不出好气，你如何信他的话呢？如今安稳稳醮事将毕，并且俺警备森严，你又何必巴巴地赶来？"札达罕听了，不由局促。

　　申老道忙笑道："札将军此来，总是为慎重起见，并见忠心。但是就王爷福德而论，江南百姓归心已久，哪里会生什么变故！"豫王道："正是哩。如今天下将次抵定，正当上下共乐太平，不会有那失心的人自来送死的。"于是又问回札达罕征剿之事，便命他和乌、奎两人护卫左右。

不提这里申老道趁豫王高兴之下，越发地征引神仙故事，信口开河。且说六公子等各施展耸跃能为，都猫儿似的潜伏在藏经阁中，那陆香儿先准备了放火等物，大家又悄悄窥一番。曼华正瞧那醮台院中灯火如画，沉吟隐身之策，忽见那院中光明顿敛，只如寻常院落稍挂壁灯一般。但见那搭着后殿檐的一片彩棚乌沉沉的，平铺在疏星耿动之中。

大家见了正在诧异，便见由后殿搭肩把臂地踅来两个小道童。一个便道："你瞧咱师父真会捣鬼。他说是仙女好静，不喜热闹，少时因王爷亲取仙露，不但醮院中许多人都须回避，便连灯烛也都止熄，只留醮台上两支大烛。依我看，这里面他就许有个玄虚。请问那仙露谁尝过是什么味儿？他趁着黑灯瞎火之中，弄些甜水儿放在盘里去赚王爷，哪里考究真假去呀？"

那一小道童道："你这东西可要作死，胡说的是什么！再少待片时，王爷就要亲去取露。方才师父不是嘱咐咱们，千万不可去偷瞧吗？因为那当儿仙女降临，诸神护卫，说不定就有红须红发的灵官爷当先开路。他老人家神鞭一举，可是玩的哩？如今咱闲话少说，趁这当儿，找个背静所在，你就还我昨晚的那笔要紧账，比什么都强！"那道童唾了一口，两人一路嬉笑，竟沿着后殿角转入黑暗之中。

大家听了，这才恍然醮院中顿暗之故，且喜有机会可乘。于是曼华向六公子等悄悄地道声珍重，便提提鞋子，紧紧腰身，脱去那外披的女袄，霍地一扭纤腰，竟由那阁的东偏角一跃而下。嗖一声，黑影一闪，便如一道烟似的直沿着东墙根下直奔后殿。大家眼不及瞬，早见曼华倩影灵猫儿一般，一径跃上殿脊，倏地翻落前坡。

原来这时后殿的前后院都清静非常，一来因豫王有命令诸人回避。二来醮台上的道众们都移向前殿院中，只管大吹大擂地打那法器。那卫士们因豫王有回避之命，且乐得自去闲散，所以曼华行事甚是得手。

阁上六公子等见曼华去后，也便各脱外衣，都交予陆香儿，即便各紧腰身，分头准备。

曼华翻到后殿前坡，略伏身儿细觇动静，果见满院中静寂无人。但见醮台上两支大烛业已半明不暗，结了挺长的烛花儿，夜风吹处，蜡泪成堆。便是那仙女像前两具九莲花灯也都止熄，但有一片珠光闪烁于夜色之中。

曼华趸去，先就那仙女像前端相一回，足可藏身，然后转到像前，揭揭那玉盘盖儿，不由心下好笑，又暗想道：莫不成申老道作诡，真个如小道童所语，赚那凶王也未可知。思忖间，探手一摸，那盘中却光滑滑的一无所有，便笑了笑，依然盖好。又抬头望望仙女石像，侧耳殿后却没动静。便信步去细瞧那两具珠灯，但见明珠粒粒，何止数千颗，都有黄豆大小，真个是价值连城，不由暗叹道：可恨凶王剥削了百姓膏血，做此奇巧之物，来祈仙缘。只此一端，也就该饮俺剑血了。

想到这里，就要拔剑砍坏。忽然心有所触，便拣那又圆又亮的大珠，只管摘取起来。须臾盈掬，即便装入腰囊。拣摘过左边，又向右边。正在摘得起劲，忽闻后殿上步履微响，吓得曼华赶忙伏向石像之后，从那仙女的飘扬带隙偷瞧去。早见那申老道鬼鬼祟祟地和一个小道童从醮台之旁转出，一径地奔向玉盘跟前。那小道童手拿一个小小瓷壶，揭起盘盖，向内便注，招得曼华几乎笑出。便见申老道轻拍小童肩膊儿，低笑道："乖乖儿，这件事你助我完成，赚得王爷赏赐下来，先给你弄个花不溜丢的媳妇儿才有趣哩。"

这里曼华方在暗忖他所注之物不知是什么物事，便见小道童站起，低笑道："这点儿冰糖水儿，多说着值上十来文钱。少时且叫王爷受用吧。"申老道低喝道："不要胡说，快随我来。"于是两人即便趸回后殿。遥闻脚步踢踏，迤逦而去。

曼华少待片刻，跑向玉盘前，揭起盖儿来，用一指探去，就口一尝，不由暗笑得肚痛。原来盘里面果是凉渗渗、甜津津的糖水儿，却带些异样香气，大约是申老道又加的什么作料。逡巡之间，只觉得满口中异香馥郁，盎然生春。

还没刹那之间，不好了，曼华登时觉一缕热气直由下部发作起来，顷刻间直达心窝，春思横生，一阵价心神缭乱，竟自四肢无力。这一来曼华大诧。亏得她心思伶俐，不由猛悟道：是了，是了！这一定是那贼道弄得什么发扬精神的媚药，掺入糖水中，欲以取悦凶王，假称仙露。更见这仙露立时有增精益气之功。但是俺误尝此药，却怎么处呢？

思忖间，便觉两条腿儿只管软洋洋的。回手儿摸摸腮颊，又已火也似的发热。曼华不由咯吱吱一挫牙儿，却又暗笑道：这可是俺的天报咧！俺记得往年驰逐于风月场中，但遇着急色的俗子恶客，俺便就饮食中暗下媚药来摆布他们。单瞧他们那火燎毛虫的急样儿，以为笑乐，那直撅撅跪在俺脚尖下乱叫乱磕头，也不知有多少。不想如今却轮到我咧！但是他们吃的都有解药，这会子俺向哪里去寻解药呢？想到这里，十分着急。

忽一眼望见靠院墙摆的太平水缸，不由大悦奔去。只掬水一饮，早已心地清凉，连吃几口，顷刻烦热若失。逡巡间一转念头，暗恨道：好可恶的贼道，几乎误俺大事。等俺去倾净那盘儿，再作道理。思忖间，伸伸腿脚，灵便如故。正要奔向盘儿，哈哈！又不好了。忽然觉得小肚儿鼓挣挣地一阵发胀，只觉立也不好，走也不好。更不好的，并且觉得小肚下面一阵热烘烘的，竟有些津湿出来。闹得曼华一面提气一面暗诧。

忽然悟得，竟忍不住扑哧一笑，连忙紧走两步，方想解裤蹲身，略一沉吟，便暗笑道：我好发呆，现放很体面的溺器，俺为何当面错过？再者，凶王贼道这两个糊涂虫，也正该给他些好滋味尝尝哩。想罢，一径趄向玉盘，揭开盖儿，顷刻间叉腿蹲裆，褪下裤儿，正在哗哗得起劲当儿，忽闻后殿后面有人走动，并有人相语道："少时王爷便要亲去取露，如今外面业已准备鞍马伺候。想是取露后，即便回府哩。"

曼华听了，顾不得淋漓尽致，忙站起结束，胡乱地盖上盘盖，嗖一声闪入像后的当儿，便闻前殿院中吹起了笙箫细乐，并有人迭相传呼伺候。曼华这里料得时会已至，便聚精会神，仍从那仙女带隙望将去。

还没得一盏茶时，便见申老道亲执提灯，引了豫王由醮台旁徐步而来。豫王是恭恭敬敬，一面走一面手引白帨，作飘荡之势，仿佛是仙缘顷刻，乐极的样子。申老道是伛偻提灯，并向豫王道："少时王爷亲尝仙露，无论多少，总要吃他个干净，方不负这段仙缘哩。"

豫王道："正是，正是。话虽如此说，但是吾师连日价辛苦醮事，好生令人过意不去。况且仙露难得，吾师既辛苦一番，也要尝尝仙味。若是露少，俺自然不便分惠。若多时，吾师岂可不稍沾余润呢？"

申老道笑道："一个仙露，岂有多的道理！露为天浆，本是沆瀣清气，精华所结，一定是滴滴点点。俺想那滋味必然是奇香扑鼻、甜甘可口。若蒙王爷赏惠，小道只舐舐那盘底儿，便是万分之幸，没白活偌大年纪了。并且小道推算，这时正当子夜，阴阳相交，恰是仙露初降，滋味正美之时。若错过时辰，就许变味。便请王爷速去受用吧。"两人一路捣鬼，直至那仙女像前，望得曼华只待要笑，连忙忍住，暗暗地拉开身势，抽剑准备。

正这当儿，便闻前院中乐声亦止，许多道众讽起经卷，那观内外的卫士防兵们传呼警备伺候之声也便随风入耳。曼华暗料腾蛟必已混入前院，六公子、陆香儿亦必各做准备，便是魏耕这当儿或已伏在后殿上，准备举号火咧。

逡巡间，忽闻后殿上唰啦一声，有一条很长的黑影瞥然而逝。曼华只认是魏耕，方要挺剑抢出，便见豫王愕然回顾。申老道却笑道："王爷瞧它怎的，这是后殿檐内一窝儿长生鸽。想是今晚小道童们没空喂它，所以自寻野食吃去。"曼华听了，料是魏耕已在那里暗做手脚。

逡巡间，觑定豫王的头颅，暗念道：可喜这颗脑袋顷刻间便到俺手，从此定当寒满人之胆。那四方豪杰闻风兴起。俺这一剑下去，怕不就是复我汉土的起手儿吗？想至此，蛾眉立竖，正要挺剑趋出，忽地院卷起一阵扶摇风儿，吹得满观中户墙作响，那醮台彩棚和接连着后殿檐的一片棚儿也便一阵价鼓起落下，唰啦有声。

正这当儿，便见豫王就仙女像前拜祝已毕。申老道高举提灯，由豫王亲揭盘盖一瞧，不由大悦道："老道，你瞧俺真有仙缘口福儿，这甘露波滟滟的竟有大半盘，并且微带温气。想是仙人怕我吃了害肚冷，所以特赐此温露吗？"

申老道愕然道："真的吗？"说着，趋视之下，不由只管摇头咂嘴，啜嚅道："这想是王爷洪福，所以露多。那么王爷快请受用，赶热吃下，才有仙味哩。"这里曼华听了，忙掩樱口之间，早见豫王笑吟吟蹲下身儿，撮起盘儿，不管好歹咕嘟嘟便是一气，却登时咂咂嘴儿，一仰面孔向申老道道："这仙露虽然有些甜头儿，却又挂些葱胡子煎汤的味道，莫非是俺来得稍迟，变了仙味吗？"

这时申老道怀着鬼胎，怙惙自己下的点点冰糖水儿怎的竟忽然变作大半盘？正要细觑光景，听得豫王如此说，便也置下提灯，蹲将下去，用一指向盘中一蘸，放入口中。虽情知有异，却没作理会处，便索性捣鬼道："可贺王爷，真是洪福齐天。这等仙露在道书中名为太阴玉液。休说寻常仙人没得此露，便是上八洞的仙人，采遍了蓬莱奇药，受饱了日精月华，再吹上几口仙气，也恐弄不到这等仙露哩！这太阴玉液非同小可，并非天上的露水，是女仙自己身体中的一种津液，化而为露，并且寻常女仙中亦不能都有此露。如云英之于裴航，杜兰香之于张硕，萼绿华之于羊权，已经结过仙缘，便没得此露了。俺想此露不是南岳夫人的灵飞仙姑所降，便是西王母娘娘的三宫主所赐。因为她二人守得天上千万年的童女贞身，所以才有此太阴玉液。如今居然被王爷祈将下来，说不定王爷还有个俏皮仙缘，如裴航等遇仙故事哩。便请王爷尽量地吃将下去，怕不顷刻间云軿立降，紫凤来迎吗！"

一席话道，不但听得豫王登时如身在云端，便连那像后挺剑欲动的谢曼华也暗笑得浑身发颤，暗念道：这贼道好一张巧嘴，俟少时俺稍带着一动剑尖儿，也了却这厮。

逡巡之间，便见豫王捧盘，与申老道一同站起，忽地打个饱嗝道："老道长，你这话不错。若非太阴玉液如何有这等力量。如今俺胸膈胀胀的，都要酿上来咧。但是仙人所赐，俺一定须吃净的。"说着以盘就口，又是一气。

不想吃得过猛，一下子呛了喉咙，哇的一声吐了一地。申老道一旁忙道："这不打紧。这是玉液下去，洗涤王爷的凡浊肠胃，将来怕不脱胎换骨。"说着，接过玉盘。那豫王一阵子舐唇咂嘴，随手儿引起白帨，去拭余沥。申老道忙道："王爷还不快谢仙赐。少时回得府去，只怕便有仙缘，都未可知哩。"豫王听了，连忙就像前双膝跪倒。

申老道抖机灵，便趋向豫王身畔，一手提盘，一手去给豫王撩袍襟儿。好笑那豫王真个被申老道一席鬼话说浑了腔，当时仰望仙像，遐想仙缘，不由朗然而祝道："上仙在上听真，今弟子蒙赐仙露，或是数有仙缘。但不知是哪位仙姑降临，倘若是三宫主，弟子越发欢迓异常。便请立降仙姿，以慰凡夫如何？"正祝着，忽闻后殿脊上泼喇一声，恍如裂帛，接着一股青烟直冒起来，夜风吹处，火星四飞。刹那间延及醮台，并那四外的彩棚席幕。惊得豫王不及起身，只回头一望之间，说时迟，那时快，便闻像后咯咯地一阵娇笑道："王爷不要走，俺便是三宫主来也。"声尽处，剑光一闪，电也似直奔豫王脑门。吓得豫王啊呀一声，忙用浪里沉舟的式子，趁跪势向后一仰，躲过剑锋，接着一个鲤鱼打挺的式子，嗖一声，方才跳将起来。仓促没得兵器，急掣下白帨之间，便见剑光到处，清脆脆一声响，玉盘落地。

那申老道一个扑虎，直抢到豫王脚下。可笑他惊吓已极，一面大嚷，却只管抱住豫王一只脚。可笑豫王亦自惊呆，不说是用脚踢甩开申老道，反倒一条腿跳着路蹬儿，一面弯腰去力掰申老道之手。两人一阵厮掠之间，早见像前现出个比仙女还俊的媳妇子，仗剑如风，一径跑来便剁。

好豫王究竟是满洲勇士，虽变生骤猝，真还有个主心骨见，便急忙摆脱申老道，将头一侧，唰一声，抖开白幌，搁过剑锋，方才叫得一声"有警"的当儿，不想敌人连环进步，嗖地飞起一脚。那豫王一手掩颊，只觉长血直流，跄踉跟向前一撞，已到醮台跟前。

正这当儿，但闻前后院人众们喊声大举，齐呼有警。就这声中，恰巧风声掣动，那后殿上一股焰头便如烽燧一般早已冒上半天。风势乱卷，正在焰头四射，便如数百道金蛇乱钻乱穿。

忽地殿后院中一声喊起道："不好了，藏经阁上有了奸细了。"声尽处，便闻有人大呼驰突，还有一片刀剑相撞之声。一刹那间，经阁上火光腾起，光明如昼，赤焰熊熊，照彻远近。于是全观人众奔走大呼。许多卫士有从酣睡中醒来的。有从相聚玩耍中跳起的。又有趁空儿钻向各道房中相与吃酒，搂着小道童们相嬲，虽闻有警，还有些似信不信的。一时间，纷纷攘攘，乱抓兵器，东磕西撞，乱呼大叫。有的丢帽甩鞋，有的跌倒复起。

那前殿中本有一班标枪卫士，当大众蜂拥到门，想抢入后院的当儿，却正值那班卫士横七竖八地倒拖标枪直撞出来，随后有一黑黪黪的壮士，刀光如雪，卷舞追出，大喝一声，直向众卫士排头斫去。

顷刻间，血花四溅，哭喊连天。这里大众摸头不着，一阵价倒退如潮，自相践踏。且喜那壮士虽横刀驰骤，虎似把住前院，却不是追杀，只取截拦之势。原来腾蛟由经阁既下，便混入卫士群中，见后殿火起，当即便发作起来。

按下前院中人声鼎沸，两下相持，并有许多各持钩竿水龙救火的人众都被腾蛟一阵截拦。如今且说六公子当火势初发，便仗剑奔向秘室，方一脚踏到院门，要稍听动静，便觉脑后嗖一声就是个金刀劈风。

六公子不暇转身，略侧头儿，反手一剑，但听当啷一声，火星四射，彼此价霍地跳开，便闻敌人大喝道："什么人？擅敢来此行刺，认得俺札将军吗?"

六公子定睛一看，喝一声，正要进步，便见刀光闪处，又由院中抢出两人。正是：

群侠聚会，大闹琳宫。刀光剑影，角此两雄。

欲知后事如何，且听下回分解。

第二十一回

一客酣战札将军
五龙大闹洞霄观

　　且说六公子定睛一瞧，札达罕手提长刀，业已赶临切近，但看那步履矫健之势，端的是个劲敌。于是一摆剑，正要进步，便闻院中大呼道："乌老哥，你且快去保护王爷，等俺和札将军料理这厮。"说话间蹿出两人，一色地单刀飞舞，其中一人从斜刺里如飞奔去。那一人不容分说，一个箭步蹿向公子身旁，举刀便斫。

　　不想这当儿札达罕刀锋亦到，就这么左右一来之间，好公子真不愧剑术名家，便倏地向后略仰，倒蹿出丈余以外。这里两柄刀当啷碰个正着，累得札、奎两人齐齐地向前一扑，登时间各换方向，急忙各矫身撤步，使个旗鼓，才起长刀护住面门。

　　那六公子急矬身形，用一个贴地流云式，一片剑光早已卷将入来，于是札、奎两人大呼"接斗"，顷刻间三柄刀剑搅作一团。

　　这时公子放出浑身解数，身转如风，剑旋似电，一阵价左格右拒，钩挑劈拦，力敌两人，全不在意。本想先了却札达罕，便急去帮助曼华。岂知札达罕刀势挥霍，绰有余勇，便连带得奎明刀法也竟无隙可乘。于是公子奋起神威，剑法屡变，三个人一团风似的直由秘室院门外厮斗到后殿院中。

　　这当儿，后殿经阁两下里火光烛天，再加以前院中一片喊杀之声并观外的防兵报警，人马交驰，远近间有警迭呼，警锣响亮，偏搭着风声火声、街坊间男女呼号声、观众们乱奔乱噪声，险不曾将偌大的南京城地皮翻转。

　　就这一片锅滚豆烂之中，六公子大呼跳跃，力敌札、奎，端的是一场

131

好杀。但见鼎足作势，旋转间各争上游。丁字成形，离合处谁甘弱着！双飞白刃，俨如健鹘翼穿云。独挺青锋，恍如游龙身戏水。一边是倾心报国，剑花落处鬼神愁。一边是护主扬威，刀彩飞时风雨泣。几番来往，翻滚作匝地愁云。倏尔飞腾，矫夭成漫天杀气。风趋形势，火助精神，满洲夸勇士，这番识得札将军。剑派说余家，恰好正逢六公子。三个人这一阵酣呼大战，翻翻滚滚，直由那后殿旁，抢至藏经阁下。

要说六公子剑术如神，为何一时还战札、奎两人不下？一来札达罕勇力天生，虽耸跃之间稍逊公子，但是力量沉着，却颇胜公子一筹。俗语云：一力降百巧。又加以奎明也是一条手搏的劲汉。这一来两下里只杀个平手。并且六公子心有所念，因为事起半晌，还不见曼华、魏耕到来，又是怙惬着豫王跑掉，又是疑惑着两人或有失闪，只内心狐疑之间，那战斗精神未免少有所分，所以札、奎两人竟能围住了六公子，支持不懈哩。

当时六公子一面应敌，一面价眼观四路，耳听八方。趁那札达罕一刀斫空，向前一扑，公子一翻健腕，喝声："着！"回掫剑锋，向札达罕左胁便刺。奎明大呼，从斜刺里一刀格去，那札达罕趁势霍地闪开。

好公子，一矫身形，用一个偏拨月的式子，斜摆剑锋，直奔奎明咽喉。奎明急闪，哧一声业已肩头着重，大叫一声，向后便倒。这里札达罕急忙进步。六公子长啸一声，立变剑法，正要力取敌人之间，忽闻观门前喊声大举，接着便弓弦乱响，却一片声价大叫道："捉捉捉，休放走了这黑厮呀！"

公子一听，料是腾蛟被围，正在心下着忙，忽又闻秘室院中喊声大起。有许多卫士大叫道："反了，反了！快捉哑巴这厮，原来他就是奸细。兀的不是引了个贼婆娘乱撞来咧。"便闻魏耕怒吼如雷，又夹着曼华娇叱之声，一片价兵刃相撞，叮叮当当。接着便闻四面价吹起警哨，似乎合起围来，即有人大叫道："王爷有令，务必生擒这两人，以究党羽。"

正这当儿，忽又震天价一声呐喊，道："捉捉捉，跑咧，跑咧！"其声喧喧，竟似乎追向前院。这一来公子大惊，料是豫王还在，曼华、魏耕未曾得手，只气得剑眉倒竖，恨不得一剑斫杀札达罕，先跳向前院，接应腾蛟等之间，只听轰隆隆一声响亮，烟焰涨天，便似一座小火山崩落一般，却是那后殿高檐烧塌一角，四外火星直爆，至三四丈外。

这一来惊得公子和札达罕倏地一分，那奎明从地下跃起，正要挺刀复上，只听殿檐上大喝如雷，猛地从赤焰窟中剑光一闪，跳落一个彪形大汉，一手仗剑，一手挽定一颗血淋淋的人头，大叫道："公子休慌，俺腾蛟来也！"说罢举起人头，向奎明劈头便掷。

那奎明从火光中认得分明，方叫得一声："啊呀，我的乌老哥呀！"一声未尽，那颗头扑的一声正中胸口，登时又闹了个后坐儿。

这里六公子见腾蛟忽到，精神一振，双剑齐飞，喝一声，正要直取札达罕，忽闻背后喊声大举，早有一班生力卫士，一色的标枪斫刀，从前院直追将来。中有一人结束纯青，跳跃如虎，秃着头儿，盘起一条懒龙似的大辫子，手持一根两丈多长的白蜡大杆子，一面抖得呼呼风响，一面乱骂道："好猴崽子们哪，可他娘的没王法咧！咱爷儿们若栽在他们手中，就不用回北京吃羊肉烧刀子去咧。"因回顾众卫士道："来呀，给我捆人，今天若不给他们个厉害尝尝，他也不晓得俺贲三爷这大杆子有多么霸道哩。"说着，泼剌剌一抖那杆，一片光影直及亩余开外。恰好那奎明竭蹶爬起，被杆风一兜重复跌倒。

原来这人名贲巴布，是个旗下骑校之职，习得一手好大杆子，曾在北京神机营教练场中叫过大响儿。又有一日，被酒夜出，曾被群盗困于河沿之下，贲巴布使发了大杆子，掼起一盗，竟甩向河岸那边，啪嚓一家伙，竟跌得肉饼一般。因此他的大杆子端的是名震一时。又因他行三，人都呼为"贲三爷"。

要说大杆子这路武功本来厉害，那刀剑短兵最怕他兜绞拧抉，若手下稍一含糊，休说是奋斫不入，不差什么就须撒手扔了兵器。因为那杆子使发了，拓影重重，其风甚劲。精其技者，左右冲荡，上下翻飞，有"挑头拨脚""贯鱼刺燕"诸名称，都是最厉害的招数。

但是这路武功第一须大力包举，第二须脚下有根，方能运用如飞，处于不败之地。不然，略一拖沓，挥霍不灵，人家的短兵斫入，简直是拿了大杆等挨捧，没救星儿。这贲巴布本是满洲手挎名家，气力又大，既精手挎，自然脚下有根。再加以大力包举，所以能独精此技。他久在豫王手下，本应早擢官职，却因他嗜酒落拓，爱说爱笑，通没得长官威仪，因此豫王留他在府，命他做个手挎健队中的教练官儿。原来豫王幸脱得曼华之手，便火速遣人飞调他来，又飞调那靠府所驻的两翼骑兵，就观外四面包围。

当贲巴布率队抢入观中之际，正是腾蛟一剑剁倒乌林舒割了首级之时。原来乌林舒自秘室院抢出，一径奔护豫王，由烟焰中撞到那仙女像前，但见盘碎于地，一个提灯也自踏扁，急瞧豫王和申老道通没形儿，却见豫王所佩的荷包等物一股脑儿都在地下。乌林舒惊急之下，却听得前院中杀声雷动。百忙中以为是豫王逃向前院，于是如飞奔将去，却正值腾蛟瞋目横刀虎虎似的截杀众卫士，于是彼此价不暇答话，即便交手。

你想乌林舒虽也勇健，如何是腾蛟的对手？亏得腾蛟只意在拦截众卫士，所以乌林舒还能支持一阵。

这当儿赶到的两翼骑兵业已就观门呐喊连天，只叫："王爷有令，休放了一个奸细！"腾蛟听得，知豫王无恙，一股怒气攻上来，这才手起一剑，将乌林舒剁翻，取了首级。又恰值贲巴布率队赶到。腾蛟既知豫王无恙，业已无心恋战，一面又惦念六公子等人，所以与贲巴布等略为交手，剑起处刺倒一个卫士，从标枪丛中突入后院，一径飞身跃上后殿。却正值六公子和札达罕等酣战，殿角烧塌之时哩。

且说贲巴布一抖大杆，虎吼一声，便奔公子。札达罕趁势大叫，刀儿起处，却被腾蛟挺剑接住。四人盘旋，正搅作两团风气之间，那奎明早已爬起，一扬长刀，喝令那班生力卫士分队便上。

这当儿风声愈大，后殿经阁两下里火势飞腾，照得后院中亮如白昼。彼此价吆喝喝喝，端的一场好杀。

六公子和腾蛟杀得性起，喝一声，各施展开一路滚堂剑法。顷刻间人影都无，化作两团白气，滚滚地贴地流走。杀得那许多卫士，这个胫断，那个脚截，跌跌撞撞，嚷成一片，无奈贲、札两人骁勇异常，只互相裹住六公子主仆，再也不退。

正在杀得不得开交，忽地一声喊，又由前院赶到一队翼兵射手，口哨一鸣，顷刻间箭似飞蝗，直向六公子主仆射来。腾蛟大怒，奋起神威，一面应敌，一面和公子运剑如飞，纷纷去挡来箭。噼里啪啦一阵响，就从这狼牙落地的当儿，六公子喝声："着！"力跃三丈余，倒揿剑锋，趁身势下落之间，向贲巴布当头便刺。

贲巴布闻得风声，急忙一侧头儿，只听哧的一声，剑锋到处，不但那条大辫儿划然中断，便是左肩之上早已连衣带肉的，刺落一块。贲巴布大叫一声，险些栽倒。

众卫士猛一松围，六公子正想趁势杀出，忽见那翼兵射手纷纷价哭喊乱窜。六公子眼未及瞬，早见两条剑光电也似奋斫而入，便闻魏耕大骂道："干鸟吗！凶王已逃，咱还在此瞎打什么？"说着，与曼华闯入重围。

这三条大虫登时间施展威风，可怜贾巴布饶你本领通天，竟死于乱剑之下。只吓得众卫士乱喊乱窜。那札达罕和奎明一面力敌腾蛟，一面叱喝，哪里禁止得住？

正是这当儿，众射手一齐喊起道："那经阁上面还有人哩。"说着，弓弦乱响，嗖嗖嗖，箭如密雨，只管向阁上射来。六公子忙望阁上，恰好陆香儿仗剑闯到。情知是陆香儿用的计策，于是将剑一扬，一声长啸，便率领了腾蛟等，那五柄宝剑便如五条白龙一般，一阵飞腾夭矫，杀开重围。

这里札达罕等气喘如牛、神摇目滞之间，早见那五道剑光一径飞落观墙之外。再瞧目前所见，只剩了风声火势，哪里还有人影儿哪！哈哈，这段节目，名为《五龙大闹洞霄观》，诸君只顾热闹了耳朵，却不晓得作者出了几身臭汗。咱且慢表那六公子一班人跃出墙外，陆香儿先取起预抛出的外衣，和大家穿着停当，由魏耕引路，径从那个山洞中奔出城外。如今且说……

一言未尽，又有听书的明公来挑疵儿道："作者先生，你这书又编出大漏洞来咧。那豫王怎的逃脱？曼华、魏耕又怎的会在一处，冷不防地杀到后院？这节目不曾点叙明白，怎的便打住这一段，又且说别的呢？并且大家都听到热闹中间，你这么一来，不叫人都闷个大疙瘩吗？"

作者笑道：诸公别忙，行文之道，有明叙暗叙，正叙补叙，诸笔法能综错用来，任有千头万绪，方能有条不紊。不但见叙事活超，并有六辔在手、一尘不惊之妙。不然，作者只有一张嘴、一支笔，一定要闹个手忙脚乱、夹七杂八。那节目叙出来，也就如平排记账一般，呆板板得味同嚼蜡。还有什么文学艺术的价值呢？作者差幸能免此弊，所以频年著述，颇蒙海内之士见赏，居然博得个北方大小说家的虚名儿，也就因稍谙行文之道罢了。即如你老兄见教的一节，下文中自然有个补叙在内。这叙事便如画龙一般，东隐一鳞，西露一爪，方能见乘云变化、飞空破壁之观。不然，直挺挺、赤裸裸，画条死龙，那叶公所好之物有甚趣儿呢？再者行文之道，波涛雷霆之后，总要来阵清风细雨，不但令文气纾余，亦使作者喘口气儿，稍息倦笔。诸君不要闷成大疙瘩，且瞧作者且说吧。

那札达罕等眼睁睁见敌人都已跑掉，情知追也无益，只得一面协同众卫士帮着道众们扑灭余火；一面分人去报知豫王，并一面急遣那左右翼兵赶紧地分赴各城门，协同城防兵查拿一切。登时闹得满城中铁骑交驰，火燎如画，便是街心巷口也都密布巡逻。

札达罕又和奎明亲自巡查前后院中，以防或有隐伏的奸细。但见一处处尸横血溅，都尽在烬余之断木残砖之中。仔细检点，众卫士死掉四十余名。悬神后殿烧塌一角。藏经阁中经卷都毁，幸火发未久，只烧去上盖儿。此外还有乌林舒的两处身首及贲巴布的死尸。

札、奎等正在巡览叹息之间，只见由外面匆匆地趸来四五位豫王府的幕客，中有一人秃着头儿，披袍趿履，满脸上酒气醺醺，似乎是宿醉初醒，不容分说，一把拖住了札达罕，便大叫道："喂，老札呀，你瞧怎么样？俺老张说的话再也不会错的。"正是：

　　智者识机，防祸未作。愚者昧机，焦头烂额。

欲知后事如何，且听下回分解。

第二十二回

入地窟寻取豫王
穿山洞逃脱群侠

且说札达罕一瞧拖他的那人却是跛张，知是他们闻警前来瞧看豫王，因顿足道："先生果有先见之明！俺自接先生之信后，便急急赶来，不想还被那班奸民闹得一塌糊涂。如今且喜王爷无恙，咱大家且去请安慰问吧。俺自与敌人交手，便闻得道众喧呼王爷脱险。但不知王爷现在哪里，且去寻申老道一问便了。"

跛张笑道："你真是傻狍子！王爷现在很快活的所在，说不定还吃着酒，搂着小娘儿哩。那会子王爷派人去调贲巴布等人，早已张扬得合府都知咧。你且随我来吧。"说着，引了众幕客并札、奎两人，当头便走，便由那后殿旁一个精巧小门儿内穿过去。曲折良久，忽然到得一小小的花圃，里面是花木繁茂，山石幽雅，鹿囿芝坪，点缀不俗。却就是亭馆都无，更不见坐落之所。

札达罕等人跟在后面，正在怙惙，只见跛张头也不回，竟奔向靠北面一架画屏跟前，不知怎的用手一按那屏框儿，便见那画屏霍地一分，犹如门扇。接着便隐闻摇铃响动，似出自地窟之中。

札达罕正瞧着画屏门十分诧异，便闻门内莲步细碎，如上楼梯一般，并有娇滴滴语音嘟囔道："这不知又是哪个来寻王爷献勤儿哩。今晚这所在倒热闹。"说着，提灯一闪，从门内趒出个俏生生的媳妇子，一见跛张落拓形儿，并札、奎赳赳之状，只吓得连连倒退。当由一幕客从容上前，说明来的缘故。

那妇人笑道："这就是了，俺还当是那班不怕死的刺客寻到这里来哩。如今王爷和观主正要急听消息，你们快去报说吧。"说着转身前导。

札达罕等入得那画屏门，只见一步一低的都是阶级磴道，须臾，磴道尽处却得一小小天井似的所在。四壁上华灯璀璨，照着那青红绘画，地下是水磨砖，十分整洁。靠北壁又有个月洞门，漆扉半掩。遥望里面是灯烛辉煌，夹着妇女们低低笑语之声。

那妇人一面趸向月洞门，一面嘱咐道："诸位且在此少待，等俺去通报一声。"说罢趸入。这里跛张却向大家低语道："俺久闻申老道弄有地窟，那里面便潜通秘室，竟藏蓄些娘儿们，尽着他快活，并做鼎器之用。那会子事急之下，真亏他将王爷藏在里面。咱们等闲价到不了这里，何不且偷瞧瞧呢？"

于是大家点头，放轻步脚，稍推门缝，向内一张，只见里面便是很精致的一所屋子，铺设得五光十色。壁衣地毯、屏榻桌椅之类，无所不具。大家面孔方凑门缝，已觉得暖气洋洋、奇香馥馥，屋正中设有围屏，屏前是一圆式钿儿，钿儿上面篆烟正袅。设有茶具，还有骨牌、棋子之类，颠三倒四价丢了一地，似乎是有人戏耍才罢。

大家正在凝望，便闻屏后有妇人呵欠道："啊呀，好困！好没来由，今晚上吓得人真似丢魂一般。俺这会子想起观主拖着个血糊淋漓的王爷跑进来，还打战儿哩。你这小蹄子倒有闲心儿，叫俺和你抹牌玩。如今观主和王爷你哼我咳地卧在里间里，你听着不心焦吗？"便闻又一女子唾道："那老货跑得瘸了脚，那算他现世与报，谁叫他掉着法儿的摆布人没够呢！你瞧瞧，这张浪床多么可恨，怎的人上去，便须大敞辕门的由他乱闯呢？"

妇人笑道："你不晓得，那床上是有机括的，只要你屁股坐上去，触动机括，床顶上的绒条儿便会下来将你的膊儿腿儿钩拦得像个翻白的蛤蟆一般。并且自然动荡迎凑，倒省人家许多气力。你只须将某处一按，便自然解脱哩。"便闻那女子忙笑央道："你这好人，快些告诉俺，是按哪哩，不省得由他摆布吗？"

这时跛张知是地窟，业已和大家悄悄趸入，就屏前齐齐站定，便闻那妇人笑道："小蹄子，说着说着，你就浪上来咧，等俺叫你个乖吧。"于是里面窸窣一阵，并夹着咯咯低笑。

少时，忽闻女子道："哟！不成功，你这蹄子，原来是哄人作耍哩。这扎手舞脚的什么样儿，快放俺下去吧。"

跛张等听了，相视一笑，方要向屏后偷瞧，便闻那提灯的妇人在里面高声唤请，并惊笑道："你两个，怎这么没正经，这就有人进来咧。"就这声中，跛张等一齐步入屏后，抬头一望，不由且惊且笑。

只见那屏后铺设得越发美丽，镜壁毯地相映生辉。满室中奇花罗列，香透鼻观，壁上张满了奇巧春图，千形万态，又有美人椅、自动机诸般淫具。靠西壁有一具雕漆螺钿七宝镶嵌的南木云床，里向是锦衾绣枕，灿烂照目。上面正有个俏丽女子，仰卧在床沿上，两只胳膊却被机括上的绒条绷牢，下面是两腿高举，"八"字分开，一张圆突突的屁股正现在床沿上，虽是穿着裤儿，无奈当中绷紧，那凹凹的一条鸿沟业已隐然在望。原来床顶上面分垂下两条绒条，一下子正兜向她两条腿弯哩。当时那女子猛见大家进来，越发急得身儿乱扭，旁边却有一妇人笑得腰弯。

正这当儿，那提灯的妇人顾不得招呼大家，忙跑去就那床柱上雕刻的一个凸起仙桃上，用手一按，但听唰啦一声，绒条都缩，那女子方红着脸儿跳将起来，便扭了旁边那妇人，一路厮闹直跑向屏前。

不提这里那提灯妇人见此光景，当着大家未免脸上讪讪的。且说跛张等一面暗笑申老道纵淫无状，以至于此，一面跟了那妇人趱入里间，一眼便瞧见豫王和申老道对面儿都歪在榻上，正在那里你呻我吟。

豫王是秃着头儿，左颊上箍着一块油布，微有血殷，那腰间所佩的白帨稍作丝缕，似乎是锋刃所划。申老道是崭新的道袍上滚得尘土狼藉，一只脚胫上也用油布扎缚，看光景甚是困惫，正合了眼子，一面呻吟，一面悬神悬神地嘟念。

这时豫王猛见札、奎和跛张，不由一个虎势直跳起来，一手拖住札达罕，一手拖住跛张，直气得浑身发抖，忙问道："这班贼人可曾捉住？"说着放了手，猛地向跛张便是一个大揖，顿足道："俺一向失敬张先生，不想先生却料事如神，若非你一封书信，邀得札达罕来，今日之事便不堪设想了。"

跛张听了连忙谦逊。又知是豫王气急语乱，便道："王爷且自定神歇息，还有要紧之事急待分派哩。"于是札达罕趁势领了众幕客向豫王慰问已毕，又略述方才对敌以及敌人尽都跑掉的情形。

豫王听了，正气到大睁两眼，直叫"反了"。只见奎明面现惨痛之色，当即一述乌林舒、贲巴布死事之事，说罢泪下。豫王听了，拍案大叫之下，却又以手掩颊，微微呻吟。

这一声却惊起那申老道愣愣怔怔只顾望着大家，一嘴花白胡子业已烧得七零八落，便如火烧杆一般。大家见状，没暇笑他。当由跛张领了众人一瞧豫王的伤势，却是铁鞋尖儿所伤，幸得还不甚重。

大家见了正在相顾惊骇，豫王便气吼吼地一述遇险并脱险的情形，并跌脚大恨道："可惜刘静先生叫俺建醮祈露的一场盛事，竟被这班奸人搅得稀烂！俺想刘先生足智多谋，今欲捕捉这班奸人，还须请教于他。"因向跛张道："便烦先生快去见刘先生，请他指示一切，咱便赶紧缉捕就是。"

跛张微微冷笑道："王爷如何还在梦中，这当儿要寻刘静只怕没得。请王爷细想以前情节，刘静鼓如簧之口，既计间了札、木两将军，去了王爷的劲臂。复怂恿王爷到此设醮，果然便有变故发生。这不分明都是他一人主谋吗？他和奸人既是一党，岂有不跑掉之理？况且他荐个奸人到观中，扮作哑巴扫夫，岂不是真凭实据吗？"

豫王听了，如梦方醒，不由得怒气冲天，便一面遣奎明率领侍卫去捉刘静，一面又与大家猜测回刺客来历。

正在鸟乱之间，业已天光大亮。那申老道不管闲账，便请豫王略整衣冠，同大家出得地窟，先到那后院悬神殿上拈香谢神。豫王一路上周览各处残毁摧烧之状，好不颓气。这时，乌林舒、贲巴布并死去的侍卫等人的尸身，已由王府来的值事人草草装殓起来，次第价抬向观外。其余各处还堆乱得一团糟。

跛张细心，逐处查视，想发现些敌人遗物，以做侦缉之助。寻了半晌，却也没得他物，只有藏经阁前面檐角上，挂着件女人的布裙子，还在那里随风招展，裙上面还穿着三两根羽箭。跛张沉吟一回，也没作理会处。

豫王瞧得不耐烦，便踅向申老道的云房，落座歇息。大家正在七嘴八舌揣测这件女裙的当儿，只见奎明匆匆回报道："刘静寓处人物都空，当昨日傍晚时分，有人见刘静携了小童，在水西门边徘徊游玩。末后，却坐了个汉子的小船儿不知去向。"

豫王一听，只气得暴跳如雷。跛张却笑道："今王爷空有冲天之怒，便当下令，大索城中，恐还有奸人隐伏，一面速速通缉刘静。如得刘静，自不难根究那班奸人了。"正说着，南京通城的官员俱各到来谒见豫王，慰问一切。唯有江宁府县官儿更吓得魂飞魄散，百忙中又挤不上摊儿去，只好偷油耗子一般，各处里瞜瞜瞅瞅，遇着侍卫们便哈着腰儿，凑上去探问王爷的喜怒。

侍卫们或哼或哈，那厚道些的便嘱咐他准备些请罪的话儿。那促狭的便一眨眼睛，冷笑道："你老先生还探听哩，昨夜连王爷都险些儿没丢了吃饭的家伙。你所管的地面上出了这班亡命之徒，叫你自己说，你那脑颗儿还不该请下来吗？少时王爷若一高兴，请您回家抱娃子去，便是您的万幸！"说着，一个个伴伴躲开。

闹得府县官儿正在心头乱跳，拍头蠓似的乱撞，只听有人高唤："江宁府县官进见。"这一声不打紧，吓得两人冷汗直淋，没奈何硬着头皮踅入云房，只见两旁价侍卫握刀分列。那豫王正沉着一张铁青的脸子和申老道讲话，一见两人，只微微一笑，便问申老道道："他们既到来，咱也就料理着吧。"说着，大声道："来呀！"门内外众武卫暴应如雷，吓得两人急忙跪倒，一阵价叩头不迭。

两人正在连称"卑职该死"，便闻院内外迭相传呼，脚步乱响。两人骇极之下，以为是僧子老哥到来，便越发地连称该死，叩头如捣。

偏这当儿竟觉有人手前来拖拉，似乎来捆绑一般，叩得两人正待要死，只听申老道笑道："王爷业已回府，只命你两个多发人役工匠，料理这观中的破坏。快些请起，忙碌一切吧。"

两人惊魂略定，抬头一看豫王和侍卫等已都不见，只有申老道笑吟吟站在面前。

不提这里府县官儿当即回衙，赶紧地料理一切。那豫王回府后通饬所属，缉拿奸人。且说那当夜六公子等由城外万松岗地面出得洞口，回望城垣上，火燎如星并城内外人声喧动，料是城防兵丁等正在瞎哄。

大家不敢怠慢，便各自施展出飞行能为，一气儿踅出三十多里，业已鸡声动野，斜月在林。从晓色朦胧中，却望见前途村墟头儿上有一小小草店，回头觇觇来途，且喜杳无动静。于是大家缓步下来，先由曼华一述豫王脱险跑掉的情形，大家俱各扼腕顿足。那曼华尤为恨恨，气得乱翻俊眼，道："当时俺怎么一时忽然蒙住，便是真神道活起来，又怕他怎的！"

魏耕跌足道："这一节，还是怨我疏略。我若不只顾放火，那凶王跑也跑不掉咧。"六公子叹道："曼姐、魏兄不必悔恨，总言之，是天骄满

141

房，所以凶王能遇险逃生。且喜曼姐踢伤豫王，差强人意。咱们只好再俟机会罢了。"

魏耕愤然道："可惜俺白装了几天的哑巴。俺但盼凶王脚伤之创越烂越大，生生地烂煞他，才解俺胸中之恨哩。"曼华听了，忽地咯咯咯笑得腰弯，魏耕一怔道："曼姑娘，你笑什么？凶王既跑掉，只好盼他烂煞咧。"

曼华摇头道："不，不，俺还盼他吃了仙露，肚儿胀煞哩。"于是一说自己使促狭，以及豫王吃露咂嘴抹唇的丑态。这一来，招得大家哈哈大笑。腾蛟笑道："原来申老道那般嘴巧，真难为他信口编造来。"

正说着，陆香儿望望曼华，忽惊道："这便怎处？如今谢姑娘那件女褂被小人挂在藏经阁檐上，以疑敌人，分其围攻之势。少时路上有了行人，谢姑娘这身伶俐打扮却不相宜。"大家听了，都各称是。

魏耕便道："这不打紧，俺在观中当扫夫，昨天申老道因是凶王驾临，阖观人众都须衣服整洁，特发与扫夫们每人一件蓝布衫儿，请姑娘且穿上如何？"于是由身上脱下来递与曼华。

说了半天，这豫王到底是怎生脱险？原来当时豫王被曼华追逐，一脚踢伤，方一头撞到醮台根前。恰值台檐上火光大作，啪嚓一声，烧落一片檐木，烟焰飞腾。曼华略一逡巡，那豫王已一连几跳，逃向醮台之旁。恰值申老道也从斜刺里撞将来，于是两人托挽，向台后面悬神殿上便跑。曼华娇叱一声，挺剑赶去。

也是豫王命不该绝，那曼华一个箭步跃上台阶，恰好踏着那活动机关。只见满殿上神像乱动，那殿廊柱上的两条金龙也便登时张牙舞爪，势欲扑人。曼华不知就理，猛惊之下，未免逡巡退步。再瞧那满殿神像并金龙依然是死巴巴的，并没活动。

正在自疑眼眩的当儿，恰好魏耕从火焰中冲突而至。及至曼华向魏耕问明悬神殿的缘故，急忙寻找豫王时，早已影儿不见。魏耕只知那秘室，却不晓得那地窟，所以竟自大索豫王不得。

当时曼华穿了那蓝布衫儿，大家且行且语，又互相猜测回豫王逃向哪里。

须臾来至草店跟前，只见门儿未启，里面却炊烟直冒。依着六公子，不欲耽搁。当不得魏耕既嚷肚饿，那曼华因厮杀半夜也有些疲倦上来。于是大家驻足，由魏耕啪啪一叩门，只听里边有妇人打着呵息应道："来咧，来咧。你就是这等风火性儿。昨天傍晚，巴巴地跑向城里去瞧热闹，如今又起黑票赶回来，也亏得你长了两条兔子腿哩！"声尽处，便闻下闩拨键之声。

须臾门启处，闪出一人，一见那魏耕的小模样儿，只吓得啊哟一声。正是：

剑气才收，余势犹劲。望门投趾，倦鸿爪印。

欲知后事如何，且听下回分解。

第二十三回

奔太湖群侠潜踪
混南京郎湛谋事

且说魏耕等见店门启处，闪出一个伶俐妇人，猱着头儿，腰系围布，一手提帚，似乎是早起操作。那妇人一见魏耕那小模样儿以及他背后一班人，男的女的、丑的俊的之光景，便吃惊道："啊哟，你们这班人是干吗的呀，莫非也是由城内赶热闹来吗？却来得怎早？"

魏耕随口道："正是哩。俺们都是赶热闹赶生意的。因为热闹完毕，俺们为省店钱，所以连夜走将下来。你这店中有什么食物，快些拿来，俺们用毕，还赶路哩。"说着引众暨入。

那妇人一面反身前导，一面笑道："诸位来得不巧，这当儿俺只有家常早粥，却没得别的食物。因为时光太早，还不曾进村去买办客人所用的食物，偏俺那当家的自昨晚便进城瞧热闹去咧。店中只剩俺一个人儿，又没空出去买办，诸位只好将就吃粥吧。"

说着一回头，望见曼华和陆香儿并肩儿厮趁在后。因笑道："你这位小大嫂，真也黢得出辛苦去。像你小两口儿瞧了热闹，趁了生意，又挣了钱，为什么不在城内寻个店住上一小宿，在那暖房大炕上，自由自在地睡上一觉？却奔奔波波连夜地赶下来？你瞧你两只小脚都踏得尘土垩满。这才是为快乐眼睛，苦了腿子哩！少时你小两口儿闹个单间吧。这位小大嫂换换鞋脚，解解手儿，都便宜些。不过您走的时节格外赏俺些茶水钱就是咧。有限的事。"

陆香儿忙忍笑道："店大嫂，休得胡吵！俺们都是一般趁生意的客人，什么三口儿两口儿的呀？"妇人笑道："哟，这可怪我冒失，说走了嘴咧。谁叫你两个长得红红白白的脸蛋儿，就像一对儿似的呢。"

正噪着，忽见魏耕不容分说向正房东间便闯。慌得那妇人三脚两步赶去，一面吵道："那屋内去不得。"随后陆香儿等一拥而进。门帘才揭，早见魏耕掩着鼻孔转身趄出。原来里面炕上一塌糊涂，不但衾枕横七竖八都未收拾，并且睡鞋溺盆还一股脑儿摆在炕头上。案上是残擎犹在，杂物狼藉。那一股卧房气味简直令人欲哕。

当时大家正麻林似站在那里，只听穿堂内粥锅沸的一声，慌得妇人忙揭锅盖，白腾腾水汽腾起。待了一霎儿，方似怒潮顿落。

妇人笑道："你们诸位可是累乏极咧。怎不等俺引路，便各处乱闯呢？这一乱不打紧，几乎淤了粥锅哩。"于是引大家出得正房，奔向厢室。

曼华在后，瞧那正房东边还有个小夹道儿，料是通向后院。逡巡间，随大家进得厢室。只见三间明敞案榻俱全，倒也十分干净。那妇人转身退出，随手儿放下布帘。

这里大家方才落座歇息，忽闻店门前履声响动，接着又闻那妇人在院中忽笑道："你瞧你这愈懒形儿，为瞧老道设醮的热闹儿，却跑这种冤屈腿，合得着吗？如今有客到店，你来得正好，快来帮俺的忙吧。"即闻有男子唾道："真他娘的晦气，俺轻易不好瞧热闹，一高兴去瞧热闹，却几乎送了小命儿。昨夜里洞霄观内烧了个火冒钻天，杀了个人头滚地。如今豫王爷震怒，正在大张告谕，并悬重赏捉拿奸人，闹了个乌烟瘴气。这个热闹儿可就大咧。昨夜吓得俺趴在观外一条阴沟中，只听得观内外人喊马嘶、大杀大砍。有的喊王爷脱险，有的喊五个飞贼。如今各要隘、大路口都已下卡盘查，十分严紧，只怕咱这里也就要过巡缉兵队。等俺歇一歇，慢慢告诉你吧。"

妇人惊笑道："原来你热闹没瞧好，倒趴了半夜阴沟来咧。但是你城内人情熟熟的，哪个茶馆酒肆中不可以歇息半日，为何又连夜赶回来呢？"男子道："你不晓得，俺出城的当儿，城内人家因官中搜查奸人，大半都关门闭户。咱为甚趁热闹打扰熟人去呢？"说话间，履声囊囊已近厢室之外。

大家由帘缝向外一张，却是个短衣汉子，生得麻面微须，两只眼睛圆彪彪的，十分油滑，一瘸一点地和那妇人竟自趄入正室。

大家见了，料是那妇人的丈夫，当时也没在意，便随意就座歇息，一会儿又闲谈了两句。却闻正房内男女说笑，大家料是那男子说起城内厮杀之事，正在相视而笑。却闻那男子道："真是矬老婆高声，你就不会说话雅俏些，什么五哇六哇的。等我去招应客人，你也快去烧火吧。如今俺既回来，客人要用酒肉，俺就进村去买。老王那里的烂炖牛肉，这当儿正在出锅，热腾腾、香喷喷，且是好下酒哩。"

这里魏耕听了不由馋涎欲滴，便哈哈地笑道："活该咱们不空喝白粥，快来些酒肉接接力气吧。此去太湖很远的道儿，若只喝白粥，跑得动吗？"六公子忙向魏耕一使眼色，却笑道："魏兄你没听见人家说，矬老婆高声吗，你如何也大呼小叫？"魏耕会意，赶忙一缩脖儿，招得大家都笑之间，却闻院中脚步响动。

须臾布帘一启，那麻面汉子含笑趑入，向大家点点头儿，就势眼光一转，便笑道："诸位辛苦咧。方才俺没在店，失迎得很。如今诸位用何饭食只管吩咐下来，俺进村去买。登时就到，便当得很哩。"六公子忙道："不消进村去买。你店中有何食物，快些拿来就是。"

那汉子笑道："咱这里只是白粥，怕诸位行路垫不得饥，那么俺便随意买些去吧。诸位不用也不打紧，好在还可以款待别位客人哩。"说着，向案上瞧瞧，又一瞟大家，便笑道："俺这傻婆子真正惫懒，连茶水都没给客人送来，等我且瞧瞧去。"说罢趑出。

不提这里魏耕见六公子不要酒肉，登时噘了大嘴。且说曼华歇坐一回，忽觉内急，便信步儿出得厢室，趑向夹道。方要解裤蹲身，忽闻山墙上小窗内一阵男女喊喳，便闻妇人道："我劝你别胡闹，想发外财咧。倘若不是，岂不是诬赖好人吗？"

曼华听了，不由心中怙惙，忙跷着脚儿就窗缝向内一张，只见妇人坐在榻头，那汉子手提竹筐儿，得意扬扬地道："你晓得什么！那缉捕告谕上明说着五个贼人，其中还有个女人。厢室中那班人既觉扎眼，又正对数儿，怕不就是那话儿吗？这肥猪拱门的事，咱如何白放掉他呢？俺这便进村去知会地保，齐合人众，一下子捉住他们，怕不就得赏银吗？"

妇人道："依我看你不要找病。你想他们既有那么大的能为，从城内杀出，就凭咱这里的地保壮汉哪里能捉住他们！打不着黄鼬倒落一身臊，好不晦气哩。"

汉子顿足道："你晓得什么，你只稳住他们便了，快寻出钱来，等俺去买酒肉，只消酒内下点儿蒙药就停当哩。"

妇人听了尚在迟疑，那汉子已置下筐儿，去开板柜，偏偏又没得钥匙。正与妇人低吵之间，这里曼华已如飞耍趄向厢室，向大家一述所见，于是大家跳起，一径地抢入正房。

汉子、妇人望见，情知不妙，方吓得啊呀一声，魏耕、曼华双剑齐掣，每人捉住一个，明晃晃剑光一闪，就要矴下，却被六公子摇手止住道："这汉子虽然可恶，这妇人据曼姊说来，却还不失为好人。咱不必滥杀，快些去掉就是。"说着，大家动手，将汉子和妇人捆缚停当，堵了嘴，拖猪也似拖置于地。曼华却提起妇人，吭哧声压在汉子身上，却笑道："如今且给你个肥猪拱门儿。"

这时陆香儿、腾蛟已就外间寻出碗筷，盛起粥来。大家立着，乱吃一阵，六公子便道："据方才那汉子说，大路要隘已有盘查，咱此去须改行僻道方妙。"魏耕道："这不打紧。此路僻道，俺都晓得，不过迂曲得多，少时随俺行去就是。"说话间大家吃罢。再瞧那汉子和妇人还依然压得好摞摞儿。

不提这里汉子等少时自有村人解救，因六公子一念之慈，又伏下一条跟缉的线索。且说魏耕一行人众出得店门，一径抛过村落，抄小道行去。直趄出十余里地，方渐见路有行人。傍午时分，行抵一片荒村，只见一处小小庙场，十分热闹，男女出入都手捧香楮，并且都带个进香赐福的小黄囊儿。

六公子向人一问所以，原来这村中有所娘娘庙，正当香会之期。六公子心中一动，便向大家低低数语。曼华笑道："此计却妙。本来咱这群人须防盘查，扮作结队的香客倒也罢了。"于是大家趄向娘娘庙前，先就香烛摊上请了香，买了小黄囊儿，各自佩好，然后挤进庙去。

焚香已毕，六公子抬头一瞧神像，几乎潸然泪下。原来那神像并不是什么娘娘，却塑着个慈眉善眼、青裙黄帔的老婆儿，神态之间竟有几分似商夫人的模样，所以公子一时感触。

那大殿之下还有一统短碑，载着这神道的来历。大家趄去一瞧，方知这神道婆姓黄，生前时家富好善，人都呼为"黄佛婆"。这村西有一股为害的河道，历年价冲没本村一带十余处的村落，漂没人畜田庐，极其可惨。黄佛婆目击心伤，便慨然尽捐家财，大招人夫修治河道。又就河口上筑坝建闸，以兹蓄泄。从此以后不但这一带尽免水患，并且大得溉田的水利。后来黄佛婆年臻上寿，无疾而终。后人因其功德在民，所以建庙奉祀，日久相传，竟群以娘娘相呼。

当时大家瞧罢，那腾蛟想起余母祠来，不由也怦然有感。于是大家趑离庙所，就一处小店中进去尖歇。

那店婆儿望见大家都佩黄囊，便笑道："恭喜，恭喜！诸位都进香得福来咧。不瞒您说，俺这位娘娘再也灵感不过，真是求财得财，求子得子。香客们进了香，一定是平安如意的。"因向曼华道："你瞧你这位小大嫂，脸上红扑扑的，业已挂了喜相儿。回到家去怕不马上咭哇一声，就是个大小子吗？"曼华笑唾道："既这么容易，你就马上添一个吧。"

店婆儿笑道："哟，可了不得！俺当家的死掉三四年，俺再添个大娃娃，可是笑话哩。"店婆儿一面胡噪，一面照料客人用饭。

六公子等饭后起行，由魏耕引路，仍奔那荒凉僻道。曲曲折折，过了些歧路断港，经了些水驿山村，果然因路僻没遇盘查。但是那大闹洞霄观一段事，虽是这般荒僻所在，业已都哄传开来，过客纷纷引为谈助。有的说五个刺客都生得三头六臂，便如天神一般，剑尖指处，登时起火。有的说豫王本领委实了得，赤手空拳，只在五柄剑锋中钻出钻入。有的便道："依我看，若是凡人，断没得那等胆气。你想豫王爷是什么角色，谁敢虎头上去捉虱子？那一定是申老道建醮之日选择很不佳，说不定就冲犯了五鬼恶煞。不然，像那铁桶似的南京城，若是凡人，怎的也要被捉了。"一片话信口胡言，愈出愈奇，听得六公子等只好暗暗发笑。

直趑过三日，方来至太湖岸边。那曼华方道得一声"谢天谢地"，正要觅船渡过之间，只听芦苇丛中一声欸乃，早有一条小船儿破浪如飞而来。船上一人招手遥唤道："怎的公子等这时才到？闹得老爷子好不着急。且到俺酒店中稍为歇息再进庄吧。"声尽处，船已抵岸。大家一望来人，却是跃鲤。

曼华便笑道："原来鱼兄早已到咧。那么刘先生定在庄中，咱快去请他再出计策，来个一计不成，还有二计。难道凶王跑掉咱就罢了不成！"跃鲤道："别提咧，咱到酒店再细谈吧。"于是大家纷纷上船。

那曼华回望来路，不由挫挫牙儿，狠狠地叹了一口气，道："饶你这凶王多活些日，南京到北京本是一路通，休要惹俺性起，到北京刺取你那大头子，管保比你的脑颗儿还有价值哩！"

大家听了都为一笑，跃鲤已棹动小船。须臾到得杏花春酒店，大家落座。六公子方要述说刺取豫王的情形，跃鲤顿足道："那当时情形，俺已尽知。至于凶王逃向什么所在，大概公子等尚在未知。再说刘先生真是个未卜先知的异人，他便料到举事不成，在半路上竟自隐迹去了。"大家听了，不由愕然，于是跃鲤匆匆地一说缘故。

原来跃鲤于当日傍晚接得刘静和小童下船，本想连夜价开走，刘静却笑道："不必忙，咱何妨泊船僻静所在，你且去探探举事的情形，岂不心下帖然？据俺数理揣测，满洲气运正旺，凶王虽遇险无伤，徒费六公子等报国的一番心力罢了。俺学道之人本不欲预人此事，但以邓翁畴昔周旋，故借此以报故人。此事既毕，吾亦从此逝矣。"

跃鲤听了似信不信，便将船开出数里之外，重复登岸趑回，就城外僻店中窃听消息。果然半夜之后，豫王遇刺，刺客五人火烧洞霄观逃跑无踪的种种警闻，接二连三地哄传满街。跃鲤听了方在暗喜，不多时，巡逻铁骑驰骤而过，又哄传豫王福大感动悬神，怎的活跳起来，救了豫王。

跃鲤正在好笑不信，又有当地官人鸣锣安众，叫大家不必惊乱，如今王爷好端端地躲向本观的地窟中，业已分派兵队去追缉刺客。闹得跃鲤摸头不着，当即赶出店来。恰值许多街众们围着官人问长问短，那官人指手画脚，正说豫王逃入地窟的一段情形。跃鲤听了好不恨恨，又一面挂念刘静，不敢久留，便匆匆地跑回船来。

方一脚跨入舱中，叫声苦，不知高低，那刘静和小童两人的影儿都没得咧。几上却留有一封书札，是刘静辞别伯通的。书中大意，先述自己不返旧居，遁迹遨游，以避官中物色。次请伯通致意六公子等，不必汲汲于博浪椎秦之举，但当多交豪杰，暗留报国种子，为将来相机而动之用。末嘱此时急宜避地隐晦，免遭网罗之祸。

当时跃鲤看罢书札，情知刘静鸿冥迹远，只得连夜价回见伯通，呈上书札，并一述六公子举事不成的情形。因水路迅速，六公子等又走僻道迂曲，所以跃鲤竟早到一日，在此备船等候。

当时大家听罢，不由面面相觑，恍然若失。那魏耕正眼望湖水，手摸肚皮，哼的一声。曼华却柳眉一挑，跺得小脚儿嗒嗒乱响，道："不想刘先生枉自称回异人，却这么婆婆妈妈，又这么畏首畏尾。什么是满洲气旺？什么是将来相机而动？这都是颓唐没志气的话。举事不成，这点把小勾当就吓得他溜之大吉咧。你们瞧着，俺偏要趁热火儿，再闹他个大的哩。难道那北京地面便是龙潭虎穴不成？"说着，气得嫩脸儿一阵绯红，咬咬牙儿，却狠命地将所佩的小黄囊儿揪下来抛向就地。大家见了，又是好笑又是一阵慷慨动色，于是也各自解掉黄囊儿。

六公子便叹道："咱大家以后行止当慢慢计议。但是刻下官中逻缉也不可不防。且待见过邓翁再作区处。"

不提大家听了都各点头，当即下船，由跃鲤鼓棹如飞，直赴邓庄。见了伯通自有一番指天画地的窃窃密议。如今且说郎湛自托迹松江，一面帮胡知府剥削地面，一面巴结清将等人，甚是得意。小人性儿一朝发迹，便用重金购得一名美姜，名叫月仙。为日不久，恰值胡知府调向他处，那郎湛便被清将委为松江知府。这一来郎湛大悦，以为这泼天富贵不会失掉的咧。

哪知强中还有强中手，只过得数月光景，却来了一个满洲人员来接府印。郎湛没奈何，便雇了只船儿，载了爱姜月仙，路经太湖，因月仙患病畏风，泊船一夜，即便匆匆地直赴南京，同月仙寓在一处客店中，想看机会再为钻营仕宦。

在郎湛之意，自恃有一份逢迎时会的才情，看得机会之来，甚是容易。又搭着月仙虽然做了没几日的官太太，业已闹得心高眼大，阔绰异常，一到客店，便摆起谱儿，雇了仆妇收拾屋子，讲究衣饰饮馔，整日价东游西逛，挥霍金钱粪土一般。

郎湛一来管她不得，二来自恃才情，若一旦遇着机会，攥着印把子，还愁没钱用吗？于是一切由她。自己除陪着老婆挥霍遣兴之外，便是东奔西走，钻头觅缝。

哪知胡撞了些日，通没头绪。原来这时满洲的大批人员业已从北方发到江南，所有缺分尽皆占去。那满人向隅的闲员还有不少，哪里还有汉人的机会？郎湛没奈何，思及其次，想在豫王府中混些事体。一来是近水楼台，二来是声势可借。若弄得得法，怕不比做个府官儿还写意吗？

一日，正在想得怔怔的，恰值月仙扎括得花鹁鸽一般，点得通红的小嘴唇儿，一手整着花钿，笑嘻嘻踅到身旁道："你又发呆怎的？今天天气清朗，咱向莫愁湖去玩玩。傍晚时光，咱再向夫子庙河下花船上去听个曲儿，你道好吗？"于是一伸纤手，扶住郎湛的肩头，提起一只金莲儿道：

"你瞧这鞋儿，是俺昨天由大功坊顾绣店中买来的，颜色花样儿都还不错。"

郎湛一瞧那尖尖香钩，镂金错彩，鞋尖上还缀着一颗大珠。月仙的腿儿一抬，裙风一荡之间，早将郎湛的一天烦闷化为云雾，于是随手将月仙抱置于膝，一面握着金莲，一面笑道："傻婆子，你只知吃喝穿戴，磨着老公去散心解闷，你哪里知俺心头难受。咱如今久寓店中，那点点官囊堪堪也完上来咧。所谋事体一无着落，有什么心情还去游逛呢？"因将自己欲在豫王府谋事之意一说，却又叹道："可惜咱豫王府中一个朋友也没得，怎的能得个汲引呢？"

月仙一瞟眼儿，却笑道："你瞧你这淹搭样儿，就怎的遇事没抽展！咱在松江时，有个过路打抽丰的乡亲客人，长得胖胖大大，一嘴好胡子，他不是向你说要到豫王府就幕馆吗？俺当时劝你好好地应酬他一下子，面面相关，说不定也有用着人家的时候。你还和我横着眼乱吵道：'这等夹尾巴狗似的抽丰客，一天差不多过一大帮，若都尽力子应酬起来，只怕连你卖掉，还不够打发他们的哩。'吵得俺赌气子也没理你，不知你后来怎的打发的人家。像那客人若在王府，不也是个朋友吗？你自己想想，有这回事没有？"

一言方尽，只见郎湛笑逐颜开，不容分说，早偎定月仙的面孔，啧的一声香了一下。正是：

　　群侠销声，金壬露迹。作浪兴波，固其长技。

欲知后事如何，且听下回分解。

第二十四回

钻热灶掬布美人局
碰硬钉偏逢褴襟客

且说郎湛喜得狠狠地香了月仙面孔一下,便嘻着嘴道:"还是你记性好!你这一说,俺蓦地也想来咧。那客人名叫周上达,在家乡就和咱隔一巷住。他绰号儿'周胡骚',是个见女人就迷的角色。当时俺虽没加意应酬他,他临行时俺也送了他白花花二两头。如果他在豫王府中,这个机会着实巧哩。"说着放下月仙,一阵子手舞足蹈。

月仙见了,只管抿嘴而笑,又咬着指甲儿沉吟半晌,然后笑道:"你这猴形儿,又似得了什么主意咧!你当初若听我的话,好好地应酬人家,这会子去张口求人,还许有些指望。你只开赏钱似的打发人家二两头,请你自家想想,见了人家怎的张口求请呢?"

郎湛一听,不由眙起眼儿,张着嘴,却没话讲,一颗左摇右晃的脑袋也便渐渐垂下。少时,向月仙叹了一口寡气道:"如今现烧热灶也来不及。没奈何,只好且去寻他,凭时气撞吧。"

月仙道:"话不是这等讲,凡事都有个步骤。第一步,自然是你去寻他,借乡人旧友之谊拜望一回,自然谈不到求他汲引之事。这第二步,便入题目,你是怎么个打算呢?"

郎湛道:"第二步,有甚打算!无非是我拉他到阔绰酒肆中吃上一回酒,再要靠近,便拉他到妓馆中玩一下子。等他高兴起来,我便开门见山地求他汲引。既是求人,便说不得什么身份,除打躬作揖之外,便是磕头礼拜我都肯干。也无非是这样罢了。"

月仙哧地一笑道:"你快躲开我!难为你做了一会子官儿,连个揣摩人的心缝都不会。照你所说,他虽然情面难却,满口应允。但是他心下不熨帖，哪肯给你真个出力呢？你想他真个出力，这二步须依着我。等他来回拜之，那时咱们便留他在此随便饮酒。既是乡亲，连我也不必避面，说说笑笑，就如一家人一般。这其间，我自有方法叫他欢喜，更不必遽说求他汲引。等他一来二去厮混熟了，心一想，就是咱这里。腿一迈，就向咱这里。茶里饭里，睡里梦里，无非是咱这里。等他到了这个分际，乖哥儿，不用你去张口求他，他自然赶着问你想在王府中就个什么事体了。"

郎湛一听此话，又瞧着月仙丢眉扯眼满面的春情儿，不由将头乱摇道："唔唔，使不得，这是一百个使不得的！俺好歹也是做过官府的人，如何拿老婆的那个来巴结门路呢？你不晓得，周胡骚那家伙是六亲不认，美恶兼收，何况你这娇滴滴的小模样。他若向这里跑惯了腿，那还了得？"

月仙笑唾道："没的你就有这些浪声丧。老娘要成心叫你戴绿帽儿，那日在松江府有个骚鞑儿调戏俺时，早就叫你戴上咧，还等到这时？咱引姓周的到此靠近，俺自然有个手段，有个分寸。叫他如猫儿鼻上抹腥一般，又馋又爱，空吧嗒嘴咽口沫。总叫他悬着一份解馋的指望，他才肯给你出力。等到事成之后，咱登时过河拆桥，叫他去他娘的。俺这般凭他干嬲，受着委曲，给你打算，你倒剿口拔舌地向人胡吣。看起来俺一百年也不理你，由你蹲店抓瞎去吧！"说着，使性儿小嘴一咕嘟，背过脸去。

慌得郎湛连忙赔笑不迭，又跑过去抱定她，道："你那会子话没说明，俺哪里知你小心眼里有这般的条道？既如此，事不宜迟，俺便去寻周上达。你也就打扮好了，说不定俺今天就拉他来哩。"这里月仙一笑，甩开郎湛，自去准备金钩等钓鳖鱼。

郎湛兴冲冲出得店门，便奔王府。到门一望，不由趑趄不前。只见大门上许多卫士，气象森严，还有许多的官员你出我入，喊伺候唤舆马地闹成一片。

郎湛自料挤不上摊儿去，只得就左近一个茶肆中歇坐下来，一面吃茶，一面瞧那纷纷舆马上驮了些肥头大脑的官员们，得意扬扬地过去，不由暗想道：说了半天，还是豫王府中气派。倘若周上达真能援手，俺怕不马上得意吗？不要说别的，俺只能在王府中站住身体，凭俺这逢迎手段，不愁豫王不刮目相看。那时节，只愁富贵逼人来没法摆布了。

想得得意，正晃晃那脑袋微微而笑，恰值那茶伙哈着腰儿来换热茶，一不小心却溅到郎湛袍襟上两滴水。那茶伙正慌得赔笑不迭，郎湛便骂道："混账东西，俺这就要进王府去，少时咱再算账！"说罢，昂然而出。闹得茶伙瞪着大眼，又不敢要茶钱，又疑他是骗子，只得仍留那茶座，一面暗暗留神。

这当儿郎湛业已又到府门，一瞧来往的官员们业已都净，众卫士随意坐立，也有相聚谈笑的，其中有个长脸凹眼、大块头的卫士，正在府门前踱来踱去，一面歪着脑袋，向一个同伴道："喂，老布哇！昨儿晚上俺做了个梦，委实地不警人，准要犯他娘的别扭。俺这当儿还总是心下怙惚。"

那同伴笑道："你的梦真也多，不是梦上天，便是梦落地。这是食多好睡，心气滞闷，所以只管胡梦颠倒。又主犯什么别扭呢？"那卫士道："然而不然，这次梦绝不含糊，明明白白就似真的一般。俺啊呀一声醒来时，只觉屁股上还发烧火燎。当时俺向你弟媳妇一说此梦，笑得她拍手打掌。您说怎么着呀，她登时出口成章，闹了四句，给俺记梦道：'此梦亦奇哉，粪门一道开。仿佛要拉屎，越拉越进来。'你说他娘的别扭不别扭？"

郎湛听了，不由扑哧一笑，那卫士方瞪起凹眼，这里郎湛业已躬身趋进，赔笑道："借问老兄一声，这府内可有一位名叫周上达的幕客吗？俺是他乡亲，特来拜访他，便烦引俺到号房，以便传达。"说着回手儿想掏名刺，那卫士却喝道："滚你妈的！什么上达下达的呀，府中幕客虽够坐几桌，却没个姓周的哩。"

郎湛赔笑道："府中人多，你老兄也许不理会吧。这周上达长得胖胖大大，一嘴的好胡子，外号儿又叫胡骚，你老……"一言未尽，那卫士一举手，拉住郎湛一条胳膊，向后便拧，一面骂道："说着别扭别扭便到，你这厮不是特来消遣我吗？我几时胡骚过你的老婆，你却来找我算账！"

拧得郎湛歪斜着身子，正在怪叫。那卫士的同伴忙跑过来拉开郎湛，却笑道："你这人好不睁眼。他小名儿便叫胡骚，你如何冲他的名儿呢？老实对你说，府中幕客并没有姓周的，你不要在此缠帐咧。"

正说着，恰好号房吏趱来，郎湛向前一问周上达，不由一天高兴化为乌有，只得诺诺连声地逡巡退下，一颗脑袋也便淹淹地低下去。原来周上达由松江到得豫王府，只给一位幕客作贴写，没混上半个月便走掉了咧。

当时郎湛烦闷之下，一步一懒，正在信着脚子乱撞，只觉砰一声背后有人一把抓牢，便吵道："哈哈，原来你是个打游飞的蹦骗手哇！吃了茶，钱不给，却向王府前去闯灰儿（诈伪冒充之意）。岂知俺早就跟上你咧。如今闲话休提，一壶松萝五十文，一碟干丝二十文，外搭着两包黑白瓜子，不多不少，正是一百文老钱。你就拿来，比什么都体面。不然……"闹得郎湛极力甩脱，回望那人，却是茶伙。

原来自己已踅回茶肆之外，招得许多茶客都望着自己发笑。于是郎湛大叱道："哪个是诈骗手哇，俺忘掉与你茶钱就是咧。你这厮如此慢客，真正混账！"说着，回手入腰去掏零钱，不想那只手有人无出，登时涨得脸儿通红。原来郎湛高兴之下，只顾了来寻周上达，一文钱也没带得。

当时茶伙见状，索性赶近一步，正要伸手去拉郎湛，只听脑后啪的声便是一掌，接着便有人骂道："唔呀，你这东西好混账！这位郎老爷是俺的好朋友，欠的茶钱都记在俺身上就是了。"

茶伙回望那人，连忙赔笑道："张师爷才来吗？既是你老的朋友，还不好说嘛。"说罢，唯唯退去之间，这里郎湛一望那人，不由倒抽一口凉气，暗想道：人走悖晦运，真了不得，怎的偏偏又撞着一个怪物呢？

原来那人却是跛张，和郎湛本是旧友，自国变之后，两人便各干各事，久不相闻。郎湛本知他在豫王府中，也知他落拓狂性儿不为豫王所敬礼，所以一向想钻门路，也没想到他身上。当时郎湛没法回避，只得拉下笑脸儿，和跛张彼此厮见。

跛张拖住郎湛，便大笑道："今天真是巧遇，你几时到南京来，怎也不望望我去呢？你如今来咧，俺好痛快！不瞒你说，俺近来赊下好些紧急酒账，你快替我还还吧。你这一任松江府，少说着也落他十万雪花银。从此后俺的酒债不愁没着落了。来来来，咱是吃茶，是吃酒呢？"

郎湛扬扬地道："咱且别过，改日再会吧。俺寓中还有眷口，不便耽搁了。"跛张拍掌道："如此说，老嫂也在南京，越发妙了！尊寓在哪里？咱一同到那里去谈吧。"

郎湛见状好不心烦，连忙道："俺寓处离此很远，不劳贵步。张兄既要谈谈，咱还是吃茶去吧。"于是垂头耷脑地和跛张步入肆中，嗒然就座，一面想起周上达不在王府，一面瞧着跛张的落拓形儿，只管发怔。

那跛张却不管好歹，坐下来，东一榔头西一杠子，只管说些个没头没尾的疯话。直至日色平西，方笑道："豫王府内都是些走肉行尸，俺懒怠理他们，所以常向街坊上消磨光阴。如今郎兄到此，俺倒有了酒友咧。尊寓在哪里？今天咱且别过吧。"郎湛没奈何，一说寓处。不提跛张听了，回头吩咐茶伙记上茶账，竟自别过郎湛，长歌而去。如今且说月仙，在店中等候郎湛，对镜照照，自觉一貌如花，又沉吟回降伏周上达的事，不由暗笑道："十个胡子九个骚，不知这姓周的到底是怎个猴形儿？"

想到这里，方用凤头点地，曼声低唱。只见呼一声门帘一启，便有人骂道："他妈的！"正是：

　　　　欲访要津人，乃逢佯狂客。得失鄙夫心，遂分眼青白。

欲知后事如何，且听下回分解。

第二十五回

穷磨局面主客不堪
害人心肠夫妻一对

且说月仙正在曼声低唱，只见郎湛没精打采地掀帘而入，便骂道："真他妈的晦气！"于是一屁股坐向月仙对面，只剩了干眍眼。

月仙只认是周上达接待冷淡，因冷笑道："是不消说，你准是受了人的甩拉（冷待之意）来唎。该，该！这才教训教训你们做官的势利眼哩。当时俺那般叫你好好应酬人家一下子，你反倒和我吵。如今你急来抱佛脚，可知人家不待价理你呢。凡人看事，不可看一寸远，知道哪块云有雨呀？黄河尚有澄清日，岂有人无得意时？你当时若听俺的话，何到于今朝受人甩拉呢？该，该！这才叫你死心瞎眼的官儿们瞧个样儿哩。"说着，赌气子摘下花朵，向案上一掷。

郎湛一瞧她娇嗔满面的样儿，不由哧地一笑道："你胡噪的是什么，谁又受人甩拉来呀？俺这一趟没寻着周上达，倒遇见了个厌物姓张的，你说不晦气吗？"于是，将寻访上达并撞着跛张之事一说。

月仙喜道："如此还好，周上达虽不在王府中，这跛张既为幕客，你求他不是一样吗？"朗湛道："你不晓得，那跛张在王府中，连王爷的笑脸儿都瞧不到，因他佯佯狂狂，没些人样。这种人有何能为？俺躲他讨厌还躲不迭，还求他去哩。"

月仙道："你瞧你这势利眼又来唎。他好歹总在王府，说不定一朝运气至，便抖起翅儿，你也别小看人家。"说话间天色已晚，夫妇闷闷地用过晚饭，一宿无话。次日，郎湛和月仙吃罢午饭，方包了一副金钏儿，想上街兑换，支持旅费，只听店伙计在帘外唤道："郎老爷在吗？外面有位张先生特来相访，业已进来唎。"慌得郎湛赶忙置下金钏，三脚两步抢出去，一面向店伙计道："你只说俺不在店就是。"一言未尽，早见跛张从外院狂笑而入。

这里月仙由窗内一瞧跛张，不由也樱唇绽裂，只见他秃着头儿，铰起一头长发，穿一件又肥又大油垢渍满的长袍儿，却没裸缝。细望去，竟是旗下女人的大褂襕。脚下是双破头福履，一走一踢踏。

这时郎湛只好攒眉迎上，苦着脸子强笑道："失迎，失迎，不想倒劳乏张兄贵步，寻到这里。只是贱内这当儿还没起床，那么咱到外厢坐吧。"跛张道："不打紧，咱知己朋友，通没讲究。俺此来正要请老嫂的安，如何外厢坐呢？"说着，拖了郎湛刚要登阶，恰好月仙搴帘趱出。郎湛没奈何，只得给他两人彼此指引。

这里月仙正在深深万福，那跛张已自模模糊糊地趱入室内，一屁股坐在榻上，连连呵欠，一面向月仙道："原来大嫂也发了福咧。俺记得那年见你时，不像这红红白白的脸蛋儿。方才若不是郎兄指引，俺几乎不认得咧！"

这里月仙方在含笑客气，跛张早又一扭头儿，向郎湛道："你说怎么着？昨天俺别过你，到了王府中，恰值他们家人老妈子凑到一块儿在下房里玩钱。俺也和她们玩了一夜，这当儿还觉着昏头耷脑。咱们不客气，等我盹一觉儿再谈吧！"说着向后一仰，一头歪在月仙的绣枕上，腿儿一伸，啪嗒声，福履落地，还没转眼之间，早就鼾声大作。气得郎湛一面攒眉，一面与月仙趱向外间。

月仙笑道："怪不得你说他没正形儿，这模糊样儿真也少有。你瞧他这大褂襕，准是人家府中老妈子的，三不知他就穿来了。"郎湛道："这个厌物是招惹不得的。他不管你是忙是闲，起起腻来，简直地没法摆布。如今咱这么办，我躲出去，少时他醒来，没得搭趁，自然也就去了。"

月仙笑道："你不要又这样眼皮薄，我看此人性儿古怪，倒不像个没作为的人。"郎湛顿足道："算了吧，你别夸奖他了。他若有作为，在王府中混了两三年，这当儿不知阔绰到什么地步哩。"郎湛真个趱向街坊，以避恶客。

跛张就月仙绣枕锦褥上一觉好睡，直到下午晌方才揉揉倦眼，呵欠而起，问知郎湛出店去了，便顿足道："大嫂子，你瞧我多么马虎，今天王府中有件很要紧的事，俺特来向郎兄商量。他既出去只好明天再说吧。"

月仙一听，只认是有什么机会，因笑道："你有什么事，说给我，等我与你转达于他，不好吗？"跛张沉吟道："这事关乎紧要，还是俺去寻他当面讲吧。"

月仙听了，越发心下怙惚，便连忙殷勤款待，一面命仆妇烹茶伺候，一面命店人去到饭馆内叫一桌整齐中饭。

不多时酒饭罗列，那跛张更不客气，一面和月仙东拉西扯，一面坐下来狼吞虎咽，直吃得天愁人怨，方才罢手。却又不肯便去，只管坐在那里喷痰吐沫，一会儿要茶水，一会儿嚼槟榔。大口的黄痰掺着血也似的槟榔末子，吐得满地皆是。又一面起身乱跛，瞧瞧这件箱笼，问问那件包裹，好不厌气。月仙没奈何，只得随便肆应。

直至日色平西，跛张方道声打扰，扬长而去。月仙送客回头，一瞧室内，业已被跛张作践得茅厕一般。正在命仆妇打扫一切，恰好郎湛一步踅入，问知跛张方才的光景，一面攒起老大的眉疙瘩，一面便奔那置金钏的所在。方掀起褥边一瞅，直气得一跳丈把高，向月仙道："傻婆子，你瞧怎样？你还夸他是有作为的人，如今一副金钏已被他摸了去咧！"月仙听了，也为愕然。两人怔了一会子，只好认个晦气。

不想次日还没用早饭，跛张又已长歌而入。一进门便向月仙大笑道："大嫂昨天没失盗吗？俺如今用此物不着，且交还原主吧。"说着，从怀中掏出那金钏的当票儿，置在案上。这一来，闹得郎湛只好干瞪大眼，没奈何，忍着心痛又被跛张搅了个不亦乐乎。

话休烦絮，便是这般光景，一连十余日，郎湛再也耐不得咧，每逢跛张到来，即便躲出。后来跛张瞧出神色，方才绝迹，这也不在话下。且说郎湛在南京浮沉多日，堪堪地金尽裘敝。那日闷极无聊，踅向洞霄观去瞧建醮的热闹，又被守观门人呵斥了两句。正低着头踅将出来，忽望见一个扫夫，虽没胡子，那面庞儿却似魏耕。

当时郎湛只顾了盘算自己的事体，也没在意。不想当夜之间，洞霄观中便闹了天大的乱子。次日郎湛见了各处张贴的缉捕刺客的告示，写列着刺客五人，内有一个女子。郎湛骇然之下，忽又想起那夜在太湖黄芦港泊船时，忽然半夜间光明四彻，起视一条游船上有数人歌舞。那舞女身上一片价奇光腾踔，灿然可怪。并且男子中有两人，影影绰绰很似祁六公子和魏耕。还有一个矍铄老头儿，却不知为谁。后来问起船家，方知那老头儿是太湖一带很有名气的邓伯通。如今在洞霄观外，又见那似魏耕的扫夫，刺客中又有一女子，其间情节甚是可疑。莫非那祁六公子和魏耕藏身太湖？这大闹洞霄观一番事体便是他们干的吗？

沉吟间，再瞧告谕后面的赏格，不由又暗喜道：倘若这班刺客真是祁六等人，倒是俺得官发财的机会。但是这等大事也不可贸然举发，且等俺访出些真确头绪，再作道理。想得高兴，一径地趱回店中，向月仙一说自己所见。

月仙道："既如此，你何不去寻寻跛张？他无论怎的总是在王府中，消息灵通。你趁势和他商量一下子不好吗？那夜在太湖中，俺瞧游船上那班人就有些不伦不类哩。"

一言方尽，只见郎湛两手乱摇，登时说出一篇话来。正是：

群英构难，诸侠散迹。南朔游踪，天地正气。

欲知后事如何，且听下回分解。

四　集

第一回

思告密巧逢李志
希干进一谒王门

　　且说郎湛见月仙叫自己去寻跛张商量告密，不由摇手道："唔，唔，快算了吧！这个穷厌物方才被我冷淡得不来咧，又去招惹他做甚？你想他在豫王府中只充食客之数。这等大事，他如何向豫王说得上话？去告密这事，且待我访察确实再作理会吧。"月仙见他如此说，只好由他。但是过得数日，郎湛旅况越发困乏。

　　一日郎湛从一个朋友处闲谈一回，方闷闷地辞出，只见一人跃马如龙，后随四骑，上面都是窄衣箭袖、官帽革靴、胁下佩刀、雄赳赳的卫士，一团风似的拥过来。那人服饰辉煌，顾盼飞扬，昂昂然徐驱而过。马起处，慌得街众们避道不迭。郎湛一瞧，不由诧异得舌挢不下。原来那人非别个，却是跛张，与往日的气象真大不相同了。

　　当时郎湛诧异之下，因向那朋友道："你瞧这人不就是跛张吗？他在王府向不得意，不过混饭吃的勾当，怎忽地这么荣耀呢？"

　　友人惊道："哟！你在南京谋事体，难得就不晓得跛张一步登天吗？你真是隔门缝瞅人，把人都瞧扁咧！人家这会子在豫王跟前真是大红大紫，言听计从，业已做了第一位大谋士。刻下钻他门路的人简直挤掉门框，你以为还是从先的跛张吗？可笑他虽然荣耀，落拓性儿还是如故。离豫王府不远有片宽敞所在，树木萧疏，有池有圃，颇具闲旷野趣，人家映带，便如村落一般。其中有个松棚草房的小酒肆儿，名为五柳居。每当日西时光，跛张必独自到那里沽饮几杯。候望他的人在他寓处只管成疙瘩，他理也不理。有一日，豫王有要紧事要和他商议，那时已有初更天气，王府人们灯笼火把地寻到那里，只见跛张正头枕着店婆儿的膝盖，醉卧在酒

163

瓮之旁，见了王府人们便喃喃乱骂，却被王府人们抬猪子似的抬入王府。你说他多么可笑哇！"于是将跛张先识破刘静的机关，并豫王被刺事之后，跛张便大为豫王宠用的情形一说。郎湛听罢，这才恍然跛张遽贵之故。

当时别过那友人，一路介低头怙悷，真是又喜又忧。喜的是跛张得势，他若肯援手照应自己，便不愁功名。忧的是自己一向冷待于他，如今云泥势隔，他若回敬个冷淡面孔，却亦在情理之中。想至此，只躁得抓耳挠腮，深悔不听月仙的话，以致冷待了跛张。只好且就月仙商议，再作道理。

逡巡间越想越闷，纳着头儿方蹅经一处客店门首，恰巧有个店伙慌张张端了一盆面水向外一泼，噗唧声却溅了郎湛一鞋子水。

郎湛正没好气，便驻足骂道："混账东西，难道你没长眼睛？"说着一勒瘦臂，又开五指，正要向店伙劈面捆去，不想脚下一滑，吭哧栽倒。招得店人们正在哈哈一笑，便见由门房内跑出个麻面微须的男子，一面吆喝那店伙，一面望望郎湛，便惊笑道："郎老爷吗？少会，少会。俺这个伙计误污尊履，您且恕过他吧。"说着上前扶起郎湛。

郎湛一瞧那人，也便一笑霁威，因道："李大哥，生意好哇！你几时又搬到这里？"那人道："见笑得很，俺的生意早收拾咧。俺因偶入城来，给朋友帮个忙儿。"说着，将郎湛让入门房。

原来这人叫李志，便是想捉六公子被六公子等缚起的那男子。李志先在城开店为业，当郎湛初到南京时，曾住过他的店，所以两个相识。当时李志让郎湛落座，一面命店伙端上茶点，一面彼此寒温数语。

恰值郎湛也正饥渴，李志见他吃得起劲，便连连布过糕点，却笑道："光阴真快，俺记得你初到南京时，面庞儿似乎比这时发福。如今倒似瘦了些。"郎湛道："正是哩。皆因俺所谋事体，东撞东不成，西碰西不就，心头闷闷，不觉得便瘦了。"

李志道："此话不错，人是心广便体胖的。俺想郎爷，凭你这副才情儿，到此这些时早就该得意咧，不想还是没个着落。可见南京城虽遍地是钱，但是想抓住也不容易。"郎湛叹道："告诉你不得，凭俺才情，真不愁没事干。只是机会不至，却没法儿。"

李志忽笑道："你这话却不对。如今机会倒有一个，皆因俺自知没有发财的命，又没门路，所以一向抛在脑后，不曾向人提起。便是那洞霄观事发之后，次日大早晨，俺家中小店内忽来了五个客人，其中还有个媳妇子，正合缉捕告示上所列五人之数。其中有个丑汉，在室中只管乱吵去奔太湖，却被俺窃听得。俺正和俺老婆商量着招人捉捕，却被他们晓得了。那时真险，俺几乎没被他们杀掉。亏得其中那个很俊伟的少年，只将俺缚了，他们便自去掉。你想这班人，巧咧就许是大闹洞霄观的刺客。既奔太湖，便不愁没踪影。这件事若告密官中，不是得官发财的机会吗？"

郎湛听了，不由猛触心事，忙细问那丑汉和俊伟少年的状貌，不觉乐得只管跌脚道："李兄，这真是天大机会。那丑汉叫魏耕，少年便是名闻四方的祁六公子，都是久经官中名捕的人。俺正怀疑刺客们便是六公子等。如今照你说来，简直千真万确了。"于是也将自己累次所见向李志一说。

李志道："你既曾见他们在太湖中，这不消说，准是奔向邓伯通那里去了。咱们既有心告密，事不宜迟，但是这个干系也不在小处。你是怎么办呢？"郎湛沉吟道："你且听我消息吧。如今王府中有我个朋友，等我寻见他再定办法。官不官的还在其次。只是这项赏格银你我是有指望的了。"两人一时间说得高兴，当由李志做东，置酒欢饮。

不提这里李志送郎湛去后且听消息，且说月仙因郎湛谋事无成，旅费日窘，连日价十分闷闷。这日在寓中，日西时分倦倦地盹睡初起，紧紧鞋脚，想到门首望望郎湛，随手儿拿起镜子，照掠乱鬓，只见自己的俏庞儿竟自清瘦许多。方叹口气，置镜于案，回过身来，却被一人劈胸抱牢，喷的一声香了个面孔。

月仙一瞧是郎湛，酒气醺醺，面有得意之色，因摔脱开，没好气道："难为你只是寻穷开心，成日价只管出去瞎浪张，却也浪张不出所以然来。俺叫你寻跛张商量告密的事，你又怕人家穷气沾了你。如今咱只这样混下去，怕不比跛张穷得还很吗？"

郎湛耸肩道："你胡吵的是什么？人家跛张却今非昔比了。只怕我这夹尾巴狗似的样儿给他去拾鞋，他还不要哩。"于是将所闻见跛张的光景一说，并述出路遇李志之事。

月仙听了，不由满面堆笑道："如此却好了。跛张在王府既得了势位，又有李志帮你告密，这机会真个是好。"说着，忽地一蹙眉，咬着牙，一指戳到郎湛额上道："像你们做官的这种势利眼，真真恨煞人！闲时不烧香，专讲急来抱佛脚。跋张不得意时，不过向咱这里串串门儿，人家又没摸得你老婆的那个去，便把你厌气得恨不得一粪叉将人家又出去。俺那么劝你，不要耗子似的小眼看人，别冷待他。你哪里肯听？如今人家抖起翅儿，只需在王爷跟前一句话，怕不将你举在云彩眼内。但是你这会子现去钻热灶，就怕人家也不待价理你呢！"

郎湛嘻着嘴道："真个的了，难道我就这么走别扭运吗？我正来和你商量，你却劈头一杠子打人高兴。真是方才你说的好，只要他在王爷跟前一句话，俺立刻就跳到云眼里，那时节，你又是位簇新新的官太太了。咱如今虽典当得没什么扎括穿戴，但是你当太太的人，也不可过于刺猬似的。只好我设法先给你赎票当头。你再修理修理头儿脚儿，凭你这小模样，也将就充得太太了。"

月仙听了，不觉满心窝中都是舒齐，却一绷脸儿，道："你也别太高兴了。你知人家跋张理你不理呀？你这会子也想起和我商量来咧？你如早听我的话，早款洽跋张，这会子你也抖起翅儿都未可知呢！"郎湛道："得了，你别只管抱怨我咧，如今做官的人，大半都靠着太太走门路，然后方能升官发财，扬扬得意。明日俺去见跋张，事儿顺适，还倒罢了。不然，你这位太太端须给我拿主意当头阵才是。"月仙笑唾道："你没的说！"

不提这里两人笑语之下一宿晚景已过，且说郎湛次日里兴冲冲衣冠整齐，又怙悷一回见跋张的话，自料这次事机一顺端的是富贵齐来。出得寓次，不由健步如飞，只觉举目所见，气象都异，就如置身一团喜气之中。方趱入豫王府那条街坊，早见许多进谒的官员们舆马杂踏，你来我往，也有笑吟吟的，也有淹答答的，大概是心头各有所事。

郎湛一团高兴之下，不由倒替人家慨叹起来，暗想道：这官场中真不容易。饶你生就尖头快腿长舌头，又钻又舐又出溜，还须朝中有人才好做官。像这班掐头蟒似的人乱钻门路，争似俺老郎，此一去见着跋张便登时得意嘛！但是俺乱钻瞎撞的滋味早已尝够，从此以后俺只有端起架儿，等着人家来钻的了。俗语道得好：多年大道熬成河，多年媳妇熬成婆。俺如今总算是熬出来了。

慨叹间只顾低头撞去，砰一声却与人撞了一下，便有人骂道："你这瞎囚，可要作死？这是什么所在，便容你乱撞？"郎湛抬头瞧时，已到东辕门下，正有个长大卫兵恶狠狠地赶将来，还有个黑面孔的卫兵拄定标枪，哧哧地笑。当时吓得郎湛连忙倒退两步，满面赔笑道："将爷方便则个，俺是向王府去寻人的。"

那卫士骂道："像你这种獐头鼠脑的样儿，向王府去寻哪个？没的你是扒儿手，想趁热闹弄鬼儿。"说着，蒲扇似大手一张，就要去叉郎湛。

那黑卫士却笑道："老二呀，你积些阴功放他去吧。那会子有两起子人揣着大把银子向府护卫们跟前赎老婆的。这厮慌张张地跑来，想也是这么档子事。本来人家细皮白肉的老婆被别个撮去，自然是心急如火。你只管拿他打哈哈怎的？"说着，向郎湛道："朋友，你只管去。等你赎出老婆来，请俺哥儿俩闹壶老白干，来碗羊肉面，便是你的意思，没得也不要紧。还有一件，你领了老婆出来可不要走西辕门。那里有俺个伙伴儿，外号儿叫'骚驴屁'。他见了女人就浑身不得劲儿。你若躲过一榔头，再挨一杠子，真是步步晦气了。"

郎湛听了，也不晓得他们吵的是什么，只得谢过一声，匆匆便走。从府外马厩中趔到府门前瞧时，只见卫兵如林，正有些肥头大耳的官员们一个个自持手版，纷纷进谒。有的穿起了缺襟窄袖的旗下装束，百忙中来几步碎步轻趋，以示得意。但是遇着满洲人员昂然走出，大家便呼啦一围，然后一阵交头接耳。

这时郎湛更不暇细瞧，好容易挤向门阶，向把门的卫士通过姓名，将自己名刺准备到手下。到号房瞧时，只见里面人语喧哗，十分热闹，许多进谒的人都鱼贯价列坐在那里，也有端然正坐的，也有垂头闭目的，也有起坐不安，相与道无聊寒暄的，也有仰视屋梁，舒眉展眼，一颗头乱晃圈儿，仿佛暇逸之至的。

那东壁大榻上榻几旁却斜倚隐囊歪坐着一个四十来岁的人，生得一张驴脸，碎白麻子，大鼻头，高颧骨，猬毛似的短须，秃着头儿，只穿一件蓝缎长袍，脚下拖着挖云福履，正合着眼睛，似睡不睡，嘴内却衔根金镶翠嘴的长杆旱烟袋，一顶红缨官帽却置在帽架上。几上粉绽描金细瓷盖碗之间，横七竖八的名刺就有二十多张。

郎湛认得此人，便是王府中专司典谒的门公，人都称为"阿三爷"，正要去递名刺的当儿，只听吧嗒一声，那阿三爷将烟袋向身旁小童一丢，一个呵欠，竟自隐几盹去。这一来闹得大家登时鸦雀无声，只剩了彼此相望。郎湛没奈何，也只得寻个位子，一屁股坐将下去。

但闻府门前一阵传呼，又夹着马蹄乱响，似乎有人出府。正这当儿，便闻大家喊喊喳喳相语起来。有的道："啊呀，我的老佛爷！再待一霎儿，俺真有些撑不住咧。俺从天亮到这会子，连口水都没喝。"有的道："我敢发誓说，我连这次就来了八趟，挨饥的功夫总算是练出来咧。"又有笑的道："咱求事的勾当先须下忍性功夫，只饥肚皮算甚鸟事！若遇着寒天腊月，风里雨里，白跑腿子，换口冷气回去，难道还说不算不成！"

又有叹气的道："咳！说他怎的。反正咱是该受这份折磨罪罢了。俺但凡有碗粥喝，也不来官场里混，真是阎王好见，小鬼难缠。"说着向阿三一努嘴，便有个瘦子登时变貌变色，向那人一摆手儿，却向大家一吐舌儿，然后悄悄道："别乱，别乱，人家贵人盹睡清醒。若被他听去，那还了得？以后咱就不用踏这门儿。如今俺倒有个计较，只是过后你们须一五一十地还我，别不认账。"说着，向大家低低数语。

郎湛因座位远，听不清楚，但见大家都各含笑点头。于是那瘦子先向小童点点头儿，一面价探手于怀，即便哈着腰儿，轻步趋进。这时，阿三一只福履挑在脚尖上。那瘦子趋势抖机灵，方要纳履之间，恰好阿三呓语模糊，猛地一伸脚，福履落地。吓得瘦子两膊一振，又轻旋迈出的脚，便如戏场上蒋干盗书一般。

招得郎湛正在好笑，便见小童置下那长杆烟袋，方要拾履，早见那瘦子向他一摆手儿，倏地从怀中探出手，郎湛方瞟见个红纸银封儿。瘦子的手业已塞入小童怀中，一面附他耳低低数语。但见那小童回望阿三，哧地一笑。这一声方才打开满室中沉默之气。

列坐的大家一面瞧着瘦子连连点头，互相耳语，似乎称赞他办事得法，一面望着地下那只福履，都现出争欲献勤的神色。瞧得郎湛心下恍然，料是瘦子纳赂于小童，正暗叹这班人钻营本领不在自己以下之间，便见小童向瘦子等一挤眼儿。大家见了，登时都端然列座。这里小童拾起福履，便借纳履之势，轻轻一按阿三膝盖。

阿三一伸懒腰醒转来，却模糊道："那班腻虫还没去掉吗？"大家听了，顷刻都挺起腰板，危坐愈恭。即见小童掩了口息，向阿三喊喳数语。阿三张目一笑道："如此倒劳他们久候了。"说着站起，向大家道声有劳久候，整整衣襟，一面戴上那顶官帽，一面取起几上一堆名刺，略作摆比。大家见状，呼一声都站起来，那小童也便三脚两步忙去高揭帘儿的当儿。

这里郎湛岂肯怠慢，忙取出名刺，哈腰趋进，正要陈说来意，便见阿三眼睛一瞪，吓得郎湛连忙低头倒退。正是：

势要之津，鄙夫所集。花面逢迎，乃如优戏。

欲知后事如何，且听下回分解。

第二回

候通谒痴人做春梦
奔酒坊卫士戏娇娘

　　且说郎湛见阿三戴帽取刺，料是将引众人去进谒，虽不知众人所谒是哪个，但揣度着，许多人中总有进谒跛张的。因为跛张既已大红大紫，自然是其门如市。自己若随班进去，岂不省了只管呆等吗？哪知自己趋进方要陈说，那阿三却大眼一瞪，只淡淡笑了笑，通不理会，一面价便引大家匆匆出室。

　　这里郎湛只得耐性且候，想要效法那瘦子巴结巴结小童。偏那小童放下帘子，便连蹿带蹦地玩耍去了，闹得郎湛孤鬼似的候在室内。良久良久，不由困倦上来，逡巡间坐向榻上，随便向隐囊一靠，方在怙惙告密之事，忽觉肩上有人拍了一掌，道："郎爷快起，如今你不去走马上任，如何盹睡起来？"慌得郎湛回头瞅时，却是李志，穿一身阔绰衣服，满脸带笑。自顾已身，恍惚是在自己寓所。郎湛模糊之下，因愕然道："李兄，你说什么梦话？俺久已卸职，又上什么任呢？"

　　李志鼓掌道："真了不得！你才成贵人，立时就多忘事了？你自想想，你因告密之功，现蒙豫王爷敕你回松江旧任。便是区区也蒙你携带得了通判官儿。你不信，如今松江的吏役业已五马四轿地迎你去赴新任。你太太都凤冠霞帔地扎括起来，难道俺是梦话不成？"

　　郎湛听了，越发愕然之间，便闻车马声喧并鸣锣喝道之声。须臾，四个青衣吏人叩首进见。再望阶下，果然是官舆赫然，仪仗摆开，两列的黑红帽隶役，头戴鸡翎帽，手执水火棍，列立舆前。又有四面"肃静回避"的官牌，并四面飞虎清道的大旗。再望向头踏，早又见松江府知府的官卫牌高揭于红盖飞扬之中。

这一来，喜得郎湛心头勃勃一跳，再瞧自己，哪里还是落拓模样？业已公服在身，官气十足，左有健仆，右有吏人，都逼定儿似的站在两旁，专候登舆。

郎湛恍惚之间，也似想起告密事毕，正很沉重地痰嗽一声，想向李志说话，忽闻香风飘处，那月仙早扎括得珠围翠绕，由两个俊婢搀扶了，从屏后姗姗而来，向自己嫣然一笑，一阵价莲步细碎，便登软舆。于是郎湛大悦，慌忙赶将去，似乎足下一蹶的当儿，却觉有人拉着腿子，一阵推搡，并吵道："快起，快起。这是什么所在，便容你盹睡？亏得俺家三爷诸事已毕，不到这里来咧。不然还了得吗？"

郎湛愕怔怔跳起瞅时，方才所见光景一切都杳，只有那小童气吼吼地站在榻前，一面尽力子来推自己，一面去拂拭榻褥。再瞧天光，早已日斜时分。从小童一问询，方知人家进谒的早已事毕各散。那阿三爷也回私寓去吃酒咧。又一询跛张，方知那会子舆马喧呼，便是跛张出门拜客去咧。

郎湛情知今日没账，只得向小童道声打搅，嗒然而出。但是一路上寻思梦境，以为吉兆，仍兴冲冲趱回寓所，向月仙先说梦话，然后一说进谒的情形。月仙笑道："今日去得不巧，也是事所常有。咱只破出长长工夫耐耐性就是。"

次日郎湛越发地绝早起来，便奔王府，不想这日进谒的人更多。待至日西时分，偏逢豫王大宴幕僚。那跛张这时在幕客中已是头脑，自然是不暇来接待郎湛。

话休烦絮，便是如此光景，郎湛一连奔走数日，不但没见着跛张，便是那位阿三爷见郎湛屡来讨厌，也就腆起了高亢脸子。

郎湛觉得不成功，只得和月仙商量。月仙恨且笑道："你若早听人话时，这会子人家何至不理你？没事时，你的心眼比谁都多。怎的遇事便没抽展起来？王府门前既挤不上去，你不会向什么五柳居去候见他？他吃酒高兴之下，那所在又清静，你且是好说话哩。"

郎湛初闻，十分跃然，但是顷刻间却又摇头道："不成功的。俺并非没想到走巧道去那里去寻他。但是俺问得刻下豫王十分器重于他，知他疏野性儿，常向五柳居去吃酒，便暗派十来名得力卫士悄悄地保护。一来防他醉倒。二来因他识破刺客的奸谋，特书约札将军来，恐刺客们怀恨于他，或有不测。那卫士们便散布在五柳居四外要路上。你想，我冒失失的能踏入五柳居吗？"

月仙唾道："你真是废物！他便是有卫士保护，难道还静街断道不成？你不成功，你瞧我的。只要我见着他，凭我一张嘴花说柳道，总要撮他来的。"郎湛听了，只当月仙是赌气的玩话。当晚闷闷之下吃了两杯夜酒儿，即便沉沉大睡。

因连日奔走困乏，这一觉直至过午时分。正在懵腾倦眼，又似乎身到豫王府前之间，忽闻甜蜜蜜的一阵脂香发气，并有人笑道："快起，快起。俺这会子就要去了。"郎湛睁眼瞅时，却是月仙笑嘻嘻站在榻前，头绾一个髻子，鬓边斜插一支野花儿，粉黛不施，显出了天然素面。身穿一件蓝布裌儿，腰束素巾，下面是撒脚短裤，提得裤管高高的，白生生腿腕之下，穿着尖翘翘鸦青色小鞋儿。一手提一方洒花汗巾，挽定一只空竹篮儿，上盖白布。流眸转盼之间，平添了一段丰韵。乍望去，便如个乡下小贩媳妇子。

郎湛见了，忙忙爬起，正在莫测其意，月仙却一手理着鬓角，笑道："都因你废物，却叫人去装龙扮虎！你瞧俺扮作个小贩妇人，敢好就能踏到五柳居了。妇女家来往趁生意，那卫士们是不留意的。"

郎湛道："唔呀！使不得，再饶你一个使不得！那满洲卫士们都是老骚儿，没事价还各处乱抓。若见了你这小模样子还了得吗？如今虽说是兵事稍定，他们不至于抢得妇女去快活够了，再装布袋来发卖。但是你这一去，终是羊肉近虎口，不是耍处。再者，你这么一打扮，叫跛张见了，不塌我郎老爷的台吗？"

月仙笑道："没的你满嘴胡吣！你晓得什么？对付古怪性儿的人，就须用偏锋文字。俺此去自有道理，不用你只管蝎螫。"郎湛一面憨笑，一面掀掀那篮上的白布，里面却是空的，因笑道："你扮个小贩婆儿也罢。但是想卖些甚物呢？"

月仙笑道："难为你常夸口，说是能钻人心缝。跛张往时也曾常在咱这里吃酒。你自想想，他喜吃的是什么就明白了。"郎湛听了，方在倾头凝思，月仙已取一串钱抛入篮中，一笑而出。

慢表郎湛自在寓所听候消息。且说月仙俏生生步上街坊，先向各食物水店中购备了应用之物，装入竹篮，然后一路价遮遮掩掩，直奔那五柳居而来。

因是贩妇装束，不能不吆喝两句。娇嫩嫩嗓音一唱不打紧，背后面早跟上许多闲汉，不但嘀嘀咕咕，只管在后面品头评足，并有私语的："你瞧这娘儿，多管是个私门贷，借这生意兜揽那个生意的。你瞧她小腿腕多么白嫩。若是插稻秧、摸菱塘的女人，那腿腕一定如灰漆一般。你别忙，等我去跟跟梢（尾缀之意），咱们合伙儿乐她一下子。你不晓得，凡干这个把戏的，都是家里有约束不便当。所以借贩卖为名，出来打野食吃，准备自己攒些私房。这路货最为写意，咱能以少出钱还在其次。若是有手段，能以把她摆布舒齐了，说不定咱还拐个小媳妇哩。"

月仙听了，正在暗惊自己失于检点，略低头儿，瞅瞅腿腕，便闻背后又一个砂糖嗓音的道："你这话俺就不信，虽是花牌楼扁食王一嫂、乌衣巷口上汤圆顾大妮，都是借这个生意，做那个生意。但是人家都扎括得花朵似的，只坐等生意上门，却不似这娘儿，走得慌慌的，就像有什么紧急事似的。可惜两只小鞋儿，就跑这样尘土路。"说着哧地一笑，竟擦着月仙臂弯刷将过来。

慌得月仙赶忙一闪，一句叫卖没喊完，忙瞧时，却是两个油滑无赖，笑嘻嘻瞟得自己一眼，竟自奔向前路。月仙暗骂之下，掂掂提篮正要前行，却又有两个酸子目不斜视，大摇大摆由身旁擦过来。一个便道："喂，老社兄，人都说咱南京地面便是卖菜佣都有六朝烟火气。又说是秦淮河下，桃叶渡头，卖花声最韵。据我看来，便是寻常巷陌间妇女叫卖也就好听不过。"说着瞟定月仙，嘻开了嘴臭黄牙，一面晃着头乱画圈儿，一面竟直着眼儿挨过来。亏得那人拖他一把，两人方嬉笑趄去。闹得月仙甚是长气，便索性收起叫卖，只顾纳头奔去。

须臾转入一条冷落街坊，却不似豫王府左近模样。于是月仙就一处肆檐下稍为歇坐，正想就人问问路径，恰好从肆内趄出个老头儿。月仙笑道："你老不用食物吗？俺是向五柳居趁生意的，须由豫王府经过。借问你一声，这里离豫王府还多远哪？"说着略抬腿儿，紧紧鞋子。

那老者一面端相月仙，一面笑道："你这小大嫂，若向五柳居去，还经过豫王府做甚？你顺我手儿瞧，只需穿过那一带矮竹林，再拐个胳膊肘的弯儿，过得一处小桥，便望见五柳居了。"说着向前一指，又笑道："那王府门前是非之地，像你大嫂年轻轻的，从那里走做甚？"

月仙谢了一声，便依他所指之路，匆匆趄去。竹林尽处，果是个很宽敝的转弯所在。再望前面，一处小桥，距足下百余步远。月仙正在略为徘徊，忽听身右面有人怪声怪气地喊道："捉捉捉！"

月仙急忙望去，不由撒脚便跑，直到桥上歇坐定，还是芳心乱颤，仔细回望，却不相干。原来身右百十步外有一片空场儿，靠空场儿是一带缭垣，夹着一片参差楼阁的好体面宅舍。空场儿上正有一群雄赳赳的卫士，一色的短衣皮靴，在那里练习手搏。其中一个输了逃跑，所以大家乱吵捉捉。原来那片宅舍便是豫王府后身儿。这会子因洞霄观之事，所以白日里也有卫士不断在此逡巡。

当时月仙不敢耽延，忙忙地下桥行去。只见一片碧沙软径，四外价桃柳相望，人家映带，果然好一片旷朗所在，遥望前面，从松竹清疏中现出一段蛎粉短墙，并斜挑出一个小小青帘。这时，一抹斜阳红上林表，照得归鸦背儿上闪闪灼灼。月仙一面脚下慢走，眼张失落地提防那保护跋张的卫士横来见阻，一面怯惵那酒帘所在，或就是五柳居之间。忽闻身后靴声秃秃，接着有人大喝道："站住，你这婆娘，这两日，怀里揣得鼓蓬蓬，只管向这里蹅来蹅去，却也蹊跷。今天没别的，俺须搜搜才能放过哩。"

吓得月仙赶忙驻步，回望时却没相干，只见两个卫士大踏步趋向岔道。那岔道口上，正蹅来个黑胖胖的大脚卖婆儿，手提小篮，上面插朵通草花作为幌子，果然胸前有些鼓挣挣的。月仙见没自己的事，正要越势蹅去，一个卫士却回头喝道："你也少待再走！"

这里月仙略为逡巡，早见前面那卫士扬起大棒，将那卖婆儿直驱过来。那卖婆儿一面乱央道："你们将爷们行个方便吧。不瞒你说，俺当初也是大家娘儿们。南京没遭乱时，俺也是绸缎裹身，行路车轿。说句不怕你们见怪的话，若不是你们从关东来一阵乱抢，俺还不当这卖婆儿哩。如今俺逐日里两脚打地赶主顾，奔生意。一个女人家也就可怜极咧。俺劝你们不必搜检，白白耽搁时光咧。"说着，冷不防方要跑去，却被这里这卫士一把拖住，先夺过小篮，打开一瞧，里面都是些针黹花粉之类。

那卖婆儿一面检点好，一面嘟念道："也没见你们这些人闲得没干，放着来往的男人们不去搜检，却来寻俺女人们的晦气。难道谁还带扎手的物儿（意谓刀剑也）不成？"说着，提起小篮，无意中那只左手护向胸前。那卫士便道："你且慢走，你揣的是何物件？快把出来，俺瞧瞧！"

卖婆儿慌道："哟！这个你将爷们却瞧不得。俺女人们做生意，谁家没个背人的物儿呢？不瞒你说，俺虽是当卖婆儿，还挂着收买旧货。一天串百家门儿，那太太姑娘们有穿剩的背人物儿，便把给我换个针儿线儿。不过是鞋鞋脚脚之类罢了，你将爷们高升高发的，没的不嫌脏了眼撞晦气吗？"说着，嗖地一闪，方要趁空跑去，早被这卫士一把拉住，不容分说，向卖婆儿怀内探手便摸。那卖婆儿一弯腰子，正在杀猪似的叫起。吓得月仙不管好歹，回身便跑。

方趔出数步之遥，只见对面又凶神似抢来个卫士，瞪起两只牛卵似的眼睛，大喝道："哪里走！"吓得月仙一个整颤，人倒篮歪。那上面盖的白布一扬之间，便见从背后飞来个长圆圆的东西，啪的声打入篮内。接着便闻众卫士哈哈大笑，并那卖婆儿一路乱吵跑去之声。

月仙百忙中一瞟篮内那东西，不由嫩脸通红，忙忙地盖好那白布，一路飞跑。回望那三个卫士，一径把臂趄向他处，方才入下心来，便趋向僻静处，取出篮中那物，仔细把玩，不由好笑之下，却没作理会处。正是：

厥状甚丑，庞然可怖。角姓先生，房中弄物。

欲知后事如何，且听下回分解。

第三回

五柳居暗觇狂士风
香衾梦预定美人计

　　且说月仙见那卫士探手卖婆儿怀中，只认是那卫士不怀好意，慌忙奔走之下，又从对面抢来个卫士。幸得他没拦自己，也抢向卖婆儿跟前。及至瞧清飞到篮中物儿，只好撷了，一路好跑。这会子仔细把玩那物儿，不由没处安顿起来。

　　你道那物儿究竟是什么？说来却好笑，这种物儿出自广东，制得惟妙惟肖，名叫"伪器"，又叫"人事"，还有个雅号儿，人称"角老先生"。虽难登大雅之堂，却妙中淫娃之选。便是媚内的老哥们替代自己工作之具。原来那繁华所在的卖婆儿们往往暗挟这物儿，私售重价。因为那大家富户姬妾成群，主人家田广而荒，自然须觅代耕之具。那卖婆儿们为投机射利起见，所以都暗售此物哩。

　　当时月仙把玩那物之下，料是卖婆儿私挟，被卫士抛掉的，不由暗幸，亏得自己跑得快，他们没望见掉入篮中，不然他们赶来搜取，准是一场啰唣。逡巡间方想抛入草际，忽闻身旁树后一阵价脚步乱响，月仙只认是又有卫士趲来，便慌地揣起那物匆匆便走。

　　趱得十来步回头瞧时，却是三四顽童手拿粘竿、吹哨等物由树后转出，一见自己便笑道："你这大嫂，可是向五柳居趁生意去的吗？你来得却不巧，那里只有个稀烂醉的醉汉大喊大唱地闹了一会子。这会子又向人家店墙上乱涂乱画哩。"

　　月仙听了，抬头一瞧，只见五柳居已在面前，一色的蛎粉垩墙，黄茅覆屋，五间敞肆，十分宽阔。门外有个高高松棚儿，十分雅趣。棚儿左右却有五株轮囷偃蹇的老柳，微风吹处，垂垂作态。其中有株倒垂柳，长条拂地，正遮住半个肆门，被夕阳映射得金线条条，甚是有趣。

月仙一面赶去，一面恍然五柳居之命名。方一脚踏近垂柳跟前，却见松棚柱儿上张挂着一件灿烂辉煌的宫锦长袍，襟袖之上，污浣了许多处淋漓酒痕，又有一骑很俊样的赭白马，锦鞯丝辔，便系在肆门之右。

月仙见状，料是跛张之物，正在暗喜之下，整整篮儿，便闻肆内有人笑道："你这人儿，怎的一口唾沫也舍不得？真是美人香唾，非同等闲！且待我自己来吧。"说着唾了一口。

月仙忙就那一片垂柳条儿隐住身体向内瞅时，不由好笑之下，又平添了一番怙愁，暗想道：原来跛张不但好酒字，也好酒字底下那字儿。怪道他只管到此踏脚哩。且不要惊动他，看他怎的。

原来里面跛张却秃着头儿，只着短衣，正东倒西歪地手扶那店婆儿肩头，一手提笔向粉墙上乱题诗句。那店婆儿却手捧砚瓦，攒起眉儿，咧着小嘴，目视砚上一块白浓浓的东西，现出恶心之状。

月仙遥觇去，砚心上却是一口臭唾。料是跛张自唾濡笔所用。正在凝眸好笑之下，便见跛张一气儿挥洒完毕，顺势将那笔向店婆儿嫩脸上一抹，随即掷笔大笑道："你娘儿们，只晓得涂脂抹粉，倒不如这一下子来得妩媚哩。"

恨得那店婆儿丢下砚瓦，一面抹脸，一面将一指向跛张额上一戳，登时便有个墨色螺纹现于跛张面上。再瞧店婆儿脸上业已一塌糊涂。偏那跛张趁势拥过店婆儿，就她脸儿上一阵乱香。

这一来，跛张也印了个小花脸儿，招得月仙连忙忍笑。正在逡巡进退的当儿，只听背后泼剌剌马蹄响动。月仙忙望时，早见四五骑高头大马由自己来路上绝尘跑来，马上都是急装缚裤、胁下佩刀的长大卫士。

这时月仙见了卫士们，便如惊弓之鸟，方霍地由树后闪入肆墙角，便见那赭白马望见群骑跑来，便是咴咴咴一阵骄嘶。就这声中群骑到门，众卫士个个下马。当有一人先解下那赭白马，牵过伺候。又有一人取下那宫锦袍，离了余人便入肆中。这时跛张兀自在里面哈哈怪笑。

月仙暗料这班卫士定是由豫王府来接跛张的，方可惜自己一步来迟，便见跛张披着宫锦袍，由那店婆儿扶掖着趔趄而出。后面卫士们一拥之间，那跛张早高坐在赭白马上。顷刻间众卫士纷纷上马，行尘起处，那肆门前只剩个店婆儿，还引汗巾只管拭眉梢眼角。月仙眼睁睁见跛张走掉，只得怏怏然且寻归路。

郎湛见月仙去后，自向街坊上闲荡了一会子，逐处里听得茶馆酒肆中闲人们纷纷讲说官中缉捕刺客之事。郎湛一面暗笑，一面趱去。望望日色业已转西，恰行经一片熟食店旁，闻得一阵炙香发越。

郎湛忽有所触，不由暗笑道："干鸟吗？怪不得月仙动不动叫我废物。人家临去时，嘱咐我准备肴酒等候跛张。若不是这阵炙香扑鼻，我就忘掉咧。"于是趱进店去，随意购了些鸡脯鸭臞并肉心馒头之类，作一包包了。又知跛张好吃一种柳花香的清酿酒，便出钱要买四瓶。偏巧那店中只剩两瓶，当由店伙从他店中趱得来。这一耽延，早已日色大西。

郎湛恐月仙、跛张已到寓中，便提了诸物匆匆趱转，一瞧自己室门还是锁的，这才放下心来。于是进得室去，就案上将诸物摆列停当，不由一阵泛上饿来。瞧瞧诸物，又不便先自取食。逡巡间，打开一瓶酒，就鼻嗅嗅，端的是清洌异常。没奈何，置在案上，嗒然就座。怙惦回月仙鞋弓袜小，为了自己的事去出头露面，倘遇着卫士们膔阵皮，不知她如何应付。又思量到跛张见了月仙不知怎么光景。一会儿，又想到便是跛张被月仙撮得来。这第二步得其欢心之法，却也难办。跛张所好不过是酒色两字。酒呢，自然不算什么。若说到色字，难道将自己娇滴滴的人儿推让不成？并且恐月仙也自不肯。当初一招错冷待人家，欲要挽回，总须破格地前去亲热亲热。既讲到破格，自然须舍出月仙。那么自己这顶绿头巾愿戴与否，端须此时早定主意。一时间，想得心头七上八下，又来着饿肚皮，一阵阵辘辘乱响，偏巧那瓶中酒香只管发散。于是郎湛更耐不得，随手拎起瓶，呷了一口。

但是这一呷不打紧，登时间精神暴长，喜气洋洋，暗想道：管他哩，便是戴顶绿头巾打甚鸟紧！将来跛张果向豫王跟前一句话，俺如果应了梦中吉兆，抖起翅儿，谁还来考究太守官帽上有些绿荧荧的颜色吗？正是：笑骂由他笑骂，好官我自为之。如今做官的人，若果一一地考究他得官所从来，简直地就不成世界了。想着得意，不由得瓶不离口。

一瓶既尽，余兴未已，不知不觉又饶了大半瓶。原来郎湛本是个顽钝无耻的角色，又搭着失却职位，一肚皮火杂杂攫取富贵的念头，其患得患失之心无所不至，所以一时间竟转了以月仙取媚跛张的念头。哪知月仙念头亦复如是。因为见跛张漫无仪节，并和五柳居店婆儿调笑的情形，便思

178

量以色为饵，笼络跛张。可笑这夫妇两人虽是两副肚皮，却合了一桩心事。也可见这官海中钻营门路真是无所用其耻心了。

不提这时月仙在途，一点芳心中也自有许多怙惙。且说郎湛吃得微醺，又向寓门口望望月仙，只见从一团暮色中影影绰绰踅来个提篮的小媳妇子。郎湛以为是月仙，见没得跛张相随，正在大扫其兴。恰好那媳妇踅过寓前，仔细一瞧，却不相干。正要转步，却见一骑马跑将来，上面歪跨着一人，绝似跛张。慌得郎湛迎将去，却又没账。

这当儿晚风徐起，街坊店肆中错落价已上灯火。延望月仙，还是没得影儿，闹得郎湛一时间模模糊糊，便索性踅回室，以酒煞闷。须臾，所剩的那半瓶又复入肚，便自入厨下，提得温水，掇得浴盆，就外间室内安置停当，想要洗个澡儿，且待月仙。哪知大衣才解，被那水筒中热气一熏，不好了，郎湛登时觉酒意上涌，乏倦欲眠。原来他吃了许多空心酒，又经寓门首晚风一吹，所以顷刻困起酒来。当时郎湛支持不得，只得丢下洗浴踅入里间，蹀躞着掌上灯烛，即便就榻歪卧，鼻息数转，业已沉酣。

但是梦魂颠倒中，还似乎解衣就浴，正在栩栩自得，忽地闻得一阵阵脂香发气，百忙中又似觉胯下那物只管倔强，又似有人来反复扪搎一般。但是郎湛正在酣适恍惚中，又似和月仙同浴，自己正抱了月仙，按就浴扳。即闻月仙咮地一笑道："没人样的，你倒肚里一些事也不挂！人家辛苦了半日，你吃醉了，快活挺尸也罢了，却还不肯老实！"说着，似乎一推自己。

郎湛猛地睁眼睃时，不由大悦，趁了酒意春兴，也不暇先问正事，抱了月仙，便要如此云云。原来月仙这当儿乱绾乌云，只穿一件短浴裤，光溜溜玉肌雪映，便如郎湛梦中所见的光景，正偎在郎湛身旁，一只手儿还在郎湛腿胯之间哩。

当时月仙略推郎湛，便笑道："你真个有这高兴吗？怪不得你困得这么自在。俺踅回这半晌，又洗了个澡儿，急待和你商量正事，你却只管死睡。"于是一绷脸儿道："你晓得吗，俺今天白跑一趟，又吃了一吓。咱那高兴事是不成功的了。"

郎湛听了，直怔得坐将起来，倏地一伸手掌，向自己嘴巴上便是亮响响一记耳光，又自骂道："好狗才！我看你从今以后还敢瞧不起穷朋友不敢！这不消说，准是打人一拳，人来一脚，一还一报的勾当。你准是受了跛张那厮的冷待并奚落来咧。咳，千不是，万不是，总是我一人的不是！但是咱的事怎样办呢？人都说梦是反象，早知如此别扭，便不做那个走马上任的鸟梦也罢。"说着，一阵价攒眉咂嘴，连连摇首。

这里月仙俊眼儿却注目他，正在忍笑不得，便见郎湛猛触着褥上那位角先生，只怔得一哆嗦，忙回手先摸摸自己胯下，然后取过那物，向月仙腿缝一塞，便噪道："我说哩。我便是时气背扭，也不至连这真东西都背扭掉了。原来是个假的。哈哈，你这婆子好没正经，你还说我没人样，心不挂事。你出去浪张一天，正事没办成，却有闲心买这物儿来！须知俺这会子一百个没高兴，连真的都用不着，还用这假的吗？"

这时月仙业已笑得颤颤的，一张嘴合拢不来，便轻起香钩，置向郎湛膝上，笑道："俺就因这东西才吃一吓，谁又巴巴地买得来呢？我是瞧你吃醉了就困，特煞自在得过分，所以哄你着些急。如今咱说正经的，咱的事体虽不见得便成功，但是也不见得便不成功。古语说得好：道在人为。又道是：死店活人开。这单看咱们的手段能笼络跛张不能。且待我说出今天寻跛张的情形，咱预先商量好怎的笼络他才是。"

这时郎湛莲钩入握，又见月仙玉体赤露，满面春情，又说是事体还有成功之望，不由顷刻高起兴来，便索性与月仙脱却浴裤，然后和她并枕而卧，一面价摸摸索索。月仙也不理他，便将白日寻望跛张的情形一说。

这里郎湛一面倾听，一只手勾定月仙的脖儿，那只手却不肯闲着。不知怎的，月仙忽扭扭身儿，哟了一声，便夺过那伪器抛向一旁，便一乜眼儿道："人家这里说正经的，你却只管手脚不闲！譬如这会子跛张到来，虽道你只灌他一阵子酒，好话说上两大车，咱的事体就有指望不成？"

郎湛笑道："你不用和我含着骨头露着肉的！你的主意也就是我的主意。咱索性打开板壁说亮话，一言抄百总，是舍不得肉，打不得狼。但是跛张那厮好不凶实，一个酒店店婆儿他还弄得丑态百出。一旦摸着你这水也似的人儿，以下光景还用说吗？这等吃紧关头，却不是一言半语便可以定主意的，且容我仔细斟酌才是。"说着，便慢慢掀起月仙一只腿儿。

月仙也不理他，只是孜孜含笑。但见郎湛只顾了跪倒爬下，忙个不了，少时却失笑道："俺再没想到，凡是做官的都须由这红门儿出身。由你，由你，如今我主意打定，是没得说的了！"

不提夫妇一笑之下，登时间同心合意。主意既定，便尽力子癫狂罢，又商量回明日移居，笼络跛张之事，然后方沉沉睡去。如今且说那跛张自蒙豫王见重之后，便献策道："刻下南京重地竟有刺客发难，并且来去无踪，又结刘静以为主谋。此其聚谋画地之情形，殆非仓促能办。这班刺客定是托身当地豪侠，以就此谋。今欲究刺客，当先密查当地豪侠。就俺所素知而论，江南著名豪士只有两人，一是宜兴叶声山，一是太湖邓伯通。叶以资财雄其乡，邓以意气服人。此两人者声望相埒，举足之间便能摇动数郡。时人为之语曰：'散金结客叶声山，头颅可借邓伯通。'也可以想见这两人的气概了。但叶某自变乱以后，因宜兴有班无赖，阳揭义旗，阴资苛敛，叶不欲与之同事，便散财于难民，挈家他去。今豪于当地者独有邓某。而且太湖地面寥廓，势复险僻，足以藏匿奸宄。依俺揣料，那班刺客或即依托邓某亦未可知哩。"

豫王勃然道："俺自兵定江南以来，屡锄豪右，不想还有顽梗潜伏。今先生所料定是不差，便须速去掩捕才是。"

跛张听了微微一笑，却叉手不离方寸，说出一篇话来。正是：

　　侠徒潜踪，智士献策。危乎其机，湖水几赭。

欲知后事如何，且听下回分解。

第四回

柳困花憔偏邂逅
云情雨意两模糊

    且说跛张微笑道："王爷却不可小觑了这邓伯通。伯通当代大侠，行谊甚著。其死友坚党遍于江右，行年七十余，意气不衰。便是我师初定江南时，伯通曾结客号召，欲雄踞太湖，联络海门、狼山一带的豪家大姓并盐枭水寇等揭旗起事。后来却因事权不一，首领们互争雄长，其时与伯通共事的还有个镇江赵仲桓，毁家饷众，甚为众望所归，和伯通奔走其间，并以兵法部勒会众。不想持法过严，暗中却激恼了一个水寇首领名叫晁黑子的。这晁黑子生得长大多力，悍鸷异常，袒臂酣呼，与人对敌时，发皆飞植，因此人又呼之为'晁夜叉'。水寇之性习天剽掠，哪里受得约束？一日仲桓斩其徒六人，标首槊上，徇示于众。于是黑子大怒，恰值伯通、仲桓大会各首领有所计议，不想黑子骤起，竟按刀刺杀仲桓于广座之中，即率其众驾舟扬帆，一路大掠，竟自呼啸而去。那其余首领中心志不一的也便趁乱势散掉大半。伯通知事不可为，方才叹息之下散却余众，归隐太湖。但是他潜伏的势力依然还在。今刺客踪迹当无确耗，似不宜骤去搜捕。诚恐无端惊动伯通，大大不便。王爷试想，以刺客五人，还敢深入南京重地。若惊扰伯通，以致激动了各地豪侠，群起与王爷为难，窃恐防不胜防哩。"

    豫王沉吟道："如此怎生区处？"跛张道："为今之计，只好且待俺访出五刺客的确实踪迹，再作道理。若果在太湖时，便连伯通一并拿办，也去掉地面上一个隐患。"

    不提豫王唯唯之下当即发出机警密侦，逐处访查，并命跛张随时留意。且说跛张自奉了豫王密访刺客之命，便依然拿出他那落拓样儿，不时地溜串街坊，并每日向五柳居沽饮，甚至于娼楼博场、七谷八杂的所在，无不踏脚。好在跛张素日价佯狂落拓的样儿人都见惯，这时也便不以为意。但是转瞬间过得数日，所访的刺客踪迹殊无头绪。

一日跛张从五柳居吃得半醺，又沽得一瓶柳花香，慢步踅出。只见风日暄妍，一处处菜花灿烂，开得来花田相似，许多的黄蜂紫燕喧舞于野塍短篱之间，又有些挑菜拾蛤的妇孺提篮笑语，都向野田中趁去。

原来南京城地极广阔，四城面积足有八九十里。除繁华街道外，便是些田圃、清旷所在，雅有城市山林之趣。这五柳居的四外都是些田圃，所以颇得野趣。

当时跛张瞧得有趣，也顺步逐众向一处旷朗所在徜徉踅去。不多时，到得一小桥，桥下面清流濑濑，游鱼可数。微风过处，縠起寸澜，却有一阵阵娇嫩嫩的笑语声起自桥左竹荫深处。跛张循声望去，那桥的左边却有一片瓢儿菜的野园，麂眼短篱，映带着数株疏柳。柳的尽处便是溪曲，正有几个浣妇相与浣衣笑语。又有几个采菱的小童相与聚拢到一处，嘻嘻哈哈，似乎是跌博玩耍。再望那溪曲四外，一处处草舍茅檐，便如村落一般。

那跛张自蒙豫王宠遇之后，机务颇繁，又因连日价访察刺客之事，闹得心头总是闷闷，今乍睹此野旷所在，不由一时间胸目豁然，便一面慢步过桥，一面暗想道：俺记得南京乱后，曾有人即景口占云："荒园一种瓢儿菜，独占秦淮旧日春。"可见大乱之后，便是没能为的诗人们也知以吟咏寓其感慨。这就无怪那五刺客猝发于人之意外了。

怙惝间踅近溪曲，却见一个俏丽浣妇蹲在一块溪石上，正伸出两只雪白的胳膊，就溪水中摆弄一尾很大的噘嘴鳊鱼。那鱼儿有尺半来长，被柳条穿了腮，兀自在水中掉尾泼刺。

跛张素嗜这种鱼，当时见了，不由馋涎欲滴，正要搭讪着出钱购买的当儿，只见一个中年浣妇一推那少妇臂弯，略瞟自己，却笑道："你瞧，有人来咧。你放着衣不洗，只顾顽皮怎的？你不要学那新搬来的媳妇子没正形儿。她卖这鱼是为的趁生意，你买这鱼，总算是馋嘴头子。少时回得家去，费油费柴的还须治鱼，须提防你那口子不依你哩。"说着，向众小童堆中一努嘴，道："你瞧那媳妇，那么大一个人，便和孩子们玩得嘻嘻哈哈。你只顾学她做甚？"

众妇道："正是，正是。那新搬来的媳妇子就似个慌花儿，除了做点儿生意，便和孩子们撕皮打掌。方才卖得鱼去，便混入他们群中了。"

跛张听了也没在意，方趑近那弄鱼的少妇，以手掏钱，想要说话，忽闻群童拍掌大笑，接着，便呼啦一闪，都各跳得丈把高，便见一个竹篮儿飞向空中，噼里啪啦，鲜菱角一阵乱落，又有一尾柳穿的鳊鱼也便落在地下。瞧得跛张正在发怔，早见群童联臂做个栲栳圈儿，只顾了乐得打跌。

这里浣妇们遥望去，也便一阵价娇鸟啼花似的笑得拍手打掌。跛张忙趑去瞧时，不由也十分好笑。只见儿童围中，有个媳妇子青帕蒙髻，穿一身净洁布衣裤，略有补缀，脸儿上蒙了一道汗巾，就髻后结牢，这时正歪坐在地下，一面尽力子撕掠那汗巾，一面吵道："小猴儿们，等着我的。"

跛张料那媳妇是因玩耍被群童所困，又听得语音厮熟，正在逡巡笑诧，只见那媳妇尽力子揪下汗巾，倏一瞟自己，登时红晕两颊，更顾不得理会群童，爬起来匆匆便走。

这时跛张望得分明，诧异之下，忙赴去叫道："娘子慢走！你不是郎大嫂吗？咱多日不见，你怎的独自撞到这里？"

那媳妇一面飞跑，一面摇手道："你莫错认人，俺不是什么狼大嫂、虎大嫂，俺是个贩菱角的妇人哩。"说着，足下一蹶，仰面便倒。

跛张一步赶到，方弯腰去扶，早见她一张俏脸儿羞得绯桃一般，一面价以袖掩面，一面牵了自己的衣襟儿，竟自呜咽道："俺怕不认得你是豫王府中张师爷吗？只是俺夫妇如今落在这般光景，往日俺丈夫又冷待过你，委实令人没面目相见哩。"说着，便依了跛张的扶势，婷婷站起，向野园旁一处人家一指，道："只那里，便是俺们近日的寓处。且请向舍下奉告一切吧。"说着却用一手略扶跛张肩头，一面抬起一只尖尖脚儿，略兜小鞋儿，回眸一笑，道："俺就跑不惯这南京地面的石子路，垫得人脚趾生痛。但是如今也说不得，只好合着眼混吧。"于是哧地一笑，即便去捡拾菱、鱼诸物。

这里跛张见月仙如此装束、如此行径，大非往日所见的光景。怙惚之下，也便料到定是郎湛久客南京，谋事无成，或竟落拓下来。一时间又见月仙这种装束，别饶风韵，丢秀秀的居是个贩婆娘儿。

正在诧笑之间，那月仙已自提篮趑来，于是两人厮趁行去，却招得那群小童在后乱唤道："郎大嫂，明天早来吧。俺们采得好鲜菱，等你来，

184

还给你留个肥肥大泥鳅等你吃，不强似那鳊鱼吗？"跛张听了越发诧异，月仙竟以贩菱为业。

须臾，趱近野园的那处人家，只见槿篱掩映中有几间矮矮的小房儿，白板虚掩，十分冷落。跛张正暗念郎湛只数月不见，不想竟落魄至此。那月仙却脸儿一红道："张爷不要见笑，俺夫妇因近况不佳，移居此间，也是没奈何的事。"跛张随口道："人的境遇原定不得，大嫂不必烦闷。只待郎兄得了际遇，那时就好了。"

月仙笑道："快不要提他！他那死心瞎眼样儿，怎会得着际遇？如今因南京没甚机会，又向苏州去寻朋友去了。"说话间，却接过跛张的那瓶柳花香置入篮中，又笑道："您准是从五柳居来吧？不瞒您说，这些日，俺从五柳居左近做生意，哪一天都望见您了。只是俺这般光景，不敢去亲近。"说着，整整衣襟，又复红晕两颊。跛张听了，一面口内客气，一面暗怜月仙际遇。

说话间相与趱入院中，只见小小院落颇为整洁。于是由月仙引入正室。跛张仔细望时，里面却十分雅趣。瓶花猊篆，位置得宜。纸窗帘芦，竟无俗韵。临窗竹几上罗列着几卷古书，茗具棋奁杂陈其间。靠北壁木榻上挂着梅花素罗帐，里面衾枕灿然。靠枕头是具小小镜台，上面有脂盒粉盏之类。东壁上挂一幅《海棠春睡图》，笔致浓艳，细审款识，竟是唐子畏的名笔。靠榻头壁上，还挂着一面金镶玉嵌的檀槽琵琶，银甲莹然，缀于雁柱之上。

再望到榻脚头矮凳上面，跛张不由眼睛一亮，几乎滴下馋涎。只见矮凳上竹叶垫衬，端正正摆着一具鬼脸青牺尊式的碧瓷酒罂，竟似有酒香发越。瞧得跛张一面就临窗儿旁逡巡落座，一面暗想道：毕竟郎湛是做过官府的人，虽然落拓下来，还排场不俗。既是这样，那月仙为何又去做贩婆儿？这或者是无聊消遣之意也未可知。

正在怙悌着游目四瞩，只见月仙就矮凳旁置下竹篮，却回头一笑道："张爷自歇坐。难得你贵人踏到贱地，且待俺换换鞋脚，与你料理茶水。如今里外价连踢带打只是俺一个人儿哩。"说着坐向榻上，便从枕旁取过一个花绸包儿，笑嘻嘻方才解开。

这里跛张又是眼睛一亮，只见月仙纤手起处，却由包内取出一双蓝缎扎花平底凤头半新不旧的小鞋儿。只略为一抖，香尘微漾，素罗鞋底一亮，现出一朵梅花香印的当儿。这里跛张不由心头一阵模糊，暗想道：怪不得诗人无赖闹什么鞋杯的故事，又有什么"但愿将身化绣鞋"之句。譬如和这鞋儿移樽促坐、履舄交错起来，哪得不臣心最欢，能饮一石呢？

正在遐想之间，便见月仙嫣然一笑，道："你不晓得，俺这些日只顾在外跑路，也没心肠整理头脚，没的连脚都跑大咧。吃紧的今天又被那群孩子推跌一跤，闹得人鬈奄拉鞋倒褪的，什么样儿！亏得您不是外人，不然……"跛张忙道："大嫂不必忙碌。若有现成茶水，见赐一杯就是。今郎兄既没在家，俺也不便在此久坐哩。"

月仙笑道："哟，可了不得！您既到此，只吃杯冷茶去，却不是上门怪人？他没在家打甚紧？俺正要向您诉诉苦楚哩。便是前些月，您在俺先那寓所，他又何曾只管陪你坐地？便是俺那床上，您醉后一觉，也都睡得不耐烦咧。如今您发富发贵，却向人闹起客气来咧。"说着，忽地眼圈儿一红，道："本来也是呀，如今俺这里逼逼窄窄，没的倒屈尊了你。那么你张师爷正在高升高发的时光，不要沾了俺的穷气去，快请向旺处踏脚吧。"说着，弯起一只腿儿，一面价去解鞋子，一面却瞅定跛张似笑非笑。

这一来慌得跛张连忙笑谢不迭，一面偷瞅月仙时，早徐徐脱下旧鞋，索性地一勒裤脚，露出雪白的一段腿腕，望得跛张心头又是一阵模糊之间。那月仙取过那褪旧蓝鞋儿，一面换着停当，一面笑道："今天却巧，俺随便买得一尾鳊鱼，您也沾得一瓶柳花香来。俺这榻脚头又有的是新醅梨黄（酒名）。如今有鱼有酒，且待我再寻些下酒的物儿，您便将就这穷磨局面，宽饮一杯如何？"

这时跛张只顾了默赏月仙宜嗔宜喜的绰约娇态，一面唯唯不迭，一面搭讪站起道："既如此，俺怎好生受大嫂。你既一个人儿忙碌不迭，俺便帮你料理厨下，也觉快当些儿。"

月仙笑道："你哪里弄得惯那营生。老实说，你且随意歪卧一霎儿，等你醒来，俺也料理停当咧。"说着取过角枕安置好，却笑道："你张爷想还记得，先时节你在俺们那寓中，这只枕头就似与你预备的一般。有一次你醉吐得这枕上半边都湿。如今他虽没在家，你还客气怎的？"跛张听了，回念月仙往日相待之情，委实不错，又见她这时翠袖单寒的神情，正有些悯然动念。那月仙已自就篮中取了鱼儿，一笑趋出，径入厨下。不多时便闻刀砧响动。

这里跋张就室中徘徊一回，方要就榻歇卧，却见月仙笑嘻嘻端到茶水，又自换了一身操作的衣服，穿一件洁净短衫，高勒两袖，双揎玉臂，腰束素巾，收着伶俐俐的窄裤腿儿。髻儿上绾一枝山茶花，又平添出一段丰韵。于是跋张谢了一声，接过茶来，一面置向镜台上，坐向榻头慢慢品尝。一面暗想象郎湛的才情儿，毕竟是个机警角色，只吃亏了世情冷暖上特煞分明，以致俺好多日与他隔绝，不然这访查刺客之事，倒好与他商量一二。一时间想得怔怔的，热茶入肚，便觉盹倦上来，当即置下茶杯，就榻歪倒，头一着枕，便觉得幽香细软。

跋张想起往日醉卧月仙寓次的光景，及今日自己和郎湛穷通不侔的光景，未免又是一阵感慨。于是倦眼略暝，当即盹去，但是耳畔犹闻月仙往来操作的脚步声音。正在蒙眬之间，忽觉有只绵软软手儿就肩头拍了一下，便闻月仙笑道："快起，快起。索性少时吃醉了再困吧。"

跋张睁眼瞧时，只见夕阳一角业已红上窗纸，不由慌地站起道："不好了，俺只顾盹睡，不想已至这般时候。再吃酒耽搁一会子，怎的回王府去呢？"月仙一撇嘴儿，便笑道："你没的只管拿王府挂在嘴头子上。如今俺忙碌了好半日，心到神知，吃不吃且自由你。不是俺说句大话，你便是回到王府，想用这种肴酒，只怕还没得哩。"

跋张听了，忙趱向临窗几儿前一瞧，不由登时咽的一声，咽口馋唾，先自满面堆下笑来。正是：

有酒盈樽，有肉一肘。沙釜盛来，伽蓝囊后。

欲知后事如何，且听下回分解。

第五回

一曲琵琶媚狂客
午夜巡骑闹傒童

　　且说跛张向临窗几上一瞧，只见一席酒馔都已摆列停当。除极精致的家常蔬肉外，便是两具白瓷花盘，一盘中堆满红玉似的鲜菱米。那一盘便是火腿加香菇清炖鳊鱼。这两色佳肴素为跛张所喜食，当时一见，本已乐得满面是笑，哪知望到几当中，还有一具小小的沙釜，里面却是热腾腾脔切的红烧狗腿肘膀片肉，一叠叠大如手掌，薄如蝉翼，红肌细缕，既已鲜妍非常，偏又配着鲜笋玉蕈，相映生辉，端的色、香、味三者俱全。

　　原来跛张专嗜此味，当落拓时去到月仙寓所，往往怀中便揣着此物。后来跛张之所以和郎湛绝迹，便因郎湛一日没好气，曾取他揣的狗肉投入厕中。当时两人一阵说岔了，险些不曾揪住小辫一顿乱打。却多亏月仙从中解劝，那跛张方才拂袖而去。

　　月仙因欲投跛张之所好，当初向五柳居探望时，提篮中便购备了菱米、狗肉两物，今移居此间，借贩菱为事，本为的是近于五柳居，以便伺取会机，不想今日却巧遇跛张。

　　当时跛张既见这席肴酒，不由鼓掌大笑道："妙，妙！大嫂既如此盛设，俺便拼着烂醉如泥，管他什么豫府王府！亏得大嫂怎么想来？俺当日因狗肉而去，今又被大嫂香喷喷的一块肉招得来哩。"

　　月仙笑道："你还说起旧事哩。当时俺丈夫因谋事不顺，未免心头啾唧，一时间没欢喜脸儿，得罪了你。俺只认你是大人大量，不存芥蒂，哪知你就小脸子姐姐似的一去不来咧。如今闲话莫提，且待俺与你斟个赔罪盅儿吧。"这时跛张只剩了笑谢不迭。于是两人对坐下来，即便举箸斟杯。

　　说笑之间，跛张问起郎湛近况，便慨然道："郎兄谋事未就不算什么。

好在俺如今在豫王跟前还说得上话去，一俟郎兄转来，且随俺到王府中做个食客，再看其他机会。"说着，攒眉道："如今还有一个机会，就是事体难办些，便是豫王爷缉捕刺客之事。如今若有人访着刺客的踪迹，去告向王府，怕不立时得官得赏吗？俺想郎兄为人十分机警，俺这时正奉了王爷密令访察此事。将来郎兄进得王府，俺便借重他帮我访察。倘能得着刺客踪迹，那时郎兄还愁甚富贵！"

月仙听了，只喜得樱唇绽裂，几乎脱口说出郎湛正要告密之事，便与跛张斟一杯，却笑道："不瞒你说，俺丈夫这会子正因这刺客之事，想趁此机会图个出身。近些日只是东颠西跑，各处访察。倘能托你的福气得些消息，确是好哩。"说着，便略移座位，挨近跛张，一面价连连劝酒，一面弯起一条伶俐俐的腿儿，加在跛张膝上，却饧着眼儿，握了跛张的手笑道："你瞧我这会子不可怜吗？往日你在寓中时也曾见来，俺除了闲坐，或出去游玩，便是弄弄琵琶解个闷儿。如今却没法说了，整日价出去卖菱角，每日至少也须跑十来里路。不但跑得人脚都发胀，便是这两只手也鞔粗好些。"说着似偎似靠，竟歪身儿倚入跛张怀中。

这时跛张暖玉在握，温香在抱，又对着清樽激滟，鬓影萧疏，端的是其乐洋洋。于是一面和月仙偎倚温存，一面价举杯痛饮。不多时，两人酒意都各微醺。月仙本吃不多酒，这当儿嫩脸霞烘，不由又漾出一段风光。于是跛张狂态大作，也不待月仙来劝，那大杯价酒只顾灌将下去。

须臾，月仙起身，掌上灯烛，随手儿摘下琵琶，重复入座，却笑道："俺这琵琶好些日不曾拨弄，不知生涩得可成声调？且待我弹上一曲，与你侑酒何如？"说着款着银甲，慢转檀槽，定准鸥弦，泠泠拨动。须臾嘈嘈切切，初为百滩流水之音，继作松风满壑之韵，时而如红窗语细，时而如上林花繁。一时间铽铽铮铮，五音繁会。听得跛张正在神摇目注，一面默赏月仙低鬟蝉袖，手法如雨，妩媚的神情儿之间，忽闻划然一声，响如裂帛。

那月仙眉儿一扬，顿开娇喉，便唱出个《壶中天慢》的词儿道：

萧条庭院，又斜风细雨，重门深闭。
宠柳娇花憔悴尽，种种恼人天气。
险韵诗成，扶头酒醒，别是闲滋味。

征鸿过尽，万千心事难寄。

楼上几月春寒，帘垂四面，玉栏干慵倚。
被冷香销新梦觉，不许愁人不起。
清露晨流，新桐初引，多少游春意。
日高烟敛，更看今日晴未。

那月仙一面弹唱，一面向跛张流眸微笑，做出许多妙曼情态，但见跛张只乐得手舞足蹈。及至戛然一声，琵琶声住，那跛张哈哈一笑，也便顺着几脚儿，颓然醉倒。

月仙置下琵琶，一面扶跛张登榻，安置一切。一面将一席残肴草草地移向外间桌儿上。又到厨下料理清爽，随手儿关了大门，即便入得室来，解衣登榻，与跛张并枕卧倒，自然有一番拨云撩雨的风光。

说到这里，请阅者诸公且莫性急，只顾要瞧这一对儿被底鸳鸯。且请诸公趁这当儿，猜猜跛张是否真个的便淫污月仙。作者也好趁此时转转笔锋，略叙那没羞耻的郎湛如何？

原来郎湛并不曾真个赴苏州去寻什么朋友。他自和月仙移居之后，每日里只在各处闲荡。这日过午时分蹩将回来，只见月仙正在厨下温酒烹鱼地忙个不迭。郎湛问知跛张正在正室中盹歇，欣然之下，瞧瞧月仙，未免又是一阵怙惚，于是附了月仙耳朵喊喳数语，招得月仙红了脸儿，低唾道："你不愿意就罢。人家好容易引得他来，你这会子又来蝎螫！横竖吃饭的就想饱，吃酒的就想醉，什么分寸儿、筋节儿呀！且这是两来的事，只俺一个人拿分寸，难道你就免了戴绿帽不成？"

郎湛没奈何，只得涎着脸子逡巡蹩出，一路价低头乱撞，就左近街坊上闲荡了一会子。瞧瞧天色业已夕阳将落，想要回去张张，又恐跛张事还未毕，打断人家的高兴，不是耍处。正在踌躇着低了脑袋信步蹩去，只听对面官锣响亮，并一阵喝道之声，忙望时，却是江宁知府摆开了全副仪仗，前呼后拥地舆盖飞扬直蹩过来。

慌得郎湛连忙避道，方一脚踏将去，却闻有人喊道："你这人难道没长眼睛，便实胚胚踏人一脚！亏得我老婆子这大脚不在乎，若是褰娜些的还了得？"

郎湛忙望时，自己却站在一处小小茶肆门前，里面黑魆魆的初上灯火，身旁却站着个茶婆儿，正攒着眉头瞅定自己。郎湛情知踏人脚理亏，正要上前陪话，恰好知府大轿一拥而过，便有个跟役扬起老大皮鞭，向自己一晃，道："你这厮，还不闪道！"

这里郎湛身儿略闪，那茶婆儿却哧地一笑，眼看着人骑都过，却唾道："如今晚的事，真没法说，王八戴上大帽子，便去充官儿。这知府因为将两个爱妾进献豫王，方才得官，南京人哪个不晓得。你看他出来就这样气势！"

郎湛听了，不由心头怦然一动，略一怙惬，又觉好笑。又少一沉吟竟自精神暴长，因随口道："你这婆子晓得什么？人家做官人们都是大度大量，一个女人家本不算回事。"说话间，趄就茶座。听听街柝业已敲起，郎湛一面吃茶，一面和那婆儿瞎三话四，又思忖回跛张这时和月仙端的是怎生光景。一会儿又想道：月仙得手，那跛张向豫王吹嘘之下，不要说是自己回松江旧任有望，便是这江宁首府难道不许俺老郎做两天不成？那时节接近豫王，凭自己这份才情儿，扯起顺风旗，说不定闹到何等地位。一会儿又想起月仙枕席情态端的可人，这会子又搭着诚心地笼络跛张，一定是放出十二分手段。不要说她那款款逢迎、随人婉转的光景，便是那吃紧当儿，从哑声撕揉中颤喘不迭地暗度莺声，也就够跛张销魂宕魄的了。但是这期间，俺老郎却未免可怜了！

一时间想得心头七上八下，正在对了茶杯点头咂嘴，忽闻店婆儿笑道："你这客人，要了一壶茶，占了一位子，直磨到这时光。如今俺要收拾店面，请你明日早些来再吃茶吧。"

郎湛听了，一瞧店婆儿，呵欠连连，似乎是盹睡初醒。倾耳街柝时，业已敲起二记，于是一笑站起，付过茶钱。出得肆门，又是一阵踌躇，因为跛张酒醉高兴之后，说不定便要困歇在那里。自己若贸然闯去，未免又有许多不便。逡巡间趄过数步，忽地顿足道："我好发呆，我想这时跛张一定转去，他是王府人，是不能在外住宿的。这会子只怕月仙正待等我报什么好消息哩。"想着得意，便趁了星月微光直向自己寓所趄来，但是距寓门数步之遥，未免又脚下趑趄，先倾耳听去，不闻动静。须臾到门一推，又是关牢的。

郎湛暗想道："这光景是跛张已去，月仙闭门歇息。这会子若再惊动

191

于她，未免又招得她没好气。"想罢，便从墙头上一跃而过，只见正室窗上突自灯光映然。正想趄去张时，不好了，但闻月仙软颤颤地哟了一声道："可罢了我咧！你没的要累煞人。从那会子弄到这时光，你倒越发地劲上来咧！俺这会子连腿脚都麻抖擞的。你不说是欠欠身，抬抬腿儿，却使劲子往下压。你瞧俺这里湿漉漉的一片，都没空收拾哩。"

郎湛听了，不由一吐舌儿，倒抽一口冷气，暗想道：不妙，不妙！跛张这王八真个又做出来咧。但是俺既想做官，只好由他。

逡巡间趄近窗缝向内张时，不由又是一怔惬。只见月仙只穿了小衣裤盘膝坐榻，猱头撒脚，似乎是困卧初起花憔柳悴的光景。那跛张倒结束齐整，歪卧在一片衾枕抖乱中，却斜伸一腿，压在月仙膝上，一面微微颠簸。灯光照处，月仙膝头旁还有一只茶杯翻在那里，褥儿上一片阴湿。这时月仙正轻舒玉手，就跛张腿上轻轻按摩，一面价瞅着跛张微微含笑。

当时郎湛见状，好不踌躇，轻旋脚步，趄就厨下。不想那厨门却是虚掩的，经郎湛略推，吱扭一响之间，便闻月仙道："方才这杯茶被你弄翻，俺且向厨下取些温水来。你听听，厨门响动，没的是有野猫吗？"说着，便闻窸窣下榻之声。

这里郎湛听了，因一肚皮疑团正要问其所以，当即略拨厨灯，方一转身，恰好月仙推门而入，猛见郎湛，方喜得趄将过来，正要附耳说明跛张的情形。不想郎湛不容分说，先是攒着眉头，嘻着脸子，向月仙便是一个大揖。闹得月仙红红的脸儿，方一指戳去，那郎湛一只手儿早已探入月仙胳中，直弄得趁势向上一托，连月仙几乎栽倒之间，那月仙早笑吟吟咬着牙儿，狠狠一指戳到郎湛额上，便牵挽着就厨凳上，相与坐定。那月仙便低低说出一番话来，郎湛不听犹可，听了时只喜得抱住月仙，乱香面孔。

月仙忙笑推道："你没的只管没正经！如今俺的大事完毕，等你上场儿咧。趁这会子你向他说明正事，事儿早早成功方好。"郎湛听了，连忙唯唯不迭，便略整衣衫，跟了月仙竟奔正室。

你道他夫妇一番耳语，说的是什么事体？原来跛张为人虽是好酒及色，落落然不持仪节，但不过是名士习气，狂奴故态。又搭着在豫王府中向不得志，看不惯那一班碌碌因人成事者流。所以他愤激之下颓然自放，似乎玩世不恭，其实他并非卑污没行止的人。

当时他酒醉之后，一觉醒来，只觉满怀中香温玉软，一阵阵口脂散

192

馥。睁眼一瞧不由大骇，只见月仙赤条条一丝不挂，正偎在自己怀中，一面轻弯玉臂，勾定自己脖儿，一面笑嘻嘻将嫩脸儿直偎过来。一见自己醒来，不容分说，便登时款起轻躯，双分玉股，就要来个颠鸾倒凤的式子。跛张忙瞧自己，又已裸卧衾中，于是大诧之下，便已瞧科月仙之意，是因郎湛谋事，想先来取媚自己。当时想要爬起却来不及，便趁势抱住月仙，一个黄龙转身的式子，将月仙按置于榻。

好笑月仙还以为跛张性儿发作，要做这正面文章，便哧地一笑，正要金莲高举的当儿，那跛张已自闪出衾来，穿衣不迭，一面正色道："大嫂不必如此，你的心意俺已尽知。便是郎兄谋事一节，朋友间互相汲引，本是常事。既是大嫂委推，俺无不尽力。快请穿起衣来，才是模样。"

这一来出于月仙意外，只羞得什么似的，只得出衾来，穿了小衣裤，老着脸儿称谢之下，便大概一说郎湛现已访得五刺客的踪迹，并欲向王府告密之事。

跛张听了登时大悦，却又拍榻道："可惜这时郎兄又赴苏州。此等机密风火事，须要早些料理才是！"月仙笑道："好叫您得知，他哪里赴苏州去来？这会子想还在街坊家闲坐哩。"于是一说郎湛避出之意。跛张笑道："岂有此理。俺这恶客倒把主人家赶将出去。说不得俺只好高卧一宵，明日再和他商量正事吧。"说话间重复卧倒。

月仙加意殷勤，便起身下榻，斟了一杯茶来置在榻上，一面就榻盘膝坐定，恐跛张酒后软困，便命他伸过腿儿，一面给他按摩，一面搭讪说笑。岂知醉人醒后的腿子都有些发拘谨的，既经按摩良久，筋骨一舒，跛张腿子猛地一伸，恰好翻茶杯。因舒适之下，那腿儿不觉地直压下来。当月仙笑吵当儿，却正值郎湛跃入院中哩。

以上所述，便是跛张、月仙奸嬲的一番光景。

且说郎湛由月仙导引到得室内，与跛张彼此厮见。两人各自会意，倒觉一场好笑。寒温数语，就临窗几旁坐下来。那月仙收拾榻上，一面穿着大衣，结束停当，边笑道："你俩且自谈论正事，趁着厨下灶火未息，俺且去烹起茶来。"

跛张这里刚道得一声"不消"，忽闻街坊上泼剌剌马蹄响动，似有数骑驰过。跛张因自洞霄观闹事之后，街坊上常有夜骑巡逻，当时听了也没在意。正要向郎湛细问刺客的踪迹，以便连夜价趱回王府报告一切的当儿，只听大门上啪啪啪一阵乱敲，接着便有醉语模糊地道："喂！快些把出来！哈哈，你这歪刺骨，没来由地累我一阵好跑。你瞧瞧他是哪个，你竟敢当客扯来？如今闹得王府中都马仰人翻，撒出许多人去四下寻找，连豫王爷都闹起来。原来却被你关在这里。休要惹我性起，连你这婆娘都一索子拴向王府哩。"说着，哇的一声，似乎是呕吐满地，接着啪啪啪又是几记重砸。

闹得月仙等方在发怔，便闻扑通一声，院中灯光一亮。忙由窗中望时，早见那人连着一扇门直跌进来。可巧提灯摔去却未熄灭，那人一条腿子夹在掩的门扇之间，于是竟自杀猪似叫将起来。

慌得郎湛站起正要和月仙去瞧，跋张却大笑道："郎兄不必惊惶，这是俺的酒伴儿来寻俺。真难为他，怎的便摸索到这里，想是府中有事见寻也未可知。"

于是和郎湛等一哄趄出，那月仙走在前面，便顺手拾起提灯，就那人仔细一瞧，不由登时咯咯乱笑。正是：

群豪方匿迹，宵小又图功。赖此傒童醉，机关泄漏中。

欲知后事如何，且听下回分解。

第六回

郝毛儿叉鱼奉母
石老黑逞醉调妻

且说月仙当时举起提灯，只见地下横不椰子卧着一个醉汉，一只脚儿还只顾向那门槛上乱蹬乱踹。

那人有二十余年纪，生得一张笑脸儿，眉目间挂些闷浑之气。这时因酒醉呕吐之后，业已清醒白醒的。他一见跛张等趱来，一面逡巡爬起，一面吵道："张师爷，您还不快些转去。那会子府里王爷因有些事体，一径地寻你不着，一面差了卫士们骑了快马四出去寻，一面又嗔我不早报告。吓得我两壶酒只吃了一壶半，抓了个提灯，便跟了卫士们寻下来咧。我因走得慢落在后面，寻至五柳居左近，亏得有人向我说，您被一个花不溜丢的小媳妇子撮到这里来咧。这不消说，你两个一个是图钱，一个是图快活。如今你两个事完毕，还只顾恋着怎的？闲话少说，快些转去，俺还等吃那半壶酒哩。"说着拖了跛张，一面便奔月仙，意思是夺那提灯，招得月仙等正在好笑。

跛张却笑喝道："休得胡说！俺因有要紧事体，在此耽搁一会儿也就转去咧。你这厮既寻来，且为少待，和我一同转去就是。"说着，反拖了那人与郎湛同入室来。月仙只得料理好摔落的门扇，虚掩了，到厨下准备茶水慢表。

书中交代，你道这来人是哪个？原来此人姓郝，小名毛儿。因他性儿直戆，又好喝一盅，有时撒起酒疯，无论拖着谁，便给你个死蛇缠腿，厮闹不休。一日，他邻家娶妇，毛儿持钱前去与贺，三晃两晃醉将上来。乡村中有闹新房的说法，当时毛儿一溜歪斜撞入新房，可巧那新娘儿正被大家撮弄得走投无路，越是将脚儿向襟下掩，大家越是向前凑。

毛儿跄踉踉一个虎势扑将去，抱住一人，马马虎虎地便骂道："干鸟吗！谁人没长两只脚子，什么稀罕？你这厮剥人鞋子，缀在你鸟脚上，可有这道理？"说着掀倒那人，抄起一只脚儿来便去脱鞋。哪知毛儿的手方揿住一只盘金鼗凤的绣花小鞋儿，忽觉头顶上噼里啪啦笤帚棒槌一齐上，早被人颠翻在地，拖狗似的直拖出去。那被他掀倒的那人也便嘤嘤地哭将起来。原来毛儿所抱的非别个，便是那新娘。从此人家便赠他个诨号，叫作"郝酒虫"。

酒虫家下没得别人，只有一个老娘，便在太湖东岸白云港村中住家儿，世代捕鱼为业，颇称温饱。但是到得毛儿奉母时，家道业已中落。毛儿一来好酒，二来养母窘乏之下，慨然想继续先业，但是家中所有的网罟渔具等类都笨大非常，因为毛儿先世都是合伙捕鱼。毛儿这时既想继业，少不得去寻觅旧伙。哪知脚底跑胀，通没人来理他。因为毛儿不但酒醉可厌，并且直性暴躁，又有把子浑气力，动不动便讲醉后挥拳。寒天腊月，他便赤起两膊，露着鬼怪似的筋肉跳掷如虎。除非他老娘出来叱止，他方肯敛手避迹。以此之故，那旧伙们都不愿搭他这好伴儿。

毛儿气将起来，自恃气力，便索性载了大网，驾船独出，船小网大，晃悠悠来至捕鱼之所。只见许多下罾罟的渔人都守着自己的洼地，一面守候鱼儿，一面望着自己，不住地交头接耳，哧哧而笑。

毛儿见状越发气愤起来，便尽力子拨动小船，直入罾罟围中。恰好望着水面上波纹乱鼗，呷唼有声。毛儿料是群鱼大至，方好歹地停住小船，奋力抡开那网。正要下撒时，只听四外众渔人乱喊道："慢着，慢着！你这厮可是要作死？俺们等雁似的守候了这半晌，你这么胡闹，惊走了俺的鱼儿怎的理会呢？"

毛儿骂道："理会你娘个□。水底鱼，大家摸，有你的，就有我的！"说着，唰啦声抡圆那网。四外众渔人一声喊，喊声未绝，但闻扑通一声，水花溅处，浪涌如山。再瞧那条小船儿早已底儿朝上，荡漾出百余步外。原来毛儿使得力猛，一下子连人带网都落水中。慌得众渔人各奔罾罟，唯恐已罩住的鱼儿有失，叫声苦，不知高低。

只见毛儿在水中拖了大网，便如哪吒闹海一般，晃鼗得浪头多高，东到处，浑水一片。西到处，淤泥乱翻。未及转眼之间，大家所设的罾罟，一概都抉翻在水，漂漂摇摇，竟自顺流而下。及至大家乱追自己罾罟毕，再瞧所罩的鱼儿时，何曾还有一个？急望郝毛儿却已驾船挟网，将次登岸了。于是众渔人赶向毛儿家，自然是都不答应。

毛儿大怒，正要挥拳，却被其母喝住，只得作好作歹地向众人赔话赔礼。又估计众人之所失，便将那大网抵赔人家。于是其母愤泣不食。这一来将毛儿吓慌，向他娘长跪之下，又泣道："老娘不必忧虑，你有这么个长大儿子，难道还愁冻馁吗？咱虽没得那大网，一般也能得鱼哩。"他老娘听了，以为他是劝慰自己的燥脾话，当时也没在意。

哪知毛儿从此后居然日日以鲜鱼供母，剩得鱼变得钱来，竟足供家中用度，并且所得的鱼都是活泼泼径尺金鳞，卖得好钱来。毛儿除甘旨供母之外，竟不断地醺然一醉。

他老娘见此光景，虽然欢喜，却又未免起疑，因为左近村中颇有一班饮博无赖，挂着偷摸的角色。毛儿既没得取鱼之具却能得鱼，莫非他也混入无赖群中，这鱼从偷摸得来吗？一日正在怙惚之间，却闻有人叩门，道："郝毛儿在吗？你订打的家伙钱还不该给俺吗？"

老娘出去瞧时，却是邻村中铁匠王二，一见自己却笑道："不当人子，却惊动了姆姆。便是毛儿哥前些日在俺店中订打了几件铁器，一向里还没给钱。他既没在家，改日再说吧。"说着，竟自踅去。

当时他老娘听得"铁器"两字，便以为毛儿订打的刀攮之类，不由越发起疑，于是将毛儿唤到跟前，流着泪道："你这孩子怎的只管向下坡子溜起来咧？咱家世代是老实人家，你三不知地打那刀攮凶器，意欲何为？怪不得你连日价无端地得鱼卖钱，倘若是来路非正，兀的不愁煞老娘！"

毛儿笑道："你老人家胡吵的是什么？哪个打什么刀攮来。俺是打了几件取鱼的家伙，你老没来由却只管胡吵。"说着又取了酒瓶，跨将出去。气得他老娘什么似的，却也没奈何，从此便暗暗留神。

一日毛儿吃得半醉，摇船又出。他老娘尾缀到湖岸上，只见毛儿正在一处临水人家门前靠定船儿，瞅瞅水面，却又瞅瞅那家儿，忽地面有喜色，自语道："今天来得凑巧，帮手在家，且好干活儿哩。"说着，径从篷底取出一束明晃晃的器械，向船头一掷，铿然有声，接着便双眉轩动，揎拳勒袖。这一来直将他老娘吓得一个整颤，止不住两条腿子索索乱抖，以为毛儿定是来邀唤那家的人去合伙行劫。

正要急唤毛儿的当儿，只见毛儿一声呼哨，便有个凶实实的大汉头缩

197

椎髻，穿了一身泅水的短衣，下露毛森森两条精腿，从那家门儿内直抢出来。一见毛儿，当即撮唇一哨，一个箭步跳上船头，大笑道："今天东路上有彩兴，毛儿哥，你破些力气，我接着你的。咱既干一下就须值得。总要捡那肥肥大大的动手哩。"说着，帮了毛儿拨船向东。

吓得那老娘几乎跌倒之间，便见毛儿从器械中抖手起处，却是一柄短柄钢叉。唰一声刺入水内，便闻泼喇一声，一道水晕直冒出多远。那大汉一个扎猛扎下水，竟从水晕处捉起一尾大鱼，啪的一声抛向船头。于是两人随叉随捉，毛儿且是叉不虚发。顷刻间，船行里余，竟自捉得十余尾径尺鲜鱼。

从此那老娘方知毛儿没得非法行为，当时欢喜自不消说。但是毛儿虽有飞叉取鱼之技，却不肯日日去取，必须待至鱼钱都尽，他方去施展手段。人有问其所以然，毛儿道："俺取鱼，有三种用项，一为俺老娘甘旨之需。二为俺觅醉之资。三一件，便是满太湖中只有一个人配吃俺的鱼。综此三项，用鱼无多，俺何苦多取鱼呢？"

人家听了，问起太湖中那个人来，便大笑道："你这话端的不错，那个人真配吃你的鱼。怪不得你捉得鱼就送向那里呢！"原来毛儿幼时奉母，往往数日不举火，却多亏太湖中那人时加周恤，因此母子们十分感激那人。所以毛儿如此说法，这也不在话下。

且说毛儿家居奉母，仗着叉鱼之技，不愁吃穿，倒也十分自在。其时邻村中还有一人，名叫石老黑。这小子生得傻大黑粗，也好喝一盅儿，和毛儿既有同好，不消说是时时衔杯，成了酒友儿。但是老黑醉后，却与毛儿不同：毛儿醉后，不过是使逞气，对劲儿和人厮打。那老黑醉后却有两桩怪性，一是无论他老婆操做什么，或是在哪里做短工儿，他必须刻不容缓地捉得来，如此云云。一是秽骂街坊，有时兴起，赤膊跳跃，两个大贼眼都似乎待滴血，提一把泼风似牛耳尖刀，吓得坊众们连大气都不敢出。此人本是崇明海下一个盐枭出身，精通水性，因为拒捕，逃出盐枭帮中。

其时同他同逃的有一人名叫宋忠，却携着老婆白氏颇有几分姿色。大家逃到半途中，那老黑醉后，不知按住白氏做了些什么事体。宋忠见了，自然是一百个不答应。那老黑一不做二不休，当时便了却宋忠，居然和白氏成其夫妇，一径地流寓在这白云港邻村中。

村众知其底细，因他是个脑袋系在裤带上的角色，所以都畏之如虎。

唯有毛儿却不在乎，因为自己气力足以降伏他，既和他是酒友，又是渔友。原来老黑精通水性，却有一种水底摸鱼的能为，单从那滴流迅急处显弄手段。有时和毛儿赌赛起来，叉的叉，摸的摸，闹得水面上白波山涌，倒也十分有趣。但是每逢两人治鱼，村众们无不皱眉。因为两人得鱼觅醉，那老黑便该离骂街不远咧。

也是毛儿合当惹事。一日，白云港村人们因为有些会事商议，照老例定期酿饮，须用数十条鲜鱼。那会首便寻毛儿，称把与定钱，克日取鱼，当时毛儿也没有在意。

不想时当暑月，湖水既浑，那鱼儿怕水面上热，都在水底潜伏。毛儿沿湖岸跑了一日，只叉得七八尾鱼，屈指人家取鱼的日期只隔一日，毛儿恐或误人用，于是便想约石老黑摸取鱼儿，帮助自己。当时携了鱼叉，又随手折了根长长的柳条儿，准备穿鱼，一路歌呼，便向邻村而来。

刚一脚踏到村头，只见许多男女围定一个胖婆娘，哈哈笑道："我劝你省些事吧。那厮成日价打街骂巷，逢着谁来和谁来，他又曾管什么男的女的呢？今天他还算体面不过，只将你推个仰八叉。前两日他在于老爹门首撒酒疯，没有脱出那东西来向于奶奶胡闹吗？那厮性儿发作是生冷不忌。你大嫂无论怎的不在乎，总是个女人家，犯得着瞧他精着光着的吗？"

那胖婆娘这时是搽头撒脚，气得脸子红虫一般，前衣襟裂开，露着两只颤笃笃的大乳，光着一只大脚，一面指天画地，一面向众人噪道："不是你大家拉得紧，今天我就和那王八小厮干上咧！他动不动拖出他爹来吓人，我先给他一口咬掉。他不忌生冷，老娘这里还好吃荤腥哩。"说着，拍掌道："你大家还不晓得哩。那厮欺俺老实也不止一次咧。俺那门首墙角下本有个尿窝子。每逢集市上，大家在这里拴驴拴马，溺得一塌糊涂，气得我就墙上画个王八。大家见了，果然就不再作践。有一天，我听得又有小解的声音，出去瞧时，正是那厮。当时俺说了他两句，他便一瞪眼睛，道：'你瞧这尿窝是人屎溺的，是驴屎溺的呀？'可是人家说得好：好鞋不沾臭狗尿俺当时也没理他。不想今天他醉猫似的，横不椰子卧在俺门首，不但满嘴胡骂乱卷，并且要向俺床上……"

毛儿听至此，料是老黑又惹恼街坊，正在好笑，只见众人哄然道："你大嫂不要说咧。俗语云：老嫂比母，他便是向你床上，也没什么打紧，何况他……"

199

那胖婆娘忙道："你们晓得什么！说来也是凑巧，俺年儿辈子不洗澡，恰恰俺那时刚舀了温水，脱了衣裳。你说呀，那厮一个虎势扑进来，愣从俺腿叉下钻将过去。慌得俺抓衣抓裤，正在忙个不迭，不想他啪嚓一脚踹翻浴盆，接着便胡言乱语，硬向我要他老婆。请你大家自想想，俺可肯饶……"

众人忙笑道："就是吧。那厮混账是没法说的！你老嫂回去再洗澡还不打紧，倒是先穿上那只鞋子是正经哩。"大家听了正在都笑，只见有一群村童沿着湖岸一阵乱跑，并拍掌噪道："你们都来看哪，石老黑又从稻地里撮得他老婆去咧！"毛儿听了，料是老黑又劣性发作，这一耽搁就须半日时光。

正在踌躇进退之间，这里大家和那胖婆娘也便纷纷各散。毛儿望望天光，还未及午。一来时光抛掉可惜。二来这将正午太阳晒人如炙，只好且到老黑家歇个凉，探探光景，再作道理。于是趱转身，便由街坊后身儿徜徉行去。

原来老黑所居不在街中，却在湖岸竹树深处筑了几间草房儿。因为他携了老婆白氏流寓之初，便在此结庐栖止。后来要移向街坊，村众们都怕他横虎似的，便大家议定不许他进村。老黑大怒，挟刃跳跃，眼睁睁就要大闹，都多亏白氏从中拦住，因此便在湖岸上久居下来。渐次地筑起短墙，前临稻场，后靠湖岸，一片槐柳清阴。远望去，倒是绝好的一处小院落。

当时毛儿沿湖岸彳亍行去，只拣那树荫多处以避炎热。方趱进老黑门左一片树株跟前，只听白氏远远地乱吵道："害邪的，还不放手！你瞧大街坊上，人的腿子都露出，什么样儿！俺但盼老天睁眼，不是你死，便是我活，才好哩。"

毛儿听了，忙闪向树后偷张时，不由暗笑得肚痛。只见老黑敞着短衫，露着漆黑的大肚皮，却弯着腰子，横抱了白氏，一面乱香面孔，一面向自家门首如飞跑来。那白氏一个髻子被他搓揉得搭扯到脖颈上，单衫儿都簇到胸前，不但露着雪白的肚皮，便连腰带都被拖松，竟略为现出些乌影影的所在。

这时白氏两手虽被老黑用那托屁股的手，由裆中伸过来一下挟牢，但是还有两条腿子可以蹬踹。不想老黑衫襟一扬，恰好裹住她一条腿子，便趁势挟入胁下，只剩一条卷裤脚湿漉漉的腿儿不住悠晃。两人便这等一团糟似的直撞过来。

毛儿见白氏腿儿沾湿，情知是被老黑由稻地中拉来。因素知老黑有此劣性，倒也不以为异，只是乍见这等光景，未免稍作踌躇。

正这当儿，便见两人一径地撞入家门，接着便闻扑的一声门儿关牢。毛儿三脚两步赶过去用手推时，不由一时间徘徊搔首，通没作理会处。正是：

捕鱼捕鱼，爰求我侣。未狎波涛，先窥云雨。

欲知后事如何，且听下回分解。

第七回

摸鱼儿大闹红蓼湾
醉落魄巧遇秦家叟

　　且说毛儿三脚两步赶到老黑门前，本想拖住他先去治鱼，免得耽搁时光，及至用手一推门，业已关牢，不由登时呆在那里。

　　先侧耳向内听听，但闻两人脚步直奔后院。那白氏一面喘吁吁地道："这热巴巴的天儿，你只管往后奔怎的？"老黑道："少说闲话，那后院风溜溜的，你怎倒嫌起热来？"于是一路嬉笑，其声渐远。

　　这里毛儿怙惚良久，欲要敲门声唤，又觉不便。欲要转去，又没有帮助治鱼。只顾了发怔的当儿，却当不得一片骄阳晒人如炙，于是忙趋就树荫，信步转向宅后。只见绿荫四遮，微风徐拂，宅后墙下碧草如茵，好个凉爽所在。

　　毛儿一面用手中柳条略拂草际，坐地歇息，抹抹额汗。但听得宅后院中蝉鸣高树，十分幽寂。一面暗想道：怪不得今天事体别扭！今早一出门，便被老鸦屙了一肩头臭屎。方才沿湖岸来时，又瞧见个婆娘露着白屁股，正在篱根下渐渐地撒尿。如今偏就遇着这黑厮不早不晚地高起兴来。他这么一高兴，少说着也须耽搁到过午大后。真是来早了，不如来巧了，今天俺来得就这么不巧。沉吟间，忽闻宅后院的家雀儿扑刺刺一阵飞噪，那树上的蝉声越发鸣得起劲。

　　看官须知，这蝉鸣声音不同凡响，是越发喧闹，人听了越觉境界幽寂。尤其是长夏困人天气，听了蝉声，最能引人睡思。料想诸公当北窗高卧，抛书欲眠时，都领略过蝉声逸趣哩。

　　当时毛儿披襟当风，又被这蝉声一引，不由顿觉盹倦上来，便一伸懒腰，向身旁树株上略靠。方才两目一合，不知怎的，只觉那一片蝉声中还夹着些奇特声息。仔细一听，不由恍然暗笑道："这黑厮真会快活，怪不得他直吵后院中风凉凉的。没的他也不怕受了风，小肚儿缩痛吗！"想至此，顽皮性起，便悄悄站起，趔向后墙下。端相好一处树荫浓处，顺手就树柯上搭了那支柳条儿。

正要向内张时，便闻一阵子热辣辣声息响动，就如猪子喝食一般，接着便闻白氏断断续续、有气没力地道："你，你……快放我……起来。你只顾……发疯，却不管人垫坏……脊骨。再者，热巴巴天气，闹得人汗渍渍的还不算，吃紧的，人家刚做的单衫你就把来垫在……那里。"说话间那声息越发紧急。

这里毛儿一拨脚下，恰好踏着一块圆石，便一长身形。向内瞧时，一眼便望见靠正房后身，一片紫藤花架下，似乎是有高高的石凳，但是被四垂的藤条所遮，望不清爽。但见老黑脱得赤条条，弯着腰子，据在石凳上，一张肥屁股只顾起落不迭，上半身直没入藤叶荫中，只顾摆拂得枝叶乱晃。望得毛儿正在眼光略眩，只听白氏软颤颤微呻一声，猛可地藤叶开处，早有两只翘翘水红小鞋儿直耸上来，那老黑这时也便身形略长。

毛儿望得分明，却见白氏雪白的腿腕儿恰搭在他乌黑的肩头上，端的是黑白分明，好不有趣。这一来，张得毛儿忍笑不得。略一逡巡，方要回避，说也凑巧，恰值那脚下圆石忽地一滑。慌得毛儿急扳墙头，脸儿方一扭，不提防微风一动，那柳条上的细叶儿正戳入鼻孔。这一来，闹得毛儿阿嚏一声。正在翻下墙头，便闻白氏急吵道："你瞧瞧，这是哪个？怎的、怎的咱墙外树枝上挂着根柳条儿呢？"

毛儿听了，忙唰一声掣下柳条。却闻老黑大笑道："郝老弟慢走，你这会子来寻我，莫非约我治鱼去吗？你且少待，俺这里还有些没要紧事没完毕哩。"说话间，便闻白氏狠狠地唾了一口。少时，便声息都静。

原来老黑和毛儿甚是厮熟，看惯了毛儿叉鱼时携柳条，所以一望间，便知是毛儿到来。并且他醉后劣性是通不避人的，所以见毛儿偷瞧，并不理会哩。当时毛儿既闻老黑之语，便索性地就墙外坐地相待。

须臾，老黑没事人似的趔来。问知毛儿相邀治鱼之事，便笑道："既如此，咱们便去料理。俺是越醉后越有精神。今天更巧，他们都在红蓼湾治鱼，事不宜迟，咱快些赶去。不但都抢得他们的鱼来，咱还须显显手段，以后他们便不敢在那里作张作致的咧！"说着，径从岸边解下系的小船儿，便同毛儿上船，容与而去。

原来这红蓼湾是太湖岸边聚鱼之处，水流既稳，地又宽敞。鱼所聚处，自然为渔户所群趋。每当夏月，湖岸上一处处设有凉棚茶肆，为众游人憩息游眺之地。每逢渔户们治鱼时，拨船都集，网罟齐施，端的是十分热闹。那岚光树影间的众游人，有的三五相偕，枕藉而坐，有的联袂把臂，散步从容，专向各船上篷儿内飞瞟眼儿。

原来各渔户大半是浮家泛宅，船儿上都载着妇女家小，没事时便操作家务，治鱼时便揎臂勒袖，大家动手。有的摇橹拨棹，有的捡鱼打包，你看她们嘻嘻哈哈，忙成一片。百忙中还要磕牙斗嘴，娇嫩嫩的笑语声顺风吹来，且是有趣。更有些老气的，便就船头敞胸露乳的喂哺孩儿，或搓起打鱼包的麻绳，白馥馥的腿儿恨不得将裤脚勒向腿叉儿。因此野艳风光，所以游人注目。

那游人中有好吃喝会快活的，便就树荫下支灶煨酒，专买那欢蹦乱跳现出水的鱼儿烹来下酒。因此一片渔歌杂作声中，又夹着欢呼畅饮，便如一幅"渔家乐"画图一般。

起初时，这所在众渔户因为竞争治鱼，时相斗殴。有一次殴杀一人，便死在一处石岩之下。说也作怪，很稳平的水流到岩边，必要盘涡良久，方才汩然而逝。泅水的泅到那里，便觉脚似人拖一般。因此大家就那石岩下盖了个尺许来高的小庙儿，以为镇魇。大家相戒，都不向那里踏脚。从此便分出日期，各渔户分班轮次，向那里去治鱼，方才免了竞争。

不想竞争虽免掉，却又来了个大大的厌物，便是石老黑。因为老黑摸鱼通不管什么所在及什么日期班次。高兴时下水便摸，再高兴时，竟脱得光溜溜遇船便上，只顾寄放他的鱼，更不管什么娘儿们。

有一次，激怒众渔户，大家喊一声，攒篙便刺。那老黑吼一声，两膊一展，早挟住两根来篙，咔吧声胁下一夹，两篙齐断。大家越怒，正要奋力再上时，却被一人喝住。那老黑望见那人，也便不敢再逞强梁。当即被那人数落一顿，命他从此后不许赤着下体摸鱼，并劝大家不必与他为难。从此众渔户方和老黑相安下来。

那人是哪个？便是郝毛儿说的配吃他鱼那人。因为那人是太湖中的第一个主儿，生平义气服人，说出话来无人不服，那时适来散步，恰解了一场纷乱。但是那红蓼湾既是聚鱼之区，又多风景，虽有石老黑偶去讨厌，依然逐日热闹异常。

这日众渔户正在彼此网罟踊下，欢呼乱跃，各船上的娘儿们也都奔走捡鱼，忙个不了的当儿，只听上流头口哨乱响，早有一条小船儿直刷过来。

大家不瞧时倒还罢了，一瞧时都各皱起老大眉头。原来那船上正叉着腰子，站定两个讨人的厌物，便是毛儿和老黑。毛儿是身穿漆布短衣裤，背负叉囊，右手挟一柄明晃晃的短叉。那老黑打扮更为别致，绾一个钻天锥式的髻子，上插一朵野花儿，穿一件棋子布单背心，赤起两条虬筋盘结的健膊，下着齐膝短裤衩，叉开两条毛森森的精腿，一面价手遮阳光，顺风胡啸，一面向众渔户大喝道："你们这班鸟人还不住手！难道没长眼睛，瞧不见老子来摸鱼吗？"

大家见了，正在一阵大乱，忙收网罟不迭。恰好水晕开处，泼喇一声，那老黑一个猛子扎下去，顷间蹚开水花，条条四晕。大家见了，唯有叫苦不迭。再望水中要路上设得许多的罾籫时，早已荡抉掀翻。但是老黑都不管他，只管在水内燕跃凫趋。

正这当儿，但听哗啷啷叉环一响，白波翻处，大家望见，不由又喝起彩来。原来船上毛儿又已施展开飞叉手段。于是船上船下各逞能为，一个是叉不虚发，一个是随叉所到，现出许多巧妙手段来。那白亮亮的径尺大鱼却只顾向小船上抛。

不多时小船回旋，将近石矶，望得众渔户心下暗诅道："怎的天开眼，将这一对魔头被水鬼都拖下去，大家也好安稳。"哪知诅者自诅，那其余渔户瞧得有趣，竟忘掉自己所事，只管替毛儿、老黑喝起连环大彩。

因为这时毛儿、老黑便似故意赌赛一般，叉得快，摸得也快。那老黑髻上一枝野花儿只顾在水面招摇，东出西没，来往如飞，单趁向叉所到处，显弄身手。初时，老黑还兼顾自己摸鱼，后来见毛儿飞叉如梭，叉到酣畅处，于是老黑哈哈一笑，便索性没身水底，单就那叉锋所到，钻出头来，一面抛鱼上船，一面将叉掷还毛儿。大家但见明晃晃钢叉飞跃不绝。

正在照得眼花缭乱，便见那石矶下一阵旋涡，接着便飕飕飀飀吹起一阵凉风。泼喇一声却有一尾二尺来长的大鲤鱼，顶着那旋涡聚沫，直跳起丈把高。

这里毛儿喝一声，一叉标去，刚刚地叉随鱼落，说也凑巧，恰好老黑从水中一冒头儿。大家但见那鱼从老黑头上平蹿出数步之遥，倏地掉入水中之间。那老黑却大叫一声，手足齐刨，顷刻闹得波涛如沸，猛地蹬开两腿，哧一声没入水中。

瞧得大家正在都忙，不好了，但见百余步外水晕一开，登时泛起一道赤红波纹。接着便是老黑两脚上浮，正趁着水势向下一沉的当儿，忽见那短叉柄儿猛地一现。可笑毛儿还以为是老黑故显身手，叫大家瞧瞧。一声"石兄"没喊出，咕嘟嘟水泡乱冒，那老黑竟自四脚哈天地直翻上来，但是咽喉上却插了一把短叉。于是大家喊一声，围拢将去，从水里拖出老黑细瞧时，早已死掉咧。

当时大家大乱之下，先捉住凶手毛儿自不消说。正七嘴八舌地讲说报官，并知会尸亲白氏之间，只见一人由岸上茶肆中徐步而出，向大家说得三言两语，大家便一齐拱手道："你老说好便好，只要尸亲依允，俺们且乐得的不管闲事，由你老办理就是。"

不提众渔户且喜去个讨厌的祸害，当时纷纷各散。且说那人既向毛儿问知误伤老黑的情形，略一沉吟，即命从人由自己宅中取到纹银四百两，便命毛儿撑船，并载了老黑尸身。自己在船上又嘱咐毛儿数语，便一径地去见白氏。先一说毛儿如何失手叉死老黑的情形。那白氏一听，自然是大哭之下誓不甘休。

但是那人殊不理会，直待白氏性儿闹过，便一面命从人将那白花花的四整封银一齐打开，陈列于案。一面命毛儿坐向案旁，然后向白氏笑道："白大嫂，你且听我说，横竖人死不可复生。毛儿误杀你丈夫，众目共睹，伤痕可验，便是告到官中，只不过问个误伤的罪名。如今俺倒有个计较在此，两条道路由你自择。你如一定放毛儿不过，今毛儿在此，你两个便赴公堂。你如为此后生活打算，放掉毛儿，今有四百银两在此，大概也足为你衣食之用，便请你一言决定如何？"说着，向毛儿一使眼色。

这里白氏湿泅泅的泪眼珠正随着一团银光乱滚，一时间张口结舌对答不得之间，却见毛儿挤挤眼睛，大嘴一咧，便笑道："石老哥，你且慢走，等我跟你去吧。如今俺误杀于你，别的且莫说，只是哪里再寻你这样的酒友去呢？"就这声中再瞧白氏时，早已向那人深深拜倒，便登时收了银两，反拖了毛儿向老黑尸身前干哭起来。于是火杂杂一场人命官司就此完毕。

至于这慨然挥金救了毛儿的那人是哪个？原来还是毛儿所说配吃他鱼

的那人。因为那人素知白氏是被老黑奸拐来的，料她和老黑没什么真正夫妻之情，所以竟以银两了结此事哩。

慢表当时白氏埋葬老黑等一切繁文。且说毛儿叩谢过那人，回得家来，向老母一说误杀老黑，以及那人出银解救的情形。那老母听了好不感激，便道："儿呀，从此以后，你这身子非我所有，便是那位恩公的了。将来看机会，总要报答他才是。我常说你弄叉取鱼，终是险事。如今这场风波若非那恩公援手，那还了得！依我之意，你从此不必再去治鱼，便是给人佣工短作，养活为娘，也倒罢了。"

毛儿道："娘说的是。"从此毛儿果然出去佣作。他气力既好，又复勤干，凡有雇他佣作的无不喜他。却有一件不妙处，便是他那份酒德，往往醉后胡闹，和主家吵架而散。气得他老娘什么似的，却也无可奈何。

一日，毛儿醉后又和人打架，从那主家门首一径地打到街坊，正招得一街两巷的人看热闹。只见一位老头儿用拐杖隔开毛儿，便喝道："你这厮怎的这般泼皮？怪不得你老娘提起你来便眼泪汪汪。来来来，且到我家，我对你有话讲哩。"

毛儿一望那老者，不由登时敛手。正是：

　　酒德之失，关心父老。托身王门，机遇亦巧。

欲知后事如何，且听下回分解。

第八回

好机缘佣工豫王府
赚杯酒绝倒郝毛儿

　　且说毛儿一望那老者，却是本村里秦老爹，因敛手道："不当人子的，却又惹恼了你老人家。俺本没吃酒，叵耐那厮寻不着他的酒，只赖俺偷吃。其实俺不过砸了他个酒瓶底罢了。"秦老爹笑道："不要说咧，且随我来。"于是两人相将趱去。

　　原来这秦老爹便是本村一个退役的地保，从先时和毛儿之父甚是相契，所以这当儿还往往去瞧望毛儿的老娘。他有个儿子，名叫秦立功，便在豫王府中当了一名茶炉上的工头。虽是个工头，一年进款委实不菲。因为王府中茶炉不比寻常，另在一所小院落中数十个茶灶，整日价烟火不熄，手下所管茶佣就有数十人，不必说克落工资并柴草水担上的开销，很是一笔肥实进款。便是年下节下或遇府中有什么喜庆等事，立功弄一份水礼，上至师爷，下至二爷，外至常向府中走动的官员，内至内宅做事的管家婆，他一路边关地都去送礼起发。只那所得的赏钱便有数千金。因此这时秦老爹家中十分宽裕，有时也稍为资助毛儿之母，顺便到毛儿家，所以颇知毛儿酒德。

　　当时毛儿跟了秦老爹方踏到秦宅门首，忽闻隔壁有妇人笑道："大嫂闲时只管来吧，你轻易不来家，怎又忙得要去呢？真是王府里出息人，你瞧你不但又白又胖，但是头儿脚儿也都改了俏生模样。"即又闻一妇人笑道："哟！大妹子，你别说咧。俺如今倒不如你们了。你想咱们在乡间多么自在，吃饱了串个门儿，斗个牌儿。大家到一块儿嘻嘻哈哈，真是自由自在。如今俺那口子，他偏把我撮到南京去，并且在王府茶炉院子中那憋死猫儿的所在，真把我闷坏咧。刻下他因手下茶役缺人，成日价没好气，俺看不惯那耷拉脸子，所以到家望望，这一半天俺还须去受罪，咱们改日再见吧。”

即又闻先语的妇人笑道："阿弥陀佛，你瞧你穿的戴的，从头到脚下光滑滑、亮堂堂。俺们这怯眼瞧了，都起不上名儿来。亏你还说受罪哩。"说话间趄出两人，这里毛儿望时，却是秦宅邻家的妇人送出了立功的老婆王氏。

毛儿乍见了，不由望望秦老爹的雪白胡儿几乎笑出。但是秦老爹却不理会，早望着王氏笑得两眼没缝。毛儿却不管他，便一面转身奔向王氏，老远地一个大揖。一面细瞧王氏时，果然一张大脸胖得赛过银盆，描得弯弯的眉儿，梳得蓬蓬的鬓儿，本是一双迷齐眼，如今只胜一缝，满头花朵便如花娘子一般，穿一件洒花绸衫，高支出两只胖乳。两手腕上叮叮当当，细瞧时，半斤重的攒花白银手镯便戴了两副。腰系一条大红宫缎百褶簇蝶单裙儿，却就是腰身窄瘦，走起路来兜腿露腚。再望到她脚下，却踏着一双大红满帮花的大鞋子。吃亏了脚儿富胎，不但踹的帮儿着地，并且尖儿踮起。这时嘴内衔着一根三镶银嘴的长烟筒，一面吸得烟气腾腾，一面向那邻妇客气，忽望见毛儿，便连忙抽出烟筒，笑嘻嘻地迎将来，不想脚下一滑，几乎栽倒。

秦老爹便笑道："你瞧瞧，我说你到家来，不要施展这新鞋子。没的趄了脚尖子，倒值得多。"毛儿听了，正偷瞧秦老爹一副笑脸儿，心下好笑。那王氏已趄到跟前，却笑道："你老人家倒会说，真是上年纪的人说话便颠吹倒打，横竖都有理。昨天还嫌人那旧鞋子不好看相，又说粗剌剌的磨人手。如今却又这般说。"

几句话不打紧，招得毛儿正在扭头一笑，那王氏早将那旱烟筒递向秦老爹。妙在秦老爹不但接过烟筒，登时吸得大烟小气，并且笑吟吟瞧着王氏后身道："你只顾跑并说话，还不快回回手儿哩。"王氏听了，连忙回手。

这里毛儿偏又瞧得分明，只见王氏裙后幅有一处却夹入肥臀缝中，正被王氏用手拖出。但是毛儿素知他翁媳另有一番体己勾当，当时却也不以为奇，只好尽力子忍住了笑。

原来这秦老爹当初做地保时也是个无赖角色，不知怎的，自儿媳入门以后，他便只顾寻他老婆的斜岔儿，后来被老婆觉得了。恰值有一日，秦老爹因公出门之后，那王氏也走向娘家。那婆子晓得秦老爹今夜要趱回一定是钻向王氏房中，怙惚一回，便想了个李代桃僵的计策，趁此要抓破他面孔，免得自己只管受气。但是却恐秦老爹暗中摸索，也自辨得妍媸，倘或露了马脚，未免大家扫兴，沉吟之下，忽得妙计。

挨至日落时分，便烧汤温水，尽力子沐浴一回，只搓搓得皮肤都红。及至水气将干，又用豆粉将浑身搽过。自家试摸摸，居然觉得滑不留手。于是又忙忙地涂脂抹粉，收拾得香气袭人。

料理既毕，正要趱向王氏房中，忽又想起一件要紧事。好在前些日洗脚，还有用剩那物儿，于是从榻脚褥下摸出个小小纸包，便抖开来，撒入脚盆中，掭了温水，自己蹲下身去，也不知洗濯的是什么。及至一切都毕，业已二鼓敲起，便忙忙掩门熄烛，径就王氏榻上高枕而卧。

这当儿，那秦老爹却公事已毕，正在一个朋友家吃酒，在座的无非是些个乡里无赖之类。大家一面吃酒，一面说笑，狗嘴里本吐不出象牙，又有酒盖了脸子，于是便乱谈闺阃，口角津津，更细及床笫裒秽等事。

秦老爹既听得一时兴起，又恐人谈锋既纵，说不定便冷嘲热讽地照顾到自己，倒不如溜之为妙，于是便假称酒醉，逡巡辞出。

一路上趁着酒兴并那股子劲儿，真是跑了个两脚如飞。他素知他老婆歇困都早，并且死睡不醒，当时坦然不以为意，便一径地钻入王氏房中，解衣登榻，即觉得王氏肌滑如腻，并且香气袭人，至于那要紧的所在更是妙不可言。于是秦老爹致大兴动，便一面尽力逞狂，一面摇得那榻子吱咯怪响。但是王氏却如哑子一般，不但一声不哼，并且闭紧了一张嘴。

偏那秦老爹讨厌不过，这时手之所抚、身之所处都是很有趣的着落，唯有一张嘴闲得没干，就闹出许多肉麻话儿来唤王氏不应，不消说，秦老爹便想用舌攻，要尝尝这玉津香唾的滋味，于是尽力子偎住王氏面孔，这上面彼此的两个"口"字，正要合成"吕"字之间，忽觉王氏尽力子一扭身，一把揪住自己，便骂道："你这天杀的好不作怪！怎的今天换了一张榻子，你便这般高兴，须知老娘嘴里还着不得狗舌头哩。"说着就榻头案上揭开篝灯。秦老爹忙望时，哪里是什么王氏，却是自己的老婆。

从此秦老爹这新台之丑才张扬开来，但是他翁媳却不以为意。所以这会子两人在街坊上还有些摇曳生姿哩。

且说毛儿当时忍住笑，随秦老爹等趱进宅内，就客室坐了。那王氏俏摆春风地自行入内。这里秦老爹便道:"郝毛儿,你这么个长大汉,尽管在街坊上醉后厮闹,端的也不像回事。便是前些日你老娘还向我说,遇有机会,叫你立功哥把你带出去。无论怎的总比在家佣工强得多。如今机会倒有一个,便是王府中茶炉上茶役缺人。凭你偌大一个汉子,到那里怕不得意?只有你这嗜酒的毛病,却叫人放心不下。须知王府里非同寻常。你若醉后闯出事来那还了得!前些日俺将这事体也曾向你老娘说过,倒招得你老娘恨你不成才,只是落泪。而今你倘能戒酒,只明日你大嫂便赴京,你便跟她去,倒是方便哩。"

正说着,恰好王氏端茶踅入,因笑道:"这个机会,真是再好没有。你去了也好给俺们照个眼儿,诸事方便。便是你立功哥何尝不好喝一盅?但是他自戒酒之后,不但吃得又白又胖,便是无论干起什么营生,都是劲头儿十足,这是瞒不过我的。好汉子须有咬牙忍劲儿。难道那酒便是饭,不吃便活不得吗?"

秦老爹笑道:"正是,正是!这话儿由你说出,就叫人听着入膪。"因笑顾毛儿道:"你果能从此戒酒,今天便在我这里大大地喝一场子,明日便赴南京如何?"说着,只见毛儿早已黄豆大小的眼泪直掉下来,便哽咽道:"俺因好酒,叫俺老娘并你老人家如此挂心,可还是个人?俺从此戒酒,便赴南京就是。"

不提当时毛儿谢过秦老爹,回得家来向老娘一说此事,母子欢喜。且说王氏次日里携了毛儿踅回南京,那立功见了毛儿,又嘱咐许多言语,便命他执役灶上,专管内院的茶水。

这本是立功一番好意,因为这档子差事得的赏赐钱比别人多些。哪知毛儿只干了四五日,便支持不得,因为内院中丫头仆妇成群搭伙,不是你洗这个,便是我洗那个。不但白日里穿梭似来取热水,便是三更半夜不定想起洗什么要紧物儿,说声要水,便须立时就有。直将毛儿盹困得昏头奔脑,通不得睡,所以支持不得。

当时立功没法儿,只得另换一人,却命毛儿去管水瓮。哪知管水瓮虽不熬夜,却须起个大早儿。因为水夫进水,都在鸡声初唱。每人担水都有水牌,交管瓮的立时核算,立时发钱。这起早还不打紧,唯有核算一事却把毛儿给难住咧。当时弄得七乱八糟,满院中挤了许多水夫,通没分晓。那立功见不像话,只得又另易他人,且命毛儿去执杂役。

这事儿毛儿虽然去得，不想没过得个把月，他却犯了老毛病咧。因为执杂役人们不时地向大厨房中溜。那大厨房中本是米粒狼藉、肉山酒海，余下的残肴酒正虑没处置放，便把来给杂役人们。那杂役人们得了这项下山虎（俗谓馂余也），便如临潼斗宝一般，大家摆列起来，大吃大喝。

俗语说得好：好酒的架不住三让。起初毛儿却还拿定主意，合了眼子不敢去瞅酒。却当不得那香气只管钻得喉咙内痒愔愔赛如小手挠的一般，于是试吃一杯，以为无碍。经人一劝，再饶上一杯。少时，又自劝自地道："俺索性再吃一杯。哪个王八蛋，从此后再吃酒。"哈哈，说也不信，自家骂声只管未绝，不知怎的，那酒杯愣会凑向自己手中来咧。于是一杯一杯复一杯，直吃得两眼都瞪，方才罢手。

那立功晓得了，好生不然，便唤过毛儿数落一顿。毛儿当时也知唯唯认错。但是开了酒戒的人，便如寡妇坏了贞操一般，既已尝着甜头儿，再要重新不偷嘴，却是难的。于是毛儿酒德官复原职，没一日不和人吵嘴打架。

这期间却累煞了立功夫妇，气得立功便要撵掉毛儿。那王氏妇人家究竟心肠是软的，便向立功道："咱爹既将毛儿托付给咱，若撵掉他，须使不得。他这犯旧病都是那群醉猫引诱的他。如今咱房屋后面那个看柴房的刘小子整日价划眉掉嘴，见了我便没说强笑的只顾蝎螫。我瞧那小子便不是块好肉。有一天，咱两个困觉晚些咧，次日，我瞧屋后窗上却有手指挖的窟窿，这准是那小子干的营生。你想想，这是怎么回事呀！咱何不撵掉那小子，叫毛儿去看柴房。他离了那群醉猫，就许不犯病哩。"

立功听了，也觉得逐掉毛儿心下不忍，于是便听了王氏的话，即命毛儿去到自己住房后看守柴房。那王氏放下心来，一面将后窗糊得老厚，自以为千妥万当。

这时方在暑月，王氏有两坛体己酒，本为夫妇夜饮之需，因热天怕酸坏，便把来放在后窗外墙阴下。又因这时毛儿又已骂誓戒酒，所以也不虑他偷吃。过了数日，那毛儿居然循规蹈矩，克尽厥职，只不过有时寻茶佣们谈个天儿。

王氏见了方在暗喜，不想一日早晨，王氏挠着头儿，黄黄的眼圈儿，拖着鞋子，手持一件褥单儿，一面揉搓得白屑落地，一面向窗外晒晾。正这当儿，恰好一个茶佣和毛儿趔过。那茶佣望望王氏，又望望毛儿，忽地唝然一笑。毛儿却绷起脸子，没事人似的。趔过数步之外，却闻茶佣向毛儿小语道："今晚不消说你又有哄酒吃的材料了吧？"毛儿掉头道："少说闲话！"

王氏听了，不由心下怙惙，以为毛儿或又是偷偷吃酒。

日西时分，正要暗唤毛儿来，究问其故。恰值茶灶上事体忙碌，立功只管趔来趔去。王氏恐立功晓得了，又要逐掉毛儿，只得待至晚间二鼓时分，恰好立功有事外出，王氏晓得毛儿每至晚间将歇时，必要寻茶佣们说笑一回，以息劳倦，于是便悄悄跟去。

方一脚踏近茶佣室外，便听得里面喧笑如潮。就窗际向内听时，不由且气且笑。正是：

　　　　佣保群居，骇竖猎酒。谈言微中，下酒一斗。

欲知后事如何，且听下回分解。

第九回

逗闲情笑话谈秘戏
寻策士午夜走名王

　　且说王氏属耳窗际，便闻一茶佣笑道："老毛哇，今晚这酒你且慢吃。因你报告的笑话儿有些不对头。像你往次所说咱头儿两口儿怎的闹花样都还不离谱儿。便是前日你说咱头儿忽地那么着，这也在情理之中。因为王奶奶本来有好体面的膘头儿，又搭着天气热，前面一个汗渍胖肚皮鼓出多远，说实了，有些碍事。咱头儿一来为方便起见。二来王奶奶那白白胖胖的腚锤儿本来也怪好的。三来，又省得对厮面价，口气嘘热。有这些道理，咱头儿偶然高兴，由后面那么着一下子，这本不为怪。假如咱们在场儿，瞧着王奶奶一身白胖肉，也许会想到这里哩。"

　　王氏听了，不由暗诧自己背人的事，他们竟会得知？正在暗骂一声"该死的们"之间，那茶佣又接说道："但是老毛你这次说的却有些不对岔儿。你想王奶奶昨晚的式样儿，若仍然像你前日说的一般，咱们准情度理、设身处地而论，那当儿王奶奶定然是两手据床，屁股向后偎出多远。却又怎的今早晨她晾裰单儿，那裰单又那么的一塌糊涂呢？可见你今晚报告不实，只想骗酒吃哩。"

　　众茶佣哄然道："此话有理。若非你老哥瞧着裰单，咱竟被老毛的瞎话骗咧。可见他近来采访不实，理当罚他才是。便是那一天他报告的，他愣说咱头儿还闹了个'下马闻香'的花样。你想这样热巴巴的天气，王奶奶两腿又间那等的膘头儿，再加上汗渍水渍的，你们大家自想想，该是何等气味？难道咱头儿瞎了鼻子，真就那么办吗？可见老毛惯说瞎话。今天这酒咱一定是不叫他吃的。"

　　王氏听了，正在越发气诧，便闻毛儿急促促道："岂有此理！你们听话不听完，便属醉雷公的，一阵瞎劈（与批评之批同音）。俺只说到王奶奶的屁股晃动得似凉粉似的，你们便劈头一杠子拦人话头。如今俺不吃这份鸟酒打甚紧。但是你们也就不用听新鲜笑话咧。"

众人忙笑央道："好毛儿哥，你倒是个急脸子，还值得气得雷秃子似的？如今酒且斟下，你果说出道理来，给你双份酒吃如何？"于是大家哄然一笑，即闻斟酒之声。

气得王氏赶忙用手指醮唾，戳破纸窗，正要向内张时，只听毛儿笑道："你们不信，俺且学王奶奶最后的样儿给你们瞧瞧，你们便晓得那褥单一塌糊涂的缘故咧。"说着，便闻里面一阵窸窣并众人哈哈乱笑。

这里王氏忙一眼望去，只见毛儿高举两腿仰卧在榻沿上，榻沿上铺件短衫，想是权当那褥单的比示。众茶佣们却围拢在酒案旁，都笑得前仰后合。

瞧得王氏又气又笑之下，情知自己许多丑态三不知地被毛儿偷张去，却把来当笑话，换人酒吃。当时想唤出他来，数落一顿，又觉得怪不好意思的，只得暗唾一口，逡巡踅回。忽地想起毛儿准是夜夜偷后窗下的酒吃，所以才偷瞧把戏。想至此，忙就那两坛酒一瞧，果然业已空空。从此王氏料毛儿酒德难改，便和立功商量，正想送毛儿回家之间。不想一货有一主，又搭着毛儿酒星照命，没过得三两日，毛儿竟得其所哉咧。

原来这时跋张在王府中正在继酒伴狂，便如疯汉一般，有两个书童都被他骂跪打跑：一个是为烫酒太热，烫了跋张的嘴。一个是为跋张醉后用夜壶，托出淹搭搭的东西，愣叫那书童给他向壶嘴内塞。可巧那夜壶在院中墙根阴花下放着，不知怎的，正壶嘴腔儿内爬了个小蚰蜒，一下子蜇得跋张山嚷怪叫，所以那书童又被骂跑。

这当儿跋张正缺个书童，府中人们便想到毛儿身上。一来是替立功安插毛儿，省得巴巴地送他转去。二来跋张酒狂，大家都恨得牙痒痒，便想与他寻这么个漂亮书童，他两个凑到一处，不消说，定有笑话可观。于是寻着立功一说此意，立功自然乐从。

从此毛儿竟做了跋张的书童，登时间气象一变。因为跋张见毛儿既与自己有所同好，又落落拓拓的有些与众不同，这一来倒合了自己的脾胃。当时一见之下，不由大悦，先赏了毛儿几杯酒吃。又见毛儿还穿的是茶佣短衣，便将自己穿破旧的几件行头都赐予毛儿，是一顶其大无外的软胎瓜皮帽，却没得帽结儿，一件又肥又长的大袍儿，毛儿身量矮，只好用腰带提系着，胡乱穿上，便如莲蓬佬（儿童用莲蓬扎结之戏具也）一般。那一件，便是一双一寸厚底的云头破福履。这三件行头，毛儿一齐上身不打紧，远望去，不似《三疑计》里的那书童，也似《打樱桃》中的那狗才。

毛儿跟了跛张，摇摇摆摆地出府入府了两次，险些没把府内人们嘴都笑歪。但是从此以后，大家却落得耳根烦吵，因为跛张醉后话是多的，巧咧，毛儿醉后一张嘴更不肯闲，又搭着跛张那时方在落拓，好容易寻些酒钱来，三不知地便被毛儿摸去，替他沽饮。

及至跛张查问起来，那毛儿来得更老气，只马马虎虎地道："什么你的我的，你的就是我的，我的就是你的！难道你打酒吃在肚里，便不变泡尿溺掉不成？"气得跛张正在干眨眼，那毛儿业已一溜歪斜又去睡他的自在觉咧。

便在这鼾声大作之中，跛张是喃喃乱骂，吵得府中人们什么似的。方怙惚跛张生气，定将毛儿逐掉。留意瞅时，却又不然。跛张不但骂后便罢，更有时就书馆中和毛儿相对衔杯。跛张吃到醉际，便又喃喃地骂声渐作，妙在毛儿殊不理会，有时也回敬两句。说也奇怪，那跛张骂声登时便住。从此王府人们方深悔不该作成这两个醉鬼到一处，转给大家添了许多烦吵。没奈何只好由他。

及至跛张时来运转，得承豫王敬礼时，毛儿在王府业已一年有余。弯刀遇着瓢切菜，伺候跛张，竟自相安下来。只不过岁时间回家去，望望他老娘并那个配吃他鱼的人。

跛张既得势，毛儿自然是也走旺运。那钻跛张门路的人，自然在毛儿跟前加以点缀。毛儿既腰包充裕，便不断地购寻甘旨并时新等物去孝敬老娘并那人。于是立功夫妇便从容向毛儿道："你瞧张师爷已成了大人大位，将来一帆风顺，还不知闹到什么地位，真是运气能领人！你瞧人家虽还是好酒，却与先大不相同咧。每天价替王爷办多少正事，你如今跟好学好，也应少吃酒才是。趁这机会积起几个钱来，一来孝敬老娘。二来准备将来娶房媳妇儿，岂不甚好？"

毛儿听了，当时极口唯唯。但是没过得三五日，依然是偷摸吃酒。因为这时跛张书房内名酒罗列，都是人家馈送的。那毛儿不禁不由，每至晚间即便醺醋一回。

可巧这日晚上跛张因被月仙绊住，夜分未回。那毛儿一面在书房守夜。一面开了两瓶酒，又取了些下酒物儿，顺着脚子，就便跛张办公的座位上坐将下来。吃得两杯，重新地剔亮灯，一面将跛张所办的公牍夹七杂八推翻一案。一面暗想：干鸟吗！可笑前些日，立功两口儿没来由向我嘀咕，说是积钱娶媳妇。俺有钱只有给俺老娘用的，娶那东西做甚！语俗说得好：娶了媳妇忘了娘。可怜俺老娘辛苦半世拉把起俺来，俺岂可因娶媳妇，缺了俺娘的供养呢？千万不可错了主意，有钱还是给娘花吧。想得得意，连连举杯。

少时忽又怃悔道：慢着！我想媳妇这物儿想来也是不可缺的东西。如今俺在此不愁不发大财，将来回到家，积起许多钱怎样销发，也定要作起一份人家才是。既作人家，须有老婆，那么立功两口儿的话也很有道理。但是说到娶老婆的话，可就难了。第一样，她先须晓得孝顺俺的老娘。第二样，她不得管我吃酒。第三样，她还须长得像个人儿似的。不要说怎的俊俏，要紧的头儿脚儿总须煞煞利利，站在人前，走上街去，方像个财主奶奶模样。不然，头似草鸡窝，脚似死耗子，不塌我毛老官的台吗？但是要这三样俱全，恐怕掮着灯笼没处去找哩。"

于是怃悔之下，一瓶酒早已入肚。听听书房院外颇有奔走传呼之声，毛儿都不管他，跟手儿又打开一瓶，嘴对嘴灌了一气。一时间思潮起落，又复接着暗想道：这三样俱全的既不易找，没奈何只好将就些儿。说到将就，这老婆却有的是，俺还记得俺十五六岁的当儿，因家中没得柴木，整日价去到西坡草地内割草，偏那后街上李大婶的闺女大环子也背了草筐，不断地向草地踏脚。有一天，天气热，俺两个歇卧林中，便将草筐做了枕头。不知怎的，那大环却越热越向我身上挤，挤来挤去，俺两个便都有些非挤不可的光景。从此，俺两个每日总要在草地里热挤一回。直至天气渐凉，又恰值李大婶携了大环搬向邻村，俺两个挤方罢手。不知怎的，倒弄得我从此不敢向草地内去。因为一到草地，便想起大环挤得有趣来。如今俺听说大环还在未嫁，这是一个了。

俺又记得村东头靠湖沿住的吴寡妇，只大得俺一两岁。生得模样儿福胎福相，且是大样。不知怎的，她见了我便有说有笑。也是有这么一天，俺记得也是热天光景，忽地落了一阵暴雨。那时，俺正踅过吴寡妇门前，恰见她淋得水鸡子似的，抱了一束柴草，由屋后跑来，顺着鬓角儿只滴

217

水，穿的单衣裤都贴在身上。因跑得慌张，刚踏上阶石，却将鞋子脱落。这一来不好了，不知怎的，她向我哧地一笑，又不知怎的，我便模糊糊给她拾起鞋子。偏偏那雨也会凑趣，越发地瓢泼一般。她既脱了鞋子走不得，只好我去扶了她。两地里住不得脚，只好俺两个同入屋内。彼此既都是浑身衣裤湿，只好就用那柴草烘烤。既是烘烤，只好彼此脱个精光。既是都精光，只好你看我、我看你地嘻嘻地笑。既是嘻嘻地笑，只好彼此摸索着玩。既是摸着玩，摸来摸去，只好……哈哈，有趣得紧。当时屋外那雨只下得翻江倒海，俺两个通不觉得。从此以后，那天便是不落雨，俺两个隔个三天五日，便那么只好一回。如今那吴寡妇还在家下，这又是一个了。

如今怙惚起来，却叫人没法摆布。她两个都可以做俺的老婆，但是要了哪个好呢？难道都娶来不成？俗语说得好：一槽上拴不得两个叫驴，与其多讨老婆找架打，还是有钱孝敬俺老娘。再不然积起钱来，设法儿报答俺那位恩公才是正理。

想到这里，心下怡然自得，便举酒瓶又是一气。一时间酒意上涌，放下瓶，抱头伏案。正要盹去之间，只听室外一阵价靴声秃秃，似已入来。便有人击案大呼道："起！起！王爷来寻张师爷来咧。"

毛儿抬头一望，不由大惊。正是：

名王夜出，傒童醉倒。两般思潮，一样憧扰。

欲知后事如何，且听下回分解。

第十回

闻侦报豫王寻跛张
策太湖智士料邓侠

且说毛儿睡眼迷离地抬头一望，只见提灯照处，有两个仆人业已引着豫王趱临案前，并且面含怒色。

当时毛儿吓得一个整颤，腿子一软，本想急忙站起，不想屁股才欠起，向后一仰，反端正地坐将下来，并且百忙中抓起酒瓶要藏，手儿一颤，又已摔碎在地。这一来，倒招得豫王掀髯一笑。这时两仆人早将毛儿撮下座，跪伏于地。

既至豫王询知跛张还在未回，不由面现惊怒之色，便一面命一仆人速去传令，着本府卫士火速价分头去寻觅跛张，一面喝毛儿道："你这厮，好生该死！既是张师爷深夜未回，你如何不早向我报说？"

毛儿听了，正在颤抖抖地叩头不迭，那豫王早转身趱出。便闻满府中传呼奔走，众卫士纷纷出发起来。于是毛儿酒也吓醒，便忙忙抓了个提灯，一径地掺入众卫士群中一哄而出。

他晓得跛张每至晚半晌便向五柳居踏脚，便领了众卫士先到那里。大家人喊马嘶，提灯照耀，倒将五柳居的店婆儿吓得从被窝中摸裤不迭。

既不见跛张，众卫士忙又分头寻向他处，那毛儿落后，却因闻五柳居左近人说，跛张被一个媳妇子撮向家去，所以他才直寻将来。

至于那豫王因何黉夜间急觅跛张？却因当晚忽得一路侦骑报告，说是宁波地面要路关卡上，曾见五六个背包捐伞的雄健男子到得旅店中，歌呼饮酒，又时时地此入彼出，行踪闪烁。盘诘起他们来，只说是向海上普陀山朝山进香的香客。但是这班男子过去之后，前路上却连出了两起大劫案。因此当地官吏颇疑惑这男子们或就是大闹洞霄观的刺客们。现在方着

219

意查拿，期在必获。

当时豫王得报，且信且疑，因欲向跛张商量，所以才亲身到跛张书房中。以上所述，便是这醉童毛儿的出身来历并来寻跛张之故。哈哈，这段"横云断岭"的笔法儿，说实了，不算短咧。但因毛儿在下文中颇有关系，必当给他闹段儿详细小传。文势如此，不可草草揭过，并非无聊之笔哩。

闲话少说，书归正传，且说当时月仙踅入厨下，一面整洁茶水，一面却听得郎湛向跛张细说五刺客的踪迹。先述说自己所闻所见，然后又述说李志所闻见，听得个跛张倒一声不哼，末后却哈哈大笑道："俺这里也正揣度着那班刺客一定托迹在当地豪家。今果然奔向太湖邓伯通处。但是俺却没想到刺客们便是祁六公子并魏耕等。如今事不宜迟，俺便当速速回府，向王爷报说一切并料理掩捕之事。郎兄同李志告密的禀呈，倒不必忙着去递向官中。倘若走漏风声倒为不妙。因为邓伯通是驰名大侠，他的耳目党羽这南京地面想也是多的哩。"

月仙听至此正在倾耳，恰值灶上水壶沸的一声。月仙忙赶来泡茶之间，却闻正室外间酒壶响动，并那毛儿哗的声长出一口气，便如老牛一般。月仙听了，也没在意，便端了茶盘，刚一脚踏入室，只见毛儿正直挺挺地坐在那席剩着酒案旁，一面向着里间儿颠头拨脑。一面拎着酒壶向嘴直灌，并且将那所剩的许多狗肉用沾布（俗又名代手，即拭案之油布）包作一大包，置在肘下。一见月仙入来，却啪的声蹾下酒壶，接着便大喊道："喂！师爷还不快走，既有捉拿鸟刺客的勾当，如何还只管闲磕牙儿？"

月仙见了正在好笑，却闻跛张喝道："你这厮怪嚷怎的？这是何等事体，也是你胡言乱语的吗？"说着履声响动，似已站起。便闻郎湛道："张兄既说是告密禀词不忙，俺和李志便静听您的消息吧。但是掩捕刺客，须速速料理为妙。"

这时月仙踏入里间，却见跛张、郎湛都已站起，方才置茶于案，却又闻毛儿一蹾酒壶，喃喃地道："他妈的，难为这些狗肉凑弄得五味俱全。俺且把将去给俺老娘吃。"月仙听了不暇理会，便笑嘻嘻捧过一杯茶来，跛张笑道："俺不吃咧，俺这便速回王府。大嫂等但静候佳音就是。"

说话间三人趑出，一眼却望见那毛儿正向怀中乱揣那包狗肉。招得月仙咯咯一笑的当儿，跛张却正色向月仙夫妇道："郎兄等别瞧俺这书童襜襫得可笑，却有一件，最能孝顺他老娘。凡遇有可口新物他便藏起来，以待归遗其母。有时节他更不管忙闲，巴巴地将所得新物送回家去哩。"

毛儿听了，正在一翻白眼，狠狠地望了郎湛一下，月仙便笑道："既如此，这案上果饼等物都也可口，何不也将些去呢？"跛张听了，一面笑，一面喝起毛儿，拎了提灯正要匆匆拔步，忽闻宅外马蹄如雷，接着便提灯照耀，直趑入一班卫士。原来有一班卫士从他处寻觅良久，又折回五柳居左近，也听得人说跛张现在这里，所以也寻将来。

不提这里郎湛夫妇送客回头，高兴之下，又相与吃了几杯剩酒，即便携手登榻，一面拨雨撩云，一面且寻那松江太守的好梦。且说跛张被众卫士撮上马去，一路上灯火如龙，直奔王府。须臾到门，只见灯火如昼，府中人们出出入入，果然像煞有介事体似的。

跛张都不管他，当即下得马来，命毛儿提灯前导，匆匆趑入。刚一脚踏到书室院门外，只见里面灯火辉煌，仆从鹄立，并有两个护卫各挎腰刀，列立在门外，一见自己到来，连忙迎上，悄语道："张师爷，您可转来咧，那会子险些将王爷急坏。如今王爷料是您将要转来，所以现在里面相待哩。"跛张一面点头唯唯，一面趑入。

当有仆人飞步入报，便闻豫王在室内大笑道："张先生，端的好酒兴哪！"慌得跛张连忙赶进书室，里间儿软帘开处，早望见豫王端正正坐在里面榻几旁，秃着头，脚下薄底软靴。有两个内人，一色的晚装便服，侍立左右。

那豫王正在举杯品茗，一见跛张趑进，即便置杯站起，便笑道："俺今晚倒有搅先生清兴咧。皆因有些急务相商，所以特地寻先生转来。咱且慢慢细谈吧。"于是跛张唯唯之下，当即就炕几下首落座。及至闻得豫王述出所闻侦骑的报告一席话，跛张略为沉吟，便笑道："好叫王爷得知，俺今晚倒因在外吃酒勾留，无意中得了些刺客的消息。比起王爷的所问来倒确实些。为今之计，当请王爷示下，速去掩捕为要。"

豫王欣然道："先生所探得的消息自然不差。俺所闻的姑且不必理会。

快请先生将详细说来，再斟酌掩捕之事。"跛张听了正在唯唯，却闻外间呼的一声，接着火光一亮，便有两个仆人跑进来，和毛儿嘁喳了两句话。跛张问时，却是毛儿撞翻了地下置的提灯，以致灯笼皮竟自烧掉。

当时跛张瞧着两仆出去，便向豫王一使眼色。豫王会意，便命仆人护卫都退去，只命毛儿在外间伺候。这原是跛张仔细之意，恐左右人听得机密话去，府中人多嘴杂，倘若泄漏于外，不是要处。那毛儿闷浑浑的只知吃酒，是不消防备的了。哪知智者千虑，必有一失，也是天心未死，遂使群侠脱难，存一脉正气于天壤。阅者诸公不要忙，下文中自见。

且说跛张当时向豫王将郎湛告密的一番话详详细细从容说罢，听得豫王且惊且怒，因拍膝道："怪得这班凶徒如此大胆，却又是祁六等作耗。不知又结合了一班什么人，竟这般胡为。其中又有一女人，更为可怪。这祁六和魏耕本是久经官中名捕之人，不但不知避迹，还敢恣意猖狂。这两人不除，真是地方隐患。便是那个女人也好生了得。当时在洞霄观，若非俺身手捷疾，竟自险遭不测。俺记得往年嘉定地面有一伙弄兵抗命的人们颇为披猖，虽经官兵扫灭，却也伤损许多人马。当时那称兵首领便是个女人，名叫谢曼华，守城多日，时时地夜出斫营。咱们官军中骁骑健弁被她三不知割去脑袋的也不知有多少。后来嘉定城破，那女人在逃，一向缉捕未获。莫非凶徒中那女人便是谢曼华吗？"

跛张道："王爷明鉴不差。那谢曼华虽是个风尘贱业中的女子，却豪侠自喜，名闻一时。料她和祁六等一班人定然意气相投，所以结党胡闹。小可自投效门下以来，便闻得她的大名。此人虽是一巾帼，却剑术如神，心雄万夫。王爷不可小觑于她，端须趁此时一网打尽，也免得她再向别处滋事。但是如今太湖中邓伯通也是江南第一豪士，今欲去掩捕那班刺客，不知王爷高见作何计较？"说着拈起几根黄髭胡儿，目视豫王，微微而笑。

这时侍立的两内人，一个站在豫王身旁，瞧着跛张颠头拨脑的神气抿嘴而笑。一个给豫王斟上一杯茶，方要退下，却见豫王神眉一挑，大笑道："哈哈！"惊得那内人身儿一歪，几乎闪到跛张怀内之间，豫王便道："先生怎的这般没抽展起来？如今凶徒们既在太湖，还用什么计较！俺这便命人去带兵掩捕，围剿太湖。谅那弹丸之地，他们能逃向哪里？怕不是瓮中捉鳖嘛!"

一言方尽,那跛张却拈须一笑,说出一篇话来。正是:

望望太湖,兵咸可假。危哉群侠,千钧一发!

欲知后事如何,且听下回分解。

第十一回

索刺客掌中画策
攀势要裙带得官

　　且说跛张当时听罢豫王之话，便拈须笑道："王爷不可逞一时之怒，便遽然发兵去捉。一来王爷此时治理江南，极力用怀柔之道，倘若民气不驯，顽梗屡作。今贸然兴师，有扰地方，岂不徒敛民怨？人心怨毒，以后为政便越发捍隔。二来邓伯通枭雄之尤，今所以自甘隐居者，虽是力不能逞，亦因王爷之雄才大略并素日威名，他一时难测高深，所以僻居水滨，自甘退处。今不当因数凶徒之故，便张皇动兵。示渠以度量不广。倘渠因此有轻觑王爷之心，暗地里号召党徒，发生事端，恐为祸之烈，更不可测。三来凶徒等虽聚太湖，其耳目多人，未必不散在四外，以侦官中消息。今遽然发兵，打草惊蛇，脱走凶徒，反为不妙。

　　"依俺愚见，王爷只需暗调心腹亲军，一面大张告谕，只说是向某处调换驻防。却一面价分布在太湖各要路，专备截拿。湖外既安置好，便可先命那太湖厅当地官吏，赉了王爷的手谕，谕晓伯通，令将诸凶徒献出，不但免其罪，并且有不次之赏。且看邓伯通怎生光景，再做区处。万一伯通如命献出，不但罪人斯得，王爷并可趁势收服了邓伯通，便命他去转相招致江南豪侠。那时王爷怕不高枕而卧？既不然，王爷搜捕凶徒之谕既到太湖，诸凶徒势难再匿。那时湖外各要路都有准备，只需以逸待劳，便可成功。比较着兵剿太湖，不事半功倍吗？

　　"再者，还有一层，凡事不可冒昧，据郎湛所见，是祁六等曾和伯通夜游湖中。他们都是讲义气一派的人，偶然同游，亦是常事。若说祁六等必住伯通家，这还是揣测之词，未有确据。因为太湖中地面甚广，到处里都可隐伏。今若遽然发兵，去惊扰伯通，搜查其宅。若伯通是寻常人原无

224

不可。今伯通乃一时豪士，却恐激怒其党徒，后患方长。如今王爷方想怀柔江南，不可不深思远虑哩。"

跛张说到这里，不由手舞足蹈，狂态大作，跟手儿向脖儿上一搔，却是两个肥肥的大虱子。招得两内人正在背面匿笑，却闻外间扇上嘭的一声。两内人偷眼瞧时，却是毛儿因盹睡，一头撞在扇上。正在望着里间儿，一面挠头咧嘴，一面望着屋梁，若有所思。那案上置的手罩蜡灯结了个紫漆漆、颤巍巍鬼眼似的蜡花儿，正在秃秃闪动。

恰好院中卷起一阵夜风，吹得户牖微微作响。瞧得两内正在相视微笑，那豫王却突地一拍大腿，大笑道："妙，妙！先生计划，端得面面周到。便是那邓伯通果能献出那班凶徒，咱正好趁势收服他，真是一举两得之计。如今事不宜迟，先生且自歇息，待俺明日酌选亲军，并飞谕太湖厅，一如先生之计办理便了。"说着站起，便命两内人提灯引路，转入内院。

这里跛张送得豫王回头，又沉思回料理太湖之事，忽想起有件公牍还未批发，就书案上寻取公牍时，只见一堆文件翻乱得如乱屎一般，又有一只酒瓶碎在座旁。跛张料是毛儿偷酒吃干的营生，大怒之下起寻毛儿，却又影儿没得。

逡巡间踅入毛儿所居的下房一瞧，不由倒好笑起来。暗想道：这呆子真是放不住隔夜的屁！他房中所蓄食物都已没得。这不消说，定是连那包狗肉连夜价孝敬他老娘去了。

不提这里跛张自去掩了院门，欣然就寝，并那豫王明日里火杂杂遣兵调将许多情形。如今且说那太湖厅厅官儿姓朱名异，吏员出身，本是北京一个破落户的子弟，专讲究吃喝玩乐等事，还蹴得好脚球，弹得一手好琵琶。问起官箴吏治来却一概不懂。

在北京部里当吏员时，日高三丈，方才起来，再向茶馆中闻闻鼻烟，街坊上遛遛画眉，到部里少坐一回，便算是画到已毕。人家见他那顽劣拉腔甩大鞋的样儿，便顺口儿叫他作"朱大鞋"。

他在部里当差，本应早就外放，无奈他累次地将应补的缺卖给人家。虽卖得大钱来，不消几日他便随手而尽。有时被他老婆许氏数落得只管掉泪，他却一声也不敢哼。原来他老婆许氏是个伶俐俊俏妇人，既稍有奁资，又机警能事，所以朱异十分怕她。便是朱异忽地到江南来，得这太湖厅的肥缺，也是他老婆许氏之力。说起这情节来也是一段小小趣闻。

原来满洲人初到北京，颇不谙本地土语，寻常上街市购买物件，往往被本地人欺蒙。其时豫王部下有个参领官儿，偶一日在酒肆独酌，吃到一味高汤清卤海参，甚是可口。那汤汁浓厚，都凝成块，极便携带。那参领餍饫之后，想唤堂倌来要买一份儿，以备回去下酒。但是又不晓得此味叫什么名儿。正在踌躇，恰好邻座客人也要这味佳肴，因唤堂倌道："喂！伙计，再来个卤参。"

那参领听了，便如庄稼佬下饭馆一般，给他个学吃学喝。于是也学那邻客的语音吩咐下去。但是关东佬的舌头是大而且劲的，一张嘴之下，那堂倌忽然扑哧一笑，因垂手道："您老要的这味菜小店却没得。您一定想吃这东西，俺可以向别处寻来，但是价钱却贵些。"

那参领一字字留神听去，大概也略懂得堂倌语意，因怒道："你这厮好啰唆！大爷有钱，哪怕他贵！"说着，油钵似的大拳头便攒起来。

你想那时满洲人的气焰哪个不怕？当时吓得堂倌赔笑不迭，如飞地寻到那东西，用油纸打了个长长的包儿，双手呈上。那参领这才欢喜，便不管三七二十一，揣入怀中，一径地欣然趱回。

方一脚踏到内室外，只听得里面杯箸乱响，女眷笑语，又听得自己老婆劝客道："诸位姑姑姨姨的，且将就用些吧。这老板的菜品真是没得新鲜可口的。"又笑道："你瞧大格格就这么腼腆，这滑溜溜的大海参，你怎不得一条呢？"即闻众女眷笑道："俺们谁吃谁夹吧，你大嫂可是没得说，这长条条、光滑滑的好物件，还说不可口儿哩。"

那参领趱入瞧时，只见坑桌上酒香炙馥，正围坐了许多女眷在那里大吃二一。抬眼便望见自己的老婆用箸儿挑了一样海参，方才吞入半段，正奋拉得堵住了嘴。那参领见景生情，猛想起自己怀内的佳肴，因大笑道："傻婆子，你只管吵没得新鲜可口物儿，却不道俺已得了来咧。但是这是稀罕物，咱们在座的是每人一条，不可争多论少。不过请你大家都尝尝俺这东西的滋味罢了。"说着，从怀中取出纸包，抖手打开。

这一来不打紧，但见众女摔破瓢似的一声笑，登时都绯红了脸儿。慌得参领赶忙抄起那东西正要跑掉，却被他婆子劈手夺去，抛向室外，早被个馋嘴狗吭哧一口衔了去咧。

原来那纸包内却是条挺大的卤煮驴肾，便是那堂倌讹听参领语音之故。从此那参领深感不谙本地语音之苦，便立意要从人学习。恰好朱异住处便是那参领的近邻，又正值朱异也要学满洲话，以为趋时之具。原来那时的满洲话便如如今的洋话一般时髦哩。

当时朱异经人举荐，同那参领相见之下，居然投契。因为朱异会蹴球弹琵琶，这两件都是那参领之所好。两人互相过从互相学话之下，不消说，两家老婆也自日益亲热，各不避忌。

朱异的老婆本有姿色，又搭着北京妇女善于修饰，有时戏作满洲装束，便真似个娇滴滴的鞑婆儿。那参领的老婆虽年龄略长，但是却白胖得有趣。两人有时立在一处，一个是袅娜多姿，一个是丰容盛鬋，秋菊春兰，倒也各极一时之秀。只过得个把月的光景，两家儿越走动越近。不但朱异、参领长日一处起腻，便是两个老婆也时常闺中谐笑，无所不至。

那许氏本是机灵妇人，见参领在豫王部下大红大紫，若巴结上这个阔门路，不愁朱异没得生发。因此每见参领到来，便特地扎括得花鹁鸽儿一般。又知参领酷爱摸人妇女小脚儿，便将一对金莲加意束袜。有时穿起尖翘翘大红南缎满帮花的小鞋儿，引得个参领眼欢似的口涎直淌。但是许氏偏施展出擒纵手段，且待机会，一来因朱异还未服帖。二来恐怕参领的老婆发起醋意，事体弄僵，反为不妙。

又过得些日，忽参领的老婆每见朱异却做出一副庄容正色。许氏本是精灵鬼似的人，有什么不瞧科？恰好这日就寝后，和朱异做起那件没要紧的事。只见朱异一面抚摩动荡，一面若有所思，少时却笑道："人家都夸赞你身段秀小，再好没有。但是那白胖女人挨到身上，便如温香暖玉一般，却也另有一番妙趣。"

许氏听了，心中一动，暗笑之下，正要用话去套朱异。那朱异却一阵逛逛，一面握了许氏脚儿，又笑道："妇人无论胖瘦，唯有这脚，却不要像她们旗下婆一般，白亮亮像笨鸭似的，搁在那里，也不好看相。"

许氏听了，越发瞧科，因笑道："你既欢喜白胖女人，俺瞧那参领的老婆就怪好的。她又常到咱家，等我看机会与你做成，你道好吗？"朱异正色道："岂有此理。朋友妻不可欺。罪过，罪过，你怎说这话？"当时许氏只有暗笑，既知朱异和参领的老婆业已入港，料事体不致弄僵，这才敢放手做事。

一日时当暑月，朱异偶从友人处夜饮回头，一推自己的宅门却已关牢。瞧瞧参领的宅门还在虚掩着，朱异乘着酒兴，当即蹑步而入，一面轻唤道："某兄在吗？怎的这时光还大敞门儿，快请去上了门，俺也就歇息去咧。"

朱异之意本是扬声试探那参领是否在家，当时倾耳听去，不见参领答应，于是大悦之下，推开住房门儿，昂然径入。一眼便望见那案上肴酒杂陈，烛光灿然，似乎是夜饮的光景。榻上是帐帏深垂，通没声息。

朱异还恐那参领在榻睡酣，便悄步近榻，轻揭帐门看时，只见参领的老婆云鬓堆枕，醉颊逞酡，光溜溜一丝不挂，正四脚朝天地香梦迷离。一柄蕉叶扇儿却掩在小肚下。于是朱异兴致大动，即便解衣登榻，一径地轻轻拿开那柄扇儿，便风狂雨骤，竟硬生生将参领老婆从睡梦中弄醒来。两人这时更不答话，那参领老婆只咮地一笑，轻起一指戳到朱异额上，一扭身儿，大张玉股。

朱异乐极，正在撕揉之间，不好了，忽闻院中履声响动，并遥闻自己宅门啪的声重新关了，接着便闻许氏小脚响动。

朱异料那院中履声定是参领由外归回，只吓得正要翻下身来，抓穿衣裤，不想那参领老婆却如没事人一般，只抱牢朱异附耳数语，便从枕函中取出一宗法宝。那朱异得了这法宝，也便登时气壮，便一面按了参领的老婆，索性闹得山摇地动。一面手持那法宝，伸向帐外大呼道："某兄且请回避，咱们是凡事心照。恕我公事在身，不下去迎接了。"说也不信，朱异呼声方绝，那参领居然一笑趄去。

你道什么法宝便如此有用？原来是许氏穿褪旧了的一只困鞋儿。这其间情节何须再说？自然是参领和许氏也勾搭上了。

当时朱异事毕，便持了那困鞋索性地由墙头上跳向自己宅内，却正见许氏蹲在榻脚边，胯下有个水盆儿，也不知洗濯的是什么。

朱异虽是怕婆子，但是此时手中有老大的把柄，未免气壮，便向许氏一抛那困鞋，道："却也作怪！这是你的臭蹄子，怎愣会到了参领榻上呢？"许氏夷然道："我瞧着也是作怪。你半夜三更的摸到人家榻上干吗来呀？"一句话问得朱异只张大了嘴。于是许氏一面撩得胯下水盆儿浪浪地响，一面摇着头儿笑道："你不用和我含着骨头露着肉的。人家又白又胖，你早已觉得有趣咧。须知俺也觉得黄骚胡子另有趣儿哩。如今打开板壁说亮话，咱从此巴结上去，大概你没得什么亏吃哩。"

朱异听了，不由恍然大悟。自此之后，便和那参领内外不分，两个老婆互相把来应用，那易内饮酒的许多风光，也就不一而足。

过了些时，恰值豫王由北京承命，兵下江南。那参领却被派为前军都统，一时气概，好不阔绰。于是朱异便借老婆之力，居然以吏员随营效力。

到得江南后，经那参领与他叙上些军功劳绩，又向当地大吏跟前一吹嘘。那大吏见了豫王手下的红人儿，正想巴结不迭，今既承嘱托，自然是唯唯之下，狗颠似的与朱异挑选缺分。可巧一时没得缺出，大吏恐都统不悦，便忍心害理地愣将太湖厅厅官撤任，换了朱异。

这日朱异正和许氏在寓闲坐，正值委署太湖厅的委札到来。朱异接过一瞧，登时倒抽一口凉气，道："啊呀，我的妈！可罢了我咧。"说着竟自呆在座上。

许氏见了，不由大诧。正是：

裙带功成，赫然委札。龌龊仕途，乃同戏耍。

欲知后事如何，且听下回分解。

第十二回

逞女谒官衔加营务
闹鱼税贪吏摆堂威

且说许氏见朱异见了委署太湖厅的委札，反倒一时呆了，因唾道："你这呆子好生作怪！这太湖厅也是江南属一属二的肥缺。干他几年怕不腰包满满的，你如何倒愣怔起来？"

朱异苦着脸子道："你晓得什么，那太湖地方好不霸道。那所在的老哥们动不动便讲械斗、砸衙门。咱们果到那里，说不定连你都被人抬去亦未可知。况且又有个没影大的太湖，凡是各处亡命之徒并滚了马的强盗等人，都向太湖中去落脚。咱在南京快活得惯惯的，为何向那里找罪受呢？"

许氏恨道："你这穷骨头真没有的！俺赔了多少小心，叫人家揉搓得面剂儿似的，好容易给你巴结上这个肥缺，你倒嫌好道歹地浪声丧号。你这么办吧，俺既与你挡了头阵，也不争再给你杀个二阵。到那里，你瞧太太出马，也未见得办不了去哩。"说着，赌气子抓过委札，就要撕掉。慌得朱异连忙拦住，没口子说："去，去。"许氏这才哧地一笑咧，却咬着牙儿恨道："你也自想想，俺为你的事去巴结人是什么光景！如今事才到手，你倒……"朱异听了，连忙笑揖不迭。

许氏道："你别只管听那风声雨声，便吓得你猢狲似的。民刁不如官狠，你到任后，先给个下马威，一下子镇压下来，那地方也就似棉花包咧。"

当时朱异听了不由登时气壮，便一面赴衙谢委，一面准备轿马，择吉赴任。

乌乱过几日，行期将到，那各处来的幕宾仆人等早已挤满寓中，并往来贺喜人等，好不热闹。这时乐煞了许氏，便扎括得珠翠盈头、清罗遍

230

体，携了仆妇，唤了小轿，正要向那都统处去辞行，只见朱异迷齐着笑眼踅来，上下打量了许氏两眼，便笑道："你如今是当现任官太太的人了，须不要……"说着挨过来，附耳数语。

许氏笑唾道："不要胡说，你别觉着做了官，就脱掉龟皮。须知你这官的系线儿还在人家手中撺着，只可瞧人家的高兴吧。"说着，笑吟吟登舆而去。

这里朱异又忙乱过一会子，也便出寓，向各处辞行。偏逢有友人拉饮，及至回头，业已二鼓之后，一瞧许氏还没踅回。

朱异一面脱却官衣，坐下歇息，一面暗想道：这光景却是不妙。倘明天走马上任，被人家留了太太，却是笑话。横竖人家当势当道，一面理罢了。譬如这会子我要和他老婆再搞一下子，却是难了。

怊怅间，疲倦上来，正在伏案蒙眬，忽闻口脂散馥，耳边有人咦地一笑，道："你倒会自在，俺替你跑了一日腿子，你倒先自盹歇咧。"朱异抬头瞧时，只见许氏业已花朵儿一般站在面前，手中却拈着一件公文似的官封儿。

朱异更不暇理会，便倏地站起抱住许氏，先一手探入许氏裤中，然后方喜得跳了一跳，道："亏你，亏你，这才像个官太太样儿哩。"气得许氏一推朱异道："俺给你四面八方地去办正经事，你倒这么贼心烂肝花，狗咬吕洞宾，不识好人！皆因你老鼠似的胆儿，俺特求人家与你加了个营务处的官衔。如今公文在此，你且瞧吧。"说着，由官封中抽出公文，那巡抚部院的紫花大印早已耀入朱异眼中。

原来那时地方有司得挂这营务处官衔，端的十分威风。在地面上捉住盗贼等，就可自行处决，然后详报。许氏因朱异懦弱，所以求那都统由巡抚处要了这件公文。

不提当时朱异瞧罢公文，欢喜异常，感激不尽之下，对了这位官太太自然有一番鞠躬尽瘁的报效。且说次日里大家匆匆即便起程赴任，行过两日之程，堪堪将届太湖厅的治所。那朱异候在四人官轿内，只见前驱头踏，夹着红盖飞扬，又有两面太湖厅正堂的大旗，并两面营务处的大旗因风招展。朱异一时间左顾右盼，不由心花大放。

但是刹那间，朱异又忽地攒起眉头，暗想道：如今到任后，第一件要事便是弄钱先弥补亏空。不要说自出京以来，以至随营当差，并在省候事的许多费用先须料理。便是那都统跟前的谢仪点缀也须先用一注好钱。虽是羊毛出在羊身上，不难到任后从地面上刮削。但是也须大费心思，这只好抵任后，看事做事咧。

正在沉吟之间，只见从对面来了一干人众，却是本衙中吏役人等来接新官，一齐就道旁声喏如雷。朱异从舆中略一颔首，即便飞驰而过。不多时早已接近官厅，又有当地士绅数人一色的衣冠齐楚前来迓谒。

朱异下舆，略为周旋，正在官厅内摆出十足官腔的当儿，只见后面软舆如飞，忽地咯噔声站住，便见健仆下马，一窝蜂似的围向舆前。接着便闻许氏娇叱数语，众仆暴应如雷。呼啦一闪，早由人群中揪出个长大仆人，不容分说，鞭荆乱下。打过一顿，方由吏役等将那仆人一索拖走。

原来那仆人因溺急下马，正在道旁小解。恰值许氏软舆趑过，不知被她张见什么稀罕物儿，所以登时怒责，并交付吏役看管哩。

不提许氏一路风光，竟率了一班人众先入厅衙，并那朱异别过众士绅，入衙接印后一切繁文。且说次日里朱异盘查仓库，接收文件，巡览城垣一切都毕后，即便接见绅商士人等。既然有施展下马威的成见在胸，不消说是先摆出一副阎罗面孔。偏那进见的一班人都是些老好子角色，朱异有所询问，大家只有唯唯诺诺。

这一来，朱异先自心头一块石落地，暗想道：果然浑家高见不差，真是凡事听不得风言风语。看来这所在地没有什么难治处。且待我慢展手段，先弄酬谢那都统的一注大钱是正经哩。主意既定，即便端茶送客。

从此朱异公然日事搜括，并且顺手异常。只过得两月光景，早已摸得数千金，将个许氏乐得屁股都要笑，那朱异也越发心下坦然。

朱异正要放手大搂，哪知嘣地一头却碰在南墙上咧。原来那太湖中渔业甚盛，单是渔户便占全湖之半，渔船千余只，每日网鱼，行销各处，真是日进斗金，但是向来没有渔捐渔税。那前任的许多官府也早就瞧着这注好钱，但因要搂这钱，其中大有为难之处，大家只好饶得涎垂三尺，扫兴而罢。不想朱异抵任未久，也想到发这大财。

当时朱异主意既定，也不和幕客们商量，便兴冲冲自家订出税例，一面命书吏写贴告示，谕知各渔户照例纳税，一面就要派人前去征收。

正鸟乱得一天星斗，却有个老吏进见，道："老爷，此事不可冒昧，依小人看来，此事办不得。若办得时，人家前任官们早已办咧。"

朱异诧异道："你这话我晓得咧。你莫非怕众渔户聚众抗捐，滋生事端吗？好在俺有营务处的势力，那渔户们若不知死活抗捐时，先捉将为首的来杀掉，自然事就办下去咧。"

老吏笑道："小人倒不是虑的众渔户。皆因太湖中有一人，甚有声望气势，不但众渔户都服从那人，便是全太湖的人们没一个不敬服听那人指挥的。如今老爷无端地要办鱼税，小人恐那人暗中作梗。他只要不许众渔户缴纳这税，这件事马上便闹僵。所以小人说老爷不可冒昧哩。"

朱异听了，不由诧怒道："什么人，他便敢挟众抗捐？只须先将他捉来，枷打示众，先办他个应得的罪名，此事自然好办了！"老吏笑道："老爷不可轻视此人。此人敢作敢为，全太湖中，他便是个头儿脑儿。那前任官府们所以不敢创办鱼税，也就是因此人哩。"

朱异怒且笑道："那是前任官们懦弱，所以治下容此刁民，俺却怕他什么？"于是向老吏问了那人姓名，只付之一笑，登时斥退老吏，反倒飞签火票，派了得力的公人等径入太湖，征收鱼税起来。

哪知去得急速来得快，只隔一日，公人等都空手回见，却呈上那人一封书信。气得朱异颤着手拆开书函，只见笺上面浓墨淋漓，写着几行字：

> 古者泽梁无禁，原以示网罟之利与民同之。今阁下无端征收
> 鱼税，病民而渔利，事焉可为？请收回成命，勉做好官。不然，
> 某当为太湖渔众请命，刀锯斧钺，甘身受之。阁下亦无为再问诸
> 水滨矣！

> 某顿首

当时朱异瞧罢，直气得双脚乱跳，碎掉信笺，正要立刻传话去拿那人之间，香风飘处，从屏后转出许氏，问知所以，也便气得嫩脸通红。但是许氏略一沉吟，便笑道："此人如此倔强，莫非是个扎手的角色？你何不稍待两日，访查明白，再与幕客们商酌商酌，再做区处呢？"

朱异道："整治一个糟老头子，还用访查商酌怎的？俺且叫他试试夹棍厉害。"原来朱异到任后，欲示威于人，便特制了两具头号夹棍，棍头上彩画出飞廉恶兽形儿，便定名为小飞廉、大飞廉。每逢升堂，专有四名值管这刑具的，都是恶眉燥眼的长大隶人，一色的皂衣羽帽，腰束红带，站在堂下，端的赛如牛头马面哩。当时许氏笑道："既如此，咱须叫他知道厉害，惩一儆百以后，以后凡事就好办咧。那么你的营务处官衔，这时

不施展还待何时呢?"

不提朱异听了欣然会意之下,一面挑选健役,持了绿头签红圈票,飞风似去传那人;一面命左右,届时摆足堂威,准备一切。且说这时衙中众幕客,大家知得朱异要捉太湖中那人,好不心下怙愄。但是因为朱异偏信一位姓高的幕友,凡遇事都和他商量。大家妒忌之下,便不来管朱异的闲账。偏逢那高幕友因事回家,没在衙中,所以这时朱异只管胡闹,也没人去劝阻他。

当时朱异气吼吼吼地过得一日。次日,巳牌时分,约莫着那人将到,便立命左右准备堂事,先就衙前掌号,卫兵齐集。一个个包头战裙,各抱长刀,雄赳赳,气昂昂,雁翼排开,由仪门直接大堂,直闹得杀气腾腾。

大堂前高耸营务处的大旗,又有两名高头扎膀的刽子手,头戴虎纹头帔,身穿红衣,腰束革带,各抱一口红绒刀套的刑刀,凶睛一瞪赛如鸡卵。大堂上吏役如林,肃然鹄立。掌刑的人各提着藤条竹板,枷锁赫然,堆在堂下。再望到堂阶下有一矮凳,上铺红毡,毡上并列着便是那大、小飞廉的头号夹棍。

须臾,排场既毕,当有人去报知朱异。这一来登时招得大堂前人山人海,虽不敢喧哗,却免不得悄悄议论。有的暗叹朱异凶酷,有的便说朱异是耗子啃猫咬,简直地是作死。

正在万头攒动,大家争望,只见有一持签的健役由仪门外飞步入报,便闻堂上一喊堂威,大家急忙瞧时,早见朱异穿了簇新新全身公服,昂然升座。

朱异本生得长项长腿,尖嘴缩腮,尪白色面皮,通没得什么威仪,但是这时却要吹胡子瞪眼,横作气势。正一拔腰板,手按惊堂木之间,便闻仪门外铁索琅然。

众观者忙望时,不由骇然。正是:

　　　壮士试威,贪吏作气。绝好排场,一番游游。

欲知后事如何,且听下回分解。

第十三回

邓伯通游戏试官刑
朱厅官张皇惊手谕

且说众观者听得铁索琅然，忙望时，早见仪门外趑进一班人众，是前后四五个健役，簇拥了个七旬上下年纪的老者，便是太湖中那人。那老者八尺身材，赤红脸儿，生得剑眉虎目，精神炯炯，颏下一部长髯因风飘拂，根根见肉，端的赛如银条。这时却秃着头儿，亮澄澄大脑门，很透着精光充满。

那人身穿一件灰布袍，趿着鞋子，一面手弄脖索，一面向牵索的健隶笑道："老哥，快走一步。俟少时事毕，咱大家到东阳居喝他一场子，我的请儿。难道叫你老几位白搭一趟辛苦腿不成！"大家见了，呼地一挤，却被在场的公人等喝住。

正这当儿，那老者已满面是笑，随了健隶等直上大堂，于是堂上又暴雷似一喊堂威。但闻朱异乱拍惊堂木，并厉声呵斥。偏那老者琅琅地回了几句话，接着便哈哈大笑。

众观者苦于听不清、望不明，正在你推我拥地都围向堂前，便闻朱异拍案大喝道："你这老滑头，还了得吗？你竟敢挟众抗捐，咆哮公堂。我老爷立时斫掉你脑袋也是平常。今姑念你老悖昏愦，不知法度，我老爷且从轻发落，叫你晓得本厅的刑法厉害。"说着大喝道："左右，且与我夹起这厮！"

堂上吏役正在嗷嗷如雷，这里大家忙望时，便见那老者大叉步随众下堂，却一面搔着秃顶，向值刑隶人笑道："我老汉这两日正苦腿风发作，走起路来又酸又麻，便如腿肚子灌了醋似的。没别的，有劳你众位，少时套上夹棍，多使点儿劲头儿。哪个要只图省力气，弄得我不痛不痒，少时下堂咱们再见。少说着我也戳他二十四把，再搭上个半把的零头哩。"一句话招得大家几乎都笑。又在相视暗赞之间，便见那老者四平八稳地伏卧于地，一伸腿子道："喂，老哥爽快些。咱们是早完事早散，不含糊！东阳居的小意思，俺早就准备下咧。"

那值刑的隶人忙从短凳上先取过小飞廉，抖手展开，便向老者腿上安置停当。手拉紧绳目视堂上之间，便见朱异气得瘟神一般，一面拍得堂木啪啪山响，一面手儿一摆。那隶喝一声，左右价一紧绳儿。这一来不打紧，但闻咯吧一声，闪得两个隶人几乎跌倒。

那朱异大喝道："好老猾，莫非你会邪术不成？左右速换大飞廉伺候。"就这声中大家瞧小飞廉时，已折为四段。于是大家急转眼光，只见那大飞廉亮莹莹，是枣木为胎，外加油漆，足有茶杯口粗细。

大家正替老者捏一把汗，那老者却笑道："这是怎么说呢？老汉腿风发作，倒坏了一副好夹棍。这次你们悠着使劲头儿，好对付老汉这两条废物腿。不然再坏掉一副，别的不打紧，咱们老父母慈悲为怀，一时间叫他哪里寻夹棍去呀？"大家听了，方在且惊且笑，便见值刑隶如前地与老者套上夹棍。才一紧儿，那老者忽地腿抖身摇，直声乱叫。

这一来喜坏朱异，正要步下公座，亲来监刑，但见那老者猛地一并两腿，接着便又是一声响亮，那大飞廉一折四段，中有一段甩跃得尺把高，正戳在一个值刑的头上，痛得他大嘴一咧之间，便见一人从暖阁后如飞跑出，不容分说将朱异拖入阁后。

转眼间那人又跑出来，一面喝令堂上下公人各散，一面径从地下扶起那老者，连揖不迭，并且没口赔笑道："得罪，得罪。敝东今天酒醉，冲撞足下，且看小弟薄面，不要计较于他。若是小弟在衙时，敝东也不致如此鲁莽，这真是有眼不识泰山了。"说着，竟将老者扶入衙中。望得众观者好不诧异，其中就有好事的单要瞧个究竟。

不多时，只听衙中一阵传呼送客，登时间中门大开，那老者竟从里面笑吟吟摇摆出来。屁股后面还跟定朱异，千打躬万作揖地恭送不迭。

那老者却头也不回，恰好一眼瞟着两个值刑人，便笑道："诸位走哇，老汉这便向东阳居，恭候台驾。谢谢你这两夹棍，治好俺这风寒腿哩！"说罢，哈哈大笑，双目一张，神威凛然。吓得朱异方在目定口呆，那老者已自扬长而去。

当时众观者见朱异前倨后恭的样儿，都莫明其故。后来衙中人传出消息，原来扶老者入衙的那人便是那位高幕友。因为他方从家中转来，恰值朱异升坐大堂，闹得乌烟瘴气。及至就人询明朱异因鱼税之事，方与太湖中那人为难。高幕友大惊之下，便先去拖入朱异，道："东翁怎的如此胡闹？这老者名震江南，是当今第一豪士，不但气势甚大，并且来去如风，暗中取人首级，只如探囊取物。便是豫王兵到江南时，那样诛锄豪右，都不敢轻易拨撩于他。东翁无端地开罪于此人，却不是自讨苦吃？"

于是一说老者姓名，只惊得朱异舌挢不下，便忙命高幕友邀入那老者，谢罪不迭，一面价收回征取鱼税的谕示。不但抹了一鼻子灰就此罢手，便连素日的下马威也就从此偃旗息鼓。

原来朱异是个色厉内荏的人，既碰了硬钉子，便不敢胡闹了。但是每想起高幕友说那老者取人首级如探囊取物的话，还是悚然汗下，这也不在话下。说了半天，那老者究系何人？料诸公都是明眼人，不待作者来点明，自然都晓得是邓伯通了。

且说朱异自被伯通挫折之后，倒也很听教训，便收起威风，只做他那奉行故事的官儿。太湖厅缺分肥饶，过得年把，官囊甚裕。没事时和许氏燕居自乐，倒也十分写意。

一日正在内室闲坐，因那都统的寿辰在即，两口儿商量馈送金珠寿礼。许氏便笑道："俟他寿辰到时，俺也当亲去祝寿才是。"朱异听了，只是嘻开嘴，瞧着许氏手拈的裙带儿，半晌不语。

许氏觉得，便笑唾道："你没的正经胡思乱想！俺因你在这里，提起邓伯通来便吓得猢猴似的。一个男人家通没胆儿，看了令人长气。俺此去借着祝寿，想求人家给你调个缺分。你以为又是……"朱异笑道："又是什么？横竖我也没说什么。"许氏一红脸儿，道："呸！"

正在嘻笑之间，忽微闻院中仆妇悄笑道："害邪的，难道你没长脚子，俺偏不去替你传话。休说王府中来人，便是王爷来干我何事？"

朱异向窗外瞅时，只见仆人高禄正向院中一个仆妇一面笑揸不迭，一面两指交叠，向窗里一努嘴儿。朱异见了，料是有事，正要喊唤高禄，只见又一个仆人气急败坏地跑来，没好地一瞪高禄，道："你真罢了！这样急促事儿，你怎还没进去回话呢？"说着跑入室。

朱异这里方站起，那仆人便道："如今豫王府内来了两个差官，说是

237

紧要密事。现有王爷手谕，请老爷快去面谈哩。"朱异听了方在一怔，那许氏已满面堆下笑来，道："这说不定便是来报什么喜信儿。王府差官是不可怠慢的。"朱异唯唯之下，忙随那仆人趑向客室。

许氏这里一面静听佳音，一面检点出许多新奇寿礼，都用红纸红绒绳儿扎裹停当，又因去祝寿，特做了一双镶珠刻绣的凤头小鞋儿，便坐在榻上穿试大小。正手握莲钩，一面约抹，一面低鬟微笑，若有所思。只见朱异惨白的面孔，喘吁吁跑入，手里捏着一件信，颤颤抖抖地置在榻头，随手夺过自己的新鞋儿一抛，道："傻婆子，亏你还有心有肠地扎括脚儿。咱这就回家抱娃子去咧，还弄这没要紧做甚？"

许氏见了，也自怔住，以为是有什么撤任的消息，因唾道："你便是撤任，也没什么大不了的事体，还值得这副猴形儿？"朱异道："若是撤任倒好办咧。你瞧王爷这手谕不是分明要我的命吗？你想太湖何地，邓伯通何人，愣向他要一班刺客，又是何事？我与其丧命湖中，还不如回家去，死在炕头上，还落个全尸整骨哩。"

许氏见他说得苦恼又凶实，也顾不得去穿鞋儿，便光着脚跳下榻，忙取那信件中的手谕瞧罢，不由哧地一笑，便咬着牙儿，手起一指，戳到朱异额上，道："恨煞人的你这脓包货，便使劲吓我这么一下子！我当是什么大不了的事，原来王爷只派你向太湖中去一趟。这是人家王爷瞧得着你。你这次倘能讨出五刺客来，那时王爷见喜，你怕不升官加三级，抖起来吗？"

一言方尽，那朱异早苦着脸子，说出一番话来。正是：

太湖一水，俨如敌国。不有伯通，群侠焉托。

欲知后事如何，且听下回分解。

238

第十四回

宣王谕朱异约同僚
入太湖群英叹国难

　　且说朱异苦着脸子道："你晓得什么？邓伯通既敢藏着刺客，有什么不敢做的事？一定是早有准备。俺这一去，他怕不趁势反他娘的。你想那开刀祭旗的人，不是区区，还有哪个？可怜我搭上老婆巴结这个鸟官，虽落了几个钱，还没空享用。如今伸了脖颈儿去试他凉渗渗的一刀。好不苦恼得紧！没别的，俺只好自告才力不及，不做这官儿了。"说着跺跺脚，只顾就室中来回大踱。

　　这一来，倒招得许氏扑哧一笑，道："难为你也是个官儿，便这等没见识！那邓伯通也没有招兵买马，也没有积草屯粮，也没有呼风唤雨、撒豆成兵的邪法。况且与他要五刺客，他认这笔账不认都还未定。平白地他就反起杀掉你吗？并且王爷手谕只叫你赍谕入湖，查看伯通是怎生光景，又没叫你去捉拿于他。你只去一趟，据情回禀王爷，便完事一宗。只管怕他怎的？"

　　朱异道："话虽如此说，只是俺见了邓伯通就有些腿子颤颤的，并且他那生愣性儿也说不定便要我的脑袋。如今咱们要死死在一处，那么你和我去上一趟吧。不然，抛下你我死后也不放心哩。"

　　许氏笑道："你真吓昏了！俗语云：骡马上不得阵。俺虽是处处给你撑腰子，做这官儿，也须看是什么事体。如今你既自己去胆怯，怎不寻两个帮手呢？"朱异愕然道："什么帮手，现在哪里？"

　　许氏道："你这糊涂虫！你自想想，听你指挥的还有哪个？我常说你死心瞎眼，平日价腆起脸子不去联络人家。难道这会子你就忘了不成？"朱异恍然道："不错的，他两个倒是比我能干得多。只是而今急来求他们，少时他们若推辞时，少不得还须太太搭回手儿哩。"说着抓起那手谕，匆匆地折向前厅，便一迭连声地吩咐仆人，速去请邵老爷、汤老爷起来。

原来这太湖厅地面还设有两员巡检官儿，一个驻在角头，一个驻在下杨湾地面，都距厅治不远。角头巡检名叫邵光煦，久于其任，是个老世故，为人能说善道，十分机警。下杨湾巡检是个世家子弟出身，为人甚有骨气。虽为小官却不自菲薄。到任以来，很与地面上办了两桩正事，诘捕奸盗，颇为尽职。他姓汤，单名一个渊字，能驰马使剑，也略通拳棒，生得长身岳岳，很有气度。

那巡检官儿虽小，唯有下杨湾巡检却与他处不同，不但衙门气象阔大，规制宏敞，乍望去便如府道衙门一般，并且门列荣戟，左右的吹手楼儿。巡检出门，照例四人大轿，鼓吹放炮。那乌谷儿（满洲语谓气势也）简直就大了。

若问何以如此，原来这其中还有点儿故事，甚是有趣。这话还在明朝年间，也不知是哪代帝皇驾前有一位得宠的大臣，官居宰辅之职，既承圣眷甚隆，未免心高气傲。皇帝便想挫他骄矜之气，以老其才。恰值一日，某大臣在经筵侍讲，偶然引征古书中一段鬼神典故，照例先背诵原文然后再讲。那原文中有"神鬼"两字。某大臣偶然大意，却颠倒价讲作"鬼神"。于是皇帝亲洒宸翰，立降纶音，题诗一首，以赐某大臣道：

> 神鬼如何做鬼神，读书还是欠功勤。
> 此人不可为臣大，罚尔江南做检巡。

当时某大臣见诗，知自己业经贬官，于是谢恩而出，即行蹇驴袱被，携了个老奴，行抵江南，一径赍了钦赐御诗，问那巡抚官儿索要巡检缺分。

这一来，惊得那巡抚屁滚尿流，明知皇帝是挫折某大臣，说不定不久依然起用。倘若怠慢了他，那还了得！于是一面将某大臣留在署中，以客礼相待，一面简定了下杨湾巡检的缺分。

因某大臣虽是被皇帝罚做巡检，并未将原官革职。那巡抚体会得此意，所以将那巡检衙署修理得那么气势。又为保护某大臣，托言缉私需人，特添设巡兵二百人。一切整理都毕，然后准备舆马恭迎某大臣去赴下杨湾巡检之任。

果然为日不久，某大臣被皇帝召回，仍为宰辅。从此那下杨湾巡检体制阔绰，便相沿下来。直至清朝定鼎后还是如此哩。

当汤渊抵任时，那巡兵等人数虽然不少，但大半都老弱不堪，并杂以市井无赖。除了麻烦地面外，便是长日嬉游，哪里晓得什么操练拳棒？于是汤渊极力整顿，一面汰老弱、募锐健，一面公余之暇，按日价操练巡兵，并亲教他们技击等术。不消数月光景，早壁垒依然，精彩一变，以致缉私捕盗居然其效大著。所以太湖厅当地人提起下杨湾巡检来，无不称赞。

汤、邵两人既这样精干，自然瞧不起那位宪台朱异。光煦老练圆活，还与朱异周旋一二。汤渊却少年气盛，甚鄙朱异之为人，除因公偶相晤接外，平日价通没款洽。偏搭着朱异也与汤、邵气味不相投，同寅间连杯酒往还都稀稀的。所以这时许氏说朱异死心瞎眼。

慢表朱异自在前厅急得热锅上蚂蚁一般，且自等候汤、邵两人，商量同赴太湖之事。且说许氏见朱异跑向前厅去请汤、邵，虽是心下少安，但又未免担心着汤、邵两人或不肯去。凭朱异自己入湖，他晓得查看伯通什么？回头向豫王跟前禀复情形时，倘有差错那还了得！一会儿，又想到邓伯通万一真个藏着刺客，一时间人急造反起来，捉住朱异，动起粗鲁，真也不是要处。许氏想得怔怔的，不由面红耳热，便只管倚定槅栏，瞧着摆列的许多寿通没作理会处。

正这当儿，忽觉足下冰冷，低头瞧瞧，不觉失笑，连忙取过朱异抛的新鞋儿，坐向槅头。方抬起那只光脚儿，正要重新穿试，只听前厅一阵喧哗并拍案吆喝之声。徐氏听了，正握着脚儿悚然倾耳，便闻院中奔马似的脚步声动。

这一来，许氏大诧，以为定是朱异与汤、邵两人说翻了腔，那伺候的仆人们前来报信来了，只慌得不顾穿鞋，随手儿揣入怀中。方才站起，但见门帘开处，却抢进个大脚仆妇，一见自己便失惊打怪地道："太太快瞧瞧去吧，可了不得咧。刻下老爷和姓汤的说岔咧，两个人一对儿乌眼鸡似的，都在那里勒大胳膊。亏得姓邵的一张嘴画眉似的，好说歹说，方将他两个劝开。如今正都大眼瞪小眼哩。"许氏听了，更不待向那仆妇问毕，便三脚两步跑向前厅。

正要从屏隙向内张时，便闻邵光煦哈哈地笑道："俗语说得好，事缓则圆，还有过不去的事吗？老宪台也不必说什么汤兄抗委的话。汤老兄也不可钻牛犄角，凿四方眼儿，说什么王爷札谕中只命老宪台去的话。咱们既是同寅官儿，遇了事，顶好是大家捧着办。如今闲话揭过，这风火事是耽搁不得，咱就商量正事吧。"便又闻朱异哼的一声，似乎是生气一般。

许氏忙向里望时，只见主位上坐着朱异，直挺挺的气得面孔煞白，拈着两撇短胡儿，直喘粗气。汤渊却挺然按膝坐在客位上，微微冷笑。那邵光煦却摆着长袍儿，就室中来回大踱。两旁有两个伺候的仆人，都吓得逼定鬼一般，一个只管发怔，那一个却端了一杯茶蹭向汤渊身旁，仿佛欲进不敢的光景。

许氏平日虽闻得汤、邵两人的大名，却不曾见过。这时仔细一瞧，只见光煦年可五十余，面目和蔼，时作笑容，望而知是个久经世故的圆活角色。再瞧汤渊，不由心头怦然一动。又望望朱异那猥琐模样，不由暗想道："人家姓汤的，也是他妈养的，人家是怎么长的呢？"

原来那汤渊正在壮年，生得面如冠玉，唇若涂朱，两道剑眉，衬着点漆瞳子，端坐那里，端的似玉山一般。许氏望得正在心下模糊，便见汤渊慨然道："非是俺遇事退缩，叵耐老宪台只管拿出上司面孔来吩咐于俺，哪里令人耐得？今邵兄既如此说，俺敬听指挥就是。"

光煦听了还未答语，那朱异却哼了一声。许氏唯恐汤渊见状不悦，便连忙自掀帘儿，翩然径入。这一来，室内三人光景登时立变。朱异是惶然站起，汤渊是愕然离座，唯有光煦忽地扑哧一笑，虽登时止步，却只管低下头去，瞧着那光光的砖地，仿佛不敢仰视一般。原来许氏虽没见过汤、邵两人，却因许氏时时出衙游览，都曾见过的。

这时那发怔的仆人忽见许氏来到，便以为定向里间落座，便一抖机灵，赶忙去打起软帘。岂知许氏瞅都不瞅，却笑吟吟向汤、邵两人道罢万福，便俏摆春风地趱到汤渊跟前，注定了汤渊面孔，便笑道："你汤老爷不要和他一般见识。他是个不会说话的人，凡事都看我吧。可是邵老爷说得好来，事儿大家捧着办，他的事也就是我的事，你二位捧他，就和捧我一般。你瞧瞧，真就气得汤老爷鬓角挂汗咧。且吃杯茶，消消气吧，"说着，又是一个万福，方一扭纤腰，要从那端茶的仆人手内接过茶来去敬汤渊。

242

慌得汤渊一面躬身，连道不消的当儿，忽见光煦轻走碎步，蹭向朱异跟前，绷着面孔道："老宪台，如今事体就绪，不必挂心了。倒是这冰凉挺硬的砖地，您可以费费心，寻条地毯铺铺。不然，冰坏俺们这又大又粗的脚倒不在乎，就怕冰坏人家。"说着，哈哈大笑。

这一来许氏猛悟，只慌得哟了一声，顷刻嫩脸飞红。偏偏那只光脚儿噜地一滑，许氏一歪身，说也凑巧，竟将一个香渍渍的一点朱唇，直偎到汤渊脸上，慌得汤渊一面唔呀着直向后退。哪知后面不但是榻沿，并且脚下有个瓷痰桶。汤渊脚下一绊，一个后坐儿，向榻沿仰面便倒。恰巧许氏脚下的落势也自收煞不住，便软胎胎地一径地直压上身去。这时汤渊大骇之下，自然手舞足蹈，一阵推撑。那许氏衫襟一扬，早又将汤渊一只手罩入怀中。气得朱异更顾不得再哼，赶忙跳起，奔过去拖许氏，只手还未到之间，只见汤渊唔呀一声，一个鲤鱼打挺式，嗖一声飞将起来。

偏偏那端茶的仆人瞧得怔怔地只管发呆，说时迟，那时快，地下许氏方老着脸儿如飞爬起，闪入里间的当儿，那鞋儿啪的一声，却不偏不倚正落在茶盘内两只粉盏茶杯之间。一时间红白相映，好不鲜艳。但是那仆人却捧定茶盘，越发呆得如塑住一般。望得朱异正在连连跺脚。那光煦却拖了汤渊拔步便走，并大笑道："老宪台尽管放心，赴太湖之事，俺等敬听指挥就是。"

不提这里朱异送客回头，见了许氏又受了一番闺教，然后酌带人役，会同了汤、邵两人匆匆价便赴太湖。如今且说祁六公子等，大家从跃鲤酒店上得小船，由跃鲤鼓棹，直赴邓庄。

这时船上大家形态各异，六公子和腾蛟是目注湖水，若有所思，陆香儿是呆呆地瞧着跃鲤鼓棹，唯有曼华、魏耕更来得别致，两人对坐船头，干眊了一会子。魏耕是手摸肚皮，不时地哼的一声，并且以拳拄膝，将膝盖支出老远。曼华是蹙眉咬唇，不时地回望来路，荡得两只耳环闪闪烁烁，一面抱膝，用一手尽力地捻那脚尖儿。少时，口内喃喃的，也不知嘟念的是什么。

那跃鲤一面鼓棹，一面瞟着大家，正觉好笑，忽闻六公子长叹一声。那腾蛟刚道得一声："公子不必如此！"只见曼华忽地尽力子咬咬牙儿，激灵灵一抖身儿，便如小孩们打尿冷战一般，接着便狠道："真是凶王命不该死。俺当时那一脚若像这样的少为加点儿劲儿，咱大家也不负此行了。"

说着，猛地一蹬脚儿道："你大家瞧着，早早晚晚，俺叫鞑儿们晓得我，终须拼个你死我活才罢。"

一言方尽，只见魏耕抱了自己膝头，杀猪也似叫将起来，并大笑道："痛快！只曼姑这句话，俺就少为出些哑巴气了。俺这膝盖便被你踹穿也自值得哩。"原来曼华那一脚却正踹中魏耕膝头。当时大家见状，彼此都笑。

那跃鲤鼓棹如飞，须臾趱过几处水村。只见村中出入的人们往往胸前挂个小木牌儿，上书"斋戒"二字。六公子以为是什么斋期之类，也没在意。

不多时，船经黄芦港。只见芦草青葱，波光淡沱，风景依稀。那一夜里大家在此停船醉月、妙舞高歌的风光还依然如在。六公子心有所触，不由叹道："咱等先时的那夜里在此游宴，意谓凶王不日授首，一时意气颇称极盛。不想所谋无成，今日就这般颓气。"

大家听了，都为慨然之间，那曼华却一梗脖儿，用脚尖连踢船板道："公子不要说了，听了倒令人长气。但是事机之来也难预料。不定何日，俺不拘抓住那个大头子，总要扎实实给他一下子哩！"说着，一放抱膝的手，又要踹去。

慌得魏耕嗖一声一闪身儿，道："慢着，慢着！俺这膝盖委实不堪承教了。"大家见了，一阵大笑，这才破开了郁闷之气。

须臾，船抵邓庄，就岸树系缆，大家纷纷下船。魏耕大踏步走在前面，方望着伯通宅前一带高楼，又自哼了一声，只听宅左边驴声大鸣。林影开处便有人大笑道："诸位这次端的辛苦。虽一击不中，也足褫凶王之魄了。"

魏耕望见，先自如飞迎上。正是：

志士平生心，太湖一片水。心与水俱长，风雨乃如晦。

欲知后事如何，且听下回分解。

第十五回

邓伯通复壁藏宝
普陀山观音显异

　　且说当时大家见林影开处转出一人，正是伯通，长袍跣履，态度悠然，骑了魏耕那匹驴子，驴屁股上还挂着个酒葫芦，见了大家，连忙跳下驴来。正一手拉了，望着大家笑吟吟趱近数步。不想那驴子望见魏耕，便双耳一耸，尽力子放声大叫，接着便就地大滚，俯仰作态。

　　恰好魏耕一步抢到，更不去理会伯通，便从地下抱了驴脖儿，只顾了哈哈狂笑。就这声中，六公子等一齐趱近，那曼华不容分说，便去撮了伯通的白胡儿，一面顿足道："都是你老人家，弄个妈妈子气的什么刘先生，未曾举事，先望他那什么天象，说什么满洲气旺，恐举事无成的许多丧气话。如今果然被他一片丧气话害得俺们白跑一趟。你老人家还没事人似的逍遥自在，跑驴子玩哩。如今俺们肚皮都要气穿，你老人家到底是怎么办吧？难道白不拉搭的这就罢了不成！咳，真气煞我咧。"说着手势一顿。

　　痛得伯通正在一皱眉头，哪知这时魏耕已从驴腚上取下酒葫芦，打开来狂吸两口，便将余酒向驴嘴一灌，顺手儿一抛葫芦，却连驴带人地跳将起来。恰值伯通脱却曼华撮须之手，向后略闪，嘣一声正和魏耕碰个正着。这一来，招得大家哈哈都笑。

　　陆香儿忙拾起酒葫芦，拉了驴子。于是六公子抢近一步，面带愧色，方要向伯通讲话，那伯通却一面向六公子摇手，一面向曼华笑道："这又是俺的不是了。曼娘不要着急，留得青山在，不愁没柴烧。那凶王且容他多活些日也不打紧。你等在南京一番情形，俺闻跃鲤报说，业已尽知。此间非讲话之所，且到宅内细谈吧。"正说着，恰好宅内仆人等闻得宅前喧笑，也自趱来，忙接牵了那驴子，头前引路。

一时间大家踅入宅内，就前厅随意落座。伯通向大家略问过举事失败的光景，因笑道："事之成败，原无一定。只有刘先生飘然隐去，却非俺意料所及。但是他急于隐去，亦自有见。你想南京经你们大闹之后，自然是侦骑四出，张谕缉捕刺客。他恐遭罗弋，所以隐去为妙。如今俺因刘先生想到诸位身上，虽不必如刘先生远遁他处，但是这刻下一两月中，总宜韬晦为是，怕的是……"

大家听了，正在相视而笑，曼华却一挑眉，赌气子道："怕什么，你老人家真是老没能为咧。俺们虽是火杂杂闹了南京，恐怕那凶王连俺们的踪影儿都不晓得哩。你老若不放心，只好快打几只钱柜，把他们连胳膊带腿的都盛起来。俺是早有话在先，南京到北京，只是一路通。如今俺一网没打着小鱼，且索性到北京打个大鱼玩玩。你老人家把他们收藏得发了白毛绿毛，俺都不管。韬晦韬晦，等韬晦得到了七老八十。像你老人家那白毛蹀躞的样儿，就势换个木柜葬起来，大事完毕，也就不用再韬晦，只好任人家鞑儿们闹塌天吧。"说着，小嘴一噘，绷得脸儿笛末一般。

恰好坐近跃鲤，猛可地一跺脚儿，方要踅去。可巧跃鲤偶一移足，却正踏在曼华脚尖上，闹得曼华只顾皱眉，没好地瞪了跃鲤一眼。招得大家正在含笑，伯通便道："话不是这等讲。俺说的韬晦，并非是叫你们藏形匿迹，不过是当此时光，只宜优游闲处，徐看机会，不可趁此热火劲儿再有所图谋。可是刘先生留书的话说得好来，只留得报国种子，何争早晚？俺如今又想起未举事时，跃鲤曾说，在南京曾望见郎湛。那厮诡毒多端，又善侦察，专会见事生风。他果在南京，倒也不可不备。并且跛张那厮足智多谋，他居然事先能识破刘先生的作用，便是此人也须防备一二。好在俺这里足可潜居，咱且慢慢地探听凶王动静，再作道理便了。"

跃鲤道："正是，正是。俺隔数日便当向南京走上一趟，凡事不可大意才是。"说话间，由仆人端上茶来。那陆香儿愣愣地只顾听话，忘其所以，手内还掂着个酒葫芦。

伯通一眼张见，便命仆人接过葫芦，却笑道："你们不晓得。当你们未到时，闷得我也是什么似的。恰值各村中朝山的香客们邀我去商量今年朝山之事。大家谈话吃酒之下，俺觉得酒味颇佳，便从他们要了一葫芦。我想你们这当儿都心头闷个大疙瘩。过个个把月后，何妨也跟我去朝山，散散闷儿。那所在山水风景端的能豁人怀抱哩。"于是一说那朝山事。

原来那宁波地面靠海，有座普陀山，龙飞凤舞，直临海滨，上面峰洞名胜，不计其数。单是庙宇、宫观、尼庵等就有一百多处。其中有处大雄宝刹，俗呼为"观音娘娘庙"，不但地势奇特，并且灵异昭著。那地基便是闪出的一片山崖，高可百丈，下临大海，愣从崖上面修起那大雄宝刹。远望去，玲珑缥缈，上浮天半，便如蜃气吹成一般。

刹内是殿阁连延，足容数千众。每年两季，开甚大香火，甚是热闹。那远近的朝山男女简直盈千上万，或从水，或从陆，往往不远数百里接踵而来。更有那诚心发愿的人，或着赭衣脖索，扮作囚犯。或满脸上涂画青红，扮作随娘娘驾的鬼卒。又有破出痛苦的，或项戴大枷，或臂挂盘香，或赤起脊梁，去抵挡那风吹雨打，并骄阳烈炙。那越发诚心的，竟从发脚之地，一步一磕头，直磕到娘娘座下方才为止。

更岂有此理的便是那些女香客，人又呼作佛婆，不怕在家下只管打公骂婆，外挂着偷摸养汉，一去朝山时，你瞧吧，先弄一本子《高王观世音经》，念得滚瓜烂熟，然后作茶色经衣、黄色经袋，每人一条杏黄色经帕箍在头上，都打扮得土地奶奶一般。然后各拿了朝山进香的小黄旗，见大家成群结队，一路念佛，直然地声闻数里。

一时间也说不尽许多的形形色色，因此每当朝山进香之期，那水旱两路的香客大有满山满谷之势。至于那普陀山上庙观甚多，为何独这娘娘庙倾动一时呢？因为当初这观音大士曾示过一番灵感。

说起这古话儿，还在明朝洪武年间，太祖定鼎南京之时。那太祖以枭雄倔起，以马上得天下。登极以后，猜忌日甚，初则杀戮功臣，继则迁南省的豪家大户，以实北边，怕的是他们冷不防地图谋不轨。末后，更寻思到富人身上，因为富人财力足以聚众发难。

其时江南有三个大富翁，真是富堪敌国。一是无锡顾子成，一是苏州沈万三，那一个却是宁波王佩恩。当时有句口号，是：黄金用斗量，还属顾沈王。

顾是个文墨名士，性情潇洒，颇有时名。沈是个朴实长者，以得窖藏起家，多藏异宝。那王佩恩却以走海船发富。佩恩性子耿直倔强，平日价慷慨好施，甚能得人，是个服软不服硬、富而侠的角色。那时佩恩堂上只有一个老母，佩恩经营船业之余，家居侍母，备极奉养，倒也十分自在。及至太祖猜忌富人的意旨传将出来，不消说凡是富人都各惴惴。

那老母虽是妇人，颇有见识，便将佩恩唤到跟前，道："儿呀，你不见皇帝猜忌富人之心就要发作吗？咱预为之计，快献上一大半儿家财去充军饷，或可免祸。不然，等他寻到头上，后悔就迟了。"

佩恩听了，殊不为意，便道："娘莫听外间的风言风语。岂有堂堂帝王找寻富人之理！咱一不为非犯法，二不欠粮欠税，怕他怎的？"那老母见佩恩不听，只得且罢。

哪知没过得数日，便闻皇帝下诏，征取名士顾子成欲待以太常少卿之职。子成推辞不就，皇帝便赐子成一诗道：

> 寄语江南一老牛，草肥土暖足优游。
>
> 主人有甚亏负汝，鞭打绳牵不转头。

那子成得诗大惊，情知皇帝不怀好意，便一夕散尽家财与族中并乡里贫众，只少留余财，弄了一条小船儿，载了妻奴并琴书诗画，竟自变姓名，飘然远遁。从此便浮家泛宅，往来江湖间，只以卖书自给。皇帝闻得，大悦之下，思量起沈万三来，便又题诗寓意道：

> 百官未起朕先起，百官已睡朕未睡。
>
> 不及江南富足翁，日高三丈犹拥被。

那万三闻得此诗，自然也是慌了手脚，便一面输家财之半，以助边饷，又献上一个家藏的聚宝盆。还恐皇帝未能忘怀，从此便以酒自晦，往往蓬头垢面，佯狂市上。遇着乞丐辈，便拉与饮，腌腌脏脏，通没人样。闹得一时有"穷干净、富邋遢"的口语。幸而这时皇帝只顾了命官派将搜求元裔，便丢开沈万三不去理会。

那王佩恩的老母闻得这两件事，便又恳切切开导佩恩，命他以财输官。哪知佩恩反倔性发作，还是一百个不在乎。老母料祸事将临，日夜流涕。因素奉观音大士甚虔，这时便长斋念佛，每日祷告于大士之前，冀免祸事。佩恩见了反倒好笑。

正这当儿，果然皇帝一视同仁，那赫然宸翰业已到门。原来这时浙中海下倭寇作乱，朝廷方需战舰海船，以供军用。皇帝御赐王佩恩那首诗，上面写得明白，道：

> 海滨一夕起风雷，战舰艨艟一例开。
> 借尔海船五百艘，顺风快快送将来。

当时佩恩得诗，不由且惊且怒，因为五百只海船，搜括家财虽拿得出，但是佩恩倔性非常，却不肯服这口鸟气。于是一挺脖儿，任凭缇骑一索牵去，便入刑部大狱。

你想当时太祖是何等威严？只要震怒起来，休说佩恩被诛，便是王姓家族也势难幸免。于是佩恩的老母惊惧之下，一痛几绝，便日夜哭祷大士，愿显灵感，以纾家祸。果然是心诚则灵，一日老母悲惆之下，偶向门首望望，只见一个慈眉善眼的贫苦道婆，身穿白衣，前来化斋，手持一个渔篮儿却没底儿。

老母便叹道："俺家最好施斋济贫。往日时都有人专管此事，只是师父你来得却不巧，皆因俺家现有重祸，一家人便是吃饭都没心肠，哪里还有暇施斋。只有今早俺的早饭还未用，便把来与师父吧。"说着，命仆妇取到饭。

仆妇一望那鱼篮儿，便笑道："你这师父敢是憨子，篮儿没底，怎的盛饭呢？"那道婆道："你只管倒来便是。"说着用篮接饭。说也奇怪，那饭竟一粒不漏。老母觉得奇怪，又见道婆说话有因，正在心中一动，那道婆却望望自己面色，便笑道："女菩萨，你敢是心中有事吗，为何面色如此悲苦？"

老母叹道："告诉你不得，俺孩子王佩恩现被皇帝收禁在狱。俺一家人也都命在旦夕，便是这般苦楚。"于是将佩恩所遭之祸述出，不由泪下。

那道婆却笑道："原来如此。但是这不打紧的，那做皇帝的人都有一种狞龙性儿拗着他，不成功只好设法儿感动他。他怒气一消，祸便解了。如今贫道说与你个方法，你只弄一道代子乞恩的章疏，此外再烙上一个很粗粝的荞麦面饼，须要如此这般的形式，大小薄厚，一些不可错样儿。用妇人的旧兜肚裹了这饼，连同章疏呈献上去。管保你孩儿立时出狱就是。"

老母听了，正在似信不信。道婆又笑道："你孩儿出狱后，你却不可忘了我。我便住在普陀山上某庙中，你有空儿到那里瞧瞧我，便算你的好意。俺便叫白道婆，你随便问人都晓得的。"说罢提了鱼篮，竟自趑趄去。

当时那老母回到室内，好不怙悚。想要从道婆之言，又怕触怒皇帝，为祸愈亟。欲待不从，又没得别法。思忖良久，究竟痛子心切，便一狠心，拼着老命去碰一下子。于是一面请门馆先生代作了章疏。疏中大意便是代子乞恩，并上荞麦面饼，以为芹曝之献；一面亲自制成那饼，用妇人旧兜肚裹了。一切停当，就要亲诣午门，伏阙上书。

这一来，早吓坏王姓族众。因为那太祖皇帝猜忌成性，喜怒难测，果于杀戮。代子乞恩这还罢了，无端地弄个荞麦粗饼，又裹以妇人亵物，这不是和皇帝开玩笑吗？倘太祖赫然一怒，不消说是全族遭殃，于是全族人都哭号着拦阻老母。

无奈老母主意已定，便硬着头皮前去上疏进饼。王族中人以为老母这一去，怕不先就午门问斩，正都吓得鸡飞狗跳之间，说也不信，那老母竟自领了佩恩，娘儿两个欣然而回。原来太祖一见那章疏，本就恻然动念。及至一见面饼和兜肚，不由泫然泪下，便立释佩恩，准其无罪。

看官，你道这是为何？原来太祖当年仗着两个拳头打天下时，本是个穷苦汉子，多亏了那位马氏皇后内助之功。不要说后来在军中同甘共苦，多亏马皇后追随调护。便是太祖入赘马家为人放牛时，饥一顿、饱一顿的，也都亏马皇后暗地维持，那太祖肚皮方才能饱。因为太祖食量甚大，马家也是小庄户家，又且人多嘴多，哪里能容太祖尽量地捣揉！于是马皇后往往偷怀食物，以待太祖。一日马皇后刚从热锅中偷得一张荞麦饼，方拢入袖，恰好有人趑来。马皇后恐人张见，便赶忙将热饼揣入贴身兜肚内。偏那来人只管和马皇后瞎三话四，你想一个热麦饼偎在肚皮上，那滋味好不难受。当时马皇后只得咬牙忍着。

及至那人去后，马皇后如飞地去寻太祖，由贴身取出那饼，一瞧肚皮业已烫肿。饶是太祖那等人物，也止不住落下两点英雄泪来。

太祖由此深感马皇后，牢记心头。所以后来携从在军，至登大宝，敬爱马皇后，言听计从。马皇后见太祖太煞的威猛，过于杀戮，便随事进谏，请太祖以宽大为怀。当时，也不知保全了多少人的身家性命。但是自马皇后没后，太祖因无人进谏，所以又渐渐地威严日甚，以致此时遂有督过富人之事。

及至猛见佩恩之母所献的饼和兜肚，俨然便似当年马皇后由兜肚中取出面饼的光景，不由顿忆马皇后请自己以宽大为怀的话来，所以顿然感动，立赦佩恩。

当时佩恩母子欢喜之下，由老母一说那位白道婆设此妙计之事，佩恩便道："既是如此，待孩儿多携金财前去瞧望于她。"老母道："人家说得明白，叫我去看望她。我却不可失信。"于是即日准备了金资谢礼，只带一个仆妇，登舟进发。不消两日，已到普陀山下。泊了船，老母和仆妇登岸，渐次入山，直向某庙而来。

一路上，老母逢人便问白道婆，却都不晓得。老母因有庙可寻，也不在意。不多时，老母到得那庙跟前，抬头一看，不由怔住。正是：

寂寂山门下，松楸历乱开。不闻钟磬响，只有野云来。

欲知后事如何，且听下回分解。

第十六回

作福缘重修大雄刹
闹渡口气折宜兴帮

　　且说那老母抬头看时，只见那庙委实颓败不堪，不但墙垣圮断，连两扇破山门都东倒西歪。遥望里面，荒草多深，大殿檐头都塌了一角。倾耳里面，唯有野鸽呜噜，竟似乎没得居人一般。细瞧那乌黑的庙匾额，却隐隐辨得"大雄宝刹"四字。

　　老母暗想道：怪不得白道婆出去那么远化斋，原来她竟住这穷庙。想罢，便驻足唤道："白道婆在吗？"喊了半晌，通没人搭腔。

　　正要蓦入去寻时，只见由庙旁草径间蓦来个破衣拉撒负薪的老和尚。那老母因问道："你这师父，可知这庙内有个白道婆吗？便烦引进则个。"老和尚一怔道："什么白道婆，只老僧便是此庙的住持。方才到山上采薪而回。女施主莫非前来拈香，且请入内随喜就是。"

　　老母听了，甚是诧异，但是既到庙前，只得且入内拜佛，于是主仆们跟老僧进得山门。只见大殿两廊圮坏虽甚，但是那庙的基址规模却甚阔大，想当年定是个繁盛茂林。老母一面走，一面向老僧一说白道婆如何容貌，自言现居此庙。

　　老僧笑道："此庙向来都是男僧住持，哪里来的道婆？或者她在别处尼庵中住也未可知。"说话间蓦进大殿，那老母一望龛中神像，险些惊叫起来。忙赶进细瞧，不由合掌念佛，登时拜倒在地，便立发诚愿，重修庙宇，这才向老僧一说观音大士显灵之故。

　　原来那龛内的观音塑像活脱便是白道婆的面目，净瓶、鱼篮俨然在望。并且鱼篮儿真是个没底儿的哩。

　　当时那老母回到家下，向佩恩一说此异，便立命佩恩赍金捧香，再赴普陀山，就那大雄宝刹的旧基大兴土木，重修起来，并拓大规模，广招僧众，请有德高僧住持其间。从此庙运大兴，那观音的灵迹也就不一而足。最灵异的是圣灯、神鸦。

什么是圣灯呢？便是每当风清月朗之夜，忽地火球错落，布满了山麓海汉，飞腾闪烁，千变万化。或漂浮海面，便如荷灯一般，忽然海风一起，便而无迹。至于神鸦更为奇特。那庙后林木中，却有一种白项乌鸦，身儿小巧，形如鹁鸽一般。这种乌鸦时隐时现，并且林木中也没得鸦巢，来如风赶，去如云散。凡是海船上的人望见这神鸦，便登时焚香叩拜，抛食空中，神鸦接食，然后鼓翼而散。每船行遇险，或值大风暴，只要望见桅杆上集有神鸦，舟人便欢呼相庆。任有多大的风浪，不致失事。或夜中遇险，不怕瞑黑的浪头掀起多高，船身颠簸得堪堪待沉，如那神鸦忽而飞集，舟人便相庆更生。

那普陀山的观音娘娘庙既有如此的灵异，所以历年价朝山香客日盛一日。又兼山中名胜，足资游览，每当开庙香期，那四外的游人贩客也都来凑热闹。那太湖中各村众每年价都有一帮朝山的男女香客，约有数百人之多。因为人数既多，须有香头。

什么叫作香头呢？便是由各村中选一人为首领，一路上进行并约束等事，悉听此人指挥。虽是香头，俨如统帅，如过关津口隘，或一与别队香客发生争端，皆归香头料理。如本帮人们不听约束或犯斋戒等事，那香头就可以高坐责打。犯斋戒太甚的人，并可以立时又出帮去。因为香客们人数既多，哪里都是诚心进香？有的想去游玩，有的胡凑热闹，至于那吵嘴打架更是时有所闻，所以须有香头管理一切。

起初时，大家朝山，也没有香头。皆因有一次，有两帮香客住在一处大旅店中，待船下海。明日便是进香之期，大家在店中闲得没干，无非是互相过从，说说笑笑。既是香友，男女都不回避。大家谈起斋戒分房等事来，都笑得抹蜜似的。其中脸子厚好诙谐的，未免就纵谈亵事，越是其中有少妇长女，听得脸上讪讪的，那纵谈的越发得意。便有人道："你老兄莫要只管胡说八道。须知佛爷灵应，要给你个见过哩。"当时大家一笑而散，也没在意。

不想女客中有个二十多岁的媳妇子，听得心头热辣辣的，出得店门，想要风凉风凉，败败火气。趄过数步，忽觉内急起来，四外望望，却见距店旁不远有个很大的茅厕。这种茅厕是村人们为拾粪起见专给香客们预备的。泥墙茅盖，里面是净沙铺地，颇为干净。

当时那少妇见天色将晚，四外没人，料那厕中没得男客，便逡巡走去，一面价手解裤带。不想方一脚踏近墙外，却闻得里面哗哗溺响，便如激筒一般。这种溺响，分明是男子。

那少妇如赶忙避去，也就没事一大堆咧。哪知少妇因那会子听了些风月话儿，这时却有意无意地偏要张张。一个厕墙不过及肩高，当时少妇就墙头上生的丛草隐住面孔向内张时，不好了，只见厕院中正有个精壮少年，低着头儿，就墙角下裸裤而溺，用两手把握了，热腾腾尿气冲起多高。那少妇这时也不知瞧见什么，两只脚儿只顾懒移。

正这当儿，恰好那少年一抬头，只喜得少妇心头勃地一跳，便忙移莲步，趔向墙的左近。略为徘徊，偷眼儿见那少年出得厕门，便笑唤道："某哥吗，你曾说是今年不来进香，如何也来到这里呢？"

那少年听得人唤，从暮色朦胧中望去，不由也哟了一声，忙跑向少妇跟前，握了手儿，笑道："便是哩，俺这次真想不来。皆因惦念着你，想在路上寻你说说话儿，不想总是寻不着，如今却好了。"

少妇笑道："你就是属拧性骡子的，牵着不走打着走！俺那么约你进香，你不来？如今淡不赤的你又跟人脚踪儿蝎蝥了来。但是你可得规规矩矩的，犯了斋戒，不是耍处！"少年笑道："就是吧，俺原没有什么不规矩。"于是两人笑语之间，互询住所。可巧两人便在那两帮香客中，就住在一店里。

原来两人是两姨表兄妹，素日价便暗含着有一腿子哩。当时两人携手笑语，一面慢步复趔经茅厕跟前。那少年附了少妇耳朵，不知说了两句什么话。少妇便咯咯一笑，用指儿一戳少年头额道："你可是想作死？店中人多眼多，你就给我老实些，好多着的哩。不要说别的不方便，是解个小手儿，都须像做贼似的哩。你且在此给我瞧着人，等我到厕内，倒是正经。"说着，一捻少年手儿，竟自含笑入厕。那少年一笑会意，哪里还顾什么斋戒，于是也就跟踪而入。

那店里的两帮香客们哪里理会到他两人。及至次日起身，将要下船，两帮中查点人数，不见了少年少妇。诧异之下，大索各处只是不见。后来有一香客去赴茅厕，不由叫起泼天怪来。

原来那少年、少妇正在里面，做一搭儿皆大欢喜。奇怪的是两具根性结连不开，大体成双，只好就地婉转，两人神色已自迷惘欲绝。

这一哄传，登时万人空巷，都挤向茅厕内。大家光着眼怔望，却没作道理处。帮客中有愣性的，便上去生生分拆，岂知刚一着手，已痛得男女两人乱叫起来。招得众香客乱唾乱骂，那逞性儿的便主张着扛去活埋或投海中。

正闹得一团糟，亏得赶来个老香客，便大惊道："他两人如此犯斋戒，这是娘娘显灵。咱大家快替他祝告才是，如何倒要蛮作起来！"于是登时焚香，大家望香叩祝。

说也不信，那香炷未烬，男女两人竟自豁然而分。从此，不但那娘娘灵应越发大著，那各帮香客之有香头也便从此而起，为的是在路上照料约束，以免有犯斋戒之人。人凡做香头的，必须公正有声望的人，都由各村众轮流公举。

这太湖中的香帮香头起初也是轮举，只因有一次和他县的香帮打了一回吵子，亏得一位香客出头，不动声色地从中解纷，从此这香头便永推此人。原来各香帮中有一种可笑的习惯，是抢进头香。每过关津隘口，便拼命似的争往前进。陆路上便车马奔驰，水路上便舟楫争拥。三晃两晃，一句话说翻腔，此帮和彼帮便始而相骂，继而相打，往往彼此破头烂额。搁下香不去进，且成群搭伙地齐赴公庭，便是香头也约束不得。因为帮客心中都揣着个娘娘保护，就仿佛打死人可以不偿命一般，其可笑如此。

一日太湖中香帮的船只行到某渡口，正要扬帆而过，忽见当路水面上横拦着一条大棕缆。大家正在略驻篙势，望着诧异，忽闻缆的一头芦草丛中有人大喝道："瞎眼的人们，还不住船！老子们这横缆是等俺们香帮船的。对不住，你们只好等俺们船过，再走你娘的清秋大路吧。"声尽处，咿呀一声，由芦草中摇出一支双橹八楫的蜈蚣划船。船头上虎也似踞坐着七八个彪形大汉，虽是香客打扮，却都雄赳赳的十分凶横。每人挟着一根铁叶包尖的长篙，船桅上飘起一面小黄旗，上书"宜兴香社"四字。

原来宜兴香社豪横有名，每逢进香，都携带打手，就为的是抢进头香。当时太湖帮船上众人见那船如飞划到缆边，便索性收掉棕缆，挡向路口。大汉中有一个黄布扎头，额门上簇起一条布扎的小飞蛇。这小子生得豹头环眼，面如铁血，两道疙瘩眉衬着一嘴红黄色卷毛胡子，赤起两条青筋暴露的健膊，只穿一件竹叶青油布背心儿，手提一根浑铁短篙，足有茶杯口粗细。便见他霍地跳起，一拄铁篙，大喝道："你等若是识进退的，就不须自寻晦气。便是皇帝老子的船，也须退后些哩。"

这里船上众香客识得此人，绰号"飞天蛇"黄阿四，在宜兴地面，凭一支铁篙独霸某渡口。曾和一帮盐枭们打降，二十多个人都被他打落水中，端的是十分凶实。他既出头，不消说是宜兴香社中请他来欺压帮客，专抢进头香的。

当时大家虽然吃惊，却不肯服这口气。正没作道理处，后面的各帮香客船业已陆续大至。登时屯集水面，嚷成一片。其中女香客们见黄阿四豪横样儿，只吓得加劲念佛。

正在闹得锅滚豆烂，只见太湖帮船上一位老头儿笑吟吟站向船头，向阿四抱拳道："朋友，这便不是。皇家路，大家走，你们香船未到，岂有叫大家在此等候之理？路途上方便第一。咱大家结个好相识，不比怄这无谓的闲气强得多吗？"这时两只船业已接近，众香客一面说，一面向阿四便是一揖。其中一人腰才直起，不提防劈面挨了一口臭唾。

黄阿四一跳丈把高，便骂道："你娘个□！老子说出话便如板上钉钉。哪个不服气的只管来。"说着，一摆铁篙，向那老头儿道："喂，老小子，快些闪开，老子没空理你哩。"

那老头儿听了，正在微微一笑，各帮船上众香客也便齐声大哄道："反了，反了！难道青天白日之下，你这厮就拦路劫船不成？"

正这当儿，便见阿四背后的众大汉各挺长篙，霍地抢向船头，大喝道："老子们便是拦路劫船也是寻常哩。"说着，哈一声，六七根长篙，麻林一般向那老头儿直攒刺将来。慌得众香客正在越发乱嚷，但见那老头儿并不躲闪，霍地两膊一振，来了个大鹏展翅的式子，随手抓住两根篙，猛然一顿，早有两个大汉线牵的一般，连人带篙颠入水中，接着一个旋风脚，又踢落两根篙。

老头儿这里手脚虽快，但是那攒刺之势也自如飞。当时老头儿脚刚落地，早又有两根篙二龙出水一般，唰一声刺到当胸。好老者，真是惯家。你看他并不慌忙，只猛提一口气，运向当胸，但听咔嚓一声响，那明晃晃的铁篙尖便如扎到石头上一般，登时反撞回数尺远，将两个使篙的鸟大汉一齐闪了个后坐儿。

这一来，瞧得众香客正在喝彩如雷，只见黄阿四吼一声，一个箭步直蹿过船。方两手举篙，做出个泰山压顶式子，还未打下，那老者忽地一跃三丈多高，便从上面抓住篙头，连下落之势趁势向外一掠，但闻数十步外扑通一声，水花四溅，接着众香客拍掌喝彩，便如天崩地塌一般。原来阿四被这一掠，早已跌入水中，正玩得好体面的寒鸭浮水。

正这当儿，那宜兴香社船也自赶到。船客们有识得那老者的，大惊之下，连忙过船来，一齐服礼。然后众帮船才按到的先后次序衔尾价顺流而下。

你道那老头儿是哪个？原来便是邓伯通。从此这太湖香客的香头每逢进香的年头儿，大家便永推伯通。伯通虽不耐烦琐，因难却大家情面，也只得应允下来。

这时，过得个把月之后，又当朝山进香之期。所以各村香客们约齐了，请得伯通去又商量香头之事。伯通一来因六公子等将次到庄，不便出门。二来因六公子等举事无成，心下不高兴，所以还在含糊未允哩。

当时伯通述罢向普陀山进香之事，大家听了，都各高兴。腾蛟便向六公子道："公子趁这暇时去朝山，给夫人祈祈福祚，倒也甚好。不知夫人这时怎的惦念公子，俺自到此见着公子，虽曾将公子近状寄书去禀报夫人，料想夫人还免不了日夜思念哩。"

公子听了，正在面色凄然，陆香儿却忽地红红的眼圈儿，慨然道："是的，便是俺别却俺娘也好些日咧。俺此去也定给俺娘祈福哩。"

魏耕听了，摸摸肚皮，方又哞的一声。曼华便道："魏先生，你只管长出闷气怎的？人家都有个香饽饽似的老娘掮出来卖弄。咱两个都是没娘的孩，只好到那里多给观音娘娘磕些头，求她老人家显显神通，叫那班当时当道的鞑儿们都咯嘣声死掉了才好哩！"

大家听了，正在都笑，伯通忽拍掌道："您瞧，我也糊涂咧。你们快些更换衣装，然后款谈吧。"大家听了，这才恍然还都穿着五颜六色的衣服。彼此相看，想起一路上仓皇奔走，未免又叹一口寡气。于是各自回室，且更装束。跃鲤陪伯通又谈了回将赴南京侦探官中消息的勾当。

须臾，六公子等趑来，业已天色将晚，跃鲤先自辞去。伯通便吩咐左右掌上灯烛，摆上晚饭，大家依次落座，只好且将酒排闷。

酬酢之间又谈起朝山之事，伯通忽笑道："这次朝山，俺本不打算去咧。既是公子等高兴往游，俺只好陪走一趟。到那里不但风景可观，并且有位异人，正是我辈一流人。待我介绍于公子等，大家结识结识，且是好哩!"

六公子等正在欣然倾耳，只见曼华忽地一撇嘴儿，跺得脚儿嗒嗒乱响，却摇手道："罢，罢! 你老人家快算了吧。俺们可不打您这闷葫芦咧。"

大家见了方在略怔，那曼华却笑嘻嘻说出一番话来。正是：

报国方多阻，参佛又起缘。普陀山上路，古德早名传。

欲知后事如何，且听下回分解。

第十七回

皈空门英雄销壮志
御倭寇法善起僧兵

　　且说当时曼华摇着头儿，向伯通笑道："你老人家又吵什么异人。那位刘先生被您异人异人地吵塌天，一个闷葫芦，叫俺们打了好些时。如今刘先生见风头不顺，先就溜之大吉。看来也没有什么异人处。如今您又吵异人！这位异人又不知是个什么瞎爷爷、秃奶奶样儿哩。"

　　大家听了，正都忍不住扑哧一笑，伯通却大笑道："曼姑，这次不叫你打闷葫芦，咱马上揭葫芦盖如何？这位异人的年纪与我仿佛，便是刻下普陀山大雄宝刹的住持，人称'慧通长老'。他本是浙江金华延福寺的僧人，幼习武功，颇得内家派的真传。他云游的时节，也曾走遍南北，无论到哪里，只是一瓶一钵，飘然行脚，不避蛇虎。游迹所至，救济的人甚多，江湖上人都称他为'慧和尚'。但是慧通却绝不欲以武功自显，曾慨然对人道：'僧家习武，本为自卫，若有炫人争胜之意，便是妄生嗔念。老衲托迹方外，本为的是与世无争，自了自家大事。若好胜争名，何如不出家呢？'但是慧通话虽如此说，其实他却因武功上有一番感慨，所以如此持论。因为他在延福寺的当儿，定海厅地面广济寺的僧兵技击绝伦，方驰名浙中。

　　"僧以兵名，这是什么缘故？因为当初广济寺有位法善长老，本是某边镇上一位军官出身，精通战略，勇冠一军，积功至副将职分。一日奉主将之令，和某军官向某隘口分头埋伏，约定至某处会师，截击敌众。法善如命埋伏好，便驰登高阜，以望某军官到来。岂知一等也不来，二等也不来。法善正在焦躁，忽地敌人来路上尘头大起，一彪军马飞也似拥将来，不容分说，便抢隘口。法善情知某军官迁延失期，只得自领所部奋呼邀

259

击。虽也有所杀伤，究因兵力薄，竟被敌军闯出隘口。当时法善回见主将，具言邀击敌众并某军官失期的情形。主将听了，也没言语。

"在法善自揣，这次出发虽没得功，总还可告无罪。岂知过得数日，主将忽究问邀击之事，竟坐法善延误会期，失机当斩。经众将跪求，那主将方少息盛怒，竟将法善一顿乱棒打出辕门。原来那个某军官系主将的嬖幸弄童，主将听了他一面之词，反将延误会期的罪名坐了法善。

"当时法善既得其情，起初也是愤愤不平。一日闷坐之际，忽闻远寺钟声，不由心地清凉，烦躁都释，于是慨然披剃，自号法善，从此便云游各处。末后却经人延请，来住持这定海的广济寺。

"这寺在浙中本是有名的广大丛林，僧众数百人，各有职事，自法善到来，无不悦服。但是法善却绝口不提武功等事，只以勤朴耐劳率领僧众。寺田本多，法善不许招佃，便命僧众躬耕，既免逸居生是非，又可以体力坚强。庙产所入，比先时招佃时增加十倍，因此那寺日益富足。法善都积蓄经营起来，以待正用，锱铢也不肯枉费。有时农忙，法善一般地荷锄戴笠，杂入群僧中操作。他使的那把锄头又粗又长，足有好几十斤。每率僧众赴田，各按部伍，便如行军一般。勤有赏，惰有罚，立时处分，也如军中课定功罪。并且号令严明，操作时不许喧哗，设有农正、农巡等名目，分段视察，以严规律。

"这一来，数百人在田耕作，除步履锸畚之声外，一些声息也没得。那左近的善信们见法善以军法部勒僧众种田，又是叹服，又是诧异，因从容叩其缘故。法善只笑道：'老衲从先在军中日久，习惯了军中法度，所以把来胡乱部勒他们。'大家听了，以为老和尚是老马嘶风，雄心未退，也便一笑置之。

"其时定海地面常有一种飞来祸患，倭寇们冷不防驾船闯将来，上得岸便大杀大抢，火光直达数十里。所过之处，地土为赭，劫掠满意，方捆载登舟，扬帆而去。因为定海地处海口，正当其卫。沿海各县虽都遭其祸，唯定海尤烈。因此定海设有总兵官儿，海口要地布设汛卡，专为防倭。无奈倭人剽悍，又多娴技击，每千数百人一齐登岸，每人一把泼风快的折铁倭刀，雪光似照得人眼睛都花。他们更不按什么阵式接战，只百数十人为一队，长刀一奋，跳跃如飞，数十条狞龙似的，就官军阵中只一揽，那官军便登时退如山倒。因此，每当倭寇之来，只苦了当地百姓。

"倭寇来时，常在春二三月东南风起。那定海人们每当东风春潮时，无不惴惴。幸得倭寇不常至，便是至时，也许从他县登岸，一般地大肆劫杀。朝廷虽屡罪当地的文武官吏，但是无济于事。当时秉政宰辅常有防倭无善策之叹。

"有一年，定海邻县又告倭警，幸得某总兵防备得法，倭人未至大肆而去。一日，法善就庆济寺中鸣钟伐鼓，大集僧众道：'老衲如今有件事体要和大众商量，譬如有班大盗，要来危害，咱们是束手待毙呢，是设法自保呢？'僧众听了，都不晓法善之意，姑且应道：'那自然以设法自保为是。'法善道：'如此，请听老衲指挥。俺料倭寇不久必至。他们在邻县未得大逞，必要肆毒于此。大众且随老衲杀贼如何？'僧众听了，正在都惊，法善已窥知众意，便笑道：'老衲所说的杀贼，自有术在。倭人虽剽悍，吾术足以制之。大众但随老衲学习数月武功，习会俺一种枪法，便足自保有余了。俺蓄此意，非止一日。因为咱庙产丰富，非自保断难长久。所以俺督课耕作，部以兵法都勒，使你们习于听号令、识进退。今只加习技击，便成劲旅。不但防祸于一时，并可世传于本寺，便如嵩山少林一般哩。'

"僧众听了，都各欣然，又知法善是军官出身，骁勇著名，定有惊人之技，于是齐声道：'俺等愿从长老习学武功。但不知教与俺什么枪法？'法善笑道：'枪法此时且不须理会，且筑起基址再讲。'说着，便简选僧众，除老弱不计外，共得五百人。法善一一试其体力，然后分作数队。从此按日价先教拳术耸跃，次及刀剑短兵，更注意的是脚步驰走。僧众们既精心学习，法善又教授得法，不消两月，僧众们早已腾踔如飞。

"法善喜道：'如今却可以教授你们枪法了。须知这套枪法不同寻常，是俺混合诸家枪法，加以心裁变法，其制胜处专在步下。纵横决荡，一杆枪足御百人。有二十四番小钩撒、三十六路大变化。这枪舞开来，遍身光影，直及数丈之外，端的有神出鬼没之观。那倭人所恃是短刀齐奋，唯有这路枪法足以致其死命。且待老衲画出图样，命工匠造出枪来，再为教授。'僧众听了，都各欣然。

"果然不多日，五百杆枪业已造齐。僧众瞧那枪时，长可丈余，略如寻常花枪，枪头却有尺把长，细而且锐。三棱起脊，近枪缨处嵌着雷鼓花纹，并有两根倒须儿，略如钩镰枪一般。当时法善抄起一杆，抖手一颤，却笑道：'此名为霹雳枪，取其骇疾之意，欲用此枪，须先明手法、指法。手法，便是把握枪杆。指法，便是运掉枪锋。这其间都有尺寸转变。练习到精熟处，真有手动及寸，枪动及尺，手动及尺，枪动及丈之妙。至于拖刺冲荡，须连身势耸跃为用，然后能纵横莫当。且待老衲略示路数，你等慢慢习学就是。'说着，持枪步向广场，托地丢开解数，嗖嗖舞起。

"你看他疾徐进退，风动枪鸣。末后，那枪的光影泼开来，直然地满场飞滚。于是僧众大悦，从此便跟法善日习枪法，不过半年之间，早已尽通其技。法善见僧众们武功已成，恐妨农业，便命他们只按月操演一次。每在寺外广场中，排起队伍，真如军旅一般。由此广济寺僧兵之名哄传远近。

"也是合当法善叫个响儿。这年正月间，沿海一带海啸为灾，继以大雪，海岸沙碛上雪冻交加，凝结得如琉璃一般。许多的灾民男女没法儿，只得就海口沙碛上暂且搭棚栖止。一时间啼饥号寒之状，真是惨不忍闻。虽有当地官绅捐募些银米，略施赈济，济得甚事？于是法善慨然尽出寺中历年所积的米粮，运至海口沙碛上，按棚施赈。特选一处极大的广场，一来积垛粮米，二来就此发给灾民。每日价男女灾民扶老携幼，蜂屯蚁聚。领米之下，佛号如雷。那法善短衣草笠，往来其间，真个是不辞劳瘁。定海厅官和那总兵官儿恐人多生事，也时常来带队弹压。方过得三五日，恰值某县海寇窃发，那总兵官儿奉了上宪之命，带领兵马，前去协剿去了。定海人们以为春月间，虽是防倭之期，但是今春雪冻交加，每日飕飕地都是西北杠子风儿，是不会有东南风的。既没东南风，那倭人便不会乘潮遽至。哪知天有不测风云。过得一两日后，忽地天气暴暖，不但雪冻都融，并且东南风飘飘拂拂，连日夜价刮将起来。这一来，大家心头正自怙惚，那沿海的警闻业已如飞传到。

"原来倭人又已大举入掠，驾船百余艘，顺风连舸地直抵某处海岸。为首倭寇名叫木田西秀，生得身长丈余，铜节铁骨，善用双刀，腾踔生风。身穿一种藤漆软甲，刀枪不入，乍望去便如山精一般。所率之众也都是倭国凶盗。登岸后，不但焚掠，并且淫劫子女，恣意残杀。一时人民被他们剖腹屠肠，死掉的不计其数。更可恨的是，捉住妇女随地价公然群媾。以故那某处海岸一带裸尸累累，林中自缢的妇女们相望不绝。这时木田正驻船那里，一面恣掠，一面派手下汉奸等人窥探沿海富庶之区，说不定三两日间就到定海哩。

"这警闻一来，不但定海人民登时大震，便连那位厅官儿也自慌了手脚。因知法善的僧兵了得，便一面驰骑去请那总兵官率领部下火速回防，一面请得法善来，恳以御倭之事。法善笑道：'尊官不必惊惶，老衲早料定倭人为祸，所以预为之备。尊官但多选民壮，各带钲鼓，就海口草树隐僻处分头埋伏。听老僧海螺为号，一齐呐喊，纵击钲鼓，且看老衲杀贼如何？'厅官听了，大悦之下，当即忙忙准备一切。法善也便回寺部署僧兵。

"这当儿却吓坏了海口沙碛上的灾民，因为留既不敢，去又无地。其中妇女们闻得倭寇淫杀之状，更是吓得哭号不止，正像蛆虫似的乱搅成一堆。恰好法善率众莅至，便传下令去，命各棚人众一个也不许妄动。更就那放赈的广场四外多搭窝棚，一如民棚样儿，只留由海口来的一条道儿。广场中不但所积的米粮一概不动，并且特选灾民中有姿色的妇女二百余人，在其中筛簸米粮，往来操作。却许分班轮替着，就四外窝棚中歇息。但是每窝棚中都分藏着长大和尚。

"这一来，闹得被选的妇女们又是腼腆，又是害怕，但是因信得及法善，料他必有作用，只得一一如命。话虽如此说，究竟因许多和尚光眉撒眼地莅出莅入，有时或挤在窝棚中。那妇女胆小或仔细点儿的，未免就有些怙惔。大家暗地里商量了，正要都给他个猱头撒脚，谁也不许打扮得光头净脸。

"岂知法善更会凑趣，反购办了胭脂花粉，分给操作的妇女，并命加意修饰，准备助阵杀贼。大家见法善如此，越发不解。但因料他必有作用，那被选的俊俏妇女真个便簪花传粉、争妍斗丽地打扮起来。一时间闹得广场中粉黛云从、花枝招展，一片容光直照海滨，不像灾民，倒像赶香火庙的许多女客。

"那法善一面布置，一面散步其间，见了众妇女倒哈哈大笑，便道：'你们休得害怕，没事时只如常操作。但望见倭人杀来，约莫着百十来步外，便一齐各奔棚内。'说着，又吩咐僧众分藏棚内，听他海螺为号，方许杀出。法善布置已毕，只挑选了十余僧众，各藏短刀。自家却穿起袈裟，带了一柄当年在军中所用的短剑，手捧高香，竟自从容价迎向海口。

"原来这时倭寇业已大至，正在海口边一面驻船，一面遣人分探道路。那木田西秀只留少许人守船，已自率领千余悍倭，火杂杂直杀将来。一片刀光直射多远。正在狂驰之间，只见对面林影开处闪出十余僧众。为首僧人顾盼间精神四射，手捧一炷焰腾腾的高香，摆着大袖，直迎上来。

"木田觉得诧异，暗想：僧人等不避杀戮，反倒来迎自己。或者是来想做汉奸向导的亦未可知。想罢，扬刀向后一挥，令倭众且都驻步之间……"伯通说到这里，忽地一阵痰嗽。曼华便笑道："你老人家不说，俺也晓得咧。这准是法善一剑刺杀木田哩。"

伯通听了，不由一笑。正是：

> 淋漓杯酒，谈笑风生。且传逸事，暂遏豪情。

欲知后事如何，且听下回分解。

第十八回

霹雳枪血溅冰雪地
广济僧抢艳金华城

且说伯通笑道:"曼姑你这一猜虽也沾谱儿,但是那木田西秀也是倭国勇士,岂易刺杀?你这句话不过给作书的先生们断个回头,闹个下面分解罢了。"大家听了,都各一笑。

伯通道:"当时木田向后挥刀止住倭众之间,那来迎举香的僧人已到面前。木田大喝道:'你这班秃厮们好生大胆。难道不晓得俺的兵到,特来送死?'说着凶睛一瞪,猬须乱炸。因身体高大,正在俯视那僧人的当儿,那僧人却不慌不忙,举香过顶,一面向前踊一面笑道:'俺佛门弟子,本当舍身济众,所以俺特来为一方百姓请命。你若是识好歹的火速退去。不然,叫你这班倭奴一个个都是死数。'说着,举香一跃。

"好笑木田不曾提防,呼的一声,一嘴猬须顷刻都烬。这一来木田大怒,一刀斫去。那僧人托地一闪,回头便跳。你想倭人们每次入寇,都如入无人之境,便有官军抵挡,也是见仗就跑。他们心目中久没得敌人,如何还理会到忽遇劲敌。

"当时木田吼一声直追将来,两人一时间便如弩箭离弦、流星赶月。望得后面倭众正在发怔,只见来迎的其余僧众,一个个拔出短刀,向着他们跳跃大骂。大家眼未及瞬,却见两个僧人便如鸷鸟翻空一般,竟飞向队中,将两个队长一刀一个,就势挑起头颅,一抛数丈高,直掼过来。于是倭众亦怒,更顾不得木田什么号令,便一声呼哨,望着那十余个僧众,没命价也赶将来。

"这时那广场中操作的众妇女,见法善领人去后,其余数百僧众也都像闺女似的藏向四外的窝棚中,只剩一片空荡荡的沙碛并高如陵阜的许多米垛。大家虽说是恃有法善，不至惊惶，但是心头未免都如十五个吊桶打水，七上八下。却又不敢违了法善吩咐，息了操作。偏那广场中雪冻虽融，这时经海风一吹，却又结了一层镜面似的薄冰。脚下偶一不慎，便嗤地一滑。

"大家正在一面扎挣操作，一面张望那海口的来路时，不好了，只见那来路上里把地外，有两个人影儿前后厮趁，如飞跑来，接着便闻后面喊声大振，一片刀光耀如闪电，便有许多人遮天盖地价直拥过来。吓得众妇女手中箕帚一阵乱丢之间，那两个人影已到场外。众妇女仔细一瞅，只吓得腿子乱抖。

"原来那个人影正是法善和木田西秀。法善是略为扎拽袈裟，手执短剑。木田是身穿藤甲，舞起两把泼风长刀，雪片似的向法善直斫下来。当时众妇女一阵吓慌，急于各奔窝棚。但是人急步乱，反倒一阵价打成疙瘩。于是叽叽喳喳，乱挤乱搡，也辨不出东西南北。有的互相揪扭。有的跌倒爬起。有的刚要钻入窝棚，却被人拉着腿子拖狗似的拖出。有的腿抖颤走不动，被人撮着屁股，推屎蛋似的推去。正在闹得花儿朵儿、鞋儿脚儿丢得一世界之间，亏得法善一摆短剑，向广场左边岔道上便跑。

"说也凑巧，那岔道上百余步外，正有个媳妇子没命地乱撞。忽见法善嗖一声由身旁刷过，急忙回头，只惊得扑哧一跤，正跌入道旁深草地里。忙向外瞅时，早见数十步外，法善、木田业已刀来剑往，杀作一团。那媳妇子没奈何，只得战抖抖缩在草内，且自观阵。

"岂知这时广场内早已杀了个天翻地覆。原来当众妇女乱蹿之时，其中有两个妇女脚下一闪，恰跌入一个空席屯。本是盖米垛的，这时却救了她两个的急儿。当时两妇女却由屯缝里望见倭众忽地横蹿乱蹦，喧笑连天，一个个都穿着大木屐子，竟自舍掉那十余僧人，来追妇女。

"顷刻间广场都满，白刃如林。吓得众妇女神号鬼叫，都没命地钻入各窝棚的当儿。忽闻砰啪磕撞一阵乱响，急望时，只见倭众们业已在广场中跌倒大半，其余的也在摔倒爬起，乱跳乱叫，蛆虫似扰作一团。你道这是怎的？原来倭众们既着木屐，又踏滑冻，又搭着心在妇女，争先恐后，所以只管在广场中乱滚起来。

"望得屯内两妇女正在又惊又笑，便闻岔道上海螺大鸣，接着便四面八方的钲鼓齐作，夹着喊杀连天，便如天崩地塌一般。两妇女瞧着倭众正在越发乱滚，忽闻各窝棚中一齐大呼，接着便数百僧众跳跃杀出。顷刻间，四面合围，直包广场。只那数百条霹雳枪一时齐奋之间，可怜倭众们连跳起都来不及，一个个便如铁箭穿蛤蟆，都死在冻地之上。其余之众虽是拼命对敌，无奈脚下既不得力，又搭着僧众们捷如猿猱，一条枪神出鬼没。

"这时，四外的钲鼓呐喊，便如有千军万马一齐杀来。倭众们心下一慌，哪里还顾得什么对敌？正在纷纷乱蹿，拼命价要夺归路，只听场外一声喊，俨似晴天霹雳。急望时，正是那举香的僧人虎也似仗剑杀入，一只手提定一颗血淋淋的首级，正是那木田西秀，背后跟定十余个手执短刀的僧人，只霍地就地一旋，早已撞入自己队中。刀光起处，十余个头颅早又落地。于是倭众大呼，亏得其中有十余个骁悍凶盗，一阵价拼命殿后，才保得数十人蹿回本船，呼啸扬帆而去。原来法善深知穷寇勿追的道理，特放了一条生路。综计倭人这次入寇，竟死掉八九百人，又搭上首领木田，也可谓晦气之至。

"但是这时，还有个媳妇子愣吓瘫在深草地里。原来那媳妇当时虽望着法善、木田交手在数十步外。不想两人往来驰逐，转瞬间已到草边，那明晃晃刀光剑影就在眼前，本就可怕得很。少时，两人杀到酣畅处，剑刀相撞，便如打铁一般。偏搭着木田杀得兴起，目眦都裂赤，嚼得一嘴钢牙咯吧山响，双刀滚舞，便如奇鬼搏人。

"那媳妇越盼法善刺杀他，越见法善稀松懈散的，只有招架之功，并无还手之力。偶然一剑，刺到木田的藤甲，只噌的声，划道白迹。那木田双刀却越逼越紧，眼睁睁法善后退的脚步，就要踏入深草。吓得那媳妇正待要死，只见法善忽地脚下一蹶，往后便倒。

"那木田狂笑一声，刀光闪处，正要劈下。只见法善单臂挺剑，喝声：'着！'一个鲤鱼打挺的式子跳起，噗地一剑正中木田咽喉。痛得木田猛一个风旋磨的样儿，嗖一声反跳向法善背后，一堵墙似扑地便倒。那巴斗似的头颅竟几乎触着那媳妇儿蜷伏的腿儿。于是那媳妇双眼一闭，登时晕去。及至被女伴们寻到草地里拍唤醒来，那媳妇一述所见，大家方晓得法善剑术之妙，非同寻常。因木田藤甲护身，刀剑不入，所以才假败取势，击其咽喉哩。

"当时事定后，那定海厅官便领了绅商士众，都到广济寺拜谢法善。

大家没得尽情，只得公送了一方'慈悲护法'的匾额。大家茶话之下，便问法善米粮不收又用妇女艳装操作之故。法善笑道：'此不过是投其所好，诱而尽歼之之意。倭人贪而且淫，既想掠米粮，又思劫妇女。我们因其所慕，所以能聚而歼之哩。'大家听了，无不叹服。从此广济寺僧众技击之精并僧兵之名盛传江浙。法善殁后，代传其法，并世世由僧众中之武功高绝者以为住持。

"也不晓得传到哪一代上，广济寺住持名叫海月。此人本是劫盗出身，因不得已之故，才皈依佛法，在阖寺僧众中武功第一，内功外功，无不通晓。但是其为人性好暴矜胜，总挂些凶盗的气质。那上代的住持将授位时，本也十分踌躇，但因历代定例，是由武功高超的继位。那上代的住持没奈何，只得依例传授，却谆谆嘱咐海月，不可自恃武功，与人矜胜。

"那海月本是个心高气傲的人，哪里将上代嘱咐放在心里。自为住持之后，便改尽前规，自为新法。先不许僧众兼务农事，只习打熬气力。却一面和各处交接，上至官绅，下至吏役豪猾等人，无不终日价酒肉往来。有时在寺中群聚哄饮，呵呼达旦。瞅个冷子，那闾巷少年等人还有携妓到寺中，和海月吃个花酒的。

"海月如此胡来，既已闹得清净道场如狗打莲花落一般，不消说是费用甚广。僧众们既不躬耕，那庙田租佃所入自然无多。一来二去，海月颇苦费用不继，于是先着手淘汰僧众，凭武功高下为去留，由数百僧众减至百余人。但是酒肉道场局面既开，许多的奢侈花费是有增无减。海月虽裁去许多僧众，还是感着拮据，于是又稍稍地斥卖寺田，令许僧众们出去募化。

"此端一开，广济寺僧众散得各处都是，久而久之，也就漫无规法。便有各处的豪猾人等，每有争端或打降等事，便出重金延聘广济寺僧人去耍大胳膊。每次得胜回头，僧众在海月跟前都有所贡献。因此海月只图银钱凑手，也就不加禁止。住持如此没分晓，僧众可知。这时广济寺僧人有时掉臂市廛中，大家未免就侧目而视，号之曰'秃匪'。因为他们登门募化，都讲瞪眼抢胳膊地硬要，又帮人打降耍横，搅乱街坊，以此大家都厌恶得臭狗屎一般，那广济寺的声誉也就毁败无余。

"正这当儿，那金华延福寺中却有个大善知识，便是慧通。因为慧通的武功声闻，不在海月之下，自住持延福以来，只是精研内典，苦行参修，芒鞋布衲，道貌可亲。偌大庙宇只有十余僧众，没事时，连山门都不轻出。有时应人的诵经斋醮之请，无论多远，慧通都是徒步而至。慧通虽不谈武功，但是声闻所至，贼盗敛迹。那延福寺四外左近真有夜不闭户之势，因此延福寺声誉日隆。这也不在话下。

　　"也是合当有事，一日慧通在金华城中一个施主家做了点儿佛事，事毕回头，方趄至东门大街，只听一条短巷中鼓乐伧伧、人语喧哗，接着便有三五健仆拥定一乘披红挂彩的小轿儿，由巷口直撞出来。慧通抬头望去，不由诧异。原来轿的左右扶轿杆儿的却是两个雄赳赳的和尚，一色的短衣洒鞋，结束劲健，用茶色布包着秃头，上面结作了慈姑叶样英雄钉，便如打手一般。方趄出巷口，那轿内却一阵嘤嘤细泣。

　　"这时大街上，各肆檐下观者如堵，其中有一人方微叹一声，左边那和尚却猛地一瞪眼睛，道：'你们这班鸟人就躲得远远的，须知咱家拳头上没眼睛，却认不得什么鸟街坊哩。'吓得那人并观众等正在呼地一闪，只听巷口内有人放声大哭，接着便抢出个贫士模样的人，两眼都直，势如癫痫，连颠带撞地抢上前去。刚伸手去拖那轿，那右边僧人大喝一声，飞起一脚，正踢中贫士心窝。那贫士喊一声，扑地便倒之间，那两个和尚已挟了彩轿如飞便走。

　　"瞧得慧通正在十分诧异，那许多观众们早已望见，便不约而同地都哄向慧通跟前，七嘴八舌，一说那两和尚挟走彩轿并贫士追赶之故。慧通听了，任是久定的神心也是忍耐不得，不由一股火气哄地撞上面孔，连气带羞，闹了个粗脖子红脸。因为自己也是和尚，不想同道中竟有如此败类。

　　"原来那贫士名叫汪必显，因贫之故，借了东门外兴元街上豪绅张裕卿的一宗款项，历年价滚利盘剥，算计起来，已有三百多银两。那张绅因看中必显的妻子赵氏颇有姿色，便故意地老不去索债。这时料必显穷得要掉腔，一定是无力归款，便烦门客去风示必显，请以赵氏抵债，以外再由张绅酌给些身价银两。

　　"那必显虽穷，也是一名武秀才，并且稍通拳棒，在金华城内武社中当着教师，颇有交游，也是个有头有脸的角色。你想他如何输这口气？当时那门客话才说完，噼噼啪啪，两记耳光已被必显敬到脸上。接着必显便骂道：'借你这狗嘴传语姓张的，你问他老婆可肯把与人吗？姓汪的欠债还钱，你等如何奚落穷爷呢？'于是不客气地竟将那门客揪堵大门之外。

"那门客白挨了肥耳光，虽是长气，却怕必显拳脚，只得忍气回头，向张绅一说必显的光景。张绅冷笑道：'且待个把月，俺自有道理。俺就不信有人来借与他银两。'果然财主们的话是金口玉言，一下子竟被他说着咧。

"那必显自揪出门客之后，情知这宗紧饥荒是拖延不得，便连日价奔寻交游，多方假贷。岂知人情纸薄，世态炎凉，大家见必显那副穷相，谁肯去雪中送炭？不是这个说有心无力，便是那个说自顾不暇。末后见必显纠缠讨厌，大家便索性一缩王八头，连面都不见。闹得必显腿子都跑细，却依然是不名一钱。

"转眼间月余已过，其间经张绅坐索几次。必显没法儿，只好咬牙硬挺。却不道张绅暗中业已延请了两个广济寺的僧人，一名长源，一名长明，都是拳头大、胳膊粗的角色。便这等领了彩轿仆人，火杂杂撞向汪家去抬赵氏。当时必显拦阻叫骂之下，却被长源一拳放翻。那长明早领了仆人等撮得赵氏，上轿便走。必显因为挨的那一拳很有斤两，挣了良久，方才爬起，所以随后赶来哩。

"当时慧通火气上撞之下，却暗想道：同道中人，如此行为，真给僧家打嘴巴子。广济寺海月和尚虽戒律清规上差些儿，想还不至纵容寺僧如此胡闹。这定是这两个僧人背了海月，在外横行。既是同道，理当劝止他们，方不失僧家名誉。想罢向前望时，只见那彩轿人众业已趱到东城门口。恰值迎面，来了一大帮独轮推车儿，大家一拥，登时叉住街道。慧通这里不由微微一笑。"

伯通说至此，正在眉飞色舞，只见曼华又吵道："热闹得紧，你老人家快说吧。不要给作书的先生们留回头，看他怎的？"大家听了不由都笑。正是：

衔杯才雅集，抵掌说名僧。剑气终难闷，遥遥海上情。

欲知后事如何，且听下回分解。

第十九回

角武功双坐蒲团
动嗔相横飞白刃

　　且说伯通笑道："曼姑，你好发呆，你这一吵，便是给作书的先生们留了回头了！"大家听了，又笑过一阵。伯通便道："当时慧通向前望去，只见彩轿停住。那长源、长明正两只虎似的向着众车夫跳蹦大叫。偏那个车帮头是个山东大汉，他那车儿又大又笨，上面装了满满的现钱捆，足有七八百斤重。正累得他两手攥把，弯着腰子，蹬着腿子，一张屁股左扭右晃，将一条黑紫脖子伸得老长，上面是青筋暴露，咬着牙，瞪着眼睛，狠命地向前一推。

　　"刚骂得一声'□你娘的'，却被长源过去，向他长脖上啪地一掌。那大汉没法抵挡，只略一愣怔，后面吱扭扭群车大至，最先的车头业已顶了大汉的屁股。气得那大汉一阵价住车卸绊，正要去抓长源的当儿，恰好慧通一步赶到。

　　"那长源不知就里，百忙中以为慧通也是广济寺的僧人前来帮乱的，便气吼吼地道：'师兄，来得正好，且帮我打这群侉哥儿们。'一言方尽，却被长明一拖道：'你瞧来的是什么野性汉子，你就和人靠近？'原来慧通貌既朴质，衣又布素，所以长明只认是不知哪里来的野和尚。当时长明说罢，便向慧通大喝道：'难道你没长眼睛，这里已馇成人粥，你还来凑份子？'说着，又手推去。方拳回手，哟了一声，那慧通却合掌道：'阿弥陀佛。不当人子的，只贫僧便是延福寺的住持。'长明听了还未答语，那长源见不是本寺的僧人，因大喝道：'没的拉淡，哪个来问你住处？快躲开这里，莫误我事。'

　　"这当儿，向慧通诉说不平的许多人又已都赶到。大家呼的声向前一挤，不但将彩轿人众登时隔作两处，便连迎面来的许多小车儿也都拥向后路，反闹得面前闪出一片大空场。只有那车头大汉倔性上来，一面护住车儿，一面将众人推搡得跌跌滚滚。

"那长源、长明见街众们隔断彩轿，正提着拳头，虎也似的想寻人厮斗。慧通便笑道：'你两个且慢逞性，咱们同是佛门弟子，岂可干预闲事？你两个今天帮人抢人的事由儿俺已尽知。你自问世界上可有这道理？如今闲话少说，你两个快转去，向张绅说，汪某所应还的债项，都由贫僧归还。现有街众为证，容俺明日送到张府。至于这彩轿，你就交与贫僧，待俺烦街众们抬回汪家就是。'长源等听了，正都气穿两肋，一时怔住。街众们却听得痛快，便不期地一声佛号，声震如雷。

"就这声中跳出两个少年，便大呼道：'像慧通师父才称得慈悲和尚哩！岂有僧家帮人抢媳妇之理？既如此，俺们就去抬轿。'说着，方要去奔彩轿，那长源双拳一分，早一拳一个将两少年打倒在地。

"长明这里恶狠狠一摆拳头，正要去奔慧通，慧通却大笑道：'你们便是讲厮打，也须放个场儿。难道便这等挤热羊不成？'说着，向那扶车大汉道：'你这夯大哥也没眼色，弄个车子横在这里，岂不碍事？'说着，平伸两手，趱近车前，只轻轻一举，早将那千八百斤重的夯车儿平端起来，却向大汉笑道：'你老哥想放这车子在哪里？待俺与你端了去，不省得你只管推吗？'

"这一来不打紧，登时惊得满场人鸦雀无声。再瞧长源、长明时早已面无人色，抹转头就要跑掉。慧通这里一声断喝，浑如焦雷一般，长源等四条腿子顷刻抖起两对，哪里敢移动分寸？于是慧通从容放下车儿，便正色道：'你这两个佛门败类，俺不看你住持海月之面便当杀却。但是海月一任你等如此胡为，也不得辞失察之责。俺今且烦你等赍封书去，请你住持以后在寺应当加意戒律才是。咱们既是同道，应当有过则谏哩。'说着，便从街上店肆中借了笔札，匆匆地挥就一简，把与长源等，便一面烦街众等押了彩轿送回汪宅；一面趱回延福寺，写了一函，略言自己代偿汪某之债，并取三百金，伴了书函，立命行童送交张绅。

"在慧通做了这件天理人情的事，又寄简去规谏同道，自以为很是理得心安咧。岂知凡事难逆料，却再没想到，就从此惹起争端。原来那海月是个心高气傲、自恃本领目空一切的人。当时长源等回到寺中，呈上慧通

272

的字柬，柬中规谏的话儿自然是直切异常。海月见慧通干涉自己，本就挂了八分气，又搭着长源等添枝加叶，一阵捣鬼，说是慧通怎的讥笑，怎的藐视，简直地把广济寺瞧得如狗窝一般。于是海月登时犷性发作，暗想道：慧通这厮好生欺人！他借着规谏为由，暴俺过失，显他好处。分明是与人难堪，存心欺侮。这次若不叫他晓得俺的本领，俺在广济寺也就存身不得了。思忖间，略一踌躇，早已得计。便一面飞柬，招请左近善信，一面派人送回书于慧通，谢过不遑，却另附了一张小柬儿，上写某日某时，请来坐阴阳蒲团，彼此参证道力。

"原来这坐阴阳蒲团是武功家内功中一种运用罡气的功夫，讲的是寒暑不侵，身如金石。那海月颇善此功，料慧通无能为役，所以特把出看家本领，要与慧通斗气争胜。当时使人既去，海月这里便与匆匆就寺内别院中准备一切，一面又暗忖慧通如果畏怯不来，那一定是本领不济。趁这当儿便可以把他撵掉，将那延福寺也硬霸过来。还愁谁敢来道个不字不成？想至此越发高兴。

"不想次日使人趑回，呈上原柬，那慧通居然在柬后面，批了八个大字，是'谨遵台命，届期领教'。海月见了越发气怄。这时，那广济寺左近的善信人们得了海月的请柬，又探听得海月要和慧通斗气，特施展那坐阴阳蒲团的功夫。这种奇特功夫，大家虽也耳闻，却不曾眼见过。有这机会，谁不想来开开眼界？一阵哄传之下，早已招了许多人，便是不在请数的也都哄将来。及至届期，那广济寺里里外外好不热闹。当时众善信步入别院，一眼瞧那设备的两处敞厅，早已咂舌不止。

"只见那两处敞厅相距颇远，一处敞厅前插一面小红旗儿，厅内铺设一概皆是红色。踏到里面，俨似置身火罐。案上置有火酒多瓶，壁上挂着十余袭老羊皮袄。一个地下两具蒲团间有火炉儿，里面红炭已烧得焰腾腾的，相去数步，毛发为灼。厅外还有七八个没燃的火炉，置在炭的一旁。那一处敞厅前却插一面小黑旗儿，里面铺设一色全黑。踏到里面，有如走进冰窖。案上置有雪梨、冰桃，壁上安着十余具有机括的风扇。更有个大冰桶置在蒲团之间，寒气冲起，使人起栗，望到厅外，还有数具冰桶。

"大家见此光景，骇诧之下，略悟坐阴阳蒲团之意。一面就别室落座吃茶，一面见海月雄赳赳地带了十余个矫健僧众，由正院中大叉步趑来。方到室内，和众善信客气数语，却闻院中有人笑道："海师兄，你真是越

273

老越少相咧。咱这少年狡狯的把戏，你怎的忽然高兴要施展出来？说不得俺只得前来奉陪。"

"大家望时，却是慧通飘然而至，满脸上笑容可掬，和气迎人。方向海月合掌当胸，打个问讯，那海月却一瞪眼睛，道：'慢着！你和我少要客气，咱且料理过正事再讲。但是话须说明，少时你若输在俺手，却怎的说法？'慧通听了，不由也气往上撞，因将手中所携的禅杖倒竖着置向壁角。海月喝道：'好，好！便是如此，俺若输在你手，俺立时出寺行脚你看。'大家见了不由吃惊，便料他两人这场斗气不在小处。

"原来那倒竖禅杖，便是住持退位，辞却本寺之意。当时大家哄然站起，因慧通平日不矜武功，大家都不晓得他功夫深浅，颇恐敌不住海月时未免失却一个绝好的住持。正要上前解劝之间，那海月已哈哈大笑，竟同慧通先奔那红旗厅内，大家随后赶向厅外遥望时，只见他两人已各就蒲团，相对价跌坐下来。慧通是和颜笑属，海月是怒眉横目。中间那火炉儿早烧得透体通红。厅外那数具火炉又已经执事僧人添炭烧起。大家被热气所逼，正在逡巡后退，只见海月从得意扬扬的面色中忽微露寒栗之色，便站起先取过火酒多瓶，置向蒲团跟前，然后取裘一袭自披了，又取一袭披向慧通，即便仍坐下来，取酒劝客。须臾，两人各尽一瓶。

"大家瞧慧通时，忽地浑身冷战起来。于是海月微微冷笑，便和慧通逡巡站起，各取那壁上羊裘，随意加披，每披一件，那执事僧人异进一具火炉。少时，海月加至五件。瞧慧通迟迟疑疑的才加至四件。海月见了正在十分得意，不想慧通激灵灵一个寒战，一气儿又加了两件。海月没奈何，恶狠狠望了慧通一眼，也只得又加一件，便相与仍坐蒲团。

"两人这时毛氄氄的臃肿无度，怪物似的坐向七个热火炉之旁。一时间赤焰飞腾，大有火炼金身之势。那炉厅内热气喷出，饶是众善信立得老远，还都觉得面目炙灼。再瞧海月、慧通，都如没事人一般。每人两瓶老白干火酒又已落肚。但是慧通却舒眉展眼，海月虽极力矜持，但是一张脸子赛如霜柿，秃头上汗下如雨。

"正在逡巡欲起，慧通却大呼道：'再来一个火炉儿。'说着站起，方要去取壁上的羊裘，那海月向厅外执事僧一使眼色，也便站起。于是那执事僧忙报道：'那厅中准备已齐。'众善信听了，情知海月功夫逊人一等，正在都暗惊慧通武功了得，那海月和慧通已脱却六重羊裘，都入那厅中。

当有执事僧就厅外拉动一具风扇,先抬进一具冰桶。众善信哄向那厅外遥望时,只觉那厅中寒气砭人肌骨。

"海慧两人早又就蒲团,彼此披襟当风,消受那清凉滋味。玉山似两只冰桶正在蒲团之间。不多时,风扇冰桶,迭拉迭进。偏偏那慧通秃头上热气蒸腾,汗出不已,并且一面价大嚼冰块,爽脆有声。海月是主人,虽也陪客吃些儿,但是那冷森森的脸子上未免阵阵起栗。慧通都不管他,少时,更解衣磅礴,一面拉冰桶近身,一面连呼啦扇。须臾满厅扇动,呼呼风鸣,厅外冰桶进至七具。众善信遥望去,层冰峨峨,照得满厅中寒光晕起,真赛如寒冰地狱一般。

"正这当儿,忽见海月面色惨变,从铁青的脸子中透出一股杀气,猛地跳起来,向慧通当胸便是一拳。但听咯嚓一声,一个冰桶立碎。瞧得众善信正在骇然,只见慧通的人影一闪,早立在院门口,大笑道:'海月师兄不必介意,咱偶然游戏,不算什么!俺但望你从此后住持此寺,恪守戒律便了。'说罢身影一闪,便似飞鸟腾空。那寺外僧人忙入报道,方才慧通师父出寺时,却掉下一个字柬,说着呈上。海月一瞧,只气得全身抖战,便立时向善信辞却本寺住持之位,就要卷单趱去。

"原来那慧通的字柬并无恶意,只劝海月不必认真争胜,僧家不可妄动嗔念,此后在寺当严以驭下,不可任僧众出外胡为等语。在慧通一团好意,岂知海月在功夫比输之下,只认慧通是有意奚落于他,所以那把无明火反倒高了一倍。当时众善信既挽留海月不得,只好由他。那本寺百余僧众中本也有很守规律的,于是由善信公举一人,以承海月之后。当时海月慨然出寺,那股火头儿简直的就大咧。慧通听得海月真个出寺的消息,倒十分过意不去,忙赶来挽劝时,海月业已走掉。

"慧通回得寺来,深悔自己不该和他一般见识,无端地比甚武功,致起这番无谓的竞争。从此便益务韬晦,过得月余,留意价探听海月消息,却又没得。慧通以为他是行脚远方,也没在意。一日行经一片树林中,忽闻脑后风鸣,那精通武功的人,脑后便似有眼睛一般。当时慧通略一闪身,早有个拳大的石块,嗖一声由耳根擦过,啪的一声正打在前面一株青葱葱杉树上。慧通这里方在一怔张目四望的当儿,说也奇怪,只见那杉树萧萧叶落,登时成了经冬干树。

"这一来慧通大诧,方知海月恼羞成怒,竟自蓄意寻仇。原来慧通见杉树被击立槁，便知那石块是有内功的人发出来的。因为罡气所至，并可假器为用。像方才那一石块，但一沾体，便是个不治的内伤。那会内功的只有海月，所以慧通心下了然。

"当时慧通既知是海月失位怀恨，不由心下越发地感慨不安。因为慧通是个恬淡慈祥的人，徒因一时斗气，遂致海月失位。虽是海月矜胜之过，究竟也是自己道气未深，才彼此有此比较之举。想到这里，很想寻着海月再复其位。于是除自己随地寻觅外，更吩咐本寺僧人到处留神。但是过得多日，殊无海月的影儿，闹得慧通甚是闷闷。

"一日慧通又到远村一个施主人家去吊丧，事毕回头，行至一处山脚下，正望着一片山景心目豁然。忽闻后面履声橐橐。回望时却是个褴褛乞丐，用破巾包头，灰垢满面，更望不清面目，只露着两只骨碌碌的眼睛，手抱两肩，奔马似的直撞过来。慧通因方才那丧家门前乞丐成群，所以这时并不在意，仍然掉头行去。不想行未数步，忽闻后面唰的一声，便如飞鸟振羽一般。慧通方一转身，霍地刀光一闪，已到面前。慧通顾不得看是谁人，忙将大袖一抖，格开那刀，趁势一绞，用一个乌龙取水的式子，耸身一跃，噢一声，早将那刀绞脱落数丈之外。"

六公子等听至此，正在凝神倾耳，只见曼华咯咯地笑道："俺猜这乞丐一定是那海月秃厮哩。"

伯通听了，不由扑哧一笑。正是：

> 良夜衔杯，深堂说剑。所谓伊人，会当相见。

欲知后事如何，且听下回分解。

第二十回

因感触高衲徙经坛
困斋戒老饕思肉食

　　且说伯通笑道："曼姑倒好去给作书的先生们当个助手，你这句话，又省了人家特为点明了。当时慧通略一定神，望得分明。只见那乞丐飞风似的过去，抢起那刀，大叫道：'慧通，你要晓得，今日之事，不是你便是我！可惜俺那日一石块没了却你。俺跟踪你非止一日，如今交与你这条性命就是。'

　　"慧通听得乞丐语音竟是海月，又见他那狼狈形状，不由十分感慨，因叹息道：'海师兄，你放我不过，哪知俺也放你不过哩。俺因有话讲，寻觅你已非一日，你随我到寺中，容我细细述说，便知我对于你都是好意了。'海月冷笑道：'好，好！我倒听你说些什么。如今俺栖止之处便在这山坳里，你有话讲，便奉屈尊驾如何？'说着，拔步引路，竟自转上山径。

　　"慧通跟在后面，一面瞧海月褴褛之状，心下恻然，一面留神山径。不多时，趄过一重岭头，却见从一条低洞旁林木衰蔽中现出一处破庙。门墙都颓圮殆尽，只剩破落大殿兀峙于榛莽之中。及至入去，却见大殿西壁下便是海月的行窝。败草铺地，残砖做枕，壁上挂着瓢篮等乞食之具。那残缺神像脚下还支甓作灶，熏得神像两腿都乌黢煤黑。看光景，海月行乞已非一日。

　　"当时慧通乍见此状，心下益发不忍，暗想道：海月毕竟是个正道和尚。不然，以他的本领，取人金资，怕不似探囊取物，何至于自甘行乞？便是他寻仇之兴，皆因出于不识俺的好意，所以如此。只需把话说明，他自当心下释然了。想罢便将自己累次规谏之意，并寻觅他欲复其位之意一说。海月听了，直羞得无地可容，忽地慨然道：'慧师兄，不须说咧。俺不想久在你大度包涵之中。至于叫俺复位之说，大可不必。俺亦无颜再混此间。师兄且请转去，容俺改日到寺请罪吧。'说着，握了慧通手儿，面现感慨之色。

"那慧通不晓就里，一面随他出庙，一面挥手道：'海师兄既不愿复位，也不必远去行脚，只需且在敝寺暂住。因为宁波地面普陀山大雄宝刹内缺个住持。前些日，那一方善信们曾有书来，烦我与他物色一位大善知识。你如愿就此席，且是妙哩。'

"海月听了，那面色越发感慨，待至慧通行出数步，却大叫道：'原来慧师兄你是这样好人。如今别无他话，俺且送你直到本寺吧。'慧通刚道一声'不消'，忽闻背后扑通一声，急忙回望时，不由大惊。只见海月竟自项横短刀，自刎死了。

"原来海月是个矜尚意气的巨盗出身，虽是多年皈依空门，他那股犷烈性儿总化不尽，所以这时羞感之下，竟自轻生。哪知这一来，激刺得慧通也登时稳不住蒲团。当时慧通见海月因武功争胜之故竟至轻生，止不住泪下如雨，于是一面价走报广济寺僧众，收得海月尸去，仍葬以本寺住持之礼。一面回得延福寺，普告大众，自己因海月之死，须避地他处，方足以慰死者。报告已毕，即时挈了瓶钵，竟赴普陀。从此这慧通长老才住持那大雄宝刹。

"他自到普陀，越发地讳言武功，只以参修为事，至今已四十余年，道德日深，声闻日远。便是当流寇变乱时，他曾显法力，阻绝航路，也不知保全赴普陀山逃难的多少性命。流寇们曾屡次驾船去劫，都中途遇风折回。他更精通易数，所言奇中，类似前知。刹左近有驯猿驯鹤之异，俟咱们到那里时一见自知。你们说不是一位异人吗？俺所以和他结成方外老友，就因他累次劝我，当此乱世切宜隐晦哩。"伯通说至此，不觉举杯，一饮而尽。

六公子便叹道："有此异人，这普陀之游倒不可不去。他既精易数，便是咱们的未来行藏大可以请他指示一二。"魏耕道："妙，妙！如此明日咱就去。好在俺也略通易数，他有驯猿驯鹤，巧唲，俺也有个驯驴。到那里和他盘盘道，倒也有趣。"

大家听了正在都笑，曼华却一扬眉道："俺的行藏不须人指示，没的那和尚倘和刘先生似的，说出些什么清运正盛的话来，倒令人听了长气。"

伯通笑道："你等且莫乱，俟稍迟数日，由我约齐了朝山香客，咱早行数日，倒也甚好。因为早到那里，并可以纵观名胜，省得香会上人众杂沓。却有一件，你等既发朝山的愿心，从明日起，便须斋戒起手，不茹荤酒，直至下山才罢。"大家都笑道："那是自然。"一瞧魏耕时早攒起老大眉头，便接一连三地吃过几杯，然后道："你们说自然，就自然，俺也只好跟你们自然而然。从明日既须斋戒，今朝且须预支个大醉哩。"于是大家哈哈都笑，直饮至夜深，方才各散安歇。

转眼间过得几日，伯通闻得跃鲤赴南京趱回的报告，说是官中除出示缉捕侠客之外，并没有动静。伯通放下心来，正要去约会香客定期朝山，不想六公子忽地一头病倒，寒热时作，加以模糊呓语，除了昏沉沉地困睡，便是梦呓中犹奋拳切齿，大呼杀贼。真是好汉只怕病来磨，竟将个金刚似的汉子，虎卧龙颠地困倒在床。

原来六公子举事不成，一腔忠愤之气既已郁抑难宣，又搭着到了太湖因商量朝山为商夫人祈福的话，想起祁公殉难一场，尚未归元先垄。再者顾瞻国事，前路茫茫，此后行藏毕竟是怎样才好？综合了许多感慨，未免伤心灼骨。人非金石，所以一旦暴病起来。并且凡是深于武功的人，不病便罢，一病便不轻。因其火气太盛，又脉理坚实，不易发泄邪郁。所以六公子的病势竟至于梦呓大呼哩。

这一来惊坏伯通等，便连日夜地忙乱医药，轮流服侍。陆香儿、腾蛟自不消说，是夜不解带、目不交睫地昼夜殷勤。便连曼华也不拘男女之嫌，每至夜间，便和六公子同榻歇卧，以便服侍。

偏偏公子所染有似重虐之疾，热起来便身如火炙，冷起来便体赛寒冰。曼华目触心焦，便想了个奇妙法儿。俟公子热起，她便脱得光溜溜的，就外间厅上冻得浑身冰冷，然后偎入公子怀中。冷起时，她又就设置的火炉旁，烤得炮皮燎肉，如前地偎熨公子。

便是这般光景，屈指六公子等到太湖已是二十余日，幸得医药得法，六公子病体渐愈。这本是火郁寒邪之症，寒火一退，登时复元。

大家欣慰之下，这其间却闷坏了魏耕。因为他从南京回头，便闷了一肚子鸟气。这时既替公子着急，偏又守了斋戒，每日价素菜淡饭，连酒气都闻不着，真是口中淡出涎来。偏偏离邓宅不远街坊上有处挂住牌的小酒肆，煮得好肴肉，猪蹄、杂碎之类一概都有。更有喷香稀烂的黄牛肉，用大盘价摆在肆案上。那店婆儿每在肆中叽叽喳喳兜揽酒客。

望得魏耕好不馋涎欲滴。但是邓宅左近仆人们出出入入的耳目多，自己又不便去偷吃。没奈何，只得别了个过屠门而大嚼的主意。虽于嘴上没干涉，到底可以快乐快乐眼睛。于是不时地踅向酒肆闲坐，一面瞧人家大吃大喝，一面和店婆儿瞎三话四。

偏那店婆儿也是个好说好笑的偷馋货，一面和魏耕嘀嘀啵啵，一面操刀而割，却只管将那夹精带肥的肉向嘴内塞，嚼得嘴唇上油渍渍的起一层腻皮儿。望得魏耕恨不得搂过她来闹个乖乖，到底沾沾油气。

如此非止一日，真是那肆中，每天酒客多少，卖钱若干，魏耕记得比店婆儿还要清爽。但是这等酒肉肆本是卖缺儿的，因为各村中人家有时来不速之客，盘餐市远无兼味时，便来肆中购用。再不然各赌坊中不时不晌地吃喝起来，只图应急，也便来沽酒市脯。因此之故，这肆中酒肉销滞无常，有时存货堆积，有时便空空如也。

一日魏耕又去闲坐，恰值客将散，都吃得红扑扑的脸儿，一面纷纷起座，一面乱喊记账。忙得个店婆儿扎手舞脚乱应不迭。魏耕从旁冷眼儿瞅到西壁角下，不由心下好笑。须臾，客散都尽，那店婆儿便笑道："魏先生，你瞧这群馋猫儿，王八吵湾似的闹了这么一阵。若不是俺记性好，还被他们吵昏了，说不定就有抄白食的哩。如今我说你写，咱快些记起账来。"说着，让魏耕就账桌旁坐了，递过一支开花破笔，打开那油晃晃的账本子，摊在魏耕面前。

魏耕一瞧那账本，不由扑哧一笑。只见上面一条条，从斤两数目中间，夹画着诸般物事，也有画个牛头的，也有画个猪脚的，甚至于画条肠子，画个肝肺。原来店婆儿西瓜大的字只认得一筐箩，每遇着拦路虎儿，只好象形代之。

当时魏耕瞧到一条内画着个大丝瓜似的物事，因笑道："原来大嫂这里还挂着卖蔬菜哩。这丝瓜用烂肉煨好，倒也可口。"

这时店婆儿一面坐在魏耕对面，一面儿理鞋子，听得魏耕如此说，不由笑得前仰后合，便一丢眼儿道："难为你魏先生成日价玩驴子，连驴子身上长的物儿都不理会。不瞒你说，俺这里看肉锅里，什么牲口肉都有。那馋嘴人们，就有专好吃这东西的。您细瞧瞧，那是画的丝瓜吗？"

魏耕听了，好笑之下，这才恍然知是卤煮驴肾。不禁咽的声咽口唾。

原来魏耕饮酒，最嗜两样佳肴，一是驴肾，那一样便是狗肉哩。

当时店婆儿笑过一阵，便支颐理鬓地一面瞧魏耕秉笔，一面报说账目。无非是李大爹欠烂肉几斤，王二叔欠杂碎一副。须臾都毕，店婆儿却笑道："今天却有累先生了，亏得俺记得还清爽，没叫那群人们抄了白食去。"

魏耕笑道："你大嫂真个记得清爽吗？那会子西壁角下有个细高条子黄胡子的客人，他是咱村中人吗？"店婆儿道："不是的，他是西村的哈老六，因他不吃猪肉，所以俺将他让在西壁下。因壁上挂着十来只熏猪蹄儿，他既不吃，俺觉得放心些似的。你问他怎的？"

魏耕道："也不怎的，只是那会子俺见他起座时，仿佛是伸了个长大的懒腰，接着便向怀中揣捻了一阵，登时趁闹中闪出去咧。"说着，向壁角上略瞟。

这里店婆儿随魏耕眼光望去，不由跳起来，叫道："你先生真罢了的，有话何不早说？你瞧十来只猪蹄只剩了三两只咧。"于是从壁角取下三只猪蹄儿，只气得乱骂哈贼，便赌气子向魏耕道："与其让人家偷去，还没咱自己吃的好。咱这么办，这猪蹄儿你一只，我一只，留一只给孩子他爸爸。索性地咱都装入肚，倒省得人来偷摸哩。"说着，拣了只又肥又大的直递过来。

这里魏耕瞧瞧四外没人来，正要趁热接过。恰好邓宅仆人来寻用饭。魏耕没法儿，只得舍掉猪蹄，且去吃那斋戒素饭。

越是盼六公子病愈，朝山回头好开斋戒，偏偏六公子病势只是延缠，闷得个魏耕像似瘦了好些。近两日来，他更不敢去酒肆看人大嚼，没事时只和那驴子厮混。

因为伯通等只顾了调理公子，没暇理他。又因公子病体将愈，须稍用肉食滋补，便命公子暂开斋戒，俟定期朝山时，再为补斋。于是鸡汤鸭臛之类，不时地进向病榻。但是魏耕却不晓得，依然吃他那苦巴巴的素斋饭。好容易待至公子病体大愈，精神如旧。这日伯通就前厅中端正饭食，大家在座，与公子起病。魏耕一望案上，满堆了素菜素饭。方伸伸脖子，咽下一口饭。只见仆人提进一个小食盒。只盒盖一启，魏耕这里不由眼儿都直。

原来里面是一碗鱼羹、一盘鸭臛，又有一碟夹精带肥的千层片儿肉、一碟香蕈炒鸡丁。再望到榼正中，偏又有一盂鸭汁清煮馄饨。

这几佳样肴饭，耀入魏耕两只饿眼中，那仆人却一样样摆向六公子跟前之间。魏耕却再也忍不得了，便吸溜声一拖口涎，道："慢着，慢着。这些荤菜饭不是端差了吗？咱大家方在斋戒，如何能用这菜饭呢？"

大家听了方觉好笑，伯通便道："魏兄你不晓得，皆因公子病本才好，势须肉食滋补，以助元气，所以他特开了斋戒。俟定期朝山时，再为补斋。"

一言方尽，只见魏耕笑嘻嘻满脸生痛地直站起来。正是：

久困太常斋，忽睹邹厨味。漫言肉食鄙，直须急理会。

欲知后事如何，且听下回分解。

第二十一回

不讳夙怀公言床第
欲动食指先观朵颐

　　且说魏耕听伯通道罢，不由跳起来笑道："晦气，晦气，俺若早知斋是可以补的，俺为何只管守斋，和自己肚皮过意不去呢？哈哈，不消说，你大家都也暗含着唱过《刘氏开斋》咧，却只苦了俺傻子老魏。老实说俺这份斋也等着补吧。"说着，伸手就要去端那碟肉片，却被曼华一下子架住胳膊。

　　正在哧地一笑，伯通忙正色道："魏兄不要自寻晦气。这补斋是本人因有事故方许暂开。若好端端地开斋，谓之犯戒。就怕娘娘过罪，舌头上生老大疗疮都未可定。魏兄不信，只管去问公子，俺大家可曾开斋吗？"几句话招得大家正在都笑，六公子便道："邓翁此话不虚，他大家端的不曾开斋哩。"

　　魏耕听了，那只被架的胳膊还不肯遽然缩回，却被曼华笑嘻嘻推就座位，顺手儿用纤指向自己嫩腮上抹了一抹，便笑道："人家小孩们有偷懒逃学的，便向天祝道：'老佛爷，你多少地给俺个浮皮蹭痒的病。老师既不叫上学，妈妈又给治馋嘴。'如今魏先生想治馋嘴，快祷告着生点儿小病，不就可以开斋了吗？"

　　大家听了，不由哈哈大笑。魏耕没奈何，只好一面瞧六公子狼吞虎咽，一面心下盘算。须臾，大家又说起朝山之事。因今年香客特多，太湖各村众除请伯通做香头外，又另推一位单姓父老帮同照料。大家正谈得高兴，一瞧魏耕却已离座。大家以为他是出去方便，也没在意，仍然且饭且谈。

　　这时大家因公子病起，都心下畅快，分外地健饭。唯有曼华更高兴，坐下站起，箸下如雨，摇得腕上手钏儿叮叮当当，连伯通面前所置的素菜都抢过去，单是各样素馅馒头就吃光两大盘，然后用素茶拌饭，一阵价风卷残云。

正吃得起劲，忽见公子饭毕之后面现异色，微汗浸淫，烘得两腮上红红白白，十分鲜妍。恰有两点汗珠儿，如垂露一般直从鬓角上挂将下来。大家见了，便道："谢天谢地，公子气色大佳，真个精神复元咧。"

伯通也正在微笑颔首，只见曼华置下箸儿，由袖中掏出个汗巾儿，一面去给公子抹拭汗珠，一面笑道："俺早知公子业已精神复元咧。头两日他抱着我，我还觉得他的皮肉儿干燥燥的，昨晚上就不然咧。俺一偎到他怀里，就觉得又温暖又滑润，浑身都是舒齐的。便是他那口鼻气息儿、手足温和得摸触到人身上都叫人异常适意。并且他睡熟之后，从身上发出一股温热来，由上身直达下体，蒸得人腿叉里都汗渍渍的。你们这会子见他面色，才知他精神复元，哪知俺……"公子忙赧然道："曼姊不须说咧，反正俺病好就是。"

大家听了，正在相视而笑，曼华却一撇嘴儿，道："公子，你这又腼腆的是什么！昨晚上人家下榻方便方便的工夫，也不知是哪个只管探着头儿向人笑，又直嚷被窝风冷哩。"几句话不打紧，招得大家哄堂大笑。

六公子赧然之下，没得兜搭，便微振两膊，骨节作响，旋即作个开弓势，却笑道："俺多日被病魔所困，节骨弛懈，便连曼姊被俺累得也精神似减。如今俺且喜精神复元，且待俺舞回剑，祓除病气，并谢诸位雅意如何？"

大家听了，正在喜动颜色，只听院中奔马似一阵大乱，接着魏耕大呼道："杀杀杀！好你个凶王，竟敢寻到这里来咧。"大家听了方在都怔，只听哗啷啷一声响亮，一扇门槅撞翻之间，早从厅外没头没脑地滚进两人。

伯通眼快，猛瞧见魏耕拖定个气急败坏的郝毛儿，心中一动，噫了一声，急忙站起之间，那魏耕两道剑眉都已倒竖，一抡健膊，险些将毛儿掼跌，便指着毛儿道："你说，你说。"

那毛儿只顾气喘，张大了嘴，方才一把拖住伯通，魏耕却虎也似踞在位子上，竟由左袖里拈出一团红郁郁的东西，入口大嚼，一面却尽力子哼哼出气。这时大家不暇理他，忙都凑向伯通跟前，听毛儿如此这般地述罢所以。

伯通听了，还在捻须沉吟，曼华、腾蛟早已双眉轩动，两人不期地倏地捏起拳头，倒将毛儿吓得脖儿一缩。方向后一闪，恰值陆香儿猛可地一踩脚，却又将毛儿惊得身儿一歪。说也凑巧，偏偏魏耕右手起处，一个大拳头又猛地挂将来。毛儿急闪时，砰地一拳正砸在案角上，震得满案上碟儿、碗儿一齐乱跳，连那盛馄饨的空盂儿都嗡嗡有声。

吓得毛儿眊眊眈眈，正要向伯通身旁蹭去，不提防被曼华一把揪牢，直将他一颗头揿到自己胸前，却一挫牙儿猛地向外一擦，道："你这话真个的吗？可气煞我咧。等他们来时，管叫他一个个都是死数。"

魏耕大叫道："好……"底下那"好"字没喊出，却举起左手所握之物咔哧一口。这里郝毛儿一个踉跄撞将去，却被跃鲤一把抄住，便顿足道："这事好怪，怎的前些日在南京时还一些风声没得呢？"一言未尽，只见六公子乱摇两手道："咱大家且莫纷乱。此事依我看来不宜硬作。古语云：投鼠忌器。咱大家现托迹此间，便是邓翁慨慷急难，没的倒连累了太湖民众，咱还是请教邓翁为是。倘至无可奈何时，俺便挺身去见凶王，由他杀剐就是。"

大家听了，正在慷慨动色，那伯通忽地掀髯大笑道："何至于此！公子且慢气愤，老夫虽没得良平之智，似此小事还能摆布得来。诸位且请归座，便连郝毛儿也就势用些饭食，速去瞧望老母，免得在此招人耳目。俟少时咱再细商良策何如？俺料公子等还不知毛儿的来历，且得俺略述一二。"于是将毛儿因叉鱼误杀老黑，多亏自己解救之事一说。

大家听了，正在目注毛儿，只见伯通一拖毛儿，道："多谢你前来报信，只是跛张是机警人，你快些饭罢去望老母，速回南京才是。"

这时毛儿业已神定，说道："饭倒不消，只是……"说着望望魏耕，便莽熊似的扑将去，道："你先生且少吃些，多少也给俺娘留些才是道理。"说着，竟从魏耕左手中夺过一物。大家瞧时，却是一大块肥狗肉，业已被魏耕咬得七零八乱。

大家正在诧笑，那毛儿已揣肉入怀，拔脚便走。于是魏耕哈哈大笑，便一说得遇毛儿之故。

原来魏耕那会子既闻可以补斋之说，又见六公子饮酒御肉，吃了个喷鼻儿香，只馋得他喉内馋虫差不多要钻出来，暗想道：干鸟吗？斋既可补，俺为甚只装憨子？如今那店婆儿酒肆中料想看肉正熟。俺若早知可以补斋，这些日来怕不吃掉她两口猪。想至此更耐不得，便趁大家谈笑正酣时悄悄溜出。

三脚两步跑到那酒肆张时，叫声苦不知高低。只见店中清锅冷灶，一个酒客也没得。只有店婆儿坐在灶边座儿上，面前摆着白米饭、盐萝卜，并一个盐碟子，正要用饭。魏耕急望壁上挂的炙鸡熏肉等物，说也作怪，偏偏连个鸡骨肉渣儿也没得。再望壁角边的酒罐，却依然如故。

魏耕懊丧之下一问店婆儿所以，店婆儿笑道："今天您来吃酒却是不巧。你不晓得，昨晚上俺本煮出一大锅稀烂喷香的好看肉，单是那肥汁儿就浓醇得如胶条一般，就别提多么可口咧。这本预备卖一集（集者，里人定期市卖交易之名，大概五日一集，南方谓之趁墟，北方谓之赶集，其义一也）的，哪知当夜里东村王地保三不知地娶了个小后婚儿，他怕得是街坊人们晓得了，要借端吃嚼他，当夜弄辆牛车，连灯笼鞭炮都不敢用，悄悄地将那媳妇子拉得来。自以为这么一来省了烦费。不想次早王地保两口儿还没起床，那许多贺客们早已捶门打户地哄将来。原来王地保最是悭吝不过。那赶牛车的替他忙了一阵，满想着大大地注喜钱。偏偏王地保不开眼，只把给赶车的二百文老钱，连顿酒饭都舍不出。于是那赶车的大恨之下，便给王地保一路张扬，所以闹得阖村都知。当时王地保见贺客都来，只得攒眉款待，因一时间没得肴菜，所以今早晨他遣人来，将俺这里所有的肴物都包了圆儿去咧。你先生要吃酒时，俺只还有个鸡架装（俗谓剔去肉之全副鸡骨，曰鸡架装）并一只盐猪蹄儿。要酒便有，不怕你喝上一瓮都足用的哩。"

魏耕听了好不长气，欲要回去，无非是眼馋肚不饱，在此将就了，又只是寡酒儿，仔细思量，回去时连酒都不许吃，这里究竟还有鸡架装、盐猪蹄，总算是慰情聊胜于无了。于是一屁股便就店婆儿对面坐将下来，先要过两角酒润润渴喉。

须臾，店婆儿取过那两样佳肴。魏耕先望见白瓷盘儿上盖油纸，以为这鸡和蹄儿虽不能大嚼快意，但是那上面筋头膜脑，就酒哑哑，倒也别有风味。于是一手按杯，作势而待。哪知揭去油纸把来当时只剩了干枯大眼。

原来那鸡不但是架装，并且是煮过几次肥汤的。不消说上面的皮髓筋膜经店婆儿几次撕啃，一概都净。便连点儿油荤气儿都没得咧，咬到口内，便如木头一般。气得魏耕丢了鸡架装，便啃猪蹄。咯嘣一声，险些将门牙跌落。原来那盐猪蹄是腊肉腿上剁下来的，只是铁皮包骨头，简直比石头还硬十倍。

当时魏耕气得手按酒杯，通没作理会处。那店婆儿已吃罢饭，一面收拾，一面笑道："你先生真没口福，一高兴来吃酒，就遇着人家娶后婚。没奈何，且将就些吧。"正说着，忽闻肆外呻吟有声，便有人道："主人家，快取角酒来，接接力气。俺用罢还向邓宅有紧事哩。"

声尽处，一瘸一拐踅进个行尘仆仆的汉子，似乎是走得气急败坏，一进门来也不顾去拣座，一屁股便坐向魏耕对面，翻起两只眼，一面端相魏耕，一面呻吟着直唤酒来，慌得店婆儿连忙唯唯去取酒。这里魏耕却暗笑道：你这小子，不用来和我瞅别古，少时也是照样地淡出你去。

正这当儿，店婆儿取酒到来，便笑道："你这客人既是向邓宅去的，为什么只剩这两步还在此歇息呢?"那汉子道："你不晓得，皆因俺向邓宅中报告一件要紧之事，没命似跑到这里，正在气都接不上，又他妈的撅了腿脚。所以俺到此吃些酒，接接气力。闲话少说，你这里有什么下酒之物，快些把来。"

店婆儿听了，方在扑哧一笑，魏耕暗道："好的，你若叫她把出来，只好把出她那块松丢丢的肉儿给你吃了。俺老魏还在这里空咽口唾，你倒一千头的小火鞭，响（想同音）了个到哩。"正在怙悢，店婆儿却拍手道："客人莫怪，今天来的客人们活该都吃些素去。今天小店里一些荤腥也没得。你不信只管问这位，他也在这里吃白酒哩。"说着，向魏耕一指。

那汉子略瞟一眼，便道："如此，说不得。你只随意取些过酒物来，俺且吃酒。"说着，拊了脚只管呻吟，又嘟念道："真是越忙越耽搁。俺若不是撅了脚，这当儿早见了邓伯通爷交代明白，还愁没得大酒大肉吃？如今却在这里吃白酒，这是哪里说起!"说着，吃过一杯，却向魏耕客气道："彼此彼此，你老再闹一盅吧!"

若在平时，魏耕听那汉子嘟念邓伯通一定是兜搭兜搭。但是他这时闹了一肚皮鸟气，便也无心理会，只没精打采地道："不让，不让。"

正在瞅了那盘鸡和蹄出大气的当儿，只见那汉子又吃过一杯，忽地低头自笑道:"事儿风火,真也把人闹昏唎。没别的,俺老娘你且少吃些吧。"说着,竟从怀内掏出个油晃晃的布包儿,只抖手打开,向案上一摆。

这里魏耕登时眼睛一亮。正是:

空举虎头相,全无食肉资。酒怀方寂寞,异味恰来时。

欲知后事如何,且听下回分解。

第二十二回

抢狗肉一味无赖
穿铁甲八面威风

且说魏耕一眼张去，只见布包内竟是大小块不等的许多炙肉。本已馋得口涎欲滴，再仔细一瞧，不好了，不但是炙肉，并且是自己生平最嗜的肥狗肉。单是那股香气已使人当不得。偏那汉子大把价抓来过酒，直嚼得口角流油。

这一来闹得魏耕竟如雪狮子向火一般，软化在座，但是还妄想人家既让酒，一定也要让肉的。不想空赔了许多馋唾，却没相干。但见人家从炙肉内拣出一块又肥又大的，置向一旁，意思是舍不得吃这块，却拣小些块的只顾大嚼。顷刻间，已去了一小半儿。

魏耕这时一面暗慌，一面忍不得忙伸手抓过一块，却赔笑道："你老兄吃的是什么肉哇，怎这样怪俊的呢？"那汉子道："狗肉罢了，有什么俊样！"魏耕摇头道："俺不信，哪里狗肉是这般颜色呢？"汉子道："你不信，就尝尝。"于是魏耕咽一声一块下咽，便拍手道："你老兄说话真实在，果然是狗肉，只可惜煮得硬些儿。"

这一来招得店婆儿在一旁直抿嘴儿，却不敢笑。便见那汉子道："这稀烂的肉，你再嫌硬，真是薄福。你再尝尝，俺就不信这肉还硬。"魏耕巴不得这声，忙取一块入口，咂咂嘴道："硬倒不硬，只是还淡些。"

那汉子不服气，方梗着脖子，又取一块要与魏耕。魏耕得意之下，未免向店婆儿一飞眼儿，以示伶俐。岂知店婆儿见魏耕狂食之状，正在忍笑不得，当时扑哧一笑。恰好那汉子一抬头，望见他两人神色，似乎是心下恍然，忙缩回递肉之手，索性地要包包儿，道："你老兄既说是淡，不要淡坏了您的脾胃，快留着与俺娘吃去吧。"

这时魏耕馋兴大作，欲罢不能，便冷不防抓起那大块肉来，道："你老兄无论怎的，卖与我这块肉吧。俺就在邓宅中住，你且少待，待我与你取钱来。"说着站起，方要拔步，却被那汉子一把抓牢道："岂有此理！这块肉是与俺娘留的，任是多少钱都不卖。你便在邓宅住又该怎样？"

魏耕一面举肉，一面道："俺在邓宅住，无非是与你取钱快当些。难道俺魏耕先生还骗你的白食不成？"那汉子听了，大骇道："原来你就是魏耕先生。俺此来寻邓伯通爷，这其间便有魏耕先生血海的干系哩。"于是拖了魏耕，附耳良久。

魏耕大叫一声，更不暇放下那肉，便和那汉子连跌带滚，直入邓宅。原来那汉子非别个，正是郝毛儿，因闻得郎湛告密，并跛张告豫王料理太湖的一番计划。他想起往年伯通救他之恩，所以连夜价便赶来报告哩。

当时魏耕道罢，大家也顾不得打趣他擅自开斋，正在争望伯通又要乱吵的当儿，跃鲤便道："此信来得究竟突兀。前几日俺还在南京，还一些风声也没得，如今俺急速去再探一回何如？"

伯通道："不必再探。郝毛儿虽是粗人，却也精细，事如不确，他是不能混来报告的。俺想跛张这番料理太湖的计划，是注重从湖外各要路上查拿你等，以取以逸待劳之势。至于派太湖厅官来向我索取你等，不过借此觇觇我的情形。不是老夫夸口的话，这太湖虽弹丸之地，那凶王还不敢轻易来拨撩于我。所以太湖中事体尽可无虑，俺自有应付来人之策。因为厅官朱异虽庸懦不足虑，却恐他挈带了邵、汤两个巡检同来。邵光煦颇为精明，那汤渊略通武功，能使手下疲弱巡兵变成精锐。倘他两人同来，咱大家也须仔细一二，所以俺须用计策赚他们退去。为今之计，要紧的就是商量你们的出路。湖外的险僻要路共有三处，一是龙母潭，一是芳藕坂，再就是石钟口。这三处，因其险僻，敌人必更格外注意，特埋伏能将精兵。依我之意，是给他个出其不意，竟不从这三处走，简直地明明白白从潜虬港大路上公然出去。此间既是平坦大路，那敌人料你等必不敢由此走，他们一定是弛于防范。你等瞧这出其不意的计划如何？但是这一来，俺却不能陪公子等去游普陀，只好在此一水之滨，虽不能临风刿首，敬送公子，还能静听公子的报国好音，为诸君酾酒致贺哩。"

大家听了，一面相视慷慨，一面又各自沉吟。因为那龙母潭等处都是钻山穿沿的险僻之处，大家既有飞行功夫，又有跃鲤足为向导，若从这三处走，神不知鬼不觉地出去，何等的又捷便又妥当。那潜虹港是出太湖的一条通衢水路，下得船又必须从白沙洲大路经过。那所在平沙浩漫，左近价连草树都稀稀的，倘被卡路伏兵识破行藏，却是大大不便。

大家正在怙惙，跃鲤却向伯通摇手道："你老人家说走潜虹港的话却不妥当。那里一来是大路，二来这时又当朝山进香之期，人众杂乱，那敌人岂有不特加防备之理？并且公子魏先生的容貌料官中人都也识得，从大路上走，似不相宜哩。"大家听了，正都望伯通，曼华却吵道："他们识得，怕他怎的？休要惹我性起，杀他个翻江扰海，再走咱的清秋大路。他们也只好瞧着咱哩。"

公子听了，向曼华微微一笑，伯通却道："诸位莫乱。俺叫诸位从大路走，正是趁这朝山进香的机会。争不成便叫诸位就这样出去？依俺之意，请诸位如此这般混过敌人的耳目。此局收煞，徐图再举，此后报国日月正长，何必与敌人争什么胜负呢？"

曼华听了，这才小眼皮儿一抹搭，却一肘魏耕道："魏先生听见了没有？这么一来，你那匹驴子借给我骑吧。省得你骑着怪模怪样，叫人家瞧出马脚来，不是耍处。"魏耕听了又翻白眼，跃鲤略一沉吟，忽拍手道："好了，好了！曼姊和魏先生并公子，若恐人万一识破面目，区区这里还有个绝妙方法。虽不比隐形奇术，也抵得驾起遁光，料那班肉眼凡胎敌人们万识不出。只是余爷和陆爷却不需此法，因为他两人不甚为官中认识。"说着，向大家一说其法，大家听了，方各称善。

曼华却指着跃鲤笑道："难为你真生心儿，留着混账人的药，居然也有用处咧。你就连那药包儿都交给我吧，说不定俺将来还许有用处哩。"伯通也笑道："既有此法，真不虑敌人等认识了。那么公子和曼姑明日且屈尊一霎儿，看老夫应付这朱厅官倒也有趣。俺料这时太湖四外各路口凶王所遣的人马都到，便是那朱厅官想也不久就来，却不可不略摆威风，叫那凶王也晓得俺邓伯通不是个易与的角色。"说着，略述应付朱厅官之策，大家听了，都各称善。

不提当时大家散后各自准备一切，并那伯通暗暗地传语太湖渔户们，命他们届时如此这般。如今且说那太湖厅官朱异既邀得邵、汤两巡检协同入湖，不由登时壮起气来。又知得太湖四外各要路口，豫王所派的将弁兵马都已埋伏停当，龙母潭、芳蘅坂、石钟口三处，都系调用得当地得力兵弁，白沙洲大路上又特派了一位满洲勋贵世袭云骑尉名叫阿珲布的，领了王府锐健数百人在那里提兵把守。

朱异见如此的风火事，哪敢怠慢，既送得邵、汤两人去后，便一面分派了随行的吏役，一面和许氏斟酌起衣冠穿戴来。靴帽袍套地闹过一阵，朱异对镜自照，总觉不甚威风。依着许氏便叫他全副戎装，朱异又怕失了文官体统。

两口儿正在分说，便闻衙外马蹄如雷、海螺大鸣，接着响亮一声惊号，似乎是邵、汤两人都已到齐。许氏便唾道："你瞧你这股子没紧没慢的浪劲儿，无论干什么事都是这样。人家都已到齐，你却还似新媳妇上轿似的哩。如今这么办吧，官库里还存着抄盗匪所获的铁盔铁甲，你穿上一份儿。外面再罩上你那混饱吃有补丁（官补也）的公服。闹个半文半武，不就两全其美了吗？"

朱异听了拊掌称善，便一迭声地命仆人去现开库门，取那盔甲。库门轻易不启，锁都锁牢，及至费了半天工夫锤开锁入内寻时，偏偏那盔甲又压在许多废物下。及至仆人等吆吆喝喝搬开废物，从尘土狼藉中取到盔甲，那邵、汤两人立马衙前，业已命人催请朱异数次。但是朱异都不管他，忙抖开铁甲披挂停当，不由一个身儿，弯虾似偻了起来。

原来那副甲是榆叶式砌就，又厚又重，连那牛皮甲衬并狮蛮带、兽面掩心镜之类，斤两委实不轻。你想朱异本是个偶穿粗布都怕磨肉皮的角色，忽然堆了一身铁片片子，哪里当得？但是他欲摆威风，也说不得。

当时他扎括停当，罩上簇新的补服，果然是狗熊一般，膊阔腰圆，十分威武。乐得许氏在一旁拍掌道："真是人是衣冠，马是鞍鞯。你这么打扮成大巴子元帅样儿，怕不将邓伯通先吓个跟头吗？"

朱异听了越发得意，便挺起腰板，试走两步，倒也不觉怎的，于是兴冲冲举起铁盔向头便戴。这一来不好了，登时觉眼花头晕，一条细而且长的瘦脖子只管乱矗起来。气得许氏一把给他揪下，便唾道："人家都说如今做官的就是强盗。你装个强盗身还不足意，还务必装个强盗头吗？"

正乱着，恰好仆人如飞地又来催请，接着便闻衙前警号又是一阵大鸣。于是朱异顾不得再为扎括，忙从帽架上抓起一顶帽子按在头上，匆匆便走。后面许氏急唤时，恰值衙前一阵价人喊马嘶。

这时朱异一肚皮威威武武，只顾了腆起腰板大步踏去，哪里还闻得许氏呼唤？及至到衙前一瞧，不由心下大悦。正是：

　　杀气三分，官威十足。由来官场，亦虎亦鼠。

欲知后事如何，且听下回分解。

第二十三回

邵巡检演述青龙党
众官船迷路石阙口

　　且说朱异雄赳赳、气昂昂地踏到衙外，百忙中还恐人瞧不见他穿的铁甲。正在略提袍襟、甲光一亮的当儿，只听两旁巡兵雷也似的一声暴喏。接着便闻邵、汤两人一齐高呼道："如今本厅等就要起马，快摆队伺候。"就这声里，猛可地海螺大鸣，头门外一声号炮。

　　这一来闹得朱异一哆嗦，忙抬头瞧时，只见左有邵光煦，右有汤渊，各领一队人役巡兵，分两翼价列立衙前。从枪刀簇簇中，最前踏飘起两面巡检官衔的大旗，端的是十分威武。光煦是公服委蛇，汤渊是戎装佩剑，越显得威风凛凛，见了朱异，都一齐躬身道："如今俺等伺候宪台就要起马。便请宪台晓谕巡兵们一番，即时出城，也就不要耽搁了。"

　　朱异道："晓谕什么？你二位替我代劳，叫他们开腿跑路就是。"邵、汤两人正在暗笑，早有各人身下从人带过马匹。偏偏朱异那匹马是个花斑豹的狞性马，又高又大又劣蹶，又搭着朱异本不善骑，又是重甲，当时扶了马背便往上爬，便如蛤蟆上竹竿一般。那马咴一声一摆头，一个后脚庖起，险些将朱异闪跌于地。亏得光煦手快抄住，便就势撮他上马。

　　朱异也自觉得不像模样，便一面向光煦客气，一面尽力爬上马背，只腿儿一骗之间，忽地眼前现出个马屁股。原来他仓促之间倒骑了马。招得大家正在竭力忍笑，那朱异哟了一声，已自跳落马下。望得汤渊紧行两步，一伸手带稳那马，方要去扶他。哪知朱异头也不回，急匆匆向衙内便跑，并一面自语道："该死，该死！你瞧瞧，才一出门便别扭，他妈的，人家是木匠出门带大锯，厨子走路背炒勺，干什么不离什么。丢了猴儿还要什么把戏呢？"

大家见了正在都怔，恰好从衙内飞也似跑出个仆人，手举一纸，递与朱异。朱异接过揣入怀内，这才匆匆转步。邵、汤两人望得分明，不由相视而笑。原来朱异那会子只顾扎括，却将豫王手谕伯通的谕文忘带，临出时许氏喊唤也就因此。

不提当时纷乱一阵，毕竟由邵、汤两人将朱异置在马背上，大家拥了，闹哄哄鸣锣喝道，即便出城。且说朱异端坐在马上，只见前呼后拥，人骑群趋，偏那汤渊所带的二百名巡兵又十分壮健，一个个虎也似的雁翼排开，刀斧光芒直射多远。当时左顾右盼，不由高兴异常，暗想：邓伯通虽是了得，说不定也惧豫王威势。那时节他献出五刺客，由俺老朱押解将来，这个天字第一号的响儿叫得可就大咧。那时节豫王见喜，俺加官进职自不消说。果然此一去如此顺适，倒不该带了邵、汤两人来，平白地叫他们分了功去。

一路上想得得意，只顾在马上颠头拨脑。不多时，一行人骑抹过前林，早望见白茫茫空明巨浸拍天浮岸，一处处螺峰错落，便如置在镜面上一般，便是那太湖的北岸。遥望岸边，正在许多准备的船只并吏役等人都在那里舣棹而待。于是前面邵、汤两人鞭梢挥动，泼剌剌放马跑前，面向巡兵一声喝号，也便滔滔走发。这一来闹得朱异饶是提紧辔头，一张屁股还颠得尺把高。

须臾到岸，邵、汤两个先跳下马来，一面指挥巡兵纷纷登舟，一面命数十骑兵牵了马匹，就在此等候。一时间船只摆列，安置都毕，这才来由马上撮下朱异。

可笑朱异一张屁股既在马上铲得生痛，又被铁甲所累，行步蹒跚，真累得龇牙咧嘴。及至被邵、汤两人连抱带架，安置在头号官船上，业已闹得气喘吁吁。

这时船头上三把交椅一字摆开，左有光煦，右有汤渊，请朱异居中坐定，背后是健役巡兵带刀侍立。那朱异虽说是太湖厅官，抵任以来只顾了逢迎上宪，搜括民财，哪有闲心想到游览山水。便是太湖这样名胜之区，他一向竟不曾到过。今乍到此地，虽是鄙陋胸怀，也觉豁然一畅。

正在那里举目四瞩、点头咂嘴的当儿，只见前面巡兵船上锣声响动。正要开船，却闻得稍前面一处芦港边呼喽喽一阵叫风，便有十来只蜈蚣划船飞也似衔尾冲出。船桅上都挂一方小红旗儿，上画两条小青龙，作二龙戏珠的式子。但是那颗珠是画的白地儿，上面大书一个"邓"字。

每船上约有五六人，都是彪形大汉，一色的青布包头，结束劲健，各提鱼叉网罟之类，就船头上箕踞而坐，望见这边官船就如没事人一般。其中还有四五人头戴草笠，赤起两条健膊，只穿件油布背心儿，手拄长篙卓立船头。或用一手搭起遮阳儿，向着官船嘻嘻而笑。就这样一字价横截湖面，直由前面巡兵船前乱流而渡。

望得朱异登时大怒道："这是什么船只，怎的连官船都不知躲避？"正要喝令左右立命他们让路之间，便见那帮船一声呼啸，去如箭激。转瞬间已没入一条弯环曲曲的深港中。

这里朱异正望着那爿深港刚道得一声可恨，前面巡兵们都不理会，便容他们截路而过。便闻深港中一声号炮，声震半天。说时迟，那时快，就见四外各港中并山麓水间纷纷地飘动小红旗。一处处船桅争出，便如麻林一般，登时间布满全湖。遥望去逐队帆飞，都一径地趁向那片深港。

望得朱异正在悚然，便遥闻那深港中欢呼如雷，接着便有人拍手齐唱道：

老爷生长太湖边，嚼山吃水不论钱。
尺半银鳞能换酒，醉来白眼望青天。

朱异听了，不由越发怙惙，因见小红旗上有个"邓"字，又疑惑是伯通闻知什么消息，来弄什么手脚。正在慌得目视邵、汤的当儿，只听深港中远近价欢呼喧闹，又夹着拇战之声，似有无数人众饮酒作乐一般。接着又鞭炮声动，砰轰霹啪，衬着一片水音儿，声闻数里。

须臾稍静，却又闻有妇女们一阵喧笑，接着便娇滴滴唱出一片歌声道：

花脬乌，尾毕逋，阿侬生长在江湖。
长狎风波不畏苦，提鱼沽市换青蚨。
公无裤，婆无襦，赫然官吏来催租。
青龙青龙莫踌躇，神采变化风云殊。
霹雳一声净天宇，余势掉尾击强胡。
归潜此水侬与俱，百千万岁歌呜呜。
乌尾乌尾莫毕逋，中原士气无时无。

一片娇脆歌声，衬着那深港中芦草战风，萧萧瑟瑟。偏偏这时由水面上吹起一阵长风，呼啦啦由东而西，吹得波纹乱动，一径地卷入那片港中。遥望港中，高下远近，许多的小红旗一时间飚飚飘动。看得朱异越发悚然，只疑是伯通来做手脚。

朱异忙左顾光煦想问缘故的当儿，只听深港中号炮一响，登时由小红旗聚扰最多处，又拉起一面大红旗，上面所画青龙一如小旗。那大旗下面似乎有人牵动，旗之所指，众小旗的划船悉听指挥。顷刻许多小红旗东奔西骛，便如操演水军一般。于是各划船上金鼓大作，直闹得那深港中波涛乱涌，水势簸荡，直及这里官船。

那朱异坐在船头，竟觉得船身只管低昂不已。于是朱异大骇，忙变色向光煦道："邵兄，你瞧这光景不妙。莫非是邓伯通晓得什么风声，人急造反，来弄手脚吗？好在咱这里船还未开，快些转去，急禀王爷再作道理。不然，你和汤兄简直地替我去一趟，吾是一个不去的了。"说着眊眊眊就要站起。

慌得光煦忙一把按上他，却笑道："老宪台，快莫失了观瞻。这些红旗小船儿不过便是本湖的众渔户，他们照例地隔个十天半月，便大家有一次聚会。一来讲究些渔业的勾当，二来例由头目等人指挥大家操练划船。为的是使船如飞，狎习风波，以便捕鱼得法。既是聚会，便各船上都携酒食，大家凑在一处，吃喝一回，也无非是聊欢自劳的意思。所以连众渔户的眷属妇女们也都跟着欢呼歌唱。"说着，向那面大红旗一指，道："老宪台你瞧，那大旗所在，便是他们头目的划船。全太湖中，单是众渔户的头目就有百数十人。像那片深港中，不过是一路头目手下的人众罢了。他们如此聚会，不是这一路，便是那一路，差不多日日都有。这本是寻常事，哪里是邓伯通弄什么手脚哇！"

一席话不打紧，朱异听了，又登时气壮起来，便一挺脖儿道："这还了得！人民们无端聚会，本干禁例的。这班渔户公然歌呼，又直然地横截官船，不知回避。看起来，就该捉下他那什么鸟头目责打一顿，先办他个目无官长的罪名。"

汤渊见状，忍不住扑哧一笑，光煦却吐舌道："老宪台快悄没声儿的，若被他们听去许多不便。你别小觑这般渔户们，须知他们势力潜伏，根基牢固。三江两浙以及闽粤之区，他们的党徒密布，到处皆是，最是江湖间一种潜结的势力。那历任的封疆大吏都不敢去拨撩他们，你不见那红旗上都画条小青龙吗？那便是他们党中的标记，江湖上都称他们为'青龙党'。他们的党规严明，组织完备，其中颇有能人奇士。在党人们各守党规，各操各业，无事时只如平人，有事时只要其中的所谓老大哥者一声令下，数百万之众，不难一呼而集，便如刻下的青帮、红帮人们一般。但是与青红帮不同处，却因青龙党人不许有犯法行为，如杀人越货等事是不会有的。唯其如此，其党愈众，所以势力甚大，不受官吏欺压，不受党外人的侮辱。今太湖渔户们都系青龙党人自不消说，老宪台明鉴不过，你瞧那旗上'邓'字，便晓得邓伯通在太湖中是何等人物了。如何便轻讲捉他们责打起来？"

朱异骇然道："如此说，莫非那邓伯通便是青龙党的老大哥吗？"光煦笑道："邓伯通虽然了得，却还没老大哥的资格。青龙党中的老大哥行踪无定，隐现无常，混迹各处，令人难识。休说咱党外人无从晓得。便是党内人，除了位次老大哥之下的几个头目之外，其余党人也大半不知。如今邓伯通不过是一路上的头目罢了。"正说着，官船启行，顺流而下。

那朱异听得光煦一番话，又知伯通有这等势力，未免心下又添怯懦，也无心纵观风景，只攒起老大眉头，瞧着那荡荡湖水。一会儿，见前面巡兵的船只去得远些，又有些不放心，便一迭声地唤止前船，令靠着自己的船缓缓而行，招得邵、汤两人暗笑不已。

须臾经过几处水村，转过几处湾港。极目望去，但见峰峦钩带，港汊纷歧，一处处芦草纵横，一丛丛竹树亏蔽。那弯环水道似乎是四通八达。瞧瞧这里的水村是柳暗花明，望望那里的山墟是烟深雾暗。

偏偏那几只官船是从厅治城外河下胡乱抓来的，都是过往的他处船只，一向不曾到过太湖。船上的吏役人等虽稍识路径，无奈太湖水面特大，歧路特多，哪里都能记得？大家模模糊糊就这样撞去之间，忽地朱异船上艄公们发声喊，赶忙稳住船。

细看时，劈面价奇峰特起，正当水路。那峰脚直插下两壁高崖，有如石阙，险森得十分怕人。湖水如箭，直向阙口中驶去。阙口边巉巉崖石利侔剑戟，那水势被束得盘涡蹙沫，滚雪飞花，其声如雷。细望那阙口中，虽可容舟，却暗不可测。再向四外觅路时，却又茫茫浩浩，杳无边际。除沙鸟云烟而外，便是纵横港汊，真是歧之中又有歧焉，竟辨不得何处是通邓庄的道路。

当时各官船只得且停，便有随行的健役们拿出官中威势，一面向艄公

298

等乱骂，一面喝令快快觅路。气得朱异正在跺脚，只听欸乃一声，从官船左边一处弯港中摇出个乌篷小船儿，船头弄篙的却是个十几岁的顽童，短发披肩，扎起个朝天刷子，穿一身短衣裤，赤着两脚。那老壮（俗谓粗也）的铁叶色头篙他使得且是伶俐，只略撑两篙，已向官船边直溜下来。

这时乌篷外面还坐定个三十来岁的俏丽渔婆，穿一身簇新衣裤，鬓插野花，身边放一个花布包裹并一只竹篮儿，内有果饼等物，似乎是向哪里走动亲戚似的。那渔婆一面望着这边众官船微微而笑，一面却喝那顽童道："你这孩子，怎又只管逞顽皮！这是什么所在，你还不快快地稳住篙势。"那顽童听了更不理会，反索性地一点长篙，唰的一声竟向那阙口直撞上去。

瞧得官船艄公们正在一齐惊呼，便见那渔婆也自吓得黄了脸儿，便霍地跳起，从篷上掣下一根青竹长篙，奔向船头，一面点住那船，一面起一手尽力子向那顽童背上一拍，道："你这孩子，真要作死！俗语说得好：阴沟内都会翻船，你别学那等不知好歹的人们，凡事不仔细，自找钉子碰。"

那顽童一面笑瞟官船，一缩脖儿，一面笑道："怕什么的呀！咱生长太湖中，整年价恨不得翻过湖底儿，再有钉子碰，却是笑话哩。"正说着，船势斜溜，已到官船之旁。

那朱异这时瞧那渔婆并顽童使篙伶俐，不由暗念：太湖中人们真个不同他处，便是妇人孺子也都如此强壮，至于那会子所见的众渔户便可想而知。至于邓伯通之不易与，更是不消再说的了。

正在怡悦之下，只听背后有人大喝道："站住！"正是：

　　盈盈衣带水，停桡问迷津。形势资天险，其中大有人。

欲知后事如何，且听下回分解。

穿石阙渔婆嘲朱异
窃宝剑公子戏汤渊

  且说朱异正在怙悷，只见从自己背后趋过两个健役，用手中马鞭指着那乌篷船喝道："站住！你这小厮既是本湖中人，想识道路。如今本厅大老爷想赴邓庄，你快些领俺们去。不要慢腾腾的，只管讨打。"

  那渔婆听了方在微笑，那顽童却尽力子一拄那篙，哗的声一股水花直溅官船，便瞪起眼睛，问健役道："怎么讨打呀？俺太湖中就是不认得什么大老爷、小老爷。你赴邓庄，活该你寻不着道路。俺道路虽识得，就是不领你们去。如今闲话少说，你们就请便，转你的螺蛳湾去吧！"说着，一扬手腕去拔那篙之间，朱异望去不由悚然。原来那顽童手腕上也竟有个涅青的小青龙儿。

  当时朱异也自机灵，料那顽童也是青龙党人，正要喝那健役不得横作气势，只见那渔婆略驻篙势，晃得个俏身儿，且前且却，一面喝住顽童，一面向健役嘻嘻地笑道："俺这孩子既糊涂又倔性，便似茅厕中的石头，又臭又硬，不知天多高地多厚，你们不要理他。你等要赴邓庄，便跟我去。亏得你们遇着我，这所在便叫作螺蛳湾。若是不识得道路的，便是转上一年，也休想得路。"

  朱异听了，正在暗惊太湖地势之险，倘豫王真个兵剿太湖，委实不易，便见那健役道："既如此，好咧，那么你这位大嫂就快些引路，说不定俺们大老爷见喜，还有赏哩。"渔婆听了正在抿嘴而笑，那顽童却噪道："娘，不要理他们！这伙人七乱八糟，神头鬼脸，一个个携带枪刀，便如强盗。没的引他们由俺外婆村前经过，惊了外婆不是耍处。"

  渔婆笑道："傻孩子，你胡说的是什么！方才人家没说吗，船上还有大老爷哩。照你说来，真成了官强盗咧。"说着，略瞟朱异。只唰一声拨转船头之间，官船上一班人众不由一齐惊呼道："慢着，慢着。你这大嫂可要仔细。你瞧瞧前面便是山崖，船头撞去不顷刻粉碎吗？"

原来这当儿水溜风顺，渔婆的那只船业已正向石阙。但是渔婆却行若无事，一面和顽童左右用篙，逼稳船势，一面向大家道："你等若从此赴邓庄，便须由石阙中穿过。但是石阙中水紧石利，好生危险。俺们常走的人倒没甚要紧。凡是初走这路的，还有一件要紧事，切须敬谨遵行，方不致船到阙内或出岔子。因为这石阙所在是太湖中最险之处，也就是神灵所居之处，这所在俗称为'我的妈'。当初起这名儿，不过是因其太险，一望使人惊呼之意。但是人嘴上是有灵气的，你过来叫声'我的妈'，我过去叫声'我的妈'，一来二去，年深月久，说也不信，真个被大家叫出妈来咧。"

官船上人众听了，连朱异都扑哧一笑。那渔婆却正色道："你们不信发笑，这石阙便走不得咧。这个妈非别个，据说着便是石阙中的神灵。凡初次走这里的船只，必须船中主人恭恭敬敬面对石阙，大叫三声'我的妈'，然后方可放船而下。不然，船到阙内一定是出岔子的。如今话既说明，你们哪个是船中主人，快些准备，这所在不能久停。你们既跟我来，若不信我的话，出了岔子却莫后悔。"说着，轻躯略扭一点篙势，那船儿已正向阙口悠然而下。慌得官船上众稍公一面拨船紧跟，一面不由都眼望朱异。

这时朱异虽说是没奈何起身离座，站向船头，但是一时间要大叫"我的妈"，未免因观瞻所系，有些踌躇。正这当儿，便见渔婆那船唰的一声已抵阙口。恰好阙口边水势一激，一个浪头直蹩起丈把高，竟从渔婆船尾上直漫过来。

那浪头哗然一落，早拂及朱异船头，那冰冷的水气直噤得朱异气息倒噎。这一来闹得朱异魂魄皆丧，正在遥望前船大嘴一张，恰好那渔婆略扭身儿举手相招。这一来，两下声容登时凑合，渔婆是含笑招手，朱异是唰嘴叫妈。

就这一片风鸣涌声中，一行船只业已都入阙口。朱异顿觉眼前一黑，耳边但闻风声水声，噜呔铿鞳，如敲钟鼓。偏偏那渔婆的船儿去得远些，慌得朱异船上的艄公一面乱喊，一面极力撑篙。不想官船上桅杆高些，咔嚓一家伙，却由阙顶悬石上磨擦而过，船身震宕。本已吓得朱异腿子都软，哪知扑啦啦一声响，登时有许多又腥又凉的软翅儿只管在朱异头面上乱扑乱撞。朱异从阴暗中望去，似乎有许多的通红眼儿，都围着自己闪闪烁烁。

看官，你道这石阙中真个有神灵不成？若果如此，倒真应了那渔婆打趣朱异的话咧。原来凡险森山窟石洞中，往往栖止些老蝙蝠儿，比寻常蝙蝠大可一倍，双眼都红。因被桅杆插坏它们的巢穴，所以一时间乱飞下来。

作者写到这里，且趁势点明些小节目。即如这渔婆也是奉了伯通的命令，特地来戏要朱异，令他晓得太湖地势之险，借以风示豫王，以免或有发兵剿湖之举。便是朱异所见的渔户聚会并青龙党旗，也是伯通吩咐他们如此，以显自己势力，令豫王不敢小觑太湖。话既说明，且叙正文。

且说朱异猛可地又吃这一惊，只认是那个"妈"因自己叫得不响亮，所以特来见过。于是大嘴一张，妈妈的便如老羊一般一路价直叫将去。可巧那渔婆在前面也略为停船，一面答应，一面咯咯乱笑。

须臾，众船穿过阙口，豁然开朗。官船上大家瞧朱异时，已自退坐座上，兀自面有惊色。当时众艄公不敢怠慢，忙随那渔婆一路趁去。但见她使船如飞，只顾向港汊弯环中东游西走。

这时朱异惊魂既定，不由又左顾右盼，渐渐地挺起脖儿，一面瞧那山光水色，一面暗想道：邓伯通踞此地势，真赛如虎在深山。怪不得连豫王都不敢遽然发兵，只命俺去先观他动静。少时若到邓庄，不知他又是甚等气势哩！亏得俺催得邵、汤两人来，还算有个主心骨儿。思忖间，一望邵、汤两人却都谈笑自若。

不多时转过一处山脚，却来至一片水村跟前。只见前面里把地外，依山靠林现出一片好大山庄。临水石坝长可里余，石坝大树千章，藏风抱气，端的是好个气势。那庄内屋舍连延，随山势为高下，远望去足有千数百家。望得朱异正怙惚那片山庄或就是邓庄之间，只见渔婆远指那山庄，笑道："到了，到了！那所在便是邓庄。你们切记着，回头时还要叫妈，不然……"

一言未尽，只见由水村苇岸边飞也似荡过一只小船，上面有两个精壮少年，一色的头绾椎髻，赤起两膊，右膊上都现出一条青郁郁的小飞龙。每人手内提一把明晃晃的钢叉，一面顺风呼啸，一面向渔婆大叫道："阿姊怎的这时才到？难道路上有耽搁吗？俺两个正想迎望你去。如今却巧了。"正说着，恰好距船数步外，水面下泼喇一声，一少年投叉刺去，那一少年，随着一个扎猛扎下水，登时捉起一个大鱼来。看得朱异正暗惊太湖人们水性之精，那渔婆已笑拨船头，竟合了来船一径地荡向水村。

这时村岸边正聚了许多顽童，一见渔婆船到，便拍手笑道："阿姑许多时不见，却越发俊样咧。那些船上乱糟糟的，都是些什么鸟人？你怎的和他们同走呀？"渔婆笑道："哟！快悄没声儿的。人家那船上还有会叫妈的大老爷哩。"

不提渔婆等一行人众喧笑之下竟入水村，且说朱异被渔婆嘲笑得脸儿通红，且喜邓庄在望，这时不暇他顾，百忙中只顾心头乱跳。因为一路所见，越觉得伯通为人端的难测。想和邵、汤商量主意时，偏偏邵、汤两人各自沉吟，若有所思。光煦还不时望着邓庄，拈须含笑。那汤渊却挺然端坐，手按剑柄，大有准备厮杀的光景。这一来闹得朱异越发不知所为。

正这当儿，只见汤渊向巡兵船只一挥手儿，于是巡兵船上海螺大鸣，众巡兵一声喝号，船去如飞，随后官船也便继进。里把地光景，顷刻已抵石坝岸前。于是光煦、汤渊霍地站起，那朱异身不由己地早偎在汤渊腋下。

大家一阵纷纷登岸之间，早有执事健役如飞地去传官谕。这里邵、汤等一面命巡兵就岸列队，不许妄动，一面将朱异架下船来，只带了四五个健役便赴邓宅。

只转过一道街坊，早见坐北朝南现出一大片城式围墙的庄院。遥望去气象潭潭，宅舍深邃。从那宅前两株龙爪槐枝叶扶疏中，早望见八字门墙，漆黑大门。一路上细石砌路，直抵宅前。但是静悄悄的，不要说是人，便连只狗也没得。

这一来倒出乎朱异意外，因为自己这样火杂杂的声势，亲到邓庄来传豫王之谕。那伯通便是事先不晓得，一见那传官谕的健役也应该亲来迎接才是。

正在怙惙，恰已和邵、汤两人行近宅前。这时朱异心头更跳得加劲，以为伯通如此地托大，说不定便有什么准备。正在逡巡，偏那汤渊一手按剑，却瞧着光煦一使眼色。光煦却微微含笑，摇摇头儿，仿佛是令汤渊不可粗鲁，须看事做事的意思。

这一来闹得朱异越发不知怎样才好，正要命随行健役再去传谕。恰好先去的那健役从邓宅内如飞跑出，后面却跟定个少年仆人，生得剑眉虎目，十分精壮。唯有一张面孔却黄得如蜡渣一般，在那健役背后霍地一闪目光，电也似射向自己。

这里朱异正在发怔，那仆人已紧行两步，抄过健役之前，便向邵、汤垂手声喏道："小人家主邓伯通现在抱病，不能出迎。特命小人来请大驾。"正说着，却又从宅门中趱出十来个庄汉模样的，虽是村农打扮，却都长大精壮，各持箕帚，直从里面扫除出来。就仿佛宅门前久无人至，特地扫除来迎贵客一般。

望得朱异正没作理会处，便见邵、汤一闪身儿，朱异料得是该自己出马了，只得硬着头皮，方向前趱得两步，却见那仆人略瞟汤渊所佩的宝剑，忽地微微一笑，便一掸左袖，似乎是略拂衣尘。接着便轻趋脚步，竟由汤渊身旁趱过，却微拢左袖向自己一打千儿。

这里朱异因闻得伯通抱病，料不至出什么意外岔子，胆气才壮，官威便来，于是张目喝道："你、你这厮，想是邓宅的仆人了，怎的这般巧？本厅轻易不来，今日才来你家主人便抱病呢？哦哦，是了，咱且搁着闲话不提，你可知本厅此来，是为着天大的事吗？哈哈哈……"

光煦听了，正急得暗暗跌脚，朱异又晃着头儿道："你、你快去对他说，本厅至不济也是你们的父母官儿。再者你这厮也要睁开眼睛瞧瞧，本厅若没得风火事，就闹哄哄地带这班人们来吗？便是带这班人来，你且来看，本厅何至于又巴巴地穿这东西呢？"说着，一提袍襟，本为的是亮亮铁甲，不想提得慌忙，一下子裹住腿子，倒累得身儿向前一探，急得光煦正向他连连摇手。

那朱异却又喝道："你、你就去对他说，他病也罢，不病也罢，千差万差，横竖来不差。俺若不是奉了王爷的手谕，难道闲得没鸟弄，特来这湖里和你们唱《荡湖船》不成？"

一席话没头没脑，驴唇不对马嘴，闹得很不够个长官交代。

那仆人听了，殊不理会，便微笑躬身，正欲开口。光煦忙侧着身儿，一拖朱异道："老宪台且请前行。俟见了邓伯通，再为晓谕吧。"朱异道："话不是这等讲，俺至不济，也是他们……"

汤渊听至此却耐不得，便喝那仆人道："既如此，你便快快引路。你主人便在病中，亦不妨事。"说着，向后略退，向跟随的健役们一使眼色，健役等会意，正在雄赳赳各整提索的当儿，这里仆人却拢紧左袖，向汤渊微微一笑，即便拔步引路。

不一时，大家入得宅门。朱异等一路留神，只见庭除新洁，置有许多的尘洒，粪除未净，便是各室户牖间也都似久未打扫，现出那主人抱病，闭关谢客的光景。转入四扇屏门，便是前厅院落。大厅上门扇虚掩，悄无人声。朱异等以为是款客之所，方要奔去，却见那仆人沿着厅前丛花细路，转向右行。

须臾抵一垂花角门跟前，恰好从里面跑出个垂发短童，手提一个很大的石锁儿，且跃且舞，一见那仆人便笑道："客来了吗？咱主人等得不耐烦，叫俺瞧瞧你去。如今里面便厅上都已准备停当，俺便先去禀报吧。"说着，砰的声丢下石锁，转身跑入。可巧那石锁正当门路。

这里朱异听得小童吵准备停当的话，又起狐疑。正在且行且却，只见那仆人略跐脚尖，蹙开石锁。恰好那石锁滚至光煦脚前，光煦随脚拨去，却纹丝不动。仔细一瞧，哪里是什么石锁，却是常铁铸就，上加白灰漆，类似石头一般，粗估去就有百十来斤重。可怪那小童竟舞得如弹丸脱手，那臂力也委实可惊了。于是光煦沉吟之下，不由目视汤渊。汤渊却微微冷笑，两人彼此会意之间，已拥了朱异径入角门。

只见里面药圃花栏，卉木罗列。地既宽广，又幽雅异常，似乎是主人习静养病之地。靠北面是书舫式的五间便厅，回廊缭曲，帘栊映带。从厅前花竹扶疏中，现出厅正中的一块白地绿字的匾，上写"不系舟"三字，体兼分隶，写得来朴茂飞动。那回廊左边，又有个小童在那里扇爇竹炉，似乎是烹茶待客，见那仆人拔步登阶，却笑嘻嘻做个鬼脸儿。

这时朱异不暇细瞧，方回顾邵、汤想要说话，只见汤渊已吩咐后面健役列立阶下，却忽地一整面容，向自己摇摇头儿。

朱异晓得是叫自己不要畏怯之意，但是已到这里，也只好硬着头皮去干。于是昂然大步，和邵、汤两人径入厅内。方一抬头，早见那仆人闪入屏后。及至细瞧厅内，却又是一番光景，只见厅正中炕榻交椅位置井然，一色的青石板铺地，净无纤尘，其平如砥。满厅中虚白生辉，十分爽朗。东壁上悬一幅长可丈余的界画地图儿。壁下长案上堆放《素书》数卷。又有古剑一柄，横置案头。西壁下置两具经橱，橱中间置有高几，上面供一小小佛龛，龛前金炉内还在旃檀蔚然，似乎是焚诵才罢，几前蒲团还在未收。

再望到炕榻后，是六扇八尺高的素屏风，上面画的是云龙图儿。一片烟云中时露鳞爪，画得来生气勃勃，真有云垂海立、破壁腾空之势。仔细瞧作者署款时，却是"周浔"两字。

汤渊见了，方在微笑。朱异却骇然道："真了不得，怪得邓老儿这般气势。原来他还识得北京周浔。你们不晓得，这周浔在北京那声名可就大咧。他是北五省第一富户，绰号儿'周散财'。上至王公贝勒，下至当地豪侠，没一个不和他交接的。便是豫王爷领兵南来时，军饷偶缺，他还曾慨助数十万金。当时豫王爷因收他银两，曾给他一纸收条，上面说明按市利行息，定期归还。他那时正在倡楼纵博，便拿过那收条来，向博局上一丢，大叫道：'你们哪位高兴，掷俺这个孤注去，做个豫王爷的债主儿，且是有趣哩。'众博徒听了，正在敛手变色，那周浔却哈哈大笑，随手拈起收条儿，捻作纸吹，呼一声就火燃着，只吸得两筒水烟，竟自掉臂踅去。你说他这等标劲多么少有！所以北京的少年豪侠中，他要算第一了。如今邓老儿居然得到他的笔墨，这倒要细细赏鉴哩。"

说着，弯着腰儿正要踅近屏风，光煦却向汤渊一笑道："汤兄，你瞧这画家周浔，怕不是什么北京的周散财吧？俺闻刻下江西地面有个剑客周浔，善能画龙。此人出没无常，时时往来于洞庭彭蠡之间，又好作道家装束，寻常游行，一剑而外还背个绝大的酒葫芦，往往醉后行歌市上，声闻里余。一日偶经某渡口待渡，那渡船上艄公轻他是个朴野老道，便只顾了招揽他客，不去理他。周浔大笑，便由背上解下葫芦，抛向水面。他飞身踏将上去，一弹指间已自动达岸。当时大家都惊，以为他有道术，其实他显的是武功家轻身提气的本领，因此江湖间人都叫他作'葫芦周'。他每当画龙，必先解衣磅礴奋迅腾掷，作飞龙之势，然后方淋漓泼墨，一挥而就，所以画得来精妙非常。邓伯通壮岁时，游踪所至，交接甚广，和这周浔又都是意气一流人。不消说是彼此认识，才能得到他此画哩。"

汤渊听了，点点头儿，朱异却道："不然，不然！俺却没听说江西有个什么周浔。你瞧这画儿神气又富态又大样，若非北京周散财，别个怎会有此气魄呢？"

邵、汤两人听了，只好相视一笑，再向屏后北壁上瞧时，却横悬一幅纸额，上书"虚簶斋"三字。又有一副六尺来长朱笺描龙的对联，上联是"尸居以龙见"，下联是"渊默而雷声"，字作狂草，写得来郁勃淋漓，龙蛇飞舞。下面署款，中有"班孙"二字。

邵、汤两人一见那款儿，方相视噫了一声，后面朱异早一个飞步抢将去，登时价挤眉弄眼，只顾了嘻开大嘴。正是：

　　既践庭除，又窥堂奥。室迩人远，莫名其妙。

欲知后事如何，且听下回分解。

第二十五回

步金莲莽夫夺气
闹渔船大侠宣威

且说邵、汤两人一见那对联署款儿，方相视噫了一声。朱异却抢去，跌脚大乐。你道是怎的？原来那对联署款正是"班孙"二字。这不消说是祁六公子匿迹此间了。

那朱异一路怙惝，就怕的是伯通不认藏匿祁六公子这笔账。今既明明有六公子手书笔迹在此，便是个老大证据，还怕伯通抵赖不认不成？所以他只乐得这种形儿哩。

当时三人相视会意，先倾耳厅后院内，还没动静。朱异不管好歹，便悄悄地道："如今好了，今既有祁六公子手书字联在此，少时邓伯通他便是能言善辩，想也赖不到哪里去。既得祁六，那四个刺客想也必有下落哩。"

光煦听了，正在拈须沉吟，汤渊道："我看此事有些蹊跷。咱等此来之意，谅那伯通也略晓一二。如今祁六笔迹反倒公然张挂，不知其意安在？便是他称病一节也颇可疑。俺料他少时出见，必有一番巧辩。依俺之意，无论他怎的巧辩，咱须令他去见王爷。一来他病的真假可以立见，二来也显得咱办事周密。便是他真个倔强起来，说不得这事都在俺身上就是。"说着两膊略振，双眉轩动。

正这当儿，却闻后院一阵传呼，还有妇女脚步之声。这里朱异正慌得向汤渊乱摇两手，以示不可动武之意，只听便厅后吱扭扭屏门一响，便有人响亮亮痰嗽一声，接着却笑道："你这妮子，便这般懒惰！俺只四五日不曾到院中散步，你瞧瞧，鱼缸中水既浅涸，便连这丛珍珠兰都要枯干煞咧。"即又闻有女子笑道："你老人家近些日只管闹病，谁还顾得花儿鱼儿呢？今天若不是伺候您去见什么鸟客，俺连这新鞋子还懒怠穿哩。"

这里朱异等正在倾耳，恰好那少年仆人飞步入报道："家主已到。"朱异等忙望时，早见紫绡衣影一闪，由屏风后转出个俏俊小鬟，生得艳似芙蓉，神同秋水，行步之间，若往若还，从婀娜中又挂些刚健之态。只是一张俏脸上白得稀奇，竟似有宝光腾踔，越视出她那晕霞笑靥好不妩媚异常。只眼波略转，嫣然一笑，便一扭身儿由屏后扶出一人，头戴披风红帽，身穿褐色长袍，一手扶定小鬟肩头，一手拖了拐杖儿，却将腰板拔得直挺挺的。

这时朱异见那人正是伯通，虽是病中光景，却依然满面红光，精神炯炯。好笑那小鬟笑嘻嘻一面挽扶他，一面用一手向他背上虚作轻捶之势，却暗暗地力按其背。那伯通似乎觉得，于是咯咯地一阵痰嗽，登时佝偻起来，但是没踅得两步，却啪的声一拄拐杖。这一来，闹得那小鬟一面紧走两步，接了拐杖遮向前面，一面却抿嘴而笑。

朱异见状，正在目视邵、汤，心下恍然，却闻伯通大笑道："今天哪阵好风，即吹得老父母等一齐到此？那会子贵役前来传谕时，业已向俺略示老父母等的来意。但是因这等没要紧的事，既劳老父母等一齐辱临。又承赐王爷手谕，真令老夫万分不安。且请落座细谈，容老夫伸谢一二吧。"说着，咯咯一阵干嗽，声震厅壁。

前面小鬟略一闪身，慌得后面伯通忙一弯腰，然后才向着自己一躬到地，但是那电也似眼光，却已注向邵、汤两人。于是大家趋近，彼此为礼。那汤渊却不容分说，猛地举手，向伯通肩头一按，道："今日却是不巧，俺等特来领雅教，不想足下却在病中。"

这里伯通肩头略摆，正闪得汤渊身儿一晃之间，那光煦忙向朱异一使眼色，连忙趋近道："邓翁既在病中，俺们也不便只顾打搅。好在您既晓得俺等来意，此番事理，料足下也晓得其中利害。且请足下瞧过王爷的手谕，自定主意就是。"

伯通听了正在微笑，恰巧那小鬟和那少年仆人，已就炕榻前将宾主座位拂拭停当，于是由伯通拱手肃客，一时间宾主落座，廊下烹茶的小童也便笑嘻嘻献上茶来。

这时汤渊是按膝高坐，霍霍眼光只注定伯通面孔。偏那小鬟在伯通椅后，一双俊眼儿向着汤渊也如打闪一般。有时却瞟着那少仆人微拢的左袖，抿嘴一笑。光煦是微睇北壁上的对联，略作沉吟。唯有朱异候在正座上，却通似没嘴的葫芦。反是伯通一笑道："老父母既赏到王爷的手谕，便请见示如何？"

朱异听了，这才哟了一声，就怀中一阵价掏出手谕，及至伯通恭敬接过略略一瞧，正在扬眉一笑，随手儿递与那小鬟的当儿，朱异却噪道："五个，五个，其中还有个泼辣小娘儿。你是晓事的，快把他们连连串串，一绳儿缚了献出来。若少了一条腿子，王爷也是不答应的。不但王爷不答应，便是俺该管之下，藏了这一窝大虫，可是小事？俺至不济，也是你的本地长官。难道你就真个……"说着一整官帽，意在示威，不想手才摸去，却招得小鬟扑哧一笑，随手儿将那纸手谕舞弄得如蝴蝶飞动。原来朱异来得慌速，只顾就帽架上抓帽就戴，不想却戴了一顶困帽儿哩。

当时光煦见朱异不成光景，忙向伯通道："邓翁，你是明人不须细讲。如今王爷闻人告密，既明明知五刺客藏在尊处，却不肯发兵搜捕，反特下手谕，令你好好献出。虽是王爷宽大为怀，也因王爷敬你是条汉子。王爷此番好意，你却不可辜负。你年事已高，久经世故，有什么不审利害的，何须俺谆谆譬谕？再者王爷此番下谕于你，还有意外之意。足下声望，想也自知，便是王爷更为爱才如渴。倘因这件事体上，足下能仰体王爷之意，献出祁六等人，以后足下际遇当在何等？真是天大机会不可当面错过。俺想足下如此的老成练达，想一定预料至此。所以连那祁某的笔迹都不复掩藏，既是足下能体王爷之意，真是识时务者为俊杰。便请交出祁某等一干人犯，俺等自去复王爷之命，足下但静听好音就是。"说着，向汤渊一使眼色，汤渊登时向厅外健役等大喝道："你们且自准备了。"

健役等哄然嗷应，一阵提索乱响之间，这里伯通却微笑道："邵父母，你方才见教的一番话，怕不有理！但是可惜见教得太迟了，俺邓某生平不做诳语。不但祁六魏耕和那大闹嘉定城的女侠谢曼华，在两月之前曾和俺月夜游湖，杯酒盘桓。便是王爷遇刺之后，祁六等还携了两个仆人，在俺这里小住一日才去。但是当时谁又晓得祁六等便是刺客呢？"说着，瞧瞧那对联，又笑道："不敢相欺，即如这副字儿便是祁六临去时见赠。那时老夫已在病中，不但祁六等的来踪去迹没暇理会，便是王爷遇刺偌大的一桩事体，俺还是前两日才听得这妮子向俺嘟念。"说着，一阵痰嗽。

那小鬟这时依然将那纸手谕要得飞舞，却低笑道："我看你老人家信人的话不信？如今却没头没脑，叫人家寻上门来唎！"

正这当儿，伯通接说道："不意今天老父母等就赍了王爷手谕到此。但是祁六等都系过客，老夫刻下卧病兼旬，又何能寻得他们来献于王爷呢？此系实情，便请老父母等回复王爷。倘王爷还有什么后命，老夫只好拼这具衰病之躯，由王爷杀剐就是。好笑王爷只听人告密的话，说是祁六等曾和老夫在湖同游，便以为他们藏在此处。却不知太湖并非禁地，每日价游人来去，何止千百？老夫虽和祁六等游宴，亦是主客酬酢之常。据王爷手谕中词义看来，或因老夫薄有虚名，便以为多所交结。不知老夫近来犬马齿衰，意气都尽。如今病状是老父母等所亲见，想也能释然于怀了。"说着，攒眉向那少年仆人道："俟少时，你去传语与众香客，就说俺刻下抱病，不能领他们前赴普陀了。"说着，端茶相让，竟大有送客之势。

这一来，闹得朱异等一时都怔。朱异自是张口结舌，没得话讲。光煦是望着伯通，眼睛乱转。唯有汤渊竟啪的声一蹴左脚，叉手腰际，颇有跃跃欲起之意。

正这当儿，那小鬟又将那手谕叠作个连环方胜形儿，挑在大拇指上，只顾憨笑。却被伯通微瞟了一眼，那小鬟舌儿一吐之间，光煦忙道："邓翁你这番话亦自近理。俺等只来传王爷之谕，既如此，俺们只好据你这番话去回复王爷。但是你方才说领众香客赴普陀等语，又是何事呢？"

伯通失口道："这是历年价太湖香客赴普陀朝山，都由俺率领前去。如今俺在病中，只好令他们自去。刻下五六日间，也就是朝山之期了。"

光煦听了，不由哈哈一笑，正在向伯通点点头儿，只见汤渊倏地站起，一拍两掌，却狂笑道："今天俺等此来，倒是有劳邓翁的病体了。小可不才，也略通医道。且待俺诊诊你的脉息，试试你心气虚实如何？"说着，霍地一翻健腕，目视厅外健役，便要去把握伯通。

吓得朱异大嘴一张，通没下文，连光煦也变色站起之间，只见伯通苍眉一挑，恰好那小鬟一失手，将那叠折的方胜儿飘落于地。于是伯通趁势站起，便喝道："你这妮子，尊客在座，如何只顾顽皮？"

那小鬟嘤咛一声，倏地从伯通背后抢过来，不容分说，向那方胜儿上便是一脚，却尽力子一扭身儿，作恨声道："都是你这劳什子，在人手里不乖乖的，却叫人吃顿吆喝！如今我便踏坏你。"说着纤足起处，汤渊一望，不由大骇。原来那青石板上竟已现出个尖尖脚印，足有寸余来深，竟似凿成一般。

当时汤渊骇绝之下，只疑是伯通翻腔，变在顷刻，赶忙回手去摸剑柄。哪知手才触去，只惊得面色大变，正在张皇失措，便见那少年仆人趋近身旁，道："小人那会子去迎爷台们，却在路上拾得这柄剑，莫非便是汤爷的吗？"说着一抖左袖，冷森森寒光曜处，早擎出一柄宝剑。

惊得汤渊正在一个趔趄，倒退两步，那伯通却擎剑在手，大笑道："老父母等莫笑。老夫这里使唤得都是蠢奴憨婢，既拾得尊剑，如何只管藏在袖内？亏得汤父母带此剑来，无所用之。不然岂不误了大事？"说着，趋近两步，竟将那剑插入汤渊所带的空鞘之中，却轻轻起手，略拍汤渊肩头道："老夫虽抱犬马之疾，却守不药为中医之戒。没奈何只好有辜盛意。如今老父母等公务在身，俺也不便款留。便烦公等转去，为我善言，俺邓伯通这副老皮骨，只静听王爷处置就是。"说着，竟扶了那小鬟转入屏后。

这里汤渊只羞得脸儿通红，情知自己那柄剑是那少年仆人显弄身手，那会子来迎自己，由身旁蹭过去时便已擎去。正在盛气都消，用手摸着伯通所拍之处，眉头攒起的当儿，那光煦却微微冷笑，一把拖住汤渊匆匆便走。厅外众健役也顾不得横作气势，大家一拥，呼的声拥向院门。

后面邵、汤两人方一脚踏出厅门，却闻背后扑通一声，朱异大叫道："啊呀，我的妈！你们真个便丢我在此吗？"说着，稀里哗啦一阵山响。邵、汤回望时，却见朱异连椅儿跌翻于地，偏偏一只脚子套入椅圈之中，正在那里蹬踢不掉。原来他既已吓慌，又穿铁甲，急欲赶邵、汤两人，猛一站起，不觉连椅碰倒了。

当时邵、汤见状，这才想起还有个不曾收拾的老宪台来，于是急忙回身，左右价挽起朱异。

大家一路狼狈，方匆匆地跫出邓宅，只听石坝前震天价一声呐喊，接着便有许多人大呼道："打打打！打煞这姓朱的狗官再作道理。往年时无故地想办鱼税，多亏邓爷救了咱们。如今他贪心不死，却又来惹恼邓爷。"声尽处，叉环响亮，明闪闪一片白光直曜过来。

慌得邵、汤忙望时，只见满湖中渔船无数，都由各港汊中各飞撑出，船上都是精壮渔人，一个个包头裹腿，手提钢叉，现出涅青的小龙儿，顺风呼啸，领了众渔船，竟火杂杂地直划将来。

这里岸上巡兵望得分明，一声警号，各擎器械。慌得汤渊正向他们连连摇手，却一面丢了朱异，掣剑在手。恰好那少年仆人手执一面青龙小红旗儿从后面如飞赶到，一个箭步跃登石坝，便向众渔船大呼道："你们不要误会，惊了长官。如今长官们自为别事来见邓爷，并非是想办鱼税。你等速速退去，不可有误。"说着举旗一挥，众渔人哄然雷应。

这里邵、汤忙望时，不由相顾价舌挢不下。只见划船上众大汉望着那小红旗儿，一齐低首，只举手向后一挥，众渔船便如群鸥戏浪一般，纷纷各散，那两只划船也便拨转船头，如飞而去。

这时朱异已吓得转动不得，当由众健役簇拥了，与邵、汤一齐下船。大家一阵价篙橹齐施，直趱出半里来远，回望那少年仆人还在石坝上卓然独立。

至于这少年仆人和那小鬟是哪个？那一番显弄身手，气慑汤、渊，诸公都是会阅书的，自然晓得便是祁六公子和曼华了。但是何必有此举动呢？便是伯通素知汤渊也是个了得的汉子，恐他一时动起粗为，事体闹僵，诸多不便。所以命六公子和曼华用易容丸抹了面孔，改装而出。果然汤渊气馁，竟自狼狈而去。

当时朱异猴在官船上，直至望不见邓庄，方才慢慢地缓过这口惊气来。大家白瞪了一会子，光煦便道："这段事体，老宪台去见王爷时据情回复自不消说。但是邓伯通说的太湖，人们刻下五六日间，就要向普陀朝山之中。虽是闲情，也不可忘掉禀报。因为那时节香客杂沓，难保祁六等不混迹其中。咱只细禀奉复，便差事已毕。至于王爷怎的料理，便与咱无涉了。"

不提朱异唯唯之下一径回到厅治，便如飞地去见豫王，复命销差。且说伯通赚得朱异等去后，与六公子等相见了，大家笑过一场。曼华先净过面孔，又给六公子擦抹干净，笑道："这易容丸药倒好耍子。将来我若各处游行时，带些在身旁倒也方便。"

魏耕笑道："这药不妙处，就是俊的抹了越发俊，丑的抹了越发丑。将来俺若抹这药时，曼姑却须小心些踏稳脚跟。不然，怕把你吓个跟头。"大家听了，都各大笑。

伯通便道："大家且莫笑谈。如今这场把戏耍过，趁那朱异去复命凶王的当儿，事不宜迟，咱又当商量正事了。昨日跃鲤报说，刻下湖外各要路都已经凶王驻兵把守。那潜虬港外白沙洲地面，又特命一个满洲勋贵叫

313

阿珲布的领了锐健特驻那里。如今虽是朝山的正日期未到，但是太湖的香客们也有小小结队先期而发的。咱们便也从速地混出，以免那凶王听了朱异的报告，或者别出枝节。"

说着，向六公子叹道："公子此行，也倒是个机会。老夫这里虽可暂栖，但终拘于门面。公子此一去，一来可以葬父省母，二来可以遨游各处，多结贤豪，徐图报国。如今老夫竟不客气，只今宵便为诸君祖饯何如？"

大家听了，都各点头称善，只是想起伯通这番义气、这番周旋来，不由都感激异常，相视惘然。

正这当儿，忽见曼华颦蹙起眉儿，只管啊哟起来。正是：

同心方聚首，挥手又分襟。黯淡山河里，相看愁煞人。

欲知后事如何，尽在续编中披露。

《英雄走国记》正编终
本书据民国廿三年十月七版整理

图书在版编目(CIP)数据

英雄走国记·第二部 / 赵焕亭著. — 北京 : 中国
文史出版社, 2019.3
(民国武侠小说典藏文库·赵焕亭卷)
ISBN 978 - 7 - 5205 - 0937 - 4

Ⅰ. ①英… Ⅱ. ①赵… Ⅲ. ①侠义小说 - 中国 - 现代
Ⅳ. ①I246.5

中国版本图书馆 CIP 数据核字(2018)第 276221 号

点　　校：顾　臻　杨　锐
责任编辑：卢祥秋

出版发行：**中国文史出版社**
社　　址：北京市海淀区西八里庄 69 号院　邮编：100142
电　　话：010 - 81136606　81136602　81136603（发行部）
传　　真：010 - 81136655
印　　装：廊坊市海涛印刷有限公司
经　　销：全国新华书店
开　　本：720 × 1020　1/16
印　　张：20.25　　字数：332 千字
版　　次：2019 年 3 月第 1 版
印　　次：2019 年 3 月第 1 次印刷
定　　价：68.80 元